# DAS SPIEL DES BETRÜGERS

## GLASS AND STEELE 7

## C.J. ARCHER

Übersetzt von
### SIMONE HELLER

WWW.CJARCHER.COM

# KAPITEL 1

LONDON, SOMMER 1890

*D*er amerikanische Wilde Westen war ganz genau so, wie ich ihn mir vorgestellt hatte. Die heiße Sonne hämmerte auf den trockenen Boden, Pferdehufe warfen Staub auf, während Cowboys Indianer vertrieben, und Figuren, von denen ich bisher nur in Willies Groschenromanen gelesen hatte, johlten und brüllten. Willie schien die Vorführung aber nicht annähernd so zu genießen wie ich. Ich gab mein Bestes, sie nicht zu beachten, und konzentrierte mich auf INDIANER-ANGRIFF AUF EINEN EMIGRANTENZUG UND ABWEHR DURCH DIE COWBOYS, den fünften Akt des Programms.

„Ihr Gebrüll ist wirklich weithin hörbar", sagte ich. „Ich verstehe sie sogar hier ganz genau. Obwohl wir auch gute Plätze haben."

Matt hatte uns Plätze in der dritten Reihe der großen Arena auf dem Ausstellungsgelände am Earls Court für Buffalo Bill's Wild West Show besorgt. Erst hatte ich kein Interesse gehabt, sie zu besuchen, als ich das Datum gesehen hatte, doch inzwischen war ich recht dankbar um die Ablenkung. Sheriff Paynes Hinrichtung war für heute angesetzt. Es war besser, ein paar Stunden lang die Cowboys, Scharfschützen, Indianer und anderen Schausteller zu beobachten, als zu Hause zu sitzen und auf die Uhr zu starren. Es würde mich nicht nur davon abhalten, über unsere Rolle dabei nachzudenken, sein Leben zu beenden, sondern es würde auch

1

verhindern, dass ich mir weiterhin Sorgen um Patiences Hochzeit mit Lord Cox machte. Seit sie vor zwei Wochen ihre Verlobung bekannt gegeben hatten, hatten mich die ganze Zeit über nagende Zweifel geplagt, dass es nicht dazu kommen würde. Es hatte sich als äußerst wirksam erwiesen, Lord Cox zu erpressen, und er hatte zugestimmt, sie zu heiraten, wodurch er Matt von seiner Verpflichtung befreit hatte, doch ich rechnete seither jeden Tag damit, dass der Baron einen Rückzieher machen würde. Selbst jetzt, zwei Tage, nachdem die Hochzeit hoffentlich in Rycroft Hall stattgefunden hatte, war mein Magen nervös verkrampft. Eine Ablenkung in Form von grandioser Unterhaltung war mir auf jeden Fall willkommen. Als Matt zwei Billetts gekauft hatte, hatte ich angenommen, er und ich würden zu seinem Geburtstag letzte Woche hingehen, aber er hatte darauf bestanden, dass Willie mich begleitete. Duke und Cyclops hatten rundweg abgelehnt. Ich konnte mir nicht vorstellen, weshalb. Die Vorführung war großartig.

„Oh, schau, die Cowboys kommen zur Rettung", sagte ich und richtete mich auf.

Willie schnaubte.

„Sieh dir diese Reitkünste an", sagte ich. „Sie sind so schnell und halten sich mit nur einer Hand fest. Das ist sehr talentiert."

Sie schnaubte erneut.

„Die Indianer reiten ohne Sattel", fuhr ich fort. „Selbst du musst zugeben, dass das ziemlich gut gemacht ist."

Endlich biss sie an. „Es ist nicht so schwer, ohne Sattel zu reiten, India." Sie gab noch ein Schnauben von sich, während sie die Arme vor der Brust verschränkte. „Die meisten von uns haben so reiten gelernt, bevor wir ein Dreikäsehoch waren."

„Ja, aber so schnell? Mit nur einer Hand an den Zügeln, während jemand auf einen schießt?"

„Die Cowboys schießen nicht wirklich auf sie. Es besteht keine echte Gefahr."

„Es besteht die Gefahr, dass sie abgeworfen werden."

„Nein, die besteht nicht", sagte sie heftig. „Du bist so leicht zu beeindrucken, India."

Ich fuhr zu ihr herum. „Und du bist auf Annie Oakley neidisch, weil sie die ganze Aufmerksamkeit bekommt." Ich wandte mich wieder der Vorführung zu, entschlossen, nicht mehr als einen Augenblick zu verpassen, und genauso entschlossen, nicht von Willies schlechter Laune angesteckt zu werden.

„Neidisch?", rief sie. „Auf Schauspieler, die sich in dieser lächerlichen Vorführung zum Narren machen?"

Die Frau vor uns drehte sich um und wollte Willie vermutlich zum Schweigen anhalten, aber der Anblick einer Frau, die wie ein Mann gekleidet war, schien sie so zu entsetzen, dass sie nichts herausbrachte.

„Was?", fuhr Willie sie an. „So sieht eine echte Scharfschützin aus. Nicht so." Sie wedelte mit der Hand zur Arena, wo vor ein paar Minuten Annie Oakleys Kugeln eine mit der Kante nach vorne gehaltene Spielkarte entzwei geschossen und Münzen getroffen hatte, die in die Luft geworfen worden waren. Ich war beeindruckt gewesen. Willie hatte geschnieft und war in ihren Sitz gesunken.

Die Frau wandte sich ohne ein weiteres Wort zurück zur Vorführung.

„Sagst du, dass du so gut bist wie Annie Oakley?", fragte ich Willie.

„Steck dir eine Zigarette in den Mund, und wir sehen mal, ob ich sie entzwei schießen kann."

Ich senkte den Blick zu ihrer Taille, die unter ihrer männlichen Weste und ihrem Jackett verborgen war. „Bitte sag mir, dass du deine Pistole zu Hause gelassen hast."

„Nenn mich noch mal neidisch, und du findest es raus."

Ich verdrehte die Augen und wandte mich dann zurück zur Vorführung. Wenn Willie sich so benahm, konnte man nicht mit ihr reden.

Leider war sie auch nicht in der Stimmung, sich ignorieren zu lassen. „Annie Oakley ist nicht mal so schlecht", gab Willie zu. „Aber das ..." Sie deutete mit dem Kinn auf die Darbietung der Cowboys und Indianer. „Das ist nur ein Theaterstück. Es ist nicht echt. Nicht mal annähernd."

„Mir kommt es vor, als würden die Reiter tatsächlich reiten, und die Indianer sehen von hier aus echt aus. Im Programmheft steht, dass sogar die Wagen solche sind, die vor Jahren in Gebrauch waren."

„Es ist alles Klischee."

„Klischees waren auch mal ein Original. Außerdem heißt das nicht, dass es unzutreffend ist."

„Der echte Wilde Westen ist nicht so."

„Vielleicht nicht mehr, aber vor Jahren war er das doch bestimmt, vor deiner Zeit."

Sie fluchte tonlos. „Es ist übertrieben, India, geschaffen für Leute wie dich, die noch feucht hinter den Ohren sind."

„Spielt das eine Rolle? Es ist unterhaltsam und interessant. Jetzt sei still, du ruinierst es mir."

„Und mir", ließ sich die Frau vor uns vernehmen.

Zum Glück fügte sich Willie. Sie löste sich sogar aus ihrer trübseligen Laune, um die Nachstellung einer Büffeljagd zu beobachten, zu der sechzehn echte Büffel gehörten. Es schien, als hätte sie schließlich den riesigen Maßstab der Produktion erkannt und wüsste zu schätzen, wie schwer es wohl gewesen war, so viele Menschen und Tiere nach England zu bringen.

„Buffalo Bill ist ein unglaublicher Mann", sagte ich, nachdem der letzte Applaus verklungen war, und die Leute aufstanden, um zu gehen.

„Pffft. Ich kenne Dutzende, die schießen können wie er", sagte sie.

„Ich meine, um eine solche Vorführung auf die Beine zu stellen. Dafür muss man ihn doch bewundern."

„Schätze schon. Können wir uns jetzt was zu trinken holen? Ich bin durstig wie eine Wüstenechse."

Ich wollte erst los und den Rest der Ausstellung sehen, aber es war leichter, Willie zufriedenzustellen, indem man nachgab. Wir verließen die Arena und blieben an der ersten Ausgabestelle mit Erfrischungen stehen, über die wir stolperten. Leider ging es auch vielen anderen Zuschauern so, die sich die Wildwestshow angesehen hatten.

„Sind zu viele Leute", jammerte Willie.

„Dagegen kann ich nichts machen", sagte ich und stellte mich ans Ende der Schlange.

Willie entfernte sich jedoch. Anscheinend war sie doch nicht

allzu durstig. Wir überquerten die Brücke über die Eisenbahn-
gleise und begaben uns ins Hauptgebäude. Es füllte sich rasch
mit Leuten, die Billetts hatten und nach der Vorführung aus der
Arena kamen. Ich wollte mir Zeit nehmen und mir die Auslagen
mit amerikanischen Produkten ansehen, aber Willie war nicht
daran interessiert. Sie ging direkt an den surrenden Nähma-
schinen vorbei und warf nicht einmal einen Blick auf die dröhnenden Druckpressen. Ich jedoch blieb an einem Gerät zur
Papierherstellung stehen. Mr. Hendry, der Papiermagier, hatte
seine Papiere handgeschöpft, indem er die traditionelle Methode
nutzte, Lumpen in Wasser zu tränken, bis sie zu Pulpe wurden.
Und natürlich hatte er die Qualität seines Papiers verbessert,
indem er es mit Magie durchwirkte. Dieses Papier fühlte sich
dünner an, die Qualität schlechter.

„Ist es nicht wunderbar?", fragte der Verkäufer.

„Sehr nett", sagte ich und zog weiter.

Willie war verschwunden. Sie konnte nicht weit gekommen
sein, aber ich sah sie in dem Andrang der Menschen nicht mehr.
Ich hätte den ganzen Tag nach ihr suchen und sie nicht finden
können. Wenn ich sie fand, würde ich ihr den Kragen umdrehen.
Sie war genauso schlimm wie Matts Tante Miss Glass. Nein, sie
war schlimmer. Zumindest hatte Miss Glass die Ausrede, dass
sie alt war und geistig nicht mehr so robust; Willie hatte keine
Ausrede. Sie war einfach nur selbstsüchtig.

Wir waren wohl in die Maschinenabteilung der Ausstellung
gestolpert. Das Klappern, Stampfen und Mahlen der amerikanischen Genialität füllte jeden Ausstellungsstand genauso wie
meinen Kopf. Ich war von Lärm umgeben. Ich pflügte weiter, bis
ich ans Ende des Ganges kam. Weiter vorne gab es zwei Pavil-
lons. Auf dem Schild draußen vor dem rechten stand Kunstga-
lerie und auf dem linken Dinier-Saloon. Willie war keine
Kunstliebhaberin.

Ich schob die Tür zum Saloon auf und sah sie mit zwei
Männern an einem Tisch sitzen. Irgendwie hatte sie in der
kurzen Zeit, in der wir getrennt gewesen waren, jemanden zum
Kartenspielen aufgetrieben. Jetzt würde sie niemals mehr gehen,
wenn man das Leuchten in ihren Augen als Maßstab nahm.

„Da bist du ja", sagte ich und schloss mich ihr an.

„Shhh. Ich überlege." Sie schob die Hutkrempe hoch und musterte ihre Karten. Sie hatte ein schlechtes Blatt, verbrachte aber viel Zeit damit, ihre Möglichkeiten zu überdenken.

Ihre beiden Begleiter musterten mich, während sie warteten. „Einen schönen Tag", sagte einer mit einem amerikanischen Akzent. „Haben Sie sich die Vorführung angesehen?"

„Habe ich", erwiderte ich. „Sie war großartig. Gehören Sie zur Ausstellung? Haben Sie hier drin einen Stand?"

„Wir gehören zur Vorführung, Ma'am." Der Mann hatte einen beeindruckenden Schnurrbart, der ihm bis übers Kinn hinabhing. Er war dicker und dunkler als die Haare auf seinem Kopf, und von Grau durchzogen. Sein Freund war jünger, eher dreißig als vierzig, mit Grübchen und einem jungenhaft guten Aussehen, das mit fünfzehn mein Herz zum Flattern gebracht hätte. Er warf mir einen beiläufigen Blick zu, ehe er sich wieder dem Spiel zuwandte.

„Wie aufregend", sagte ich. „Sind Sie einer der Reiter?"

„Reiter und Scharfschützen, wir beide."

„Ich war sehr beeindruckt von Ihrem Talent. Wie Sie diese Flaggen aufgehoben haben, ohne runterzufallen, wirkte extrem schwierig. Sie sind äußerst begabt."

„Hör auf zu schwärmen, India", sagte Willie, die drei Karten ablegte. „Das gehört sich nicht für eine Dame in deiner Lage."

Ich lächelte sie angespannt an. „Ich habe nicht geschwärmt."

Willie schnappte sich meine Hand und zeigte den Männern den Ring an meinem Finger. „Sie heiratet meinen Cousin."

Der Mann mit dem Schnurrbart lachte und hob sein Glas. „Wir haben nur geredet."

Sein Freund grinste und legte zwei Karten aus seiner Hand ab. „Lass sie in Ruhe, Emmett, und spiel. Ich muss meine Einsätze zurückgewinnen, sonst zieht mir meine Frau die Haut ab."

Ich riss die Hand zurück. „Du siehst aus, als würdest du hier eine Weile bleiben wollen, Willie. Ich bin in einer Stunde wieder da."

Ich überließ sie ihrem Pokerspiel und schlenderte an den Ständen vorbei. Es gab so viel zu sehen, von Nahrungsmitteln, die in Amerika angebaut wurden, bis hin zu einfach allem, was in Amerika hergestellt wurde. Ich musterte Kutschen und Werkzeuge, Hölzer und wertvolle Metalle, Waffen, medizinische Apparate, Schmuck, Musikinstrumente und wissenschaftliche Geräte und etliche Buden, die sich den schönen Künsten widmeten. Eine Stunde reichte nicht. Ich gab es auf, Gegenstände zu berühren, als mir klar wurde, dass ich in dieser Zeit nicht alles sehen konnte. Ich hatte kein einziges Mal magische Wärme gespürt.

Magier würden sowieso nichts auf einem extravaganten Fest ausstellen. Es war zu riskant, ihre Waren zur Schau zu stellen, besonders jetzt, da die Spekulationen über Magie immer noch in der Luft hingen, obwohl die Zeitungsartikel zu diesem Thema aufgehört hatten. Die Spekulationen hatten Amerika erreicht, so hatte es mir Oscar Barratt erzählt. Sein Artikel aus der *Weekly Gazette* war in Übersee noch einmal erschienen, aber nur in einer kleinen Regionalzeitung in Ohio. Die Existenz von Magie wurde dort heiß debattiert, hatte aber nicht dieselben Ausmaße erreicht.

Ich war mir nicht sicher, ob das etwas Gutes war oder nicht.

Ich kehrte in den Saloon zurück, um festzustellen, dass Willie noch mit denselben beiden Männern am Tisch saß. Ich versuchte, ihre Aufmerksamkeit auf der anderen Seite des Raumes auf mich zu ziehen, aber sie schaute nicht auf. Sie war in das Spiel vertieft. Ging man nach dem Stapel Münzen vor ihr, gewann sie.

„Bereit?", fragte ich sie.

„Die Stunde ist noch nicht um", sagte sie.

„Doch, ist sie."

Der Mann mit dem Schnurrbart – Emmett – zog eine goldene Taschenuhr mit immerwährendem Kalender aus seiner Westentasche. Sie sah aus wie eine LeCoultre, die wir vor zwei Jahren in unserer Werkstatt repariert hatten. LeCoultre-Uhren waren teuer. „Ihre Freundin hat recht, Miss Johnson. Sie gehen besser mit ihr." Er warf seine Karten verdeckt auf den Tisch.

Der jüngere Mann schob sie zurück zu Emmett. „*Wir* müssen nicht mit dem Spielen aufhören."

„Macht keinen Spaß zu zweit." Der beeindruckende Schnurrbart zuckte, als Emmett lächelte, und seine dunkelbraunen Augen funkelten. „Miss Johnson bringt etwas Klasse an den Tisch. Es ist keine Überraschung, dass sie gewinnt."

Klasse? Gütiger Gott, wenn er mit ihr flirten wollte, sollte er es zumindest glaubwürdig machen.

Das einzige Anzeichen, durch das Willie zeigte, dass sie ihn gehört hatte, war die Rosafärbung ihrer Wangen. „Beenden wir diese Runde, Gentlemen, denn ich gehe lieber, bevor aus Indias Ohren noch Dampf quillt."

Emmett nahm seine Karten auf. Beide Männer verloren, und Willie gewann die Runde. Sie schob ihre Gewinne ein und erhob sich.

„Es war mir ein Vergnügen", sagte sie und zupfte an ihrer Hutkrempe. „Vielleicht können wir das wiederholen, so lange Sie noch in London sind."

„Wie wär's mit heute Abend?", fragte Emmett, der sich ebenfalls erhob. Der jüngere Mann stemmte sich auch hoch, als würde ihm gerade noch einfallen, dass Willie eine Frau war, und ein Mann aufstehen sollte, wenn eine Frau es tat. Er griff zu seinem Glas, doch dann fiel ihm auf, dass es leer war, und er stellte es mit einem Seufzen wieder ab.

„Klar", sagte Willie. „Wo?"

„Im Prince of Wales, einem Saloon hier in der Nähe. Einem *Pub*, wie die Engländer sagen. Die Mitwirkenden an der Show gehen oft nach der Vorführung dorthin. Bringen Sie Ihren Verlobten mit, Ma'am", sagte er zu mir.

„Er ist weg. Aber können wir zwei Freunde mitbringen? Sie sind Amerikaner mit Heimweh und werden sich freuen, Sie kennenzulernen."

„Es wäre mir eine große Freude", erwiderte er in einem schrecklich nachgeahmten englischen Akzent.

Ich lachte. Er lachte ebenfalls und küsste mir die Hand, ehe er seine Aufmerksamkeit Willie zuwandte und das Ganze wiederholte. Sie war so verblüfft, dass sie nichts mehr herausbrachte.

„Wir sehen uns heute Abend", sagte ich und nahm sie am Arm.

„Bringen Sie Ihren Freund mit", sagte Willie mit einem Nicken zu dem jüngeren Mann hin.

Emmett klopfte ihm auf die Schulter. „Das mache ich, wenn seine Alte ihn lässt."

„Sie ist nicht mein Boss", murmelte der Mann.

Willie und Emmett grinsten einander an.

„Komm schon, Emmett", sagte der junge Mann, während wir gingen. „Spielen wir weiter."

„Du hörst lieber auf, solange du noch was übrig hast, sonst nutzt deine Alte dich für Zielübungen", sagte Emmett.

„Seine Frau ist eine Scharfschützin in der Vorführung", erklärte mir Willie, als wir außer Hörweite waren.

Ich keuchte. „Annie Oakley?"

„Die andere."

„Ist es nicht wunderbar, dass es zwei Scharfschützinnen gibt? Das beweist es doch einfach, oder nicht?"

„Beweist was?"

„Dass Frauen bei einer Aktivität, die von Männern beherrscht wird, genauso gut sein können wie Männer."

„Schätze schon. Hab noch nie darüber nachgedacht."

„Ha! Du kannst mir nichts vormachen, Willie. Das ist doch alles, woran du denkst."

„Nicht alles", erwiderte sie leichtfertig. „Gerade im Augenblick denke ich an große Schnurrbärte, und was das über einen Mann aussagt."

„Was sagt es denn aus?"

„Dass sie *überall* haarig sind."

Mir war nicht klar, ob sie das für etwas Gutes oder Schlechtes hielt.

* * *

EIN BRIEF von Matt erwartete mich, als wir zu Hause ankamen. Darin stand nur, dass er mich vermisste und es nicht erwarten konnte, mich am Folgetag bei seiner Rückkehr zu sehen. Er und seine Tante waren vor drei Tagen zur Hochzeit nach Rycroft Hall gereist. Er hatte nicht gehen wollen, insbesondere, da ich nicht eingeladen war, aber ich hatte ihn gedrängt, teilzunehmen. Patience war seine Cousine, aber darüber hinaus musste jemand vor Ort sein, falls Lord Cox kalte Füße bekam.

Die Nachricht hatte nicht erwähnt, dass Matts Überzeugungskünste nötig gewesen waren, aber zweifelsohne würde ich am nächsten Tag einen vollen Bericht zu hören bekommen.

Ich steckte den Brief in meinen Pompadour und wollte gerade die Stufen hinaufgehen, als Duke aus der Bibliothek kam, sein Mund finster und verkniffen.

„Es ist vollbracht", war alles, was er sagte.

Ich holte tief Luft und stieß sie langsam wieder aus. Willie legte einen Arm um mich und drückte mich angenehm fest. Ich hätte nicht gedacht, dass mich Paynes Hinrichtung dermaßen aufwühlen würde, und mir war ein wenig schlecht. Er hatte versucht, Matt umzubringen, ihm war es gelungen, unseren Kutscher zu töten, und er hatte Gabe Seaford und mich entführt. Er war ein Monster, ein Verrückter, der davon besessen gewesen war, Matt zu vernichten. Ich sollte froh sein, dass es endlich vorbei war. Ich *war* froh. Dieses merkwürdige Gefühl würde mit der Zeit vergehen, aber vorerst war ich erleichtert, meine Freunde bei mir zu haben, obwohl ich Matt schrecklich vermisste.

„Soll ich Tee in die Bibliothek bringen, Miss Steele?", fragte Bristow.

„Wir genehmigen uns was Stärkeres vom Büffet", sagte Willie.

„Tee ist in Ordnung", erklärte ich ihnen beiden. „Es ist zu früh für Alkohol."

„Dir vielleicht."

Eine Zeitung lag auf dem Tisch ausgebreitet in der Bibliothek, darunter Dukes Stiefel, das vordere Ende des einen berührte die Ferse des anderen. Er wartete, bis ich mich hinsetzte, dann nahm er seinen Platz am Tisch wieder ein. Willie genehmigte sich etwas aus der Whisky-Karaffe.

„Wo ist Cyclops?", fragte ich.

„Draußen", sagte Duke.

„Wo draußen?"

Duke zuckte mit den Schultern. „Hat er nicht gesagt."

„Ich hoffe, er kommt vor heute Abend zurück", meinte Willie, die uns mit ihrem Glas zuprostete. „Wir gehen ins Prince of Wales, in Chelsea."

„Zum Feiern?" Duke rückte auf seinem Sessel herum, ein gequälter Ausdruck auf dem Gesicht. „Ich habe den Sheriff verabscheut, aber ich werde nicht auf seinem Grab tanzen, Willie. Das ist nicht richtig."

„Nicht zum Feiern, du Trottel." Sie setzte sich auf einen der tiefen Ohrensessel am Kamin und streckte die Beine in diese Richtung, obwohl das Feuer nicht brannte. „Wir spielen Poker mit ein paar Leuten aus der Show. Wir sind zwei von ihnen in einem Saloon begegnet. Einer hat sich wirklich dumm angestellt, Duke, und er wird heute Abend dort sein. War so unschuldig wie ein neugeborenes Baby." Sie ließ die Münzen in ihrer Tasche klimpern und kicherte in ihr Glas.

„Lass mich raten. Der Dumme hat beinahe jede Runde verloren, aber nicht alle", sagte er. „Er wirkte überrascht, als er dann doch gewonnen hat, und wollte unbedingt weitermachen, weil er glaubte, seine Pechsträhne würde bald enden."

„Du klingst, als wärst du dabei gewesen", sagte ich.

Willie sank in ihren Sessel. „Er war wirklich ein Narr, Duke, ich sage es dir. Komm heute Abend mit und sieh es dir selbst an. Wenn ich mich zu tief reinreite, hast du meine Erlaubnis, mich rauszuholen, bevor ich meinen Colt ziehe."

„Darf ich dich über die Schulter werfen und raustragen?"

„Versuch's einfach, Duke, und finde es raus."

Er grinste und griff nach der Zeitung. „Es ist eine Besprechung der Wildwestshow hier drin. Da steht, sie ist spektakulär, anders als alles, was in London bereits zu sehen war. Was sagt ihr beiden?"

„Sie war spektakulär", erwiderte ich, während Bristow ein Tablett mit Teeutensilien hereinbrachte. „Du hättest mitkommen sollen, Duke."

„Und mir ansehen, wie ein paar Schauspieler so tun, als würden sie Indianer fangen und herumreiten, während sie mit ihren Pistolen schießen?" Er richtete die Zeitung mit einer raschen Handbewegung gerade. „Ich habe Besseres zu tun."

„Es sind keine Schauspieler. Die Indianer sind echte Indianer, die Reiter können reiten, als wären sie im Sattel geboren, und die Scharfschützen haben nicht danebengeschossen. Du hättest Annie Oakley und Buffalo Bill sehen sollen. Sie waren erstaunlich. Sag es ihm, Willie. Am Ende hast du es genossen, das weiß ich doch."

Sie schniefte. „Es war schon in Ordnung. Nichts Besonderes, Duke, aber es hat mich an zu Hause erinnert. Auf gute Weise."

„Mrs. Bristow und ich haben es an unserem freien Tag gesehen", sagte Bristow, der mir eine Tasse reichte. „Wir haben es durchweg genossen."

Es war sehr schwer, keine Miene zu verziehen, während ich mir unseren äußerst integren Butler und die Haushälterin vorstellte, wie sie bei den Heldentaten der amerikanischen Cowboys und Indianer beeindruckt aufkeuchten. Manchmal wirkte er, als wäre er noch mehr auf Anstand bedacht als Miss Glass.

„Für mich ist das nichts", sagte Duke. „Aber heute Abend Pokern wird gut. Schauspieler oder nicht, es sind Amerikaner, und ich könnte durchaus ein wenig gute alte Gesellschaft aus der Heimat brauchen."

„Was ist mit mir und Cyclops?", rief Willie.

„Ich sagte *gute* Gesellschaft."

Willie zog ihren Stiefel aus und warf ihn auf Duke, traf ihn an der Schulter.

Duke lächelte nur.

* * *

Das Prince of Wales war voller Amerikaner, zum Großteil Männern, keiner von ihnen war indianischer oder mexikanischer Abstammung. Eine der wenigen anwesenden Frauen beäugte mich durch zusammengekniffene Augen, als wäre ich eine Kuriosität. Sie wollte sich gerade zu ihren Gefährten zurückdrehen, die um einen Tisch standen, als ihr Willie auffiel. Einer ihrer Mundwinkel hob sich zu einem Grinsen.

Willie merkte es nicht. Sie suchte nach Emmett. Wir fanden ihn, wie er in einer Wolke aus Zigarrenrauch weit hinten im Pub saß, wo er mit zwei anderen Männern Karten spielte. Er strahlte, als er uns sah.

„Freut mich, dass Sie gekommen sind." Er schüttelte ihr die Hand, dann nahm er meine und küsste den Handrücken. „Das sind wohl Ihre Freunde."

Willie stellte Cyclops und Duke vor, und Emmett schüttelte

auch ihnen die Hände.

„Wo kommen Sie her?", fragte Emmett.

„Größtenteils aus Kalifornien", sagte Duke, „aber wir waren schon überall."

„Sie sind Scharfschütze?", fragte Cyclops.

Emmett zwirbelte seinen Schnurrbart mit Daumen und Zeigefinger. „Aber sicher, doch ich kann keine Vorführung geben. Dafür müsst ihr kommen und euch die Show ansehen." Er lachte und schlug Cyclops auf die Schulter. „Bill Cody rückt nichts umsonst raus."

„Wo kommen Sie her?"

„Von überall, wie ihr."

„Was machen Sie sonst noch so?", fragte Duke.

Emmett stutzte. „Nichts. Die Show verlangt all meine Zeit."

„Was haben Sie denn vorher gemacht, bevor Sie Scharfschütze für Buffalo Bills Show wurden?"

Emmetts Blick huschte zwischen Cyclops und Duke hin und her. „Was ist das hier, ein Verhör? Sind Sie Gesetzeshüter? Denn ich habe nichts zu verbergen. Fragen Sie mich doch, was Sie wollen."

Cyclops hob ergeben die Hände. „Bin nur neugierig, wie man zu dieser Arbeit kommt."

Emmett entspannte die Schultern. „Man kauft William F. Cody was zu trinken und kaut ihm ein Ohr darüber ab, dass man eine Tabakdose auf sechzig Schritt von einem Baumstamm schießen kann, bis Cody es nicht mehr aushält und einem eine Chance gibt."

„Ist er hier?", fragte ich und schaute mich um, nur um festzustellen, dass etliche Männer mich anstarrten. Ich rückte ein wenig näher an Cyclops.

„Bill ist zu wichtig, um mit uns zu trinken." Emmett klopfte auf den leeren Platz neben sich. „Setzen Sie sich, Miss Johnson, und spielen Sie Poker. Wollen wir doch mal sehen, ob Sie diese Glückssträhne weiter aufrechterhalten können. Sie erinnern sich noch an Danny, oder? Danny Draper?"

Der jüngere Mann von vorhin sah aus, als hätte er bereits zu viel getrunken. Ein bescheidener Stapel Münzen lag vor ihm, er saß über ein Kartenspiel gebeugt. „Wir ziehen fünf Karten", sagte er, während er mischte. „Ist das in Ordnung für Sie, Miss?" Er stellte den Kartenstapel vor Willie ab.

Sie hob ab, tippte als Glücksbringer oben drauf und lächelte. „Passt."

Einer der Männer von einem Nachbartisch bot mir seinen Stuhl an, und ich nahm ihn zögerlich. Ich hätte lieber gestanden, um mehr vom Raum zu sehen, besonders die Frau, die ich beim Eintreten bemerkt hatte. Sie sah irgendwie vertraut aus, aber ich erkannte ihr Gesicht nicht.

Duke und Cyclops stellten sich hinter mich. Keiner war gebeten worden, sich dem Spiel anzuschließen. Nach der ersten Runde bestellte Duke für sich und Cyclops Bier, und für mich einen Sherry.

„Der Prince of Wales hat sich unsere Vorführung angesehen", sagte Emmett, während er seine Karten musterte. Anders als Danny Draper schien es ihm nichts auszumachen, sich zu unterhalten, während er spielte. Es hatte auf jeden Fall keinen Einfluss auf sein Spiel, wenn man nach den Gewinnen ging, die sich vor ihm stapelten. „Er hat mit uns gesprochen. Schien ein netter Kerl zu sein, aber sein Akzent war wirklich witzig. Als hätte er lauter Murmeln im Mund. ‚Wie ist das werte Befinden?'", ahmte er den englischen Oberklasse-Akzent auf schreckliche Weise nach. „‚Wie erfreulich, Sie kennenzulernen. Sie Amerikaner sind doch die faszinierendsten Persönlichkeiten.'" Emmett kicherte und legte eine Karte ab. „Nichts für ungut, Miss ..."

„Steele", sagte ich.

„Nichts für ungut, Miss Steele, aber ihr Engländer seid wirklich merkwürdig."

„Amen", schloss Willie.

Emmett schaute auf seine neu gezogenen Karten hinab und schob ein paar Münzen in die Mitte des Tisches. „Es ist nicht nur der Akzent. Alle sind die ganze Zeit über höflich. Erst gestern hat mich ein Junge bestohlen und sich dann bei mir entschuldigt, bevor er weggelaufen ist."

Ich glaubte ihm beinahe, bevor er den Kopf in den Nacken warf und laut loslachte. Etliche Leute drehten sich um, schüttelten die Köpfe und schauten wieder weg. Die Frau, die ich vorhin gesehen hatte, marschierte auf uns zu, ihr Gesicht war finster.

„Bist du wieder lästig, Emmett?", fragte sie.

Emmett bedeutete ihr, näherzukommen, doch sie blieb stehen. „Annie glaubt, es das ist hiesige Wetter, das auf die Engländer einwirkt, oder nicht, Annie?"

Annie? War *das* Annie Oakley? Das erklärte, weshalb sie leicht vertraut gewirkt hatte. Ich hatte sie bei der Vorführung auftreten sehen. Von der Tribüne aus hatte ich ihr Gesicht nicht sehen können, aber diese Frau war zierlich wie Annie Oakley. Ich war allerdings zu schüchtern, um sie zu fragen.

„Warum das Wetter?", fragte Cyclops.

„Diese Kälte lässt alle steif werden", sagte sie.

Er lachte leise.

„Behalten Sie Emmett gut im Auge", sagte sie zu Willie. „Er hat einen Hang zum Gewinnen."

Meinte sie, dass er mogelte? Cyclops und Duke hatten wohl dasselbe gedacht, denn sie schauten einander an und wandten sich dann zu Annie. Sie ging weg, und die Menge verschluckte sie bald.

„Achten Sie nicht auf sie", sagte Emmett. „Sie glaubt, ich mogle, aber ich schwöre, ich habe einfach nur Glück. Sie können in meiner Tasche nachsehen, wenn Sie wollen." Er stand auf, um zu zeigen, dass er keine Karte unter sich geschoben hatte, und dann drehte er seine Taschen nach außen. Alle leer. Duke schaute sogar unter dem Stuhl nach. Es gab keine weiteren Karten, die auf der Unterseite klebten.

„Setz dich", knurrte Danny. „Er gewinnt nicht immer", sagte er zu Willie. „Er hat heute Abend nur eine Glückssträhne."

Willie zeigte ihnen ihre Karten. Drei gleiche. „Nicht mehr." Sie grinste, als sie das Geld einstrich.

Danny stöhnte. Emmett kicherte nur. „Ich konzentriere mich wohl besser mal", sagte er.

Sie spielten ein paar weitere Runden, und mir wurde immer langweiliger. Ich sah Annie Oakley am Tresen, wo sie mit der einzigen anderen Frau im Raum sprach, einer hübschen Blonden, die nicht älter sein konnte als zweiundzwanzig. Annie sah mit ihren langen braunen Haaren, die ihr über die Schultern hinabfielen, und ihrer klein gewachsenen, aber schmalen Gestalt aus wie um die dreißig.

Ich dachte noch darüber nach, wie ich mich am besten nähern sollte, als sie mich sah und zu sich herüberwinkte.

„Es tut mir leid, dass ich störe", sagte ich und klang wie ein atemloses Mädchen beim ersten Tanz. „Ich wollte nur sagen, wie sehr ich Ihre Vorführung heute bewundert habe."

„Sie haben sie gesehen?" Annie legte ihrer Freundin eine Hand auf die Schulter. „Dann haben Sie auch May gesehen. Sie ist auch Scharfschützin."

„Schön, Sie kennenzulernen", sagte ich. „Ich heiße India. India Steele."

Die hübsche Blonde, die May hieß, knickste leicht.

„Sie ist nicht die Queen", sagte Annie. „Vor ihr musst du nicht knicksen."

May wurde rot. „Es liegt am Akzent", sagte sie. „Ich habe das Gefühl, ich muss mich verbeugen und vor jedem hier einen Fußkratzer machen, und dann den Boden schrubben." Sie kicherte und biss sich auf die Lippe.

„Ich bin nur eine gewöhnliche Engländerin", sagte ich, und einmal mehr wurde mir klar, dass das nicht mehr sehr lange der Fall sein würde. Ich würde den Erben eines Titels heiraten. Wenn Matt ihn erbte, würde ich Lady Rycroft werden. Es war so absurd, dass ich beim ersten Mal, als mir das klar geworden war, gelacht hatte, bis ich weinte. Ich weinte nicht mehr, aber oft wollte ich lachen. „Nennen Sie mich ruhig India."

„Wer sind Ihre Freunde?", fragte mich Annie.

„Der große ist Nate, aber alle nennen ihn nur Cyclops. Der andere ist Duke."

„Die Frau?"

„Das ist Willie."

„Sie zieht sich an wie ein Mann", sagte May mit leiser Stimme.

„Sie hasst Korsetts und Kleider", sagte ich.

„Ich auch, aber ich will keine Hose tragen."

„Sie kann tragen, was sie will", sagte ich, weil ich Willie verteidigen wollte. „Sie muss niemandem Rede und Antwort stehen außer sich selbst."

„Ja, aber ...“

„Sie hat Glück“, ließ sich Annie vernehmen. „Nicht allzu viele Frauen können tun, was sie wollen, außer sie haben einen verständnisvollen Mann, wie ich.“ Ihr Blick glitt zu einer Gruppe Männer hinüber, die leise an einem Tisch sprachen.

„Du solltest auch Hosen tragen“, sagte May mit einem Lächeln und stieß sie mit dem Ellbogen an. „Würde gut an dir aussehen. Oder ist er doch nicht *so* verständnisvoll?“

„Er würde es erlauben, aber Bill bestimmt nicht. Ich höre jetzt schon die Stimme des Alten: ‚Wozu denn eine Scharfschützin haben, wenn niemand merkt, dass sie eine Dame ist?‘“, gab sie in tiefer Stimme zum Besten.

May kicherte wieder. „Er hätte immer noch mich.“

„Sie haben heute auch sehr gut geschossen“, sagte ich.

„Nicht so gut wie Annie, aber so schlecht bin ich nicht.“

„Willie ist auch eine gute Schützin“, sagte ich. „Das sagt sie zumindest. Sie sind alle aus dem Wilden Westen, wohnen aber schon seit ein paar Monaten hier. Sie werden noch etwas länger bleiben, obwohl ich schätze, dass sie im Winter vielleicht flüchten werden.“

„Sieht so aus, als würden sie gern Poker spielen“, bemerkte Annie.

„Das ist wahr. Sie haben es mir beigebracht, aber mir macht es keine große Freude. Ich bin nicht sonderlich gut.“

„Verraten Sie das nicht Emmett und Danny“, sagte Annie, die sich näher an mich heranbeugte. „Sie lassen Sie dann nur dort Platz nehmen und Ihre Ersparnisse im Nu verschwenden.“

„Annie!“, rief May. „So ist mein Mann nicht, obwohl du bei Emmett vielleicht recht hast.“ Sie deutete auf die Pokerspieler. „Danny ist mein Mann.“ Sie versteifte sich plötzlich. „Verliert er schon wieder? Himmel, ich werde ihm den Hals umdrehen.“

Sie wollte schon losstürmen, doch Annie erwischte sie am Arm. „Lass mich dir einen freundlichen Rat geben, von einer Frau zur anderen.“

May wirkte nicht erfreut darüber, noch einen weiteren Augenblick bleiben zu müssen, aber sie ließ sich dazu hinab, mörderische Blicke in die Richtung ihres Mannes zu werfen. Ihm entging es jedoch. Er schaute nicht aus seiner Hand auf, während er auf der Unterlippe kaute.

„Marschier da nicht ganz wütend rüber", sagte Annie. „Du musst das auf frauliche Art machen. Versuch, ihn zu überzeugen, mit dir nach Hause zu gehen, um eine kleine Belohnung zu bekommen." Sie zwinkerte. „Wenn du verlangst, dass er vor allen anderen geht, und eine Szene machst, stellt er nur auf stur."

May seufzte. „Du hast recht. Ich lasse ihm noch ein paar Minuten, um zu sehen, ob er es zurückgewinnt."

„Du denkst wie er", sagte Annie mit einem Kopfschütteln. „Mach das nicht. So verlieren Spieler ihr Geld."

May gab ein wimmerndes Geräusch von sich und sah aus, als würde sie gleich in Tränen ausbrechen. „Ich weiß nicht, was ich tun soll. Ich hasse es, dass er die ganze Zeit mit Emmett spielt. Emmett gewinnt öfter, als er verliert. Viel öfter."

„Er hat teuflisches Glück, so viel ist sicher."

Duke kam zu uns, schüttelte den Kopf. „Wir gehen bald, India. Willie hat beinahe alles verloren."

„Sie lernt wohl nie", sagte ich mit einem Seufzen.

„Zumindest setzt sie inzwischen nur noch, was sie sich auch leisten kann."

Er hatte recht. Willie machte es besser als früher, zog sich zurück, wenn ihre Grenze erreicht war. Früher hatte sie einfach weiter gemacht, bis jemand sie wegzerrte oder sie alles verlor. Trotzdem wünschte ich mir, sie würde überhaupt nicht spielen. Sie würde den ganzen Abend schreckliche Laune haben.

„Dann los", sagte Annie zu May. „Du weißt, was du zu tun hast. Und ihr beiden", sagte sie zu Duke und mir, „nehmt eure Freundin mit nach Hause, bevor sie wie Danny endet und Emmett mehr schuldet, als sie sich leisten kann."

Das musste man Duke nicht zweimal sagen. Vielleicht war das der Grund, weshalb er hier herüber gekommen war, um sich die Erlaubnis zu holen, das Spiel zu beenden. Es schien, als würde Annie Oakleys Erlaubnis ihm völlig reichen.

„Komm schon, Danny", sagte May, als ich bei der Gruppe Spieler ankam. „Das reicht jetzt, gehen wir nach Hause." Sie strich ihm über die Wange und drückte sich an ihn.

„Nur noch eine Runde", sagte er, legte ihr einen Arm um die Taille und zog sie auf seinen Schoß. Er küsste ihren Hals. „Nur noch eine, ich verspreche es."

Sie entzog sich ihm und stieß ihn in den Arm. „Bei dir ist es immer nur noch eine."

„Das Spiel ist jetzt vorbei", sagte Duke. „Willie, komm schon. Wir müssen los."

Cyclops erhob sich, doch Willie seufzte nur, während sie ihr Blatt anstarrte.

Emmett berührte sie am Arm. „Noch nicht, Miss Johnson. Bleiben Sie noch ein wenig. Es ist noch früh, und wir haben Spaß. Jeden Augenblick wird sich Ihr Glück wenden, da bin ich mir sicher."

„Wir haben morgen einen großen Tag", rief ich ihr in Erinnerung. „Matt kommt nach Hause."

„Dann gehen *Sie* doch", fuhr Emmett mich an.

Ich blinzelte. „Wie bitte?"

„Sie haben mich gehört", knurrte er. „Sie gehen nach Hause, Miss Steele. Miss Johnson kann das selbst entscheiden. Ich sehe doch, dass sie niemand ist, der von irgendjemandem Befehle annimmt, ganz zu schweigen von jemandem wie Ihnen."

„Jemandem wie mir?", wiederholte ich. Ich hätte gefragt, was er meinte, aber ich war auch zu verblüfft, um klar zu denken. Wo kam denn diese hässliche Seite plötzlich her, und auch noch so schnell? Er hatte einen Stapel Münzen vor sich, also machte er sich wohl keine Sorgen, ob er seine Verluste zurückgewinnen würde.

„Reden Sie nicht so mit India", sagte Duke, der sich vor Emmett aufbaute.

Cyclops stand in seinem Rücken, sein eines Auge bohrte sich in Emmett hinein, eine prächtige Gestalt, der sich nur sehr wenige entgegenstellen würden.

Emmett erhob sich langsam. Wenn er saß, wirkte er nicht sonderlich groß, aber nun, da er stand, war er locker so groß wie Cyclops, wenn auch nicht so kräftig. „Nicht wie?", höhnte Emmett. „Als wäre sie eine spießige Schullehrerin?"

Willie schoss hoch und bohrte Emmett einen Finger in die

Brust. „Reden Sie nicht so meiner Freundin. Das nehmen Sie zurück."

Emmett grinste, zeigte unter seinem Schnurrbart vergilbte Zähne. „Sie gehen, Miss Johnson? Ohne sich auch nur zu wehren? Kommen Sie schon, bleiben Sie und spielen Sie mit mir. Ich habe das Gefühl, Ihr Glück wird sich wenden."

„Ich habe kein Geld mehr."

„Klar haben Sie das. Eine erfinderische Frau kann immer was auftreiben."

„Was soll denn das heißen?", spuckte Duke aus.

Willie brauchte keinen Duke, um ihre Ehre zu verteidigen. Sie waren nur zu gut selbst fähig, Emmett mit ein paar gewählten Worten in Fetzen zu reißen. Sie stieß ihn wieder mit dem Finger vor die Brust. „Es gibt nur einen Grund zum Bleiben, und zwar, dass ich herausbringe, wie Sie mogeln, und Sie bloßstelle."

*Verflixt.*

Im Raum wurde es still. Die einzige Bewegung kam vom Zigarrenrauch, der träge um die Balken wirbelte.

Emmett legte langsam den Kopf zur Seite, wie ein Automat, der aufgezogen wurde. „Ich bin kein Betrüger."

Willie stellte sich zwischen Duke und Emmett, eine furchtlose kleine Gestalt. Oder eine dumme. „Ich weiß nicht, wie Sie es machen, aber ich weiß, dass Sie mogeln."

Annie trat vor und nahm Willie am Arm. „Lassen Sie ihn. Bringen Sie ihn nicht auf."

Emmett lachte, ein hohles, sprödes Geräusch. „Oder vielleicht bin ich einfach gut."

„Niemand ist so gut oder hat so viel Glück", sagte Willie.

„Gehen Sie jetzt", drängte Annie lauter.

Ich nahm Willies anderen Arm, und zusammen schafften wir es, sie aus Emmetts Reichweite zu bekommen, obwohl ich bei jedem Schritt ihren Widerstand spürte.

„Wenn Sie ein Mann wären ..." Er schaute sie von oben bis unten an. „Sie haben Mumm, das gestehe ich Ihnen zu, aber ..."

Dukes Faustschlag traf so fest auf Emmetts Kiefer, dass Emmett über den Tisch zurückstolperte und über den Boden rollte. Duke schüttelte sich die Hand aus. „Jetzt reicht's aber damit, meine Freunde zu beleidigen."

Ein paar Männer traten vor, vielleicht um einen besseren Blick zu bekommen, oder Emmett auf die Beine zu helfen. Oder vielleicht, um es Duke zurückzuzahlen. Es war schwer zu sagen. Cyclops ließ es nicht darauf ankommen. Er packte Duke an den Schultern und drängte ihn zur Tür. Willie und ich folgten ihnen. Wir gingen an einer schönen blonden Frau mittleren Alters vorbei, die mit einem boshaften Lächeln zusah. Sie hob vor Duke ihr Sherry-Glas.

Ich warf einen Blick zurück auf den Pub, während wir über die Straße eilten, und machte beinahe kehrt und ging noch einmal hinein. Ich hatte ein Gesicht im Fenster gesehen. Das Gesicht von jemandem, von dem ich nicht erwartet hätte, dass er sich mit einer reisenden Truppe amerikanischer Cowboys abgab.

# KAPITEL 2

Matt kehrte genauso nach Hause zurück, wie er ein paar Tage zuvor aufgebrochen war – mit einem großen Lächeln und einer Umarmung, die mich von den Füßen hob. Die Reaktion seiner Tante war unterkühlter, aber auf ihre Art ebenfalls enthusiastisch.

„Versuch doch, nicht so vulgär zu sein, Matthew", sagte sie. „Das Personal sieht zu."

Bristow hob nicht einmal eine Augenbraue, während er dem Diener die Tür aufhielt, um das Gepäck hereinzubringen.

Matt legte die Hände an meine Taille. „Ich habe dich vermisst", schnurrte er mir ins Ohr.

„Ich habe dich auch vermisst." Ich verschränkte die Arme hinter seinem Kopf und küsste ihn leicht auf die Lippen.

Ich erhaschte einen Blick auf Miss Glass, die mit abgehackter Präzision und einem finsteren Gesicht an den Fingerspitzen ihrer Handschuhe zupfte. Ich küsste Matt noch einmal, diesmal anhaltend.

„Wir dachten, wir hätten jemanden gehört", sagte Duke, der die Treppe herabkam, Cyclops im Schlepptau. Sie schüttelten beide Matt die Hand und begrüßten Miss Glass höflich. Sie gab ihnen die Hand. Duke nahm sie und hielt sie einen Augenblick lang, doch Cyclops küsste ihren Handrücken. Sie lächelte ihn an.

„Es ist wunderbar, zu Hause zu sein", sagte sie. „Bristow,

bringen Sie Tee in den Salon. Ich brauche dringend etwas von Mrs. Bristows Aufguss. Der Tee in der letzten Herberge hat geschmeckt wie aus dem Schweinetrog."

„Matt!", rief Willie, die die Stufen herabtrottete. Sie warf die Arme um ihn, dann umarmte sie Miss Glass ebenso heftig.

„Du hast dich nicht verändert", sagte Miss Glass.

„Du hast doch nicht erwartet, dass ich in vier Tagen zur Dame werde?"

„Man kann immer auf ein Wunder hoffen." Miss Glass hielt mir eine Hand hin. „India, komm mit mir in den Salon. Erzähl mir alles, was in unserer Abwesenheit vorgefallen ist."

Wir begaben uns in den Salon, die anderen folgten. „Also sind sie wirklich verheiratet?", fragte ich.

„Das sind sie", sagte Miss Glass. „Es war eine kleine, einfache Feier, nach all dem Drama rund um die Verlobung."

Drama beschrieb nicht annähernd die aufregenden Tage, die wir damit verbracht hatten, einen Weg zu finden, um Matt aus seiner Verpflichtung zu befreien, seine Cousine Patience zu heiraten. Letztlich waren skandalöse Informationen über Lord Cox nötig gewesen, um ihn zu bestechen, damit er ihr einen Antrag machte. Ein Skandal, den ich immer noch kaum glauben konnte. Wie Lord Coyle davon erfahren hatte, konnte ich nicht sagen, aber hätte er das nicht getan, wären wir in einer schwierigen Lage gewesen. Ich versuchte, nicht daran zu denken, dass ich bei ihm in der Schuld stand. Versuchte, nicht an all die Dinge zu denken, um die er mich bitten konnte, um diese Schuld zu begleichen. Eines war sicher – es würde auf irgendeine Art den Einsatz meiner Magie erfordern.

Miss Glass setzte sich auf das Sofa und bedeutete mir, dass ich mich ihr anschließen sollte. Matt setzte sich gegenüber hin, immer noch lächelnd. Er war auf jeden Fall glücklich. Die Hochzeit musste gut gelaufen sein.

„Wie ist das Anwesen?", fragte Willie Matt. „Ist das Haus groß? Gibt es einen Wald, und können wir dort jagen gehen?"

„Sowohl das Haus als auch das Anwesen sind groß", sagte Matt. „Es gibt Wälder, und sie gehen manchmal auf Fuchsjagd und schießen. Wir haben allerdings nichts dergleichen getan, während wir dort waren."

„India, du brauchst Freesien und Gardenien in deinem Gebinde", sagte Miss Glass.

„Weshalb? Weil Patience sie in ihrem hatte?"

„Nein, weil sie sie nicht hatte. Das konnte sie nicht. Sie stehen für Reinheit und Unschuld, und dieses Mädchen hat nichts davon. Du dagegen bist nur zu berechtigt. Und das Hochzeitsmenü muss mindestens sechs Gänge oder mehr umfassen. Sie hatten nur fünf." Sie schüttelte den Kopf. „Das war richtiggehend spärlich."

Ich sah davon ab, die Augen zu verdrehen, erhaschte aber einen Blick auf Matt, der zur Decke schaute. Ich lächelte.

„Du sagst, die Hochzeit war klein, Tante", sagte er, „doch auf einen einfachen Amerikaner wie mich wirkte sie groß."

„Nach unseren Standards war sie klein." Sie tätschelte sich die grauen Locken in ihrem Nacken. „Wenn die Tochter eines Barons heiratet, ist es normalerweise eine aufwendige Angelegenheit mit mehr Gästen als Bediensteten. Richard hat nicht einmal hundert Leute eingeladen."

„Ich kenne nicht einmal hundert Leute in England", sagte Matt.

„Du musst die Gäste nicht kennen. Nicht, wenn du eine Baronie hast oder der Erbe einer solchen bist."

Klugerweise wechselte Matt das Thema. „Wie war hier alles während unserer Abwesenheit?"

„Gut", sagte Duke rasch. „Nichts ist passiert."

„Und gestern?", fragte Matt, als Bristow den Teewagen in das Zimmer schob.

„Ich hab dir doch gesagt, nichts ist passiert."

Matt zog eine Augenbraue hoch. „Payne wurde hingerichtet. Das ist nicht nichts."

„Stimmt. Sicher." Duke räusperte sich. „Er ist tot."

„Das weiß ich, aber ..." Matt seufzte und wandte sich an mich. „Ist bei dir alles in Ordnung, India?" Er schaute mich voller Mitgefühl an. Gerade er wusste, dass meine Gefühle in dieser Sache gemischt waren.

„Ist es", sagte ich und schenkte den Tee ein. „Die Vorführung war eine erfreuliche Ablenkung."

Er lächelte mich schwach an. „Also hat sie dir gefallen?"

„Äußerst gut." Ich reichte Willie eine Teetasse. „Sogar Willie hat sie genossen, oder nicht?"

„Hat uns was zu tun gegeben", war alles, was sie sagte.

Ich beschrieb die Vorführung für Matt und Miss Glass, von der Eröffnungsrede bis zum Singen der Nationalhymne zum Abschluss. Miss Glass rümpfte die Nase, als ich ihr von den Scharfschützinnen erzählte.

„Ich schätze, dieser Teil hat dir gefallen", sagte sie zu Willie.

Willie hob lediglich eine Schulter und nippte an ihrem Tee.

„Was ist mit dem Rest der Ausstellung?", fragte Matt. „Haben die Amerikaner dich mit ihrer Genialität geblendet?"

„Wir sind nicht lang geblieben", sagte Willie, bevor ich antworten konnte. „Wir haben uns ein paar Buden angesehen und sind dann gegangen. Oder nicht, India?"

Ich warf einen Blick von ihr zu Duke und Cyclops. Es schien, als wollten sie das Treffen mit dem Ensemble danach oder gestern Abend nicht erwähnen. Mir gefiel es nicht, Matt anzulügen, selbst wenn es nur eine Lüge durch Auslassungen war, aber ich wollte nicht, dass sie wütend auf mich wurden, weil ich plauderte.

„Wie entwickelt sich dein Kleid, India?", fragte Miss Glass, was mich davor rettete, eine Entscheidung zu fällen.

„Mein Hochzeitskleid?"

„Ja, meine Liebe, natürlich meine ich dein Hochzeitskleid."

„Gut, glaube ich."

„Du solltest zu der Schneiderin gehen und fragen, wie sie vorankommt. Du kannst diese Leute nicht in dem Glauben lassen, dass du sie vergessen hast, sonst werden sie zu lange brauchen."

„Sie wird doch wohl kaum denken, dass ich mein Hochzeitskleid vergessen habe", sagte ich. „Jetzt erzählt uns doch von der Feier. Hat Patience glücklich ausgesehen?"

„Hat Cox glücklich ausgesehen?", murmelte Willie in ihre Teetasse.

„Sie hat gestrahlt", sagte Matt.

„Sie hat ganz ordentlich ausgesehen", entgegnete seine Tante. „So gut eben ein einfaches Mädchen aussehen kann. Er schien ganz zufrieden zu sein. Es ist bei ihm wirklich schwer zu sagen."

„Sind so nicht die englischen Lords?", fragte Cyclops. „Ganz steif und förmlich, damit niemand erkennt, wenn sie glücklich sind?"

„Das ist durchaus übertrieben", sagte ich. „Aber vielleicht nicht so sehr für Lord Cox. Er scheint schon eine reservierte Art zu haben." Das lag vermutlich daran, dass er das Gefühl hatte, höheren Standards entsprechen zu müssen als die meisten, um Skandale zu vermeiden. Ich fragte mich, ob das einfach seine Art war oder ob er so war, weil er gar kein Lord hätte sein sollen. Der Halbbruder, dem er niemals begegnet war, hätte den Titel seines Vaters erben sollen, aber da dieser seinen Vater nicht gekannt hatte, war er von seinem Geburtsrecht ausgeschlossen worden, ohne sich dessen jemals bewusst gewesen zu sein.

„Zum Glück sind nicht alle Engländer so", sagte Duke. „Nicht wahr, Cyclops?"

Cyclops kniff sein Auge zusammen. „Schätze schon", sagte er verhalten.

Duke grinste. „Ein paar sind echt nett. Echt so richtig nett."

Cyclops senkte seine Teetasse. Sie wirkte winzig, wenn seine große Hand darum lag, und der Griff von ihm wegzeigte. „Worauf willst du hinaus?"

Duke grinste. „Du bist gestern nach Hause gekommen und hast nach Veilchen gerochen."

Cyclops knurrte. „Du weißt doch nicht mal, wie Veilchen riechen."

„Sie riechen wie Frauen, und das habe ich an dir bemerkt, als du nach Hause gekommen bist."

„Wirbst du um jemanden?", fragte Miss Glass. „Ist es Catherine Mason?"

Cyclops stellte seine Teetasse auf der Untertasse ab. „Duke hat sich gestern Abend geprügelt."

Miss Glass keuchte auf. „Wegen Catherine Mason?"

„Nein", sagte ich und nahm sie an der Hand. „Vielleicht sollten Sie sich ausruhen. Sie sind bestimmt müde nach der Reise."

„Ich bin müde, aber jetzt will ich etwas über den Kampf erfahren. Bist du verletzt, Duke?"

„Mir geht es gut", sagte er mit einem betonten Funkeln zu

Cyclops. „Und ich habe mich nur geprügelt, weil jemand India und Willie beleidigt hat."

„Zum Großteil Willie", sagte ich.

„Ist nichts, was ich nicht schon vorher gehört hätte", erwiderte sie. „Aber du weißt ja, wie Duke dann wird, Matt."

„Was ist passiert?", fragte Matt.

„Wir waren in einem Pub", sagte Duke. „Und es war keine Prügelei, nur ein Schlag, damit er verdammt noch mal sein Maul hält. Es war einer dieser Amerikaner aus der Show."

Willie erzählte schließlich die Geschichte, wie wir ihnen nach der Vorführung begegnet waren, und dann wieder im Prince of Wales. „Ich bin sicher, er hat gemogelt", sagte sie, „aber verdammt soll ich sein, wenn ich weiß, wie."

„Das spielt keine Rolle mehr", sagte ich. „Immerhin bist du gegangen, und zwar noch früh."

„Mir gefällt es nicht, wenn mich jemand betrügt, India. Ich bin nicht grün hinter den Ohren oder eine Närrin."

„Niemand hält dich dafür."

„*Er* schon. Sie alle, sogar dieser Idiot Danny Draper."

„Klingt für mich, als hätte er mit dringesteckt", sagte Matt.

„Ich weiß nicht", erwiderte Willie. „Er wirkte aufrichtig."

Cyclops nickte. „Falls er daran beteiligt war, dann war es seiner Frau nicht bewusst. Sie hat sich echte Sorgen gemacht, dass er mehr verlieren würde, als er sich leisten konnte."

„Ich verstehe das nicht", sagte Miss Glass. „Wie könnte der zweite Mann darin verwickelt sein, wenn alles ein Trick war, der von dem anderen ausgeführt wurde, Emmett?"

„Es beginnt beim ersten Spiel, das noch im Pavillon auf dem Veranstaltungsgelände stattfand", sagte Matt. „Danny verliert absichtlich, damit Willie ihn für einen hoffnungslosen Fall hält. Emmett gewinnt manchmal und verliert manchmal, in einem üblichen Muster, bei dem keine Alarmglocken schrillen. Das alles nur, um Willie zu verlocken, später wieder zum Spielen zu kommen. Und dann mogelt Emmett. Er gewinnt alles von Willie und Danny und hofft, Willie sogar noch weiter zu verleiten. Oder dass sie vielleicht am Folgeabend zurückkehrt, weil sie hofft, zurückzugewinnen, was sie verloren hat. Da Danny so schnell verliert, glaubt sie, sie kann zumindest manchmal gewinnen. Es lässt das Spiel auch authentischer wirken, denn man soll doch nicht einen Freund betrügen."

„Emmett gibt Danny später ein wenig von den Gewinnen ab", fügte Cyclops an. „Sodass Danny eigentlich nie verliert."

„Teuflisch." Miss Glass warf Willie einen mitfühlenden Blick zu. „Du musst dich nicht schämen, dass du auf einen so ausgeklügelten Trick hereingefallen bist, Willemina. Sie klingen sehr schlau, sehr gut organisiert."

Willie sank tiefer in ihren Sessel. „Ich wollte rausbringen, wie Emmett mogelt. Ich hätte früher aufhören können, wenn ich das gewollt hätte."

Kein einziger von uns glaubte ihr das, aber niemand wollte es aussprechen.

Miss Glass zog sich auf ihr Zimmer zurück, um vor dem Abendessen ein wenig zu rasten. Matt nahm ihren Platz neben mir auf dem Sofa ein, dicht genug, dass er auf meinem Rock saß. Er nahm sich meine Hand und legte sie auf seinen Oberschenkel.

„Jetzt, da sie weg ist, müssen wir keinen Tee mehr trinken", verkündete Willie. „Wer will Kognak?"

„In der Bibliothek gibt es Kognak", sagte Matt.

Willie deutete auf das Buffet. „Gleich hier ist auch Kognak."

„Sie wollen allein sein", erklärte ihr Duke.

„Und unsere einmalige Gesellschaft verpassen? Das glaube ich kaum."

Alle starrten sie an.

„Das war ein Witz", sagte sie. „Kommt schon, ihr zwei großen Pfeifen. Betrinken wir uns vor dem Abendessen, um Miss Glass in Erinnerung zu rufen, was ihr entgeht."

„Es gibt noch etwas, was wir dir erzählen müssen, Matt", sagte Cyclops. „Etwas, das India gestern Abend gesehen hat."

„Eigentlich war es *jemand*", sagte ich. „Ich bin mir nicht mal sicher, was das bedeutet, oder ob es überhaupt etwas bedeutet."

„Fahr fort", drängte Matt.

„Ich habe Sir Charles Whittaker im Pub gesehen. Es war seltsam, wenn man bedenkt, dass er voller Amerikaner aus der Vorführung war."

„War er allein?"

„Ich glaube schon, aber das war schwer zu sagen."

„Es könnte auch nichts sein", sagte er, tief in Gedanken.

„Er hat uns auch gesehen", ergänzte ich. „Zumindest glaube ich das. Er hat rasch weggesehen."

„Könnte Zufall sein", sagte Willie. „Vielleicht möchte er sich unter das Ensemble und die anderen Mitwirkenden der Vorführung mischen. Vielleicht hat er sich halb in Annie Oakley verliebt. So geht's doch den meisten."

„Dir auch?", fragte Duke.

„Ich habe Besseres mit meiner Zeit zu tun, als einer verheirateten Schauspielerin schöne Augen zu machen."

„Sie ist keine Schauspielerin, sie ist Scharfschützin. Und was hast du denn zu tun, was wichtiger ist, als sie zu treffen? Ach, genau, jetzt weiß ich es wieder. Beim Pokern verlieren."

Willie stieß ihn in den Arm. „Du bist ein Scheißhaufen."

Er lachte leise und führte sie dann aus dem Salon.

„Machst du dir Sorgen, dass du Sir Charles wiedergesehen hast?", fragte Matt, als wir allein waren.

„Ich bin nur neugierig", sagte ich. „Ich bin mir sicher, dass ich ihn bei den Faustkämpfen damals auch gesehen habe, doch er hat geleugnet, dass er dort war. Und jetzt taucht er am gleichen Abend im Prince of Wales auf, an dem wir dort sind. Wenn ich ihn zum dritten Mal an einem unerwarteten Ort sehe, glaube ich allmählich, dass er mir folgt."

„Ich stelle ihn zur Rede."

„Nein, Matt, mach das nicht. Ich habe gescherzt. Er folgt mir nicht."

„Könnte er aber. Vielleicht spioniert er dich für Lord Coyle aus. Coyle will deine magischen Dienste, und die bekommt er nur, wenn er etwas über dich herausfindet, das du nicht in der Öffentlichkeit sehen willst, oder von dem er nicht will, dass ich davon erfahre." Seine Lippen krümmten sich zu einem trägen, köstlichen Lächeln. „Ihm ist nicht klar, dass ich bereits alles über dich weiß."

Ich schluckte die Panik, die in meiner Kehle aufstieg. Coyle hatte bereits etwas über mich. Wenn Matt herausfand, dass ich zu Coyle gegangen war, um Informationen über Lord Cox zu erhalten ... Ich wollte nicht daran denken, was dann passieren würde.

Matt beugte sich vor und küsste mich auf die Haut unter dem Ohr. „Oder fast alles", murmelte er.

Ich schloss die Augen und ließ alle Gedanken an Whittaker und Coyle wegtreiben, während Matt mich auf den Hals, die Wange und das Kinn küsste, schließlich den Mund. Er hob mich auf seinen Schoß und legte mir die Hand unten auf den Rücken. In diesem Kuss lag eine Zärtlichkeit und auch eine Hitze, und die Kombination aus beidem erwies sich als eine sehr ernst zu nehmende Bedrohung für meine Moral. Ich vergaß, dass wir im Salon saßen, wo jeder einfach hereinspazieren konnte, und presste mich an ihn, wollte seine Hände überall auf mir – und seine Lippen.

Matt lächelte an meinem Mund. „Je eher wir heiraten, umso besser."

„Das sehe ich auch so", sagte ich, holte tief Luft und atmete seinen Geruch ein. „Zwei Wochen. Kein Tag mehr."

Er stahl sich einen weiteren Kuss. „Habe ich erwähnt, wie sehr ich dich vermisst habe?"

„Das hast du, aber du darfst es noch einmal erwähnen."

„Ich habe dich schrecklich vermisst, Miss India Steele", murmelte er. „Es war nicht richtig, dort zu sein und dich nicht bei mir zu haben, das habe ich meinem Onkel gesagt. Du bist meine Verlobte und hättest eingeladen werden sollen."

„Selbst wenn ich eingeladen gewesen wäre, hätte ich mir eine Ausrede gesucht, um nicht teilnehmen zu müssen. Es wäre zu peinlich gewesen."

„Das war es", murmelte er. „Leute, denen ich nie begegnet bin, haben mich ständig angestarrt. Sie schienen alle zu wissen, wer ich bin."

„Oder sie haben vielleicht den gut aussehendsten Mann im Raum bewundert." Ich spielte mit seinen Haaren, schlang mir eine dunkle Strähne um den Finger. Sie waren so kurz, dass sie nur einmal herumreichten. „Mein einziger Grund, um hinzugehen, wäre gewesen, um dich im Auge zu behalten." Aufgrund seiner verwirrten Miene fügte ich an: „Deine Gesundheit." Ich drückte die Hand auf seine Brust und konnte gerade noch seinen starken Herzschlag durch die Weste und das Hemd spüren.

Er legte seine Hand auf meine. „Die Uhr läuft perfekt. Ich

habe mich nicht unnatürlich müde gefühlt oder musste sie benutzen, kein einziges Mal, seit du und Gabe eure Magie darin vereint habt."

„Kein einziges Mal? Das ist eine Erleichterung."

„Sie läuft genau so, wie sie sollte."

Ich legte die Arme um ihn und drückte ihm die Lippen auf die Stirn. Ich nahm mir einen Augenblick, um dieses Gefühl festzuhalten und es tief zu verankern. So fühlte sich Glück an, und ich wollte es niemals vergessen.

* * *

DIE SCHLAGZEILE SAGTE ALLES:

Amerikanischer Scharfschütze ausgeraubt und getötet.

„ES IST EMMETT!", rief ich, spähte über Matts Schulter auf die Zeitung. Ich deutete auf das Bild. Es war eindeutig Emmett, in seiner ganzen schnurrbärtigen Pracht. „Ich kann es nicht glauben."

„Was ist mit ihm?", fragte Cyclops, der gegenüber auf dem Frühstückstisch mit einem einzelnen gekochten Ei und einer Scheibe Speck auf dem Teller Platz nahm.

„Er ist tot." Matt reichte ihm die Zeitung. „In die Brust geschossen."

Duke und Willie beugten sich zu Cyclops und lasen die Schlagzeile.

„Laut diesem Text war es ein vermasselter Überfall." Cyclops tippte auf die Zeitung und legte sie dann zur Seite. „Tragisch."

Willie nahm die Zeitung und überflog den Artikel. „Hätte ja keinen netteren Kerl treffen können."

„Willie!", rief ich.

„Ich wünschte, ich hätte herausgebracht, wie er mogelt, bevor er gestorben ist."

„Wir wollen doch nicht schlecht von den Toten reden", sagte ich, schenkte mir eine Tasse Tee am Buffet ein.

31

„Warum nicht? Er war ein Betrüger, da bin ich mir sicher. Dass er tot ist, ändert an dieser Tatsache nichts.“

Ich ließ die Angelegenheit fallen. Es hatte keinen Sinn, sie zu bitten, nett über Emmett zu reden, aber zumindest war Miss Glass nicht anwesend, um es zu hören.

Cyclops schob seinen Teller weg. Er hatte nur das Ei gegessen. „Da du nun wieder da bist, Matt, was machen wir heute?“

Das war eine gute Frage, und eine, über die ich nachgedacht hatte, seit wir beschlossen hatten, in London zu bleiben. In Amerika hatte Matt Gesetzeshütern geholfen, Verbrecherbanden Gerechtigkeit widerfahren zu lassen. Manchmal hatte er diese Banden infiltriert, und zu anderen Zeiten hatte er sie mit anderen Mitteln ausgespäht. In London hatte er einige Investitionen, um die man sich kümmern musste, doch sein Geschäftsführer und Anwalt übernahm das üblicherweise. Er hatte nichts zu tun. Das hatten sie alle nicht. Ich machte mir Sorgen bei dem Gedanken, was es für London allgemein und unseren Haushalt insbesondere bedeuten könnte. Willie kehrte bereits zurück zu ihren Spielergewohnheiten. Was würde als nächstes kommen? Und was würden ein gelangweilter Cyclops und Duke anstellen?

„Isst du das noch?“, fragte Willie Cyclops.

„Nein.“ Er schob den Teller zu ihr hin.

Willie nahm sich den Speck, legte den Kopf in den Nacken und ließ ihn in den Mund gleiten wie eine große Echse, die eine kleine verschlang. Duke beobachtete es beeindruckt.

„Fühlst du dich nicht gut?“, fragte ich Cyclops.

Cyclops legte die Hände über den Bauch. „Ich *fühle* mich gut. Aussehen tue ich fett.“

„Du bist nicht fett. Du bist einfach ein kräftiger Mann.“

„Er ist fett“, sagte Willie mit dem Mund voller Speck. „Das Leben in London bekommt ihm nicht gut.“

„Ich bin sonst nicht so träge“, sagte er mit einem Schulterzucken. „Ich schleppe ein paar zusätzliche Pfunde mit mir herum.“

Duke wischte den Eidotter auf seinem Teller mit einem Stück Toast auf. „Er will dafür sorgen, dass er für eine gewisse hübsche Blonde gut aussieht.“

„Halt's Maul“, knurrte Cyclops.

„Catherine?", fragte ich. „Trefft ihr beiden euch?"

„Nein!"

„Aber er will", neckte Duke. „Er bereitet sich darauf vor, nur für den Fall, dass sie vorbeischaut. Letztes Mal, als sie zum Tee da war, war er gerade erst von den Stallungen reingekommen und war ganz dreckig. Und davor hatte er einen blauen Fleck, weil ich ihm einen Schlag verpasst habe."

Willie lachte leise. „Und davor …"

„Ich gehe jetzt." Cyclops schob seinen Stuhl zurück. „Die Kinder nerven."

„Halt dich diesmal vom Fliederwasser fern", sagte Duke lachend.

„Wenn ich Catherine das nächste Mal einlade, warne ich dich vor", sagte ich zu Cyclops. „Tatsächlich habe ich sie ein paar Tage lang nicht gesehen. Ich werde sie heute einladen."

„Mach dir keine Mühe", murmelte er. „Zwischen uns gibt es nichts, und wird es auch nie etwas geben." Er schlug dem kichernden Duke auf den Hinterkopf, während er hinausging.

Willie lachte noch fester.

„Ärgert ihn nicht", tadelte ich sie. „Er hat Liebeskummer."

„Dann sollte er etwas dagegen unternehmen", sagte sie.

„So wie du?", knurrte Duke. „Du bist genauso schlimm, schwärmst von dieser Krankenschwester. Geh und rede mit ihr."

Willie schnappte sich das letzte Stück Speck von Dukes Teller, schlug ihm ebenfalls auf den Hinterkopf und marschierte ohne ein weiteres Wort hinaus.

„Du solltest doch mit der Krankenschwester reden, India", flüsterte Duke über den Tisch.

„Das würde ich lieber nicht tun", entgegnete ich. „Es geht mich nichts an."

„Das sehe ich auch so", sagte Matt.

Duke lehnte sich zurück und tippte mit dem Finger auf den Tisch. Ich kannte diesen Ausdruck, und ich vertraute ihm nicht ganz, aber wenn er sich einmischen wollte, dann war es nicht an mir, ihm das auszureden. Ich bezweifelte, dass Willie es zu schätzen wissen würde, doch das war ein Risiko, das Duke allein eingehen musste.

„Was haltet ihr davon, wenn wir den Schwestern im Konvent wieder helfen?", fragte ihn Matt.

Duke zuckte mit den Schultern. „Sicher. Das ganze Ding wird nur von Gebeten und Spinnweben zusammengehalten. Sie können uns nicht bezahlen."

„Ich werde euch bezahlen."

„Du wirst nichts dafür bekommen."

„Es wird mir euch drei vom Leibe halten. India, was machst du denn heute?"

„Ich gehe das Hochzeitsmenü ein letztes Mal mit Mrs. Bristow durch", sagte ich. „Und ich sollte besser nachsehen, wie dieses Kleid vorankommt, nur um es deiner Tante recht zu machen." Ich hatte eine Liste von Dingen, die ich vor der Hochzeit erledigen musste, aber nichts davon war dringend. Alle Pläne waren bereits im Gange, und es gab bis zur Hochzeit selbst nur sehr wenig zu tun.

Bristow trat ein und kündigte einen Besucher an. „Kriminalinspektor Brockwell ist hier", sagte er. „Er sagt, es ist dringend."

„Ich komme gleich hinunter", erwiderte Matt, der sich erhob.

„Er ist nicht Ihretwegen hier, Sir. Es ist Mr. Duke, den er zu sehen wünscht."

Duke begegnete Matts Blick. „Ich glaube, ich weiß, worum es dabei geht."

Wir begrüßten den Inspektor in der Eingangshalle, wo er stand und den Hut mit beiden Händen an der Krempe hielt. Es war besorgniserregend, wie angespannt sein Kinn war, doch die beiden Schutzmänner, die hinter ihm standen, waren richtiggehend alarmierend.

„Ich entschuldige mich, weil ich so früh hier bin", sagte Brockwell, der jeden Konsonanten betonte.

„Sie möchten mit mir sprechen?", fragte Duke.

„So ist es. Kommen Sie mit zu Scotland Yard, um ein paar Fragen zu beantworten."

„Kann ich sie nicht hier beantworten?"

„Was ist denn der Hintergrund dieser Fragen?", wollte Matt wissen.

„Es betrifft Mr. Dukes Streit mit einem gewissen Emmett

Cocker am vorgestrigen Abend. Mr. Cocker wurde ..." Er warf einen Blick zu mir.

„Ermordet", schloss ich für ihn. „In der Zeitung stand, ein Dieb hätte ihn ermordet, vermutlich war es ein Unfall."

„So mag es sein, aber die Zeitungsschreiber haben das erfunden, bevor sie alle Einzelheiten kannten. Sie hatten ihre Schlagzeile."

„Und Sie rücken nicht viele Informationen heraus", schloss Matt.

„Sie glauben doch nicht, dass Duke es getan hat, oder?", murmelte ich.

Brockwells Finger spannten sich an der Hutkrempe an. „Kommen Sie einfach mit auf die Wache, Mr. Duke."

„Nein! Er geht nicht mit Ihnen irgendwohin." Ich ging zwischen sie und verschränkte die Arme vor der Brust. „Wenn er mit Ihnen kommt, werfen Sie ihn bloß in eine der Arrestzellen. Ich weiß doch, wie das geht."

„Treten Sie zur Seite, Miss Steele. Das betrifft Sie nicht." Er wandte sich an Matt.

„Haben Sie doch zumindest den Anstand, mir in die Augen zu schauen", fuhr ich ihn an.

Brockwell räusperte sich, und sein Blick hob sich ganz kurz zu meinem, bevor er wieder woandershin huschte. Es schien, als würde er sich schämen, mich auch nur anzusehen, und das war besorgniserregender als alles andere.

Es hieß, dass er Duke für schuldig hielt.

# KAPITEL 3

„Ich habe ihn nicht umgebracht", sagte Duke.

„Kommen Sie einfach mit zu Scotland Yard, bitte." Kriminalinspektor Brockwell trat zur Seite und deutete auf die Tür und seine Schutzmänner, die davor standen.

„Nein", sagte ich erneut.

Duke legte mir eine Hand auf den Rücken. „Ist schon gut, India. Ich will keine Szene, nicht hier. Du weckst noch Miss Glass."

Ich nahm seine Hand und drückte sie zwischen meinen beiden. Ich hatte nicht erwartet, dass Brockwell so unvernünftig sein würde. Ich konnte niemals ganz entscheiden, ob ich ihn mochte oder nicht. Er war gründlich, was gewiss für einen Kriminalpolizisten eine gute Eigenschaft war, doch er war auch darauf versessen, sich an die Regeln zu halten. Ich vermutete, dass er sie nicht biegen würde, nicht einmal für die königliche Familie, ganz zu schweigen von Bekannten wie uns, ganz gleich, wie oft wir ihm in der Vergangenheit geholfen hatten.

„Kommen Sie", sagte Matt leutselig, „es gibt keinen Grund für Formalitäten, Inspektor. Wir sind alte Freunde, und alte Freunde helfen einander."

„Wir sind keine Freunde, Mr. Glass."

„Natürlich sind wir das. Sie wissen mehr über mich als fast jeder andere, und das macht unsere Beziehung einzigartig."

„Es stimmt, dass wir eine Menge zusammen durchgemacht haben, und ich habe Dinge gesehen, die ich nicht einfach vergessen kann, aber ich habe Anweisung, dieser Angelegenheit gründlich nachzugehen, und ich habe vor, genau das zu tun."

„Ich möchte auch, dass Sie gründlich sind. Ich stelle mir vor, es ist ein enormer Druck, diesen Fall so rasch möglich lösen zu müssen. Der Mord an einem Ensemblemitglied von Buffalo Bills Show wird eine Menge öffentliche Aufmerksamkeit auf sich ziehen." Er warf einen Blick zur Tür. „Aufmerksamkeit, von der ich sicher bin, Sie möchten Sie lieber vermeiden. Indem Sie Duke mitnehmen, werden Sie für Aufregung sorgen."

„Vor Scotland Yard warten eine Menge Reporter", gab Brockwell zu. Er warf einen Blick auf einen seiner Schutzmänner, die wie Statuen an der Tür standen. „Sie haben mich heute Vormittag nicht aufgehalten, weil sie nicht wussten, dass ich dem Fall zugeteilt bin, aber inzwischen wissen sie es vermutlich."

„Ihre Rückkehr wird dazu führen, dass sie um Sie herum schwärmen, und Dukes Charakter wird durch den Schmutz gezogen. Das will ich nicht, Inspektor, und ich glaube auch nicht, dass Sie das wollen. Nicht nach allem, was wir für Sie getan haben."

Der Inspektor gab ein schnaubendes, kurzes Lachen von sich. „Sehr gut, Mr. Glass. Sehr gerissen. Ich bin überrascht, dass Sie noch nicht den Namen des Commissioners erwähnt haben. Das machen Sie doch sonst, um zu bekommen, was Sie wollen."

„Ich muss seinen Namen nicht erwähnen." Matt lächelte. „Kommen Sie und schließen Sie sich uns bei Kaffee, Eiern und Speck an, und wir können eine zivilisierte Unterhaltung führen."

„Und Würstchen", fügte ich an. „Bringen Sie Ihre Männer mit."

„Sie können hierbleiben", sagte Brockwell. „Gehen Sie voran, Miss Steele."

„Wenn ich gewusst hätte, dass ein Frühstück Sie überzeugt, hätte ich das als erstes erwähnt", sagte Matt mit einem Lächeln.

Ich ging zurück die Stufen hinauf zum Esszimmer, die Männer folgten mir. Duke war völlig still geworden, während Matt mit dem Inspektor plauderte. Matts Charme war voll aufgedreht, und er stellte sicher, dass sich die Unterhaltung auf den Inspektor konzentrierte und das Vertrauen in seine Fähigkeiten, das der Commissioner ihm entgegengebracht hatte, indem er ihm diesen speziellen Mordfall zugewiesen hatte.

„Bitte setzen Sie sich, Inspektor", sagte ich und schnitt mir ein Scheibchen von Matt ab. „Was möchten Sie gern? Der Speck und die Würstchen sind noch warm, und es ist eine ganze Menge von allem übrig. Cyclops macht gerade Diät."

„Ein bisschen von allem wäre hervorragend." Der Inspektor setzte sich hin und bat Duke, sich ihm gegenüber zu setzen. „Sobald Mr. Glass und Miss Steele gehen, fangen wir an."

„Sie können bleiben", sagte Duke.

„Nein."

Matt hatte keine Einwände. Er trug Essen und Kaffee für Brockwell auf, dann hielt er mir die Tür auf. „Kommen Sie und reden Sie mit uns, bevor Sie gehen, Inspektor."

„Das habe ich vor. Ich will auch mit Miss Steele reden, und vielleicht Ihrer Cousine und Ihrem Piratenfreund, auch wenn ich Ihnen versichern möchte, dass sie nicht unter Verdacht stehen."

„Das sollte ich auch nicht", sagte Duke angespannt. „Ich habe es nicht getan."

Matt hob einen Finger, ein kleines Signal an Duke, ruhig zu bleiben, bevor er und ich gingen.

„Wollen wir lauschen?", flüsterte ich.

„Duke wird uns alles erzählen. Wir warten im Salon."

Er bat den Diener Peter, Willie und Cyclops zu holen. Willie traf als erste ein, sie wirkte besorgt. „Fossett sagt, Duke wäre verhaftet worden!"

„Nicht verhaftet", sagte Matt. „Brockwell befragt ihn derzeit im Esszimmer."

Sie warf einen Blick zur Tür, als Cyclops gerade eintrat.

„Duke ist wegen Mordes festgenommen worden?", fragte er.

„Befragt", sagte Matt. „Es scheint, als hätte jemand der Polizei erzählt, dass er Emmett Cocker an dem Abend, bevor er ermordet wurde, einen Schlag verpasst hat."

Ich warf einen Blick auf die Tür. „Armer Duke."

„Er muss sich um nichts Sorgen machen", sagte Matt, der meine Hand nahm. „Er hat Cocker nicht getötet."

Willie schnaubte. „Unschuldige werden ständig verhaftet. Das weißt du doch."

„Brockwell ist ein guter Mann. Er wird niemanden ohne Beweise festnehmen, und er wird keine Beweise gegen Duke finden, denn Duke hat es nicht getan." Er hob meine Hand an seine Lippen. Der warme Kuss war ein Trost, meine Sorgen blieben.

Die Befragung dauerte so lange, wie man brauchte, um zwei Scheiben Speck und zwei Würstchen zu essen. Der Inspektor schloss sich uns mit einem zufriedenen Ausdruck auf dem Gesicht an, und Duke schien auch etwas weniger besorgt. Ich stieß einen langsamen, verhaltenen Atemzug aus.

„Ich bin froh, Sie drei hier zu treffen", sagte der Inspektor. „Es gibt keinen Grund, Sie getrennt zu befragen. Ich möchte nur um Ihre Version der Ereignisse dieses Abends bitten."

„Duke hat nichts falsch gemacht", fuhr Willie ihn an.

„Er hat einen Mann in der Öffentlichkeit geschlagen. Das ist ein tätlicher Angriff, Miss Johnson."

„Emmett hat es verdient. Er hat mich und India beleidigt. Duke hat einfach nur unsere Ehre verteidigt."

„Ist trotzdem noch ein Angriff."

Duke setzte sich plötzlich auf einen Stuhl, als würden seine Beine ihn nicht mehr tragen.

„Geschworene würden ihn nicht verurteilen", sagte Matt. „Nicht, wenn sie von den Beleidigungen erfahren."

Brockwell dachte mit geschürzten Lippen über Matts rechtliches Argument nach. „Miss Steele, in eigenen Worten, erzählen Sie mir, was sich an diesem Abend zugetragen hat."

Ich erzählte ihm alles, woran ich mich erinnern konnte, und Willie und Cyclops stimmten meiner Version der Ereignisse zu.

„Er hat bekommen, was er verdient hat", fügte Willie an.

„Wegen der Beleidigungen?", fragte Brockwell.

„Weil er ein Betrüger ist."

Das schien Brockwells Aufmerksamkeit auf sich zu ziehen. Bis dahin schien er ein Programm abgespult zu haben, schrieb nicht einmal etwas in sein kleines Notizbuch, aber nun setzte er den Bleistift auf das Papier. „Weshalb sagen Sie das?"

„Weil er gemogelt hat."

„Wir haben keinen Beweis", erwiderte Cyclops. „Willie argwöhnt nur."

„Ich argwöhne nicht nur. Ich erkenne einen Betrüger, wenn ich einen sehe, und er hat sicher gemogelt. Niemand hat so viel Glück."

Brockwell seufzte und klappte sein Notizbuch zu. „Lassen Sie mich wissen, wenn Ihnen noch etwas einfällt. Und Mr. Duke, verlassen Sie London nicht. Ich muss vielleicht noch einmal mit Ihnen sprechen, falls neue Beweise ans Licht kommen."

„Werden sie nicht", sagte Willie. „Denn er hat nichts getan."

Duke schüttelte dem Inspektor die Hand. „Ich werde da sein, wenn Sie mich brauchen."

„Was haben Sie bisher herausgebracht?", fragte Matt. „Wen haben sie befragt?"

Brockwell steckte das Notizbuch und den Bleistift ein. „Diese Information kann ich Ihnen nicht geben, Glass. Das wissen Sie doch."

Matt schob sich aus seinem Sessel. „Ich könnte den Commissioner heute Vormittag aufsuchen und meine Dienste für die Ermittlung anbieten."

„Das wird nicht nötig sein. Wir haben sie gut im Griff."

„Nein, haben Sie nicht", schoss Willie zurück. „Wenn es so wäre, wären Sie nicht hier und würden Duke befragen; Sie wären dort draußen und würden nach dem echten Mörder suchen."

Ich schob meinen Arm in ihren und lächelte den Inspektor durch zusammengebissene Zähne an. „Bitte Sie verzeihen Sie ihr leidenschaftliches Wesen. Sie ist Amerikanerin."

„Sie sind nicht alle so leidenschaftlich wie Miss Johnson", sagte Brockwell. „Keine einzige Träne fiel, als ich die Nachricht Mr. Cody und Mrs. Oakley überbracht habe. Sie lassen heute nicht einmal aus Respekt die Vorführung ausfallen."

„Da, seht ihr es?", rief Willie. „Niemand mochte ihn. Man sollte unter den anderen Mitwirkenden nach dem Mörder suchen. Ich gebe Ihnen sogar einen Namen. Ein Scharfschütze namens Danny Draper hat eine Menge Geld an ihn verloren. Oder er war vielleicht ein Partner bei seinen Betrügereien. Ich weiß es nicht, aber es lohnt sich vielleicht, ihn zu befragen.

Fragen Sie, ob es andere gab, die auch betrogen wurden. Sie könnten Emmett ebenfalls hassen oder ihm Geld schulden. Sprechen Sie mit Dannys Frau. Sie wurde wirklich wütend, als sie dachte, ihr Mann würde verlieren. Wie hieß sie noch mal, India?"

„May", sagte ich.

„Ich schätze, es gibt eine Menge Leute, die Emmett verabscheut haben, weil er gemogelt hat. Suchen Sie nach jemandem, der nicht genug Geld zu haben scheint."

Ich legte einen Arm um sie. „Lass den Inspektor jetzt seine Arbeit machen, Willie. Er weiß, was er tut."

„Suchen Sie nach jemandem, der leicht wütend wird", fuhr Willie fort. „Das ist nicht Duke. Er ist so sanft und nett, wie man nur sein kann. Manchmal zu nett."

„Er hat das Opfer geschlagen, Miss Johnson", sagte Brockwell. „Ganz so nett ist er nicht."

„Nur, um meine Ehre zu verteidigen. Bitte, Sir, er war es nicht. Verstehen Sie? Er war es nicht. Er konnte es gar nicht gewesen sein."

Duke nahm ihre Hand und drückte sie. „Du wirst noch ganz heiser, wenn du weiterredest."

Willie schniefte und klammerte sich an Dukes Arm.

Brockwell griff nach seinem Hut, doch Matt erreichte ihn zuerst.

„Ich *werde* mit dem Commissioner reden", sagte Matt.

„Das geht Sie nichts an, Sir", sagte Brockwell.

„Das sehe ich anders. Wenn einer meiner Freunde wegen seiner Verwicklung in einen Mord befragt wird, geht es mich etwas an." Matt reichte ihm den Hut. „Einen schönen Tag, Inspektor. Fossett lässt sie hinaus."

Matt öffnete die Tür und bat Peter, den Inspektor zur Eingangstür zu geleiten.

„Was jetzt?", fragte Cyclops, während wir alle im Salon standen, nachdem Brockwell gegangen war.

„Jetzt warten wir", sagte Duke.

Wir stellten uns alle ziemlich schrecklich beim Warten an. Keiner von uns konnte es ertragen, im Haus zu sein. Cyclops und Duke gingen zum Konvent, um zu sehen, ob irgendetwas erledigt werden musste, während Willie und Miss Glass mich zur Schneiderin begleiteten. Willie war eine schreckliche Gesellschaft, so besorgt, wie sie war, und Miss Glass war nur wenig besser. Sie beharrte darauf, dass ich die Verzierung am Saum änderte, und als ich mich weigerte, hatte sie einen ihrer Anfälle. Dieses Mal war ich mir sicher, dass ihr Verstand perfekt arbeitete und sie es einfach machte, um Aufmerksamkeit zu bekommen, aber ich brachte sie trotzdem nach Hause. Matt war bereits von seinem Besuch bei Scotland Yard zurück.

„Und?", fragte ich.

„Commissioner Munro hat meine Unterstützung abgeschlagen", sagte Matt. „Er will unsere Hilfe nur, wenn es um etwas Magisches geht." Er seufzte und rieb sich die Schläfen.

Ich setzte mich auf die Armlehne seines Sessels und massierte ihm den Nacken. „Ich glaube nicht, dass Brockwell glaubt, Duke hätte es getan. Er wirkte zufrieden mit unserem Bericht, als er hier wegging."

„Es ist nicht immer einfach, es beim Inspektor einzuschätzen. Er rückt mit seinen Karten nicht wirklich heraus."

„Wo wir schon von Karten sprechen, zweifelsohne wird er ein paar weitere Verdächtige finden, die glauben, dass Emmett gemogelt hat. Ich schätze, Brockwell hat Diebstahl nicht ausgeschlossen, weil Emmetts Wertsachen gestohlen wurden, aber sein Geld könnte jemand genommen haben, den Emmett beim Pokern geschlagen hat."

Er nickte langsam. „Es ist eine gute Theorie. Wir werden sehen, wie sie sich entwickelt, aber falls Brockwell Duke noch einmal befragt, werde ich darauf beharren, dass Munro mir erlaubt, zu helfen, seinen Namen reinzuwaschen."

„Falls Duke ein Verdächtiger ist, wird er niemanden von uns in die Nähe des Inspektors lassen, aus Angst, die Ermittlung zu beeinträchtigten." Die Wahrheit, die in diesen Worten anklang, brachte uns beide zum Schweigen.

Am folgenden Vormittag kauften wir so viele Zeitungen, wie wir konnten, und erfuhren einige neue Informationen zum Mord an Emmett. Es war ein beliebtes Thema, das bei jeder Tageszeitung auf die Titelseite gekommen war. Laut der Berichte war Emmett in einer Gasse in der Nähe des Prince of

Wales gefunden worden, eine Schusswunde in der Brust. Am Tatort war keine Waffe auffindbar gewesen, und die Kugel steckte im Körper. Alle Zeitungen berichteten es nach wie vor als einen schiefgegangenen Überfall und behaupteten, die Polizei habe etliche Verdächtige befragt, aber noch niemanden festgenommen. Zwei der Zeitungen brachten Begleitartikel über das Opfer, sein Leben in Amerika und seine Arbeit als Scharfschütze. Sie lasen sich wie eine Werbeschrift für die Wildwestshow.

„Ich möchte wetten, Buffalo Bill hat die selbst geschrieben", bemerkte Willie. „Oder den Reportern gesagt, was sie schreiben sollen."

„Werden sie die Kugel aus dem Leichnam holen?", fragte ich. „Damit sie nachsehen können, aus was für einer Waffe sie abgefeuert wurde?"

„Sehr wahrscheinlich", sagte Matt. „Das wird die Waffenart einengen, aber ich vermute, dass der Großteil des Ensembles aus der Show eine Schusswaffe besitzt."

„Die Scharfschützen haben wohl etliche", sagte Duke. „Annie Oakley benutzt Gewehre mit glattem Lauf in der Vorführung, aber sie hat bestimmt auch Pistolen und Revolver."

Willie schnappte sich eine der Zeitungen und las sich den Artikel noch einmal durch. „Emmetts Waffe wurde nicht gefunden." Sie schlug mit dem Handrücken gegen die Zeitung. „Er ist Scharfschütze, er würde doch nicht ohne seine Pistole durch die Stadt laufen. Vielleicht wurde er mit seiner eigenen Waffe erschossen, und falls er mit seiner eigenen Waffe erschossen wurde, hat er jemanden so nahekommen lassen, dass derjenige sie sich nehmen konnte. Er kannte seinen Mörder."

Sie wirkte so glücklich, dass es mir zuwider war, ihre Theorie zu widerlegen. „Wenn es ein Überfall war, hätte der Dieb doch keine wertvolle Waffe zurückgelassen. Und falls der Überfall von dem Mörder vorgetäuscht wurde, um es auszusehen zu lassen wie ein schiefgegangener Diebstahl, dann hätte derjenige die Waffe mit den anderen Besitztümern mitgenommen, um es authentischer zu machen. In anderen Worten, der Mörder hätte ihn aus der Ferne erschießen und danach Emmetts Waffe mitnehmen können."

Willie warf die Zeitung zurück auf den Tisch und sank in den Sessel.

„Also stehen wir wieder am Anfang", sagte Cyclops schwermütig. „Ohne irgendwelche Hinweise."

„Das wird uns nirgendwohin bringen", sagte Duke. „Wir überlassen es der Polizei. Brockwell wird herausfinden, wer es getan hat."

„Tut mir leid, Willie", sagte ich. „Deine Theorie könnte sich immer noch als richtig erweisen. Mir gefällt sie."

„Mir auch", sagte Matt. „Tatsächlich gefällt mir unsere Theorie besser als die Geschichte über den Diebstahl und den unbeabsichtigten Schuss. Zum einen haben einfache Diebe keine Schusswaffen. Wegelagerer auf dem Land vielleicht, die ganze Kutschen erbeuten wollen, aber Verbrecher in der Stadt sind eher opportunistisch. Und zum anderen erwähnt keiner dieser Berichte fehlende Kleidungsstücke. Jemand, der so verzweifelt ist, dass er sich zum Diebstahl herablässt, wird vermutlich keine guten Schuhe und einen Hut zurücklassen." Er beugte sich vor, musterte einen der Zeitungsberichte auf dem Tisch. „Dieser Reporter erwähnt konkret den pelzbesetzten Filzhut des Opfers, der in der Nähe der Leiche lag."

„Pelzbesetzter Filz ist gute Qualität", sagte Willie, die wieder begeistert klang. „Kein Dieb würde so etwas zurücklassen. Sieht so aus, als wäre es ein Fremder mit einer eigenen Waffe gewesen, der ihn letztlich getötet hat."

Bristow erschien im Eingang und kündigte zwei Besucher an. „Mr. Barratt und Mr. Nash sind hier, um Sie zu sehen."

„Professor", korrigierte Nash, als er an Bristow vorbeiging. „Guten Morgen. Ich hoffe, wir stören nicht."

Oscar beäugte die Zeitungen, die auf drei Beistelltischen verteilt lagen. „Ist etwas passiert?"

„Es gab einen Mord", sagte Willie.

„Wir sind dem Opfer begegnet", ergänzte ich. „Er war einer der Scharfschützen aus der Wildwestshow am Earls Court."

Oscar musterte einen der Artikel. „Ist Magie involviert?"

„Shhh", zischte Nash, der zum Eingang schaute. „Das Personal."

„Das Personal weiß Bescheid", erklärte ihm Oscar. „Das müssen sie, wenn sie unter diesem Dach leben."

„Magie ist nicht involviert", erklärte ich ihnen. „Wir sind einfach nur daran interessiert, wie es ausgeht. Bitte kommen Sie herein, setzen Sie sich."

„Sind Sie beide aus einem bestimmten Grund hier?", fragte Matt. „Oder einfach nur, um meine Zeitungen zu lesen?"

Nash wirkte besorgt, dass er Matt beleidigt haben könnte. „Ach, nein, natürlich nicht. Es sind sehr gute Gründe, wie es sich erweist. Es geht um ein Buch."

Willie schob sich hoch. „Dann gehe ich. Von Büchern tun mir die Augen weh."

„Ach? Sie sollten einen Augenarzt aufsuchen. Eine Brille kann wirklich helfen." Nash nahm seine Brille ab, blinzelte grob in Willies Richtung und setzte sie dann wieder auf. „Ich gehe zu einem Mann in der Nähe des Trafalgar Square. Ich kann Ihnen seinen Namen geben, wenn Sie möchten."

„Ich brauche keine Glotzhilfe." Sie marschierte aus dem Salon.

„Aber sie ist Ihnen dennoch dankbar", sagte Duke und folgte ihr.

Cyclops tippte mit den Fingern auf seine Oberschenkel, bevor auch er aufstand. „Ich habe was zu tun."

„War es etwas, das ich gesagt habe?", fragte Nash, der Cyclops nachsah.

„Sie mögen keine Bücher?", schlug Oscar vor.

„Sie reden nicht gern über Bücher", sagte Matt.

„Über das hier wollen sie vielleicht reden", verkündete Oscar. „Es geht um Magie."

Ich zuckte zusammen. „Ich wollte es ihnen zurückgeben, Professor, aber ich habe es noch nicht ausgelesen. Ich war mit Hochzeitsplänen beschäftigt, sehen Sie."

„Das verstehe ich, und ich gratuliere." Nash räusperte sich, und seine Wangen wurden rot. „Barratt hat mir von Ihrer Verlobung erzählt. Ich freue mich für Sie. Meine Glückwünsche", bekräftigte er.

Ich hatte gedacht, Matt würde übertreiben, als er behauptet hatte, der Professor würde mich auf *diese* Weise mögen, aber falls das Erröten ein Hinweis war, hatte er vielleicht recht. Wie niedlich.

„Vielen Dank", sagte Matt. „Ich bin ein von Glück gesegneter Mann."

„Das sind Sie in der Tat. Miss Steele ist sehr einzigartig. Um darüber zu sprechen, sind wir, wie es der Zufall so will, auch gekommen."

„Unsere Hochzeit?", fragte Matt. „Ihre Einladungen sind bereits auf der Post."

Ich versuchte, Matt in seine Schranken zu weisen, aber er schaute nicht in meine Richtung. Tatsächlich hätte ich gesagt, er wich meinem Blick absichtlich aus, damit er nicht in Gelächter ausbrach. Es wirkte, als könne er es kaum für sich behalten.

Zu meiner Überraschung war es Oscar, der kicherte. „Seien wir doch nicht voreilig, Gavin."

Sie waren per Du? Wann hatte denn diese enge Freundschaft begonnen? Und warum verschaffte sie mir ein mulmiges Gefühl? Matt schien auch besorgt zu sein. Seine Erheiterung ließ plötzlich nach, während sein Blick zwischen den beiden hin und her ging.

„Zuerst einmal geht es nicht um das Buch, das Gavin dir geliehen hat, India", sagte Oscar.

„Das können Sie so lange behalten, wie Sie es brauchen", fügte Professor Nash hinzu.

„Zum zweiten wollte ich meine Gratulation zu eurer Verlobung persönlich überbringen. Ich weiß, dass ich eine Nachricht geschickt habe, nachdem ich die Ankündigung gelesen habe, aber ich hätte vorbeikommen sollen. Immerhin sind wir Freunde."

„Vielen Dank", sagte ich.

Matt lächelte ihn ausdruckslos an.

„Und als Letztes wollte ich mich für mein Verhalten beim letzten Mal entschuldigen, als wir uns gesehen haben, und die Male zuvor ebenfalls. Mein Bruder erzürnt mich immer. Wir verstehen uns schon seit Jahren nicht, und ich fürchte, ich kann in seinem Beisein mein Temperament nicht zügeln. Genauso wenig er, aber für ihn werde ich mich nicht entschuldigen."

Ihre Streitigkeiten waren hitzig und manchmal gewaltsam

gewesen. Obwohl die jüngsten Probleme von Oscars Artikeln über Magie zu rühren schienen, vermutete ich, dass die Ursachen ihrer Fehde sehr viel tiefer gingen. Der Name von Isaacs Frau Cecilia war mehr als einmal zur Sprache gekommen, und Oscar hatte angedeutet, dass sein Bruder die Familie finanziell unter der Fuchtel hatte. Die Artikel fügten nur einem bereits lodernden Feuer weitere Nahrung hinzu.

„Ist er noch in London?", fragte ich.

„Er ist nach Hause zurückgekehrt. Er hat erreicht, was er wollte." Oscar wartete, den Kopf leicht schief gelegt, als würde er damit rechnen, dass wir etwas sagten. „Den Privatkredit von dem Bankier, Mr. Delancey", fügte er an. „Und mein Versprechen, dass ich keine weiteren Artikel mehr schreibe."

„Das haben Sie versprochen?", fragte Matt.

Oscar sank tiefer in seinen Sessel und schlug die Beine übereinander. „Das habe ich."

„Es klingt wie ein Versprechen, das Sie halten können, wenn man bedenkt, dass die *Weekly Gazette* sich weigert, weitere Artikel über Magie zu veröffentlichen, und die anderen Herausgeber sich weigern, welche zu kaufen."

Er lächelte einfach. „Mir ist ein besserer Gedanke gekommen. Ich werde ein Buch zusammen mit Gavin schreiben."

„Also das hast du gemeint", sagte ich zur gleichen Zeit, in der Matt sagte: „Nein."

„In dieser Sache haben Sie nichts zu sagen, Glass", erklärte Oscar.

Matt stand auf und ragte über Oscar auf. Was hatte er denn vor? Ihn einschüchtern? „Es ist keine gute Idee. Sie wissen, weshalb."

„Es ist eine sehr gute Idee. Ein ganzes Buch gestattet es mir, viel tiefgehender in das Thema der Magie einzutauchen. Ich werde ganze zwei Kapitel über die Geschichte der Magie und der Magier einbauen." Oscar nickte zu dem Professor hin. „Da kommt Gavin ins Spiel. Er wird mein Berater, der natürlich namentlich genannt wird, sofern er das wünscht."

„Sie halten das für eine gute Idee, Professor?", knurrte Matt. „Haben Sie den Verstand verloren?"

Der Professor schluckte, während Matt sich bewegte, um sich

vor ihn zu stellen, mit harten Zügen und blitzenden Augen. „Ich ... ich ... also ..." Nash schob sich die Brille auf der Nase nach oben. „Ich denke, es wird besser werden als diese Artikel. Wie Oscar sagt, das wird ihm mehr Tiefe ermöglichen, um das Thema wirklich zu auszuloten und es vernünftig und einfühlsam zu erklären. Es wird die Magie weniger mystisch und echter für die Talentfreien machen, und dadurch ihre Ängste besänftigen."

„Wie wird es denn Ängste besänftigen? Talentfreie Handwerker werden sich immer noch Sorgen machen, dass Magier ihre Geschäfte übernehmen. Die Gilden werden ihre Anforderungen hochschrauben, und irgendwer wird eine Hexenjagd vom Zaun brechen. Sie kennen doch die Geschichte, Professor. Ich bin mir sicher, Sie sind mit den Hexenverbrennungen in Salem in Amerika vertraut, und ähnlicher Verfolgung hier in England. Wollen Sie das auf dem Gewissen haben?"

Nash schluckte wieder und lehnte sich ein wenig zurück.

„Matt", sagte ich, „komm und setz dich." Er lenkte ein, wenn auch steif. Er sah aus, als würde er aufspringen und jeden Augenblick Oscar an den Kragen gehen wollen. „Gentlemen, Ihnen muss doch klar sein, welche Gefahr Sie heraufbeschwören, indem Sie die Aufmerksamkeit der Öffentlichkeit ein weiteres Mal auf die Magie lenken, wo sie doch gerade erst allmählich erlahmt. Magiern wie deinem Bruder wird das Buch nicht gefallen, genauso wenig den Gilden."

„Das weiß ich", sagte Oscar. „Es ist ein Unglück, dass Sie nicht meine Auffassung der Angelegenheit erkennen können, aber ich denke, die meisten Magier wollen, dass die Nachricht nach außen dringt. Sie wollen nicht mehr im Schatten leben. Ich weiß, dass *du* das verstehst, India. Versuch nicht, es zu leugnen. Ich kenne dich."

„Das tut sie nicht", fauchte Matt.

Ich verschränkte die Hände fest im Schoß und wagte es nicht, einen der Männer anzusehen.

„Nicht nur sind viele Magier erpicht darauf, ihre Magie offenzulegen, die Öffentlichkeit ist ebenfalls neugierig", sagte Oscar. „Wenn wir sie auf unsere Seite ziehen können, dann wird das die vorübergehende Anspannung aufwiegen."

„Anspannung?", platzte Matt heraus. „Sie glauben, das ist alles, worum es geht? Anspannung? Die Geschäfte der Menschen stehen auf dem Spiel. Eine Menge Geld könnte verloren oder gewonnen werden, und wenn das geschieht, gibt es immer Schwierigkeiten. Eine weitere Geschichtsstunde für Sie, Professor."

Nash sank noch tiefer in seinen Sessel.

Oscar rückte vor, saß auf der Sesselkante. „Wir müssen den Würgegriff der Gilden um unsere Handwerker, unsere Geschäfte, unseren Lebensunterhalt lösen. Sie hätten niemals so stark werden dürfen. Sie schließen rechtmäßige, hart arbeitende Magier aus, die nur ihre Familien ernähren und ihre Kunst in Frieden ausüben wollen."

Matt warf die Hände in die Luft. „Unglaublich", murmelte er.

„Wie wirst du es überhaupt veröffentlicht bekommen?", fragte ich. „Die Gilde der Buchhändler kontrolliert doch die ganzen Verlage und Druckpressen."

„Ich kenne einen unabhängigen Drucker, der in Shoreditch arbeitet", sagte Oscar. „Er hat zugestimmt, mir eintausend Exemplare zu drucken. Wenn sie alle verkauft werden, druckt er mehr."

„Mit unabhängig meinen Sie illegal", sagte Matt. „Ohne Lizenz von der Buchhändler-Gilde zu drucken, ist gegen das Gesetz."

„Deswegen muss das auch unter uns bleiben. Gefährden Sie das bloß nicht, Glass. Es ist nicht nur das Buch und unsere Arbeit, die sie damit zerstören würden, sondern auch das Geschäft dieses Druckers. Er würde geschlossen und mit einer Strafe belegt werden, vielleicht kommt er ins Gefängnis. Die Gilde wird ihn verfolgen."

„Ich muss doch wohl bitten", stieß ich hervor. „Matt wird nichts so Grausames tun. Wenn diesem Drucker etwas passiert, wird es nicht seine Schuld sein. Es wird Ihre sein, weil Sie seine Dienste in Anspruch nehmen."

„Natürlich, natürlich", sagte Nash rasch. „Mr. Glass würde so etwas niemals tun."

Wir wandten uns alle an Oscar. „Ich will, dass Sie es versprechen, Glass", sagte er.

Matt hielt Oscars Blick lange Zeit fest. „Sie sind bestimmt hergekommen in dem Wissen, dass ich so reagieren würde", sagte Matt. „Weshalb also erzählen Sie uns das? Ich bezweifle, dass das nur ein Höflichkeitsbesuch ist."

Nash räusperte sich und warf einen Blick auf Oscar. Oscar wirkte plötzlich mit jedem vergehenden Augenblick weniger selbstsicher, während Matts eisiger Blick sich in seinen bohrte.

„Wir werden die Namen echter Magier in dem Buch nennen", sagte Oscar. „Meinen natürlich, und …"

„Nein. Sie werden nicht ihren Namen nutzen."

„Und die Namen anderer Magier, die mir die Erlaubnis gegeben haben."

„Andere Magier haben dir die Erlaubnis gegeben?", fragte ich.

„Bisher zwei, aber ich hoffe, es werden mehr."

„Nein", sagte Matt. „Auf gar keinen Fall. Sie werden sie nicht in Gefahr bringen."

„Das wird sie nicht in Gefahr bringen", sagte Nash, der sich plötzlich auch vorbeugte. Wie Oscar schien ihn das Buch zu begeistern. Es war schwierig, sich nicht zumindest auch ein wenig aufgeregt zu fühlen. „Es wird weitere Magier ans Licht bringen", fuhr Nash fort. „Wenn ihnen klar wird, was sie mit ihrer Magie tun kann, dass sie keinen Zauber braucht, damit sich ihre Uhr bewegt, werden andere Magier aus ihren Verstecken kommen. Ich erwarte, dass andere mächtige Magier sich zeigen, wenn auch nur vor uns und insgeheim."

„Sie sind beide verrückt", sagte Matt.

„Was, wenn wir ihren Namen weglassen, aber nur erwähnen, wozu ihre Mächte fähig sind?", fragte Oscar. „Wenn sich uns dann jemand nähert und nach ihrem Namen fragt, können wir ihn unter vier Augen herausgeben."

„Und was, wenn es ein Gildemeister ist, der nur so tut, als wäre er ein Magier, um zu erfahren, wo sie wohnt?"

„Wir werden sie auf die Probe stellen", bot Nash an. „Ein magischer Test."

Matt schüttelte den Kopf, eher angeekelt als widerstrebend.

Ich sagte nichts; ich sah einfach nur zu. Wie üblich zerriss mich dieses Thema. Ich wollte offen leben. Ich wollte Magie ausüben. Aber das Risiko, verfolgt zu werden, war sehr greifbar. Es gab jeden Grund, verborgen zu bleiben, und ich war in dieser Sache mit Matt einverstanden – vorerst.

„Wir *müssen* sie nutzen", sagte Oscar. Er war so weit nach vorne gerückt, dass ich dachte, er würde gleich auf dem Boden auf die Knie fallen und betteln.

Matt kam auf die Beine. „Hinaus. Sie beide. Ich habe genug gehört."

Oscar zögerte, doch Nash erhob sich. Er wandte sich an mich. „Lassen Sie uns wissen, falls Sie es sich anders überlegen", sagte er.

„Wird sie nicht", entgegnete Matt.

Ich schloss den Mund, mahlte mit den Backenzähnen.

Oscar erhob sich und nahm meine Hand. „Denk darüber nach, India."

„Hinaus", knurrte Matt in einer Stimme, die ich noch nie zuvor von ihm gehört hatte. „Fossett! Stellen Sie sicher, dass diese Gentlemen gehen." Er wartete an der Tür, bis beide Männer an ihm vorbei waren.

Ich schloss die Augen und drückte mir auf den Nasenrücken. Ich spürte, wie das Sofakissen neben mir nachgab.

„Ist bei dir alles in Ordnung?", fragte Matt, seine Stimme wieder normal.

Ich öffnete die Augen, um zu sehen, wie seine Hand nach oben griff. Er schob mir das Haar aus der Stirn, eine sanfte Geste, bei der es in meinem Herzen zog, nicht, weil sie zärtlich war, sondern um dessentwillen, was ich gleich sagen würde. Es würde ihn verletzen. „Er hat *mich* gefragt, Matt, nicht dich."

„Ich werde nicht zulassen, dass er dich in Gefahr bringt."

„Diese Entscheidung habe ich zu treffen", sagte ich, „nicht du."

Seine Finger zogen sich zurück, aber seine Hand blieb zwischen uns in der Luft, eine süße Geste, die unterbrochen war, ein Moment erstarrt in der Zeit, der mich noch heimsuchen konnte. „Nicht, India", sagte er mit leisem Stahl in der Stimme. „Bring mich nicht dazu, es zu sagen."

Das musste ich. Wenn ich es nicht tat, würde ich mir nur Sorgen machen, wann in der Zukunft dieses Thema wieder seinen hässlichen Kopf erheben und sogar noch hässlicher werden würde. „Was sagen? Dass du es mir als mein Ehemann verbieten kannst?"

Er schaute weg.

„Wir sind noch nicht verheiratet", sagte ich.

Ich ging aus dem Salon, war mir nur allzu bewusst, dass er mir nicht folgte.

# KAPITEL 4

„Wir sollten zu Emmetts Gedenkfeier gehen", sagte Willie beim Frühstück.

„Warum?", fragte Cyclops. „Weil wir Amerikaner sind und er auch ein Amerikaner war?"

„Weil es eine gute Gelegenheit ist, zu bezeugen, wie seine Freunde auf seinen Tod reagieren."

Cyclops nahm die Eierschale aus seinem Eierbecher, stellte sie auf den Kopf und schüttelte sie. Kein Tröpfchen Eigelb fiel heraus. Er seufzte und warf einen sehnsüchtigen Blick auf die vollen Frühstückstabletts auf dem Buffet.

„Ich werde verdächtigt, ihn ermordet zu haben", sagte Duke, der mit der Gabel ein Stück Speck aufspießte. „Für mich ist es keine gute Idee, dort hinzugehen."

„Dann bleib hier", sagte sie. „Wir übrigen gehen. Was meinst du, Matt?"

Matt zögerte. „Ich …" Er wurde mit einem Blick zu mir still. „India? Findest du, dass wir gehen sollten?"

„Ich habe in dieser Sache keine ausgeprägte Meinung", sagte ich. „Du entscheidest."

Ich leerte meine Teetasse. Obwohl ich nicht zu Matt schaute, konnte ich seinen Blick auf mir spüren. Er hatte den ganzen Vormittag lang heimlich Blicke auf mich geworfen und rasch weggeschaut, wenn ich ihn erwischt hatte. Eindeutig hatte ihm mein Ausbruch gestern Sorgen bereitet. Ich andererseits fühlte mich erleichtert, mir das von der Seele gesprochen zu haben. Diskussionen wie diese musste man vor der Hochzeit führen. Es war sinnlos, sie schwelen zu lassen. Es würde später nur noch mehr wehtun.

„Das war's." Willie warf ihre Serviette auf den Tisch. „Die Luft hier drin ist dicker als der größte Fettwanst. Was ist denn mit euch beiden heute los?"

„Nichts", sagte ich.

„Warum ist dann Matts Gesicht länger als bei einem Gaul, der zum Schlachthof geht?"

„Nicht, Willie", sagte Matt.

Sie schaute von Matt zu mir und dann wieder zurück. „Ihr beiden kommt hier nicht raus, bis ihr euch geküsst habt und wieder vertragt. Komm schon, Duke, Cyclops. Lassen wir sie allein."

Duke wedelte mit einem Stück Toast vor ihr. „Aber ich habe noch nicht fertig gefrühstückt."

„Nimm es mit."

Cyclops stand auf und ging, doch Duke blieb, blinzelte seinen Teller an, als wäre es eine lang verlorene Liebe. Willie griff über den Tisch, schnappte sich den Teller und begab sich nach draußen. Duke folgte ihr schließlich und schloss die Tür.

„Das war subtil", sagte ich und stand auf, um mir meine Tasse am Buffet aufzufüllen.

„India", schnurrte Matt.

Als er nicht weitersprach, sagte ich: „Ja?"

Plötzlich stand er hinter mir, seine Hände strichen mir leicht über die Arme. „Das gestern tut mir leid." Er küsste mich auf den Kopf. „Verzeihst du mir?"

Ich seufzte und lehnte mich an ihn. „Also verstehst du, weshalb ich verärgert war?"

„Du hast einen eigenen Kopf. Du bist mehr als nur fähig, selbst zu denken und für dich zu sprechen."

Ich drehte mich um und schaute ihm in die besorgten Augen. Seine Hände sanken an seinen Seiten herab. „Du hast die ganze Nacht über diese Antwort nachgedacht, oder?"

„Klang das zu einstudiert?"

Ich nahm ihn am Kinn und stellte mich auf die Zehenspitzen, um ihn zu küssen. „Danke, dass du es verstehst", murmelte ich an seinen Lippen. „Ich hatte Sorge, dass du das nicht tun würdest."

Ich spürte, wie seine Muskeln sich an meiner Hand entspannten. „Ich habe ein paar Minuten gebraucht, um mich zu beruhigen und zu merken, dass du nicht Nash und Barratt mit ihrem Buch helfen möchtest, und dass es nicht darum ging. Außerdem hat meine Tante mir dargelegt, dass du jahrelang deine eigenen Entscheidungen getroffen hast und dass ich ein trotziger Cowboy bin, der mit rauchenden Revolvern losgestürmt ist. So hat sie es formuliert."

„Ich kann mir sogar ihre Stimme vorstellen." Ich legte ihm die Arme um den Hals, entlockte ihm ein sanftes Lächeln. „Ihr ist nicht klar, dass ich Cowboys ziemlich mag."

„Sollte ich meinen Hut und mein Pistolenhalfter tragen?"

„Ach, Matt", murmelte ich an seinem Mund. „Du ziehst mich so gern auf."

Auf seine Lippen trat ein Lächeln. „Und ich habe noch nicht mal die Stiefel erwähnt."

Unser Kuss begann als ein explosives Nachlassen der Anspannung, die wir beide seit unserem Streit mit uns herum getragen hatten. Seine Arme legten sich um mich, hielten mich so fest, dass mir die Rippen wehtaten, meine Finger bohrten sich in seine Schultern, klammerten sich fest, versuchten, ihn näher zu ziehen, wo wir uns doch schon bereits so nahe waren, wie zwei bekleidete Leute einander nur sein konnten. Der Kuss wurde langsamer, sinnlicher, stiller, doch nicht weniger leidenschaftlich. Wir lösten uns schließlich voneinander, als jemand klopfte.

„Vertragt ihr euch schon wieder?", rief Willie durch die Tür.

Matt strich mit dem Daumen über meine Unterlippe. „Ich schätze, wir sollten uns wieder zur Welt hinausgesellen."

„Wenn wir müssen." Ich nahm seine Hand, und zusammen stellten wir uns Willie, Cyclops und Duke.

„Was habt ihr jetzt beschlossen?", fragte Cyclops.

„Beschlossen?", wiederholte Matt.

Willie schnalzte mit der Zunge. „Wegen der Gedenkfeier für Emmett. Was habt ihr beiden denn da drin besprochen?"

„Das geht dich nichts an", erklärte ihr Duke, der den Teller mit Toast an seine Brust schmiegte.

Sie sah aus, als würde sie nicht zustimmen, doch Matt meldete sich zuerst zu Wort. „Ich glaube, es ist eine gute Idee, dort hinzugehen. Wir könnten etwas herausbringen, und je mehr Beweise wir derzeit sammeln können, die auf jemand anderen hindeuten, umso mehr wird Brockwell seine Aufmerksamkeit von Duke weglenken."

Mit vollem Mund summte Duke zustimmend.

„Also ist es abgemacht", sagte ich. „Aber du hast recht, Duke, du solltest nicht hingehen."

Er schluckte. „Ist mir recht. Ich gehe sowieso aus."

Willie stemmte die Hände in die Hüften, während er ging. „Wohin gehst du denn?"

„Geht dich nichts an."

Cyclops schlug ihr auf die Schulter. „Lass ihm doch etwas Frieden. Er geht niemals ohne uns aus."

„Das liegt daran, dass wir unterhaltsam sind. Na ja, ich bin unterhaltsam. In letzter Zeit bist du ziemlich bedröppelt, Cyclops. Du musst entweder etwas wegen Catherine unternehmen oder aufhören, an sie zu denken. Und erwähne bloß nicht diese Krankenschwester vor mir." Sie stieß ihn vor die Brust. „Ich sitze nicht herum und schwärme für sie und esse wie ein Vögelchen, um so gut wie möglich für sie auszusehen. Ich mache mit meinem Leben weiter. Jetzt komm schon, und wir bereiten uns auf die Gedenkfeier vor."

Cyclops schaute an sich herab. „Ich bin vorbereitet. Ziehst du dich um?"

„Ich hole meinen Colt. Ich tauche doch nicht auf der Gedenkfeier eines Revolverhelden ohne Waffe auf."

Ich sah ihr nach, wie sie die Stufen hinaufging, und fragte mich, ob sie das Tragen ihrer Waffe als Tribut an Emmett verstand, oder ob sie sich Sorgen um ihre Sicherheit machte.

* * *

WIR TRAFEN FRÜH IN ST. Cuthbert ein, einer Kirche nicht weit vom Ausstellungsgelände am Earls Court. Emmetts Leichnam würde zur Beerdigung und einer ordentlichen Gedenkfeier zurück nach Amerika geschickt werden. Diese Gedenkfeier war für seine Ensemble-Kameraden gedacht. Daher war ich überrascht, dass nur wenige auftauchten.

Wir kamen früh an und standen weit hinten, beobachteten die Trauernden, wie sie eintraten und Platz nahmen. Tatsächlich war der Begriff Trauernde gewissermaßen übertrieben. Nur May zeigte Anzeichen von Gefühlen.

Willie stieß mich mit dem Ellbogen an. „Dort ist Annie Oakley", flüsterte sie. „Sie wirkt nicht sonderlich traurig. Ich sage, wir beobachten sie."

„Du hältst sie für eine Verdächtige?", flüsterte ich zurück. „Auf welche Information gründet das?"

„Auf ihre fehlenden Gefühle. Man möchte meinen, sie wäre traurig, einen Freund zu verlieren."

„Niemand hier wirkt sonderlich traurig, außer May."

Willie reckte den Hals und musterte die anderen Gesichter. „Erinnerst du dich an die Blonde, die so gut aussah, aus dem Pub? Diejenige, die so zufrieden gegrinst hat, als Duke Emmett geschlagen hat?"

„Ist sie hier?", fragte ich und sah mich um.

„Nein, aber ich habe das Gefühl, dass sie ihn kannte. Ich habe erwartet, dass sie hier ist. Womöglich war sie über den Schlag erfreut, weil sie ihn gehasst hat, vielleicht genug, um ihn zu töten. Da haben wir schon zwei Verdächtige."

„Zählst du Annie Oakley dazu?"

„Danny Draper, aber wir können Annie Oakley zählen, wenn du möchtest. Man sollte sie ohnehin befragen, weil sie wichtig für die Show ist."

Die andere wichtige Person für die Show, Bill Cody selbst, saß vorne auf der Kirchenbank neben Annie Oakley. Ich erkannte ihn von den Postern des Ereignisses, obwohl er in der Darstellung jugendlicher gezeigt worden war. Anders als die restlichen Trauernden ging er sofort nach dem Gottesdienst. Er blieb nicht, um wie wir übrigen am offenen Sarg vorbeizugehen.

Die meisten Trauernden warfen kaum einen Blick auf das

Gesicht des Toten. Nicht einmal May. Ihre Tränen waren auch getrocknet. Ich fragte mich allmählich, ob sie vorhin nur gespielt hatte.

Ich warf einen Blick in den Sarg und hatte vor, einfach nur vorbeizugehen, doch stattdessen blieb ich stehen. Emmetts Hände lagen flach auf der Brust, unter seinen Fingern waren verdeckte Spielkarten ausgebreitet, als würde er ein Gewinnerblatt dicht an sich halten, bevor er es ausspielte. Es war eine klassische Geste für einen Spieler, doch es war nicht die Geste, die mich stutzig machte. Es war der Drang, den ich verspürte, diese Karten zu berühren.

Es war falsch, doch konnte ich das Bedürfnis nicht ignorieren. Ich nahm meinen Mut zusammen und griff hinein, mir nur zu bewusst, dass die Karten und der braungraue Anzug die tödliche Verletzung bedeckten. Mein kleiner Finger streifte die Karten. Ich keuchte, zuckte zurück. Ich zog die Finger zu einer Faust zusammen und drückte sie mir an den Bauch. In der Reihe der Trauernden suchte ich nach Matt, und unsere Blicke trafen sich. Er runzelte die Stirn.

„Gehen Sie weiter", flüsterte der Mann hinter mir. „Wir müssen zurück, um uns für die Show vorzubereiten."

Ich erübrigte einen Blick für Emmett, sein Gesicht zu einer Miene verzogen, die wohl friedlich aussehen sollte, aber stattdessen unnatürlich wirkte. *So hast du es also angestellt.*

„Was ist denn, India?", fragte Matt, während er an der vorderen Bankreihe zu mir trat. „Du bist blass geworden."

Wir gingen aus der Kirche, wo nur eine Handvoll Trauernde verblieben. Meine Gedanken drehten sich, und ich hatte wohl einen merkwürdigen Ausdruck auf dem Gesicht, denn Cyclops und Willie fragten auch, ob etwas passiert war.

„India?" Matt packte mich am Ellbogen. „Du fällst doch nicht in Ohnmacht."

Ich schüttelte den Kopf und bedeutete ihnen, dass sie mir außer Hörweite folgen sollten. „Du hattest recht, Willie", sagte ich. „Emmett hat gemogelt, und ich weiß, wie."

„Wie?", wiederholten alle drei.

„Er war ein Papiermagier. Die Karten auf seiner Brust waren

warm von magischer Hitze. Sie war stark genug, dass ich sie durch meinen Handschuh spüren konnte."

Sie starrten mich an, und als ob ein Damm gebrochen wäre, sprachen sie dann alle auf einmal.

„Was du nicht sagst", murmelte Cyclops.

„Ich wusste es", spie Willie aus. „Dieser verlogene, betrügerische Hund."

„Gut", sagte Matt entschlossen. „Das bedeutet, dass wir einen Grund zum Ermitteln haben. Wir werden den Commissioner gleich informieren."

Willie erwischte ihn am Ärmel, während er ging, um aufzubrechen. „Schau." Sie nickte zu Annie Oakley, am Arm eines bärtigen Gentlemans. „Willst du, dass ich sie befrage?"

„Wir sind dem Fall noch nicht offiziell zugeteilt", sagte Cyclops.

„Und? Das hat uns doch noch nie aufgehalten."

„Was erhoffst du dir denn, was sie uns erzählen kann?", fragte Matt.

Willie zuckte mit den Schultern. „Alles Mögliche."

„Sie könnte uns erzählen, wer die Blonde aus dem Pub war", sagte ich, schaute mich unter den verbleibenden Trauernden um. „Dort sind May und Danny. Fragen wir sie."

„Wir haben den Fall noch nicht", wiederholte Cyclops.

„Und?", fragte ich, ahmte Willie nach.

Cyclops wandte sich an Matt, doch der hob einfach nur die Hände. „So weit ich mir bewusst bin, tauschen wir einfach nur Erinnerungen über den Verstorbenen mit anderen Trauernden aus."

Wir begrüßten May und Danny mit freundlichen, mitfühlenden Worten. Ich stellte ihnen Matt vor und beobachtete, wie er seinen Charme mit vollster Wirkung einsetzte.

„Ich bin ihm nie begegnet", sagte er mit ernster Miene, „aber Willie hat mir so viel über ihn erzählt, dass ich ihm heute meinen Respekt zollen wollte. Sie nannte ihn einen meisterhaften Pokerspieler, den besten, gegen den sie je angetreten ist."

„Sie hat ihm ins Gesicht gesagt, dass er mogelt", höhnte Danny mit einem betonten Blick zu Willie.

„Ich nenne jeden, der mich schlägt, einen Betrüger", erwiderte Willie. „Das hat nichts zu bedeuten. Emmett hat mich besiegt, so einfach ist das."

Danny hielt ihren Blick fest. „Ihr Freund hat ihn geschlagen."

May legte ihre Hand auf den Arm ihres Mannes, und Danny schluckte seine nächsten Worte. „Es ist wunderbar, dass Sie alle gekommen sind", sagte sie. „Leider konnten nicht viele herkommen."

„Wir haben Miss Oakley gesehen", sagte Willie, die in die Richtung des Ausstellungsgeländes am Earls Court schaute. „Standen sie sich nahe?"

„Nicht sonderlich." May tupfte sich den Augenwinkel mit ihrem Taschentuch und schniefte. „Sie hatte Streit mit Emmett."

„Hat sie auch gegen ihn im Poker verloren?"

May nickte. Die Finger ihres Mannes spannten sich an ihrem Arm an, und sie zuckte zurück. „Aber nicht sonderlich viel, glaube ich", fügte sie an. „Annie hat sich da einmal aufgeregt und dann wieder beruhigt und dann alles vergessen. So ist sie eben."

„Ich auch", sagte Willie. „Das ist eben vorgestern passiert. Emmett hat mich geschlagen, ich war ganz aufgebracht, aber ich habe es schon wieder verarbeitet. Teufel auch, ich wollte noch mal mit ihm spielen."

Da horchte Danny auf. Er zeigte seine Grübchen, sodass sie ihre volle jungenhafte Wirkung erzielten. Er war wirklich ziemlich gut aussehend, wenn er lächelte. „Kommen Sie heute Abend ins Prince of Wales. Ich spiele gegen Sie."

„Danny", tadelte May. „Nicht heute Abend. Wir sollten Emmetts Erinnerung ehren."

„Wenn wir Poker spielen, ehren wir ihn. Es war seine liebste Beschäftigung. Er hatte immer ein Kartenspiel in der Tasche", sagte Danny zu uns. „Manchmal sah man ihn herumgehen, sie halten, sie mischen, Tricks vorführen – Kartenspielertricks, so was. Es ist, als wäre er mit einem Kartenspiel geboren worden. Ich war froh zu sehen, dass er mit ihnen beerdigt wurde."

May lächelte ihn schwach an. „Ihr beiden habt euch verstanden, obwohl er dich immer geschlagen hat. Also gut, spielt ein paar Runden heute Abend zu Emmetts Andenken, dann nicht mehr. Du verlierst zu viel."

„Er hat Sie regelmäßig geschlagen, oder?", fragte Matt Danny.

Danny plusterte sich auf. „Es war nicht regelmäßig."

„Es war ziemlich regelmäßig", sagte seine Frau.

Danny verfiel in eine brütende Stille.

„Vielleicht dreht sich Ihr Glück heute Abend", sagte Willie fröhlich. „Ich glaube, ich komme. Um Emmett zu ehren natürlich. Gewinnen oder verlieren, spielt keine Rolle."

Ich bezweifelte, dass auch nur einer von uns glaubte, dass sie das ernst meinte.

„Da war eine hübsche Blonde im Pub", sagte ich. „Sie wirkte zufrieden, als Duke Emmett geschlagen hat. Wissen Sie, wer sie ist?"

„Das ist die hübscheste Blonde", sagte Danny und wies mit dem Kopf auf seine Frau.

„Hör auf, Danny, da werde ich noch rot", sagte May, die scheu den Kopf senkte. „Ich habe die Frau gesehen, die Sie meinen, aber sie gehört nicht zu uns."

Wie mysteriös. Bevor ich noch weitere Fragen stellen konnte, wechselte Matt allerdings das Thema. „Was hat Emmett getan, bevor er zu Ihrer Truppe stieß?"

„Weiß nicht", sagte Danny, „aber ich habe den Verdacht, es war nichts Gutes, andernfalls hätte er davon gesprochen."

„Es muss ein Schock gewesen sein, zu hören, dass er verstorben ist."

„Es war schrecklich", sagte May, die sich wieder die Augen tupfte. „Bill hat uns alles am Morgen erzählt, nachdem sie ihn gefunden haben."

„Es war ein Glück, dass wir nicht dort waren, als es passiert ist", fügte Danny hinzu. „Wir haben das Prince of Wales nur ein kleines bisschen vor ihm verlassen."

Matt legte den Arm um meine Taille und zog mich an seine Seite. „Ich habe mir auch Sorgen gemacht, als ich davon gehört habe. India sagte, sie wäre erst am Abend zuvor dort gewesen und hätte Emmett kennengelernt." Er sah mir in die Augen und redete leise, als würde er mit mir reden, nicht mit zwei Fremden. Der Effekt war hypnotisierend, und ich konnte nicht wegschauen. „Man stelle sich vor, sie wäre an diesem Abend hingegangen und zur falschen Zeit aus dem Pub gekommen. Der Dieb hätte sie angreifen können. Darüber möchte man gar nicht nachdenken." Sein Arm spannte sich an, und seine Augen wurden düster, grimmig.

Ich blinzelte zu ihm auf, versuchte meine Rolle als selbstsichere Frau zu spielen, doch stellte fest, dass ich in sein Schauspiel hineingezogen wurde.

Mays Schniefen brach den Bann. „Wenn sie nicht in die Gasse gegangen wäre, hätte sie kein schlimmes Ende durch die Waffe des Diebes gefunden."

„Sie glauben, der Dieb hat seine eigene Waffe benutzt, nicht die von Emmett?", fragte Matt.

Der rasche Themenwechsel brachte meinen Kopf dazu, dass sich alles darin drehte. Auch May wurde davon auf dem falschen Fuß erwischt. Sie öffnete und schloss den Mund ein paar Mal, ehe sie schließlich antwortete: „Steht das nicht so in der Zeitung?"

„Ja, tut es", sagte Danny, der abgelenkt klang, während er auf seine Uhr sah, eine einfache deckellose mit einem Sprung im Glas. „May, wir müssen zurück. Schön, Sie kennenzulernen, Mr. Glass. Miss Johnson, ich hoffe, ich sehe Sie heute Abend. Ich habe das Gefühl, als würde Emmett uns beiden zusehen, uns beiden beim Gewinnen helfen."

„Dann sollte er besser mal ein paar ahnungslose Anfänger in unsere Richtung schicken", sagte sie und berührte ihre Hutkrempe.

Wir sahen ihnen nach und kehrten dann zu unserer Kutsche zurück.

„Ich hatte so viele Fragen an sie", sagte ich, als Matt mir die Stufen hinaufhalf.

„Zu viele Fragen", erwiderte Willie, die ohne Hilfe einstieg. „Du machst ihnen Angst. Ich weiß, es ist schwer für dich, India, aber du musst versuchen, subtil zu sein."

Ich raffte meine Röcke aus ihrem Weg, während sie sich neben mich setzte. „Du willst, dass ich von dir Rat in Sachen Subtilität annehme?"

„So sollte es sein. Wenn wir schon von subtil sprechen, wer sonst findet, dass sie es übertrieben haben?"

„Was übertrieben?", fragte ich.

„Ihren Auftritt."

„Welchen Auftritt?"

„Gerade eben." Willie wandte sich an mich. „Meinst du, es ist dir nicht aufgefallen? India, du bist so unschuldig."

„Bin ich nicht!"

„Sie fasst leicht Vertrauen", sagte Matt zu Willie. „Das ist keine Charakterschwäche."

„Könnt ihr mir sagen, worauf ihr euch bezieht?", drängte ich. „Wollt ihr sagen, dass May nur gespielt hat, sie wäre traurig?"

„Das könnte schon sein", sagte Matt. „Aber wir haben uns auf ihre Bemühungen bezogen, Willie heute Abend ins Pub zu locken, um Poker zu spielen. Willie soll glauben, dass Danny an diesem Abend ehrlich hoffnungslos war, und nicht mit Emmett zusammengearbeitet hat. Sie verlassen sich auf diese Einschätzung, um sie zurückzulocken."

„Jetzt zieht er den Schwindel allein durch", sagte Cyclops. „Riskant."

Wir umrundeten eine Ecke ein wenig zu schnell, sodass Willie und ich über den Banksitz glitten. Matt und Cyclops bewegten sich allerdings kaum, ihre breiten Schultern stellten sicher, dass sie uns gegenüber eingekeilt waren.

„Niemand hat schon das Offensichtliche erwähnt", sagte ich und richtete meine Röcke erneut. „Emmett war ein Papiermagier, und wir kennen bereits einen Papiermagier."

„Du glaubst, Emmett und Hendry sind verwandt?", fragte Cyclops.

„Es besteht die Möglichkeit", sagte Matt. „Es lohnt sich, Hendry zu fragen, ob er Emmett kannte."

Wir waren Melville Hendry begegnet, als wir wegen des Todes des Herausgebers der *Weekly Gazette* ermittelt hatten. Er hatte Drohbriefe an Oscar Barratt geschickt, ihn dazu gedrängt, mit dem Schreiben seiner Artikel über Magie aufzuhören. Da er um sein Leben, sein Geschäft und seine Beziehungen gefürchtet hatte, hatte er nicht gewollt, dass Aufmerksamkeit auf ihn fiel. Es war ein wütender früherer Liebhaber gewesen, der den Mord begangen hatte, um ihn Mr. Hendry in die Schuhe zu schieben und ihn zu bestrafen. Durch unsere Beteiligung an der Aufdeckung dieses schäbigen Schlamassels waren wir ihm aber nicht gerade ans Herz gewachsen.

Matt traf sich allein in Scotland Yard mit Commissioner Munro und ließ uns drei am Victoria Embankment warten, wo wir die Schiffe vorbeifahren sahen. Da Geduld nicht Willies Stärke war, war sie die erste, die anfing, auf und ab zu gehen. Cyclops schloss sich ihr bald an, während ich mich darauf beschränkte, mit den Fingern auf die Kaimauer zu trommeln.

Als Matt schließlich zurückkehrte, lächelte er. „Brockwell wird uns jetzt empfangen."

„Munro hat zugestimmt, uns ermitteln zu lassen?", fragte ich.

„Das klingt, als würdest du meine Überzeugungsfähigkeit anzweifeln."

„Keinen Augenblick lang."

„Lügnerin." Er grinste und bot mir seinen Arm, um die Straße zu überqueren.

Ohne die Drohung des baldigen Todes, die über ihm hing, war Matt zu seinem liebenswerten Charakter zurückgekehrt, und damit ging der Charme einher, den er in so großer Menge besaß. Manche Gentlemen glaubten, charmant zu sein bedeute, eine aalglatte Routine auszuführen, aber bei Matt kam das ganz natürlich. Es war dieses ehrliche Charisma, das die meisten Leute auf seine Seite brachte.

Ein Schutzmann führte uns zu Brockwells Bureau, versteckt in den Eingeweiden des neuen Gebäudes. Commissioner Munro hatte ihn wohl von Matts Besuch in Kenntnis gesetzt, denn er schien uns zu erwarten.

„Ich sehe, dass sie ihre Bande dabei haben, wie die Amerikaner sagen", sagte Brockwell, der Matt die Hand schüttelte.

„Duke ist nicht hier", setzte ihn Willie in Kenntnis, die ihm auch eine Hand reichte.

Brockwell zögerte, ehe er sie schüttelte, und auch die von Cyclops. Er zögerte erneut, weil er vielleicht darauf wartete, dass ich ihm meine anbot, aber bis zu dem Zeitpunkt, an dem ich beschlossen hatte, dass ich das tun sollte, saß er schon wieder.

„Ich entschuldige mich, dass es nicht genug Stühle gibt", sagte er und glättete mit der Hand seine Krawatte, was keine einzige Falte entfernte. „Ich habe selten so viele Besucher."

Cyclops und Matt blieben stehen, sodass die Stühle für mich und Willie blieben, allerdings beschloss Willie, dass sie lieber mit den Männern stand, darum setzte ich mich allein hin. Brockwell beobachtete uns mit einem erheiterten Glitzern im Auge, das sich zum Großteil auf Willie richtete.

„Der Commissioner hat mich unterrichtet, dass Sie Grund zu der Annahme haben, dass das Opfer ein Papiermagier war", sagte Brockwell. „Woher rührt das, Miss Steele?"

„Ich habe magische Wärme auf den Karten gespürt, die unter seinen Händen im Sarg platziert waren. Ich habe sie unabsichtlich gestreift", stellte ich klar, damit er nicht dachte, ich würde gern Leichen berühren. „Emmett hat auch gern Poker gespielt und mühelos gewonnen. So mühelos tatsächlich, dass Willie argwöhnte, er würde mogeln."

„Nur, dass ich damals nicht gewusst habe, wie er es macht", sagte sie.

„Und wie könnte Magie ihm beim Betrügen helfen?", fragte der Inspektor.

„Das können wir nicht sicher sagen", sagte Matt. „Vielleicht spürte er einfach die Wärme in gewissen Karten, die er selbst dort platziert hatte. Oder vielleicht hat er einen Zauber benutzt, der es ihm gestattet hat, sie zu identifizieren. Es ist eine Frage, die wir Melville Hendry stellen werden."

Brockwells linke Augenbraue ging nach oben. „Dem anderen Papiermagier? Ist es klug, ihn zu befragen, wenn man seinen Geisteszustand nach dem Mord an Baggley bedenkt?"

„Um seinen Geisteszustand geht es nicht", sagte Matt. „Das wissen Sie."

Brockwell kniff die Lippen zusammen.

„Wir werden vorsichtig vorgehen", versicherte ich ihm. „Wir glauben, dass sanfte Fragen die einzige Art sind, auf die wir ihn bewegen können, mit uns zu sprechen."

„Das sehe ich auch so." Er ließ die Ellbogen auf den Armlehnen des Sessels ruhen und legte die Finger unter dem Kinn aneinander. „Eine weibliche Vorgehensweise ist nötig. Vielleicht sollte das Interview geführt werden, ohne dass Männer anwesend sind. Miss Steele, vielleicht kann sich Miss Johnson Ihnen anschließen."

„Willie?" Es brach aus mir hervor, ehe ich mich beherrschen konnte. Das und ein prustendes Lachen.

Sie verschränkte die Arme. „Warum nicht?"

„Tatsächlich, warum nicht", sagte ich. „Aber lass mich das Reden übernehmen."

Ihre fehlende Zustimmung bereitete mir Sorgen. „Wir gehen heute hin", war alles, was sie sagte.

„Erstatten Sie mir sofort Bericht", sagte Brockwell. „Ist das dann alles?"

„Sie müssen uns noch darüber in Kenntnis setzen, was Sie bisher herausgefunden haben", sagte Matt, der denselben Befehlston anschlug wie der Inspektor. „Munro hat klargemacht, dass wir daran zusammen arbeiten, und da mein Freund ein Verdächtiger ist, kann ich Ihnen versichern, dass ich alles tun werde, um seinen Namen reinzuwaschen."

„Ihre Treue ehrt Sie."

„Also ist er immer noch verdächtig?", fragte Willie.

„Bis das Gegenteil bewiesen ist, ja."

Sie schnalzte mit der Zunge und murmelte dann tonlos etwas vor sich hin.

„Wie bitte?", wollte Brockwell wissen. „Haben Sie etwas gesagt, Miss Johnson?"

Sie hob das Kinn. „Ich habe Sie einen Bas…"

„Willie!", fuhr Matt sie an. „Der Inspektor geht nur seiner Aufgabe nach. Das weißt du doch."

Willie schaute weg, die Nase hoch erhoben. Brockwells Lippen zuckten ganz leicht, bevor sie wieder zu seiner üblichen säuerlichen Miene nach unten gingen.

„Sie wollten uns gerade erzählen, was Sie bisher herausgefunden haben", sagte Matt.

Brockwell kratzte sich an den Koteletten.

„Befehl des Commissioners", rief ihm Cyclops in Erinnerung.

„Also gut. Es gab ein paar wichtige Dinge, die ich entdeckt habe. Das erste ist die Waffe des Opfers. Ich fand sie in seinem Zimmer, als meine Männer es durchsuchten."

„Sind Sie sicher, dass es seine war?", fragte Willie.

„Auf dem Griff sind seine Initialen eingraviert, und seine Kollegen haben bestätigt, dass sie Cocker gehörte. Er hatte auch andere, die er in der Vorführung einsetzte, aber das war die für den täglichen Gebrauch, diejenige, die er bei sich trug. Offensichtlich ging er gerne damit durch die Stadt."

„Na und?", fragte Willie. „Das machen viele Leute."

„Nein, Miss Johnson. Machen sie nicht. Nicht hier in England."

„Das liegt daran, dass ihr Engländer alle seltsam seid. Wo ich herkomme, geht ein Mann niemals ohne seine Waffe aus dem Haus. Manche Frauen auch nicht. Aber wenn es seine Alltagswaffe war, warum hatte er sie an diesem Abend nicht bei sich?"

„Das ist eine Frage, auf die ich gerne eine Antwort finden würde."

„Wurde daraus die Kugel abgefeuert, die ihn getötet hat?", fragte Matt.

„Es ist das richtige Kaliber, aber man wird weitere Tests durchführen müssen."

„Wo hat Emmett gewohnt, während er in London war?"

„Die Mitglieder des Ensembles haben unterschiedliche Unterkünfte in der Nähe des Ausstellungsgeländes gemietet. Die Stars der Show haben Häuser in Philbeach Gardens, wohingegen die weniger bekannten Mitglieder Räumlichkeiten in weniger guten Straßen gemietet haben. Mr. Cocker residierte im Speicher eines Hauses in der Childs Street mit drei anderen, darunter ein verheiratetes Paar." Er suchte auf einem Schreibtisch durch die Papiere, schob zerrissene Fetzen zur Seite, brachte seinen ohnehin schon unordentlichen Papierkram in eine noch größere Unordnung. Er fand schließlich, wonach er suchte, und reichte es mir. „Die Adresse."

„Ihre Männer haben das Zimmer gründlich durchsucht?", fragte Matt.

„Natürlich. Außer der Schusswaffe gab es nichts anderes Bemerkenswertes in Cockers Zimmer. Die anderen Mieter wurden alle befragt, behaupteten aber, um zwei Uhr nachts geschlafen zu haben, was der Leichenbeschauer als Todeszeitpunkt geschätzt hat. Allerdings hatten sie ihn früher am Abend im Prince of Wales gesehen, wo er gerne Poker spielte, wie Miss Johnson zu ihrem Nachteil herausfand, wie ich glaube."

„Er hat gemogelt", erklärte sie.

„So scheint es. Das verheiratete Paar, ein Mr. und eine Mrs. Draper, waren unter den letzten, die ihn gesehen hatten."

„Danny Draper mogelt auch beim Kartenspielen", sagte Willie. „Sie haben da mit drin gesteckt, obwohl er kein Magier ist."

Matt erzählte dem Inspektor, dass wir argwöhnten, dass Danny und vielleicht May an einem Doppelspiel beteiligt waren und sehr wahrscheinlich weiterhin die ursprüngliche Vorgehensweise nutzten, um ahnungslose Spieler auszunehmen. „Es ist eine List, die nur noch ein wenig länger aufgehen wird, jetzt, da Emmett tot ist. Ohne ihn und seine Magie wird es sehr viel schwieriger werden, ständig zu gewinnen."

„Ihre Schauspielkünste sind nicht so gut", erklärte Willie.

„Sie sind ganz ordentlich", sagte ich.

Brockwell nickte langsam nachdenklich. „Also ist es unwahrscheinlich, dass sie Verdächtige im Mordfall sind. Es liegt in ihrem Interesse, Cocker am Leben zu lassen, um mit ihrer Masche weiterzumachen."

„Vielleicht war deswegen May bei seiner Gedenkfeier so aufgebracht", sagte ich. „Sie hat die verlorenen Einkünfte bedauert, die er mit ihrem Mann geteilt hat, weil er seine Rolle spielte. Wenn ihre Tränen echt waren, meine ich."

„Es ist möglich", sagte Matt. „Wenn man wüsste, wie viele Leute Emmett betrogen hat, könnte man unter ihnen vermutlich seinen Mörder finden."

„Da ist noch mehr." Brockwell suchte wieder durch seine Papiere, nur dass er diesmal das, was er brauchte, fast ganz oben fand. „Ich habe ein Telegramm an meine amerikanischen Kollegen geschickt, als ich von dem Mord erfahren habe, und am heutigen Vormittag erhielt ich eine Antwort. Es schien, als wäre Emmett Cocker klug gewesen, gerade jetzt nach England zu gehen." Er reichte mir die Nachricht.

„Er wurde von Gesetzeshütern gesucht?", fragte Willie, die mir über die Schulter spähte.

„Nein", sagte ich. „Aber er war ihnen bekannt. Er wurde von einem Mann gejagt, der als Jack Krane bekannt ist."

„Krane!" Matt schloss sich Willie an, um mir über die Schulter zu schauen.

Willie fluchte. „Weißt du noch, Cyclops?"

„Ich erinnere mich", sagte Cyclops düster. „Das ist kein Mann, dem man in die Quere kommen will. Hat Emmett ihn auch betrogen?"

„Es scheint so", sagte ich, reichte die Nachricht Brockwell zurück. „Laut diesem Schreiben wird Krane zusammen mit Mitgliedern seiner Bande von den Gesetzeshütern für etliche Verbrechen gesucht, darunter Mord."

„Emmett war ein verdammter Narr, dass er ihn betrogen hat", sagte Willie.

„Was wissen Sie über diesen Krane?", fragte Brockwell Matt.

„Ich bin ihm nie begegnet, doch ich habe von ihm gehört", sagte er. „Er und seine Bande sind eine Bedrohung."

„Glauben Sie, sie würden den Atlantik überqueren, um ihre Rache zu bekommen?"

„Es ist zweifelhaft, aber nicht unmöglich. Ich kenne ihn nicht gut genug, aber wenn ich raten müsste, würde ich sagen, er ist zu beschäftigt in Amerika, um *einem* Mann bis ganz nach hier drüben zu folgen."

„Hängt davon ab, um wie viel Emmett ihn betrogen hat", sagte Willie. „Ich kannte schon Männer, die von Rache ganz besessen waren. Es spielt keine Rolle, wie viel es sie kostet oder wie viele Leben dabei draufgehen, solange sie ihren Rachedurst befriedigen können."

„Insbesondere, wenn sie gedemütigt wurden", fügte Cyclops an. „Für einige ist das schlimmer als der Tod."

„Also werde ich Krane nicht ausschließen", sagte Brockwell.

„Ich glaube, uns würde es auffallen, wenn eine Bande Gesetzloser nach London kommt", sagte ich. „Wissen ihr noch den Dark Rider?" Ihn zu finden war unsere erste Ermittlung zusammen gewesen. Der Bandit hatte versucht, mich zu verletzen, um an Matt zu kommen, nur um zu scheitern, weil meine Uhr mich glücklicherweise gerettet hat. Meine alte Uhr. Meine neue hatte bisher nur untätig in meinem Pompadour gelegen, wenn Gefahr gedroht hatte.

„Ich weiß es noch", sagte Matt, der mir eine Hand auf die Schulter legte. „Wenn Krane allein hierherkommt, wird er schwerer zu entdecken sein. Ich werde mich ein wenig umhören."

„Das ist alles, was ich derzeit habe", sagte Brockwell. „Sie haben meine Erlaubnis, diskret mit Hendry zu sprechen und der magischen Spur der Ermittlung zu folgen. Ich danke Ihnen für die Information über das Mogeln, und über die Drapers ganz besonders."

„Da ist noch etwas", sagte ich. „An dem Abend, an dem wir dort waren, war eine blonde Frau im Prince of Wales. Sie gehört nicht zum Ensemble, doch sie schien Emmett zu kennen und wirkte ziemlich erfreut, als Duke ihm einen Schlag verpasste."

Brockwell kratzte sich wieder an den Koteletten. „Ich werde sehen, was ich über sie herausfinden kann."

„Genauso wie wir." Ich erhob mich und streckte eine Hand aus. „Vielen Dank, Inspektor. Willie und ich werden Ihnen Bericht erstatten, nachdem wir mit Mr. Hendry gesprochen haben."

Er kam um eine Seite des Schreibtisches und schüttelte mir die Hand. „Ich freue mich darauf." Als nächstes griff er nach Willies Hand, obwohl sie sie ihm nicht angeboten hatte. „Ich freue mich sehr."

# KAPITEL 5

Matt weigerte sich, nach Hause zurückzukehren, während Willie und ich mit Mr. Hendry sprachen. Er wollte in der Nähe warten, falls wir ihn brauchten.

„Warum sollten wir dich brauchen?", fragte Willie.

„Er kann Waffen aus Papier machen, indem er einen Zauber ausspricht", rief Matt ihr in Erinnerung.

„Und Indias Uhr wird sie retten."

„Das wissen wir nicht", sagte ich. „Außerdem, falls sie das tut, wird sie mich retten, nicht dich."

Die Kutsche ließ uns an der Ecke von Hendrys Laden in Smithfield aussteigen. Der Laden war leer, aber das dumpfe Pochen der Maschinen aus der Werkstatt hinten sagte uns, wo wir ihn finden würden. Ich schob die Tür auf und räusperte mich, aber er konnte mich nicht hören, weil der Hammer auf die Pulpe einschlug. Ich trat an ihn heran und wedelte mit der Hand vor seinem Gesicht.

Er gab ein Quietschen von sich, auf das rasch ein finsterer Blick folgte. „Es ist unhöflich, sich an jemanden anzuschleichen, Miss Steele." Die Maschine wurde langsamer und kam zum Stillstand, während er sich erhob. Trotz des warmen Zimmers war er gekleidet wie immer in einer rot und grau gestreiften Weste mit einer Krawatte in demselben selben Rotton. Kein einzelnes Haar war nicht an seinem Platz, obwohl er sich über seine Arbeit gebeugt hatte. Die dicken, stahlgrauen Locken blieben ihm aus der Stirn nach hinten gestrichen – einer Stirn, die in Falten lag. „Was wollen Sie denn nun?"

„Es ist unhöflich, so zu einer Dame zu sprechen", schoss Willie zurück. „Besonders einer, die jemanden in einem Mordfall entlastet hat."

Mr. Hendry hatte den Anstand, verlegen zu wirken. „Sie haben recht. Es tut mir leid. Willkommen. Bitte treten Sie in meinen Laden."

Wir kehrten zum Laden zurück, wo Papiere, Karten, Einladungen und Bücher ausgestellt waren, aufgestapelt auf einem Tresen und in Glasvitrinen. Es war ein kleiner Raum, aber er brauchte nichts Größeres. Er verkaufte nur selten vorgefertigte Waren, zog es vor, seine Werke auf Bestellung zu fertigen, angepasst an die Anforderungen seiner treuen Kundschaft.

Er blieb hinter dem Tresen stehen und zog einen Ordner heraus. „Sind Sie hier, um Einladungen zu bestellen? Ich habe von Ihrer Verlobung gelesen. Ich gratuliere."

„Wir brauchen keine Einladungen", erwiderte ich. „Es wird eine kleine Feier, und alle, von denen wir wünschen, dass sie anwesend sind, wurden persönlich in Kenntnis gesetzt."

Dem Ausdruck auf seinem Gesicht nach zu urteilen, hätte man meinen können, ich hätte ihm gerade erzählt, dass ich einen Wurf Kätzchen ertränkt hatte. „Aber … aber … jede Hochzeit braucht doch Einladungen. Selbst diejenigen, die rasch auf die Beine gestellt werden müssen."

„So ist es nicht", sagte Willie hitzig. „Sie wollen nur gleich heiraten, wegen all der Probleme in letzter Zeit mit seiner Cousine."

„Natürlich, natürlich." Er schob mir ein Blatt Papier über den Tresen und reichte mir einen Bleistift. „Schreiben Sie die Einzelheiten auf, genauso wie die Anzahl, die Sie brauchen, und ich werde etwas herstellen. Mein üblicher Kalligraf schuldet mir einen Gefallen und wird die Bestellung unverzüglich durchführen."

„Ich weiß nicht recht", sagte ich.

„Es wird sehr elegant werden, sehr raffiniert." Er schob den Bleistift und das Papier näher zu mir.

Willie nahm den Bleistift und schrieb die Einzelheiten auf. „Schicken Sie die Rechnung an Matt zur Lieferadresse. Jetzt wollen wir Sie etwas fragen."

Er seufzte. „Dann machen Sie schon."

„Ein Mann mit dem Namen Emmett Cocker wurde ermordet", setzte ich an. „Er war ein amerikanischer Scharfschütze in der Show von Buffalo Bill. Kannten Sie ihn?"

„Ich kenne nicht jedes Mordopfer in London, wissen Sie." Er nahm das Blatt und las, was Willie aufgeschrieben hatte.

„Er war ein Papiermagier."

Er senkte das Papier. „Ach. Jetzt verstehe ich, weshalb Sie hier sind."

„Sind Sie sicher, dass Sie ihn nicht kennen?", fragte Willie.

Er warf ihr einen vernichtenden Blick zu. „Natürlich bin ich sicher."

Ich wünschte mir, ich hätte den Artikel aus der Zeitung gerissen, um ihm Emmetts Bild zu zeigen. „Er hat Sie nicht aufgesucht?"

„Weshalb sollte er? Es ist nicht weithin bekannt, dass ich ein Magier bin."

„Er könnte sich Ihrer Existenz bewusst gewesen sein", sagte ich. „Vielleicht durch Familiengeschichten. Es ist wahrscheinlich, dass Sie aus verschiedenen Linien derselben magischen Abstammung hervorgegangen sind."

„Das ist eine Möglichkeit. Es gibt Geschichten, dass einige Mitglieder der Familie sich vor über hundert Jahren in Amerika ansiedelten. Er könnte einer ihrer Nachfahren sein, aber ich kann Ihnen nicht mit Einzelheiten dienen. Es tut mir leid. Also, wenn es Ihnen nichts ausmacht?" Er wedelte mit dem Papier. „Ich habe zu arbeiten."

„Noch eine Frage. Wenn Sie beim Kartenspiel mogeln wollten, könnten Sie einen Zauber dazu benutzen?"

„Einen Zauber, um die Karten nur für einen Magier zu identifizieren?" Er schüttelte den Kopf. „Einen solchen Zauber kenne ich nicht."

„Aber wenn Sie welche kennen würden …?"

„Ich sage es Ihnen doch, ich kenne keine."

Ich dankte ihm für seine Zeit, und wir verließen den Laden. „Meinst du, er lügt?", fragte ich.

„Ihm wurde unter seinem Kragen heiß, als du ihn wegen des Zaubers bedrängt hast", sagte Willie. „Und der amerikanische Teil seiner Familie schien ihm sehr spät einzufallen, und zwar erst, nachdem du es erwähnt hast."

„Vielleicht hat er es vergessen."

„Ich mag keine Vielleichts."

„Ich auch nicht."

Cyclops saß auf dem Kutschbock, als wir zurückkehrten, und plauderte mit dem Kutscher, während Matt auf dem Bürgersteig stand, sich an die Kutsche lehnte, die Knöchel und die Arme übereinandergeschlagen. Es war eine entspannte, selbstsichere Haltung, und eine, die all die guten Dinge an ihm betonte, nun, da seine Gesundheit wieder hergestellt war. Ich konnte nicht verhindern, dass ich lächelte.

„Es scheint, als ob ihr erfolgreich wart", sagte er und erwiderte das Lächeln.

„Nicht im Mindesten. Ich schaue dich nur gerne an."

Willie stöhnte. „Rette mich, bevor ich im Zuckersirup ertrinke, Cyclops."

Cyclops sprang herab und schloss sich uns an. „Was hat er denn zu Emmett gesagt?"

„Ist ihm nie begegnet", sagte Willie. „Er ist nie auf Besuch vorbeigekommen, behauptet er."

„Glaubt ihr ihm?"

„Wir sind nicht sicher", sagte ich. „Er hat zugegeben, eine lang verschollene Familie in Amerika zu haben, und nimmt an, dass Emmett zu diesem Zweig gehört. Weitere Informationen hat er uns nicht gegeben. Wir haben aber beide wahrgenommen, dass er sich ausweichend verhält."

Matt musterte die Straße, die von kleinen Läden und Werkstätten gesäumt war, Betrieben von Handwerkern verschiedener Art. Wie viele Magier suchten Zuflucht hinter ihren kleinen Geschäften? Wie viele praktizierten ihre Kunst insgeheim, wie Mr. Hendry, oder versteckten sie ganz, wie Mr. Gibbons, der Kartografenmagier? Sehr wenige machten aus ihrer magischen Kunst ein großes Geschäft wie Isaac Barratt, der Tintenmagier.

Menschen wie Isaac wären die ersten, die gestürzt werden würden, falls die Talentfreien gegen ihre magischen Rivalen aufbegehrten, aber die kleineren Handwerker würden ebenfalls zu Opfern werden.

„Wir könnten die Nachbarn fragen, ob sie gesehen haben, wie Emmett den Laden betrat", sagte Matt. „Er trug charakteristische Kleidung und hatte einen eindeutigen Akzent, darum ist es nicht ganz so, als würde man eine Nadel im Heuhaufen suchen."

„Auch einen erkennbaren Schnurrbart", fügte Willie an.

„Wir werden uns umhören", sagte Cyclops. „Duke, Willie und ich."

„Nachdem ich Brockwell Bericht erstattet habe", ergänzte Willie. „Du musst nicht mitkommen, India. Es gibt sowieso nicht viel zu berichten."

„Dann ist es abgemacht", sagte ich. „Was machen wir, Matt?"

„Mit Sir Charles Whittaker sprechen. Ich will herausfinden, weshalb er an jenem Abend im Pub war, und was er über Emmett weiß, und was der sogenannte Club der Sammler weiß."

„Was, wenn er es uns nicht sagt?", fragte ich. „Er hat so getan, als wäre er bei den Faustkämpfen gar nicht da gewesen."

Matts Lippen krümmten sich zu einem merkwürdigen Lächeln, bei dem ich froh war, dass er nicht mich befragen wollte.

* * *

WIR KEHRTEN mit Cyclops im Schlepptau nach Hause zurück, aber ohne Willie. Wir fanden Duke, der mit Miss Glass im Wohnzimmer Karten spielte, ein Teller mit Sandwiches auf dem Beistelltisch neben ihnen. Duke winkte uns mit einem Sandwich zu, sein Mund zu voll zum Reden. Miss Glass schaute nicht von ihren Karten auf.

„Kannst du das schlagen?", fragte sie und zeigte Duke ihre Karten.

Er seufzte, zeigte aber nicht seine im Gegenzug.

Ich wollte einen Blick über seine Schulter werfen, aber er legte die Karten oben auf den Stapel und mischte sie. Miss Glass fügte ihre Gewinne zu dem erklecklichen Stapel hinzu. Ich fragte mich, ob Duke sie mit zwei Achten gewinnen lassen würde, falls sie um etwas Wertvolleres spielten als Streichhölzer.

„Wo ist Willie?", fragte Duke, der sein Sandwich aufgegessen hatte.

„Unterhält sich mit Kriminalinspektor Brockwell", sagte Cyclops, der nach einem Sandwich griff.

Duke schnappte sich den Teller und zog ihn weg. „Frag Bristow nach welchen für dich."

„Er bringt mehr", sagte Matt.

„Bist du nicht auf Diät?", fragte Duke Cyclops.

„Ich höre doch nicht ganz auf zu essen", sagte Cyclops.

„Du brauchst auch nicht Diät zu halten, Cyclops, mein Lieber", warf Miss Glass ein. „Du bist perfekt, so wie du bist."

„Vielen Dank."

„Miss Mason hat das gesagt. Ich habe mitgehört, wie sie es einmal India erzählt hat."

Ich konnte mich nicht erinnern, dass Catherine es ganz so offen ausgesprochen hatte, aber im Prinzip war es schon richtig.

Cyclops sah aus, als wolle er das Zimmer verlassen, doch er überlegte es sich anders, als Bristow eintrat, mit drei weiteren Tellern, auf denen sich in Dreiecke geschnittene Sandwiches stapelten.

„Iss auf", sagte Cyclops zu Duke. „Wir haben was zu tun, wenn Willie zurückkehrt."

Miss Glass verzog widerstrebend das Gesicht. „Wenn ihr Morde besprecht, gehe ich. Für eine Dame ist das ein ziemlich unpassendes Gesprächsthema." Sie erhob sich und wartete, aber als ich sitzen blieb, ging sie, seufzte so laut und wiederholt, dass ich sie den ganzen Weg bis zur Treppe hörte.

„Was hast du denn heute Vormittag gemacht, Duke?", fragte ich und nahm ein Sandwich.

„Ich bin ins Krankenhaus gegangen, um eine gewisse Krankenschwester zu besuchen."

„Das hast du getan?"

Er lächelte um sein Sandwich herum.

„Willie wird dich umbringen, wenn sie das rausfindet", sagte Cyclops. „Ich will unbedingt dabei sein, wenn es dazu kommt."

„Sie wird mich nicht umbringen, weil sie es nicht herausfinden wird", sagte Duke. „Ich werde es nicht verraten, und auch keiner von euch."

„Also?", drängte ich. „Erzähl uns, wie es gelaufen ist."

„Sie wird es sich mit Willie nicht anders überlegen. Es ist endgültig."

„Das ist aber schade. Hast du alle ihre guten Qualitäten aufgelistet?"

„Sie kennt Willies Qualitäten, die guten und die anderen. Sie wollte anfangs nicht mit mir reden, als ich ihr sagte, wer ich war. Aber ich habe ihr keine Wahl gelassen."

Cyclops' Augen wurden groß. „Du hast sie entführt?"

„Nein! Ich bin ihr Schritt für Schritt nachgelaufen."

„Aha." Cyclops schob sich mit einem Schulterzucken ein Sandwich in den Mund.

„Sie sagt, sie kann nicht mit Willie zusammen sein", fuhr Duke fort. „Sie kann mit gar keiner Frau zusammen sein. Sie hat einen Verlobten, einen guten Mann, dem sie nicht wehtun will. Sie hat keine Brüder und Schwestern und sagt, ihre Eltern werden sie enterben, wenn sie nicht heiratet."

„Willie würde sich doch finanziell um sie kümmern", sagte ich. „Und sie hat ihre Arbeit als Krankenschwester."

„Es ist nicht nur das, India. Sie liebt ihre Eltern. Sie will ihnen nicht wehtun oder sich von ihnen entfremden, nicht für etwas, dass sie als eine ‚vorübergehende Laune' bezeichnet."

„Oh."

„Sie ist nicht bereit, ihr Leben und ihre Liebsten aufzugeben, um einer Grille zu folgen, die wieder verfliegen wird. Das sind ihre Worte."

Wir saßen schweigend da, aßen und dachten nach. Ich, für meinen Teil versuchte mich in die Krankenschwester hineinzuversetzen. Ich dachte darüber nach, ob Liebe etwas war, für das ich alles aufgeben würde. Ich vermutete, dass es durchaus so war. Ich war bereit gewesen, mein Leben in England aufzugeben, um bei Matt zu sein. Aber ich musste zugeben, dass unsere Lage eine andere war. So schwierig unsere Beziehung auch gewesen war, sie war kein Tabu. Genauso wenig fasste einer von uns sie als vorübergehende Laune auf.

„Es war aber kein ganz verschwendeter Ausflug", sagte Duke. „Ich bekam zu sehen, wie die Krankenschwester ist, um zu verstehen, was für eine Art Mensch Willie wollen würde."

„Und?", drängte ich. „Wie war sie denn?"

„Fähig, effizient. Sie hatte den Respekt der anderen Krankenschwestern."

Cyclops knurrte. „Klingt ja richtig unterhaltsam."

„Da ist schon was dran", sagte ich. „Das sind für eine Krankenschwester alles hervorragende Eigenschaften, aber was ist mit ihrem Charakter? War sie lebhaft? Oder zurückhaltend?"

Duke zuckte mit den Schultern. „Ich habe nicht lange mit ihr gesprochen. Meine Fragen haben ihr nicht gefallen."

„Sie ist weggestürmt, oder?", fragte Matt amüsiert. „Du hast schon ein Händchen für Frauen, Duke."

„Das meiste, was ich über sie erfahren habe, kam von den anderen Schwestern", gab Duke zu.

Ich berührte ihn an der Hand. „Du hast es versucht, und das ist die Hauptsache. Du bist ein guter Freund, Duke."

„Ja, Ma'am, das bin ich."

Willie kehrte gerade zurück, als wir übrigen uns fertigmachten, wieder aufzubrechen. Sie betrachtete einen jeden von uns nacheinander in der Eingangshalle, mit den Hüten und Handschuhen in der Hand, und sagte uns, wir wären ungeduldig.

„Du warst doch ewig weg", entgegnete Duke, der sich den Hut aufsetzte. „Wir haben sehr lange gewartet, wir können nicht den ganzen Tag Däumchen drehen."

„Ich musste auf einen Zweispänner warten. Und Jasper war beschäftigt, als ich ankam."

„Jasper?", fragten sowohl Matt als auch ich.

„Jasper Brockwell. Ihr beiden habt die ganze Zeit mit ihm gearbeitet und kanntet seinen Vornamen nicht?" Sie schnalzte mit der Zunge. „Wartet auf mich. Ich bin wieder da, bevor ein Pferd auch nur mit den Ohren zucken kann."

Wir starrten ihr alle nach, während sie zwei Stufen auf einmal hinauflief.

„Jasper", sagte Matt, sein Tonfall irgendwo zwischen erheitert und verwirrt. „Das hätte ich nie gedacht."

* * *

SIR CHARLES WHITTAKER war nicht daheim, doch seine Haushälterin erwartete ihn am Nachmittag zurück. Anstatt nach Hause zurückzukehren, hielten Matt und ich in der Oxford Street an, um ein Eis zu essen, und danach bestand er darauf, dass wir uns Einrichtungsgegenstände ansahen.

„Weshalb?", fragte ich, während er mich in Mortlocks Porzellanladen lotste. „Das Haus ist voll eingerichtet. Es hat alles, was wir brauchen."

„Aber hat es alles, was du *magst*? Es wurde von meinem Vater vor Jahren eingerichtet, als er ein Junggeselle war. Es ist nicht nur maskulin, sondern ein paar der Einrichtungsgegenstände sind auch altmodisch. Ich dachte, du möchtest vielleicht deinen Geschmack einbringen."

„Daran hatte ich nicht gedacht. Ich bin daran gewöhnt, wie es ist." Ich hatte niemals in Erwägung gezogen, etwas zu verändern.

„Es ist auch dein Haus, India", sagte er leise. „Verändere, was du willst." Er beugte sich dichter an mich, als die Ladengehilfin auf uns zukam. „Geld spielt keine Rolle, und du musst hier nichts kaufen", flüsterte Matt. „Aber sag es ihr nicht."

Wir verbrachten einige Zeit damit, uns Essgedecke, Vasen und anderen Kleinkram bei Mortlocks anzusehen, dann schlenderten wir die Oxford Street entlang, betraten Läden, die Teppiche, Vorhänge und Gardinen verkauften und andere ähnliche Geschäfte. Wir blätterten sogar durch ein paar Einrichtungskataloge. Wir einigten uns auf ein Tafelservice, das uns beiden gefiel, und ließen es nach Hause schicken, aber ich brauchte mehr Zeit für die größeren Einkäufe.

„Ich werde deine Tante um ihre Hilfe bitten", sagte ich, als wir den Laden eines Textilhändlers verließen. „Und vielleicht Willie."

„Und du könntest dir einige Zeitschriften ansehen."

„Du willst wirklich nicht, dass ich ihre Anregungen aufnehme, oder?"

„Ich will, dass meine Verlobte ihre geistige Gesundheit behält."

Wir kehrten zu Sir Charles' Haus zurück, und seine Haushälterin war gerade dabei, uns zu erzählen, dass er noch nicht wieder da war, als ein Zweispänner vorfuhr und ihn am Bürgersteig heraus ließ.

„Was für eine erfreuliche Überraschung", sagte Sir Charles in seinem üblichen affektierten Akzent. Ich hatte ihn ursprünglich für einen reichen Mann gehalten, wenn man nach dem Akzent und seinen maßgeschneiderten Anzügen ging, doch Hammersmith war nicht die beste Adresse in London, auch wenn es bei weitem nicht die schlechteste war. „Kommen Sie rein, heraus aus dieser Hitze."

Er bat seine Haushälterin, Tee zu bringen, und führte uns in das Wohnzimmer. Wie der Mann selbst war der Raum ordentlich und übersichtlich eingerichtet, überhaupt nicht überladen, wie manche Häuser es sein konnten. Er sammelte rasch die Magazine ein, die über zwei zusätzliche Tische verstreut lagen, aber nicht, bevor mir auffiel, dass es eine Mischung aus Katalogen und Magazinen über Pferde und Kutschen war.

„Wie kann ich Ihnen helfen?", fragte er, ließ sich auf einem Sessel nieder, überließ das Sofa Matt und mir.

„Wir wollen wissen, was Sie vorgestern Abend im Prince of Wales getan haben", sagte Matt.

Whittakers Unterlippe schob sich vor, während er nachdachte, dann schüttelte er den Kopf. „Ich erinnere mich nicht daran, dort gewesen zu sein. Welcher Abend war es?"

„Spielen Sie keine Spielchen", sagte Matt, der Whittakers beiläufigen Tonfall nachahmte. „Wir wissen, dass Sie dort waren. Wir wissen auch, dass Sie bei den Faustkämpfen waren, doch behaupten Sie, nicht dort gewesen zu sein."

„Wenn Sie keinen identischen Zwilling haben, waren Sie dort", sagte ich. „An beiden Orten."

Ein resignierter Ausdruck trat auf Whittakers Gesicht. „Sie haben recht. Ich war dort bei den Kämpfen, und auch im Pub. Und?"

„Folgen Sie mir?", fragte ich.

„Natürlich nicht. Weshalb sollte ich?"

„Um meine Aktivitäten an Lord Coyle und die anderen Mitglieder des Clubs zu übermitteln." Es war ein nagender

Gedanke gewesen, den ich nicht abschütteln konnte, aber nun, da ich ihn laut ausgesprochen hatte, klang er irgendwie lächerlich. „Ich weiß nicht."

„Sie haben uns wegen der Kämpfe angelogen", sagte Matt. „Bestimmt sehen Sie doch, dass Sie dadurch verdächtig wirken."

Die Haushälterin brachte ein Tablett mit Teeutensilien und Kuchen. Wir warteten, bis sie fertig eingeschenkt hatte, bevor wir die Unterhaltung wieder aufnahmen. Ich glaubte, Whittaker freute sich, die Zeit zu haben, sich zu überlegen, was er sagen sollte.

„Ich wollte nicht gern zugeben, dass ich bei den Kämpfen war, denn es ist nicht die schicklichste aller Vergnügungen", sagte er.

„Sie haben sich geschämt?", fragte Matt. „Weil Sie sich Faustkämpfe ansehen? Sir Charles, wir waren auch dort. Unsere Freunde haben teilgenommen. Weshalb sollten Sie sich denn schämen, Ihre Anwesenheit vor uns zuzugeben?"

„Ihre Freunde haben gekämpft? Das wusste ich nicht." Er nippte an seinem Tee. „Wer weiß schon, weshalb ich sagte, was ich gesagt habe? Sie haben mich erwischt, und ich kam nur darauf, es zu leugnen."

„Was ist mit dem Pub Prince of Wales?", fragte ich.

Er stellte seine Tasse auf die Untertasse. „Das ist eine andere Sache. Ich hatte von Emmett Cockers Talent im Kartenspiel gehört und hielt es für verdächtig, dass er ständig gewann, immer und immer wieder. Darum habe ich ihn beobachtet, um zu entscheiden, ob er Magie einsetzt. Seien Sie versichert, ich bin nicht *Ihnen* gefolgt, Miss Steele. Ich weiß, wozu Sie fähig sind. Allerdings weiß ich nicht, wozu Emmett Cocker fähig ist – oder war."

„Sie haben gehört, dass er so gut beim Kartenspielen war, und sind zu dem Schluss gekommen, dass er ein Magier ist?", schnaubte Matt. „Jetzt kommen Sie, Sie erwarten doch nicht von uns, dass wir das glauben, oder?"

Whittaker hob eine Schulter zu einem eleganten Schulterzucken. „Es ist die Wahrheit. Ich vermute, dass er vielleicht ein Papiermagier war."

Matt betrachtete seinen Biskuitkuchen, aß aber nichts. Ich

hielt ihn für ziemlich köstlich und aß das ganze Stück, während ich mir überlegte, was ich von Whittakers Behauptung halten sollte.

„In all der Zeit, die Sie Cocker beobachtet haben, hat er Melville Hendry aufgesucht?", fragte Matt.

„Ich weiß es nicht."

Matt lächelte. „Ich glaube, Sie wollten sagen, dass Sie nicht gesehen haben, wie er Hendry besucht."

Whittaker erwiderte das Lächeln. „Ich konnte Cocker nicht die ganze Zeit beobachten. Er hat vielleicht Hendry aufgesucht, als ich nicht zugegen war. Ich bin nur ein Mann, Mr. Glass."

„Doch im Club gibt es viele."

Whittaker nippte an seinem Tee.

Matt stellte seinen nicht gegessenen Kuchen ab und stand auf. „Vielen Dank für den Tee, Sir Charles."

„Das ist doch gern geschehen. Kommen Sie jederzeit vorbei, Miss Steele." Er nahm meine Hand und tätschelte sie. „Es ist mir immer ein Vergnügen."

Matt ging durch die Tür und wartete, dass ich vor ihm hinausging. „Ich mag ihn nicht", murmelte er, während er mir in die Kutsche half. „Er lügt."

„Das tut er gewiss", sagte ich. „Die Frage ist, weshalb?"

* * *

Duke, Cyclops und Willie kehrten rechtzeitig zum Abendessen zurück. Weil Miss Glass darauf beharrte, zogen sie sich um, aber nur oberflächlich. Die Männer nahmen sich frische Halstücher, und Willie wechselte ihre Weste und ihr Halstuch. Es war mehr, als ich von ihr erwartet hätte. Sie tat es auch, ohne sich zu beschweren. Sie hatte gute Laune.

„Habt ihr herausgefunden, ob einer der Nachbarn von Hendry Emmett gesehen hat?", fragte Matt, nachdem das Abendessen aufgetischt war.

„Nicht jetzt, Matthew", sagte Miss Glass mit einem Seufzen. „Du solltest wissen, dass das Besprechen deiner Ermittlungen nicht am Esstisch stattfinden sollte."

Er entschuldigte sich, und ich ging dazu über, über unsere

Einkaufsexpedition und Matts Idee der Neugestaltung zu sprechen. Ich hielt bei Miss Glass nach Anzeichen Ausschau, dass der Vorschlag, neu zu einzurichten, sie störte, aber sie schien ganz empfänglich dafür.

„Der Geschmack deines Vaters war exzellent", erklärte sie Matt. „Aber inzwischen ist alles ziemlich altmodisch. Ich habe eine Menge Ideen, India. Wollen wir sie nach dem Essen besprechen?"

„Nur zu gerne."

Willie schaute mich an, als wäre ich wahnsinnig.

„Möchtest du uns gern helfen?", fragte ich sie.

„Ich würde mir lieber nüchtern die Zähne ziehen lassen." Sie hob ihr Weinglas zum Salut. „Aber habt Spaß, ihr beiden."

„Ich habe Zeitschriften in meinem Zimmer", sagte Miss Glass. „Moderne, mit modernen Ideen", fügte sie mit einem betonten Blick zu Willie hinzu. „Dann können wir einkaufen gehen."

Obwohl Miss Glass nicht gerne Mordermittlungen am Esstisch besprach, hatte sie keine solchen Bedenken, sobald das Essen abgeschlossen war. Wir setzten uns in den Salon, sie mit einem Magazin auf dem Schoß und einem Stapel auf dem Tisch neben ihr, während ich mir Cyclops' Bericht anhörte.

„Hendrys unmittelbaren Nachbarn auf beiden Seiten des Ladens ist kein Kunde aufgefallen, auf den Emmetts Beschreibung passen würde", sagte er. „Aber zwei Türen weiter, bei einem Schuster, kam ein Amerikaner vorbei, um seine Ersatzstiefel reparieren zu lassen."

„Passte er auf Emmetts Beschreibung?", fragte Matt.

„Der Schuster konnte sich nicht daran erinnern, wie der Kerl aussah, nur an seinen Akzent."

„Es besteht also keine Gewissheit, dass es Emmett war."

„Es besteht eine gute Chance", sagte Willie.

„Mir sind Gewissheiten lieber als Chancen. Wir müssen sicher herausfinden, ob es Emmett war."

„Hat keinen Sinn, die Nachbarn noch einmal zu befragen", sagte Duke, der sich erhob. „Wer kommt mit zum Prince of Wales, um zu sehen, wie Willie gegen Danny spielt?"

Wir beschlossen, alle zu gehen, sehr zu Miss Glass' Missfallen. Sie hatte über Einrichtung reden wollen. Ich bat sie, sich Notizen zu machen, und gab ihr einen Bleistift und Papier, um ihre Ideen aufzuschreiben. Sie war damit beschäftigt, durch die Seiten eines weiteren Magazins zu blättern, als wir aufbrachen.

Das Prince of Wales war wieder voller Amerikaner. Annie Oakley war dort, trank zusammen mit May. Sie waren in Sichtweite von Danny, der am Tisch entspannt wirkte, die Karten in der Hand. Jeder Spieler hatte einen bescheidenen Stapel Münzen vor sich aufgebaut.

„Macht es Ihnen etwas, wenn ich dazu komme?", fragte Willie.

„Aber gerne." Danny zog einen Stuhl für sie heran und strahlte. „Das ist Willie", erklärte er den anderen. „Sie spielt echt gut."

Ich überließ sie dem Kartenspiel und schloss mich May und Annie an, die auf hohen Hockern saßen. Der Abend war noch früh, doch der Geruch nach Bier und Tabak war so heftig, dass einem fast die Augen tränten.

„Ist es klug, deinen Freund herzubringen?", fragte Annie Oakley mit einem Nicken zu Duke hin. „Niemand hat Emmett sonderlich gemocht, aber er war einer von uns."

Der Lärmpegel der Gespräche hatte zugenommen, als wir eingetreten waren, aber seither wieder nachgelassen. Ein paar Männer beobachteten Duke, aber sie schienen nicht sonderlich feindselig gesinnt. Matt musterte den Raum, sein Blick wanderte aufmerksam vor und zurück.

„Wir werden gehen, falls es nach Schwierigkeiten aussieht", versicherte ich ihr.

„Ist dieser gut aussehende Kerl Ihr Verlobter?", fragte Annie.

„Ist er. Er ist auch Amerikaner, mütterlicherseits."

„Kleidet sich wie ein englischer Schnösel."

Ich lächelte. Matt würde es verabscheuen, zu wissen, dass die anderen ihn als Schnösel sahen. „Er wollte heute Abend mitkommen und euch alle treffen. Er hat ein ziemliches Interesse an dem Mord am armen Emmett entwickelt, wie es der Zufall so will."

„Was für ein Interesse?", fragte May, die Matt so heftig anstarrte, dass es ein Wunder war, dass er es nicht spürte.

„Er ist neugierig wegen der schönen blonden Frau, die wir vorgestern Abend hier sahen. Ist sie Ihnen aufgefallen, Miss Oakley?"

„Nenn mich doch Annie", sagte sie. „Ich bin sowieso keine Miss Oakley, weil ich verheiratet bin, und Oakley ist ein Bühnenname. Mir ist diese Frau aufgefallen. Wer hätte sie denn übersehen können? Sie war wirklich hübsch. Aber ich weiß nicht, wer sie ist. Eine Bekannte von Emmett, schätze ich, doch sie ist an diesem Abend nicht zu ihm gegangen."

„Bist du sicher?", fragte ich.

„Natürlich bin ich sicher. Sie saß da drüben." Sie deutete auf den Tisch in der Nähe der Tür. „Sie war allein und wollte für sich bleiben, obwohl etliche von diesen Versagern ihr was zu trinken kaufen wollten. Sie wollte nichts mit ihnen zu tun haben." Sie kicherte in ihr Bier.

„Hast du sie zuvor jemals gesehen?", fragte ich. „Vielleicht drüben in Amerika?"

„Nein."

„Aber du triffst bestimmt eine Menge Leute."

„Das schon, aber an ein Gesicht wie ihres würde ich mich immer erinnern. Sie war eine echte Schönheit."

May schaute sie von der Seite an.

„Hat Emmett ihr irgendwie Aufmerksamkeit geschenkt?", fragte ich.

„Nein, aber vielleicht hat er sie nicht gesehen", sagte Annie. „Wenn er spielt, vertieft er sich richtig tief in die Karten. Oder nicht, May?"

May stimmte zu. „Die Außenwelt scheint für ihn dann nicht mehr zu existieren."

„Ich habe gesehen, wie er vor sich hin murmelt, als hätte er den Verstand verloren."

Ich beugte mich vor. „Was hat er gesagt?"

Annie zuckte mit den Schultern und schaute zu May. May zuckte auch mit den Schultern.

„Waren die Worte auf Englisch?"

„Warum sollten sie das denn nicht sein?", fragte Annie.

„Natürlich waren sie auf Englisch", murmelte ich. „Ich frage mich, ob diese Frau aus Emmetts Vergangenheit stammte. Vielleicht war sie auch Amerikanerin."

„Das war sie", sagte Annie. „So sagt es zumindest Big Joe da drüben." Sie nickte zu einem hochgewachsenen Kerl mit einem dichten schwarzen Bart. „Er hat versucht, ihr Honig ums Maul zu schmieren. Sie hat ihm gesagt, er soll sich doch von einer Klippe stürzen, aber er behauptet, sie hatte einen amerikanischen Akzent."

„Du hast mit ihm über sie gesprochen?", fragte May.

„Und?" Annie trank ihr Bier aus und winkte eine der Bedienungen herüber. „Drei Bier."

„Ich trinke kein Bier", sagte ich.

„Heute Abend schon." Annie warf etwas Geld auf das Tablett der Bedienung und wandte sich wieder an uns. „Ich schätze, die Blonde war Emmetts Mädchen, eine, die er zu Hause sitzen gelassen hat. Sie ist ihm wohl hierher gefolgt."

May wedelte mit dem Finger vor ihr, ihre Augen leuchteten. „Ja. Annie, ich glaube, du hast recht. Ich glaube, sie hat ihn umgebracht."

„Huch, mach mal langsam. Es ist ein großer Sprung vom Sitzengelassenwerden zum Mord."

„Das glaube ich nicht. Ich glaube, Frauen sind sehr wohl fähig zum Mord, wenn die Umstände passen. Ich kenne einige äußerst rachsüchtigen Frauen."

„Ich auch. Insbesondere, wenn ihre Männer sie für eine andere verlassen haben." Annie rieb sich das Kinn, ganz wie ein Mann, der sich den Bart kratzen würde, während er nachdachte. „Scheint aber ein langer Weg zu sein, nur um Rache zu bekommen."

Rache. Der Bandit Jack Krane wollte sich an Emmett rächen, weil er ihn beim Pokern betrogen hatte. War die mysteriöse Frau vielleicht von Krane geschickt worden, um ihn im Auge zu behalten und Bericht zu erstatten? Oder zu ermorden? Es schien so unwahrscheinlich, doch konnte ich den Gedanken nicht abschütteln.

„Habt ihr sie seit Emmetts Tod gesehen?", fragte ich.

„Könnte ich nicht behaupten", sagte Annie.

„Falls ihr sie wieder seht, setzt sofort die Polizei in Kenntnis. Sie könnte wichtig sein."

Annie salutierte vor mir. „Ja, Ma'am."

Ich lachte. „Du solltest wirklich mit meiner Freundin Willie reden. Ihr seid euch sehr ähnlich."

„Das würde ich gerne." Sie spähte an mir vorbei. „Sieht so aus, als würde sie gewinnen."

„Es ist noch früh", sagte May.

Matt verwickelte zwei Männer in ein Gespräch. Ich schätzte, auch er sammelte Informationen über Emmett. Duke beobachtete über Willies Schulter hinweg das Kartenspiel, und ich sah, wie Cyclops sich durch die Menge zurück zu ihnen schlängelte, mit etlichen Humpen in der Hand.

„Weiß eine von euch etwas über Emmetts Vergangenheit?", fragte ich.

„Nein", sagte Annie, als die Kellnerin die Biere auf unserem Tisch abstellte. „Er kam zu Bill und behauptete, er würde gut schießen. Er hat es bewiesen und sich uns angeschlossen."

„Einfach so? Es wurden keine Fragen gestellt?"

„Warum Fragen stellen, wenn einem die Antworten vielleicht nicht gefallen?"

Ich hatte wohl entsetzt ausgesehen, denn sie legte mir eine Hand auf den Arm. „Du wirkst wie ein nettes Mädchen, India. Ich wette, du lebst ein einfaches Leben, ganz beschützt vor der Welt, mit netten Eltern, immer Essen auf dem Tisch. Das ist nichts Schlechtes. Es heißt einfach nur, dass du Leute wie mich nicht verstehst, Leute, die es schwer hatten. Vielleicht hatte Emmett auch eine schwere Zeit und wollte seine Vergangenheit hinter sich lassen. Er wäre nicht der erste, der sich Bill Codys Show anschließt, um vor etwas zu flüchten."

May leerte ihr halbes Glas in einem Zug und unterdrückte dann ein Rülpsen. „Ich denke, ich sollte meinen Mann im Auge behalten. Ich will nicht, dass er mehr verliert, als wir uns leisten können."

Ich wartete, bis sie weg war, bevor ich näher an Annie rückte. „Es scheint, als würde Danny oft verlieren. Wie kann er sich das denn leisten?"

Sie zuckte mit den Schultern. „Weiß ich nicht und ist mir egal. Geht mich nichts an, und dich geht es auch nichts an."

„Aber bist du nicht neugierig?"

Sie tätschelte mich mit einem Finger unter dem Kinn. „Gehen wir und sehen zu. Ich will diese Freundin von dir kennenlernen."

Wir gingen zum Spiel zurück und beobachteten, wie Dannys Pechsträhne anhielt. Während das Spiel fortschritt, interessierte sich seine Frau mehr und mehr dafür. Ihr Lächeln blieb, doch es wurde härter, und die Finger, die sich in Dannys Schulter bohrten, wurden an den Knöcheln weiß.

Danny verlor seinen letzten Penny. May stürmte ohne ein Wort davon, schob sich durch die Menge. Danny rannte ihr nach, rief ihren Namen.

„Du spielst gut", sagte Annie zu Willie.

Willie drehte sich um. Ihr stand der Mund offen, als sie merkte, wer mit ihr sprach. Sie nickte zum Dank, und ein erbärmliches Lächeln spielte um ihre Lippen, bevor es verschwand. Sie raffte ihre Gewinne an sich, dann versuchte sie, sich das Geld in die Taschen zu stecken. Etliche Münzen fielen auf den Boden und rollten weg.

Annie lachte. Willie wurde ganz rot, woraufhin Annie noch mehr lachte. Sie legte einen Arm um Willies Taille und drückte sie. „Wie wäre es, wenn du mir mit diesen Gewinnen was zu trinken kaufst? India sagt, du und ich würden uns verstehen, und ich will sehen, ob sie mich richtig eingeschätzt hat. Ich trinke Bier. Was ist mit dir?"

„Alles", sagte Willie ein wenig atemlos.

Matt, Cyclops, Duke und ich verließen den Pub, obwohl Duke von der Straße aus einen Blick zurück auf die Tür warf. „Ist es eine gute Idee, die beiden allein zu lassen?", fragte er. „Ich habe das Gefühl, sie können in einer Nacht eine ganze Menge Ärger lostreten."

Cyclops schlug Duke auf die Schulter und lotste ihn zu unserer wartenden Kutsche. „Freu dich doch einfach darauf, am Vormittag den Bericht zu hören."

Ich erzählte ihnen auf dem Heimweg, was ich von Annie über die mysteriöse Blonde erfahren hatte. „Ich habe auch nach

Emmetts Vergangenheit gefragt, aber weder May noch Annie wussten etwas. Ich habe gesehen, dass ihr beiden auch Erkundigungen einzieht", sagte ich zu Matt und Cyclops. „Was habt ihr erfahren?"

„Das gleiche wie du", sagte Cyclops.

„Also sehr wenig."

Matt nahm meine Hand, legte sie auf sein Knie. „Es scheint, als könne Danny ohne Emmetts Magie nicht gewinnen. Er hat heute Abend schlecht gespielt."

„Ich frage mich, ob er von der Magie wusste", sagte Duke.

„Wir könnten fragen", sagte Cyclops. „Oder vielleicht sollten wir das nicht. Noch nicht."

„Erwähnen wir die Magie doch nicht, bis wir keinen anderen Weg mehr haben", sagte Matt.

Ich stimmte zu. „May wirkte ziemlich wütend. Sie hatte ihn wohl zumindest für fähig gehalten, ohne Emmett zu gewinnen. Wie enttäuschend für sie, dass sich das als falsch erwiesen hat."

* * *

BEVOR WILLIE am nächsten Vormittag auch nur aufgestanden war, erhielten Matt und ich eine Nachricht, die uns in Lord Coyles Haus einlud. Er zeigte sie mir beim Frühstück. Ich spürte, wie das Blut aus meinem Gesicht wich, während ich sie las.

Ich knüllte sie zusammen und gab sie Bristow, damit er sie wegwarf. „Ich glaube nicht, dass wir hingehen sollten."

„Dazu neige ich auch", sagte Matt.

Ich atmete durch, erleichterter, als ich zugeben wollte. Es war nicht, dass ich glaubte, Coyle würde unsere geheime Absprache an Matt verraten – die Absprache, die dazu geführt hatte, dass Matt frei wurde, um mich zu heiraten. Es war schon eher, dass ich mir Sorgen machte, ich würde mich verraten. Der Gedanke an das Geheimnis führte dazu, dass mir schlecht wurde. Ich verabscheute es, Matt etwas vorzuenthalten. Es fühlte sich an wie Verrat.

Es war Verrat. So würde er es sehen, obwohl ich es für uns getan hatte. Er war felsenfest davon überzeugt gewesen, dass wir Coyle nicht um Hilfe bitten sollten, um Lord Cox zu zwingen, Patience zu heiraten. Er hatte sich Sorgen um den Preis gemacht, den Coyle sich von mir erbitten würde. Einen Preis, den ich noch immer nicht kannte.

Matt von dem Geheimnis zu erzählen, würde das Vertrauen zerstören, dass er in mich hatte. Es könnte seine Liebe zu mir zerstören. Und ich traute mir nicht zu, dass ich es nicht preisgeben würde, sobald ich Lord Coyles herrschaftlichem Gebaren ausgeliefert war. Es war das Beste, ihm aus dem Weg zu gehen.

„Andererseits", sagte Matt. „Wir sollten herausfinden, was er will. Er schrieb, es wäre wichtig."

Ich aß nichts von meinem Frühstück. Ich brachte nicht einmal den Tee hinunter. Was, wenn Coyle eintreiben wollte, was ich ihm schuldig war?

# KAPITEL 6

Meine erste Reaktion, als ich die anderen Mitglieder des Sammler-Clubs in Lord Coyles Salon sah, war Erleichterung. Er würde meine Schuld nicht eintreiben, wenn sie anwesend waren. Als ich länger nachdachte, wurde mir aber klar, dass er keinerlei Bedenken haben würde, mich vor ihnen zu bitten, es ihm zurückzuzahlen. Wenn man bedachte, dass sein Preis magischer Art sein würde, war sehr wahrscheinlich, dass es ohnehin die anderen Mitglieder mit betraf.

O Gott.

Ich stand gleich im Inneren des Eingangs, konnte mich nicht bewegen, bis Matt seine Hand auf meinen Rücken legte und mich sanft nach vorne drängte. Mrs. Delancey umarmte mich, als wären wir alte Freundinnen, ehe sie sich hinsetzte und neben sich auf das Sofa klopfte.

„Setzen Sie sich zu mir, India", gurrte sie. „Sie kennen noch Lady Louisa, nicht?"

„Nur Louisa", sagte die Frau auf meiner anderen Seite. „Ich mag keine Titel."

Ich war ihr vor ein paar Wochen bei Mrs. Delanceys Abendgesellschaft begegnet. Sie war ein neugieriges Ding, hatte alle möglichen Sachen über Magie angedeutet, darunter einen Hinweis darauf, dass die Sprache der Magie nicht notwendigerweise verloren war. Sie hielt mich für mächtig. Das taten sie alle, weil ich keine Zauber brauchte, um Uhren perfekt gehen zu lassen. Lord Coyle hatte ihnen auch erzählt, dass meine Taschenuhr mir das Leben gerettet hatte, doch ich hatte die Geschichte nicht bestätigt. Ich schätzte, das spielte keine Rolle. Sie glaubten ihm.

Louisa lächelte mich an. Es war freundlich und ermutigend, doch ich konnte das Unbehagen nicht abschütteln, das ich in ihrem Beisein empfand. Bei der Abendgesellschaft hatte sie verwegene Ansagen gemacht und sogar gezeigt, dass es sie nicht kümmerte, ob sie die Gastgeberin ärgerte. Für eine so junge Frau in einer ausgesetzten Position war eine solche Dreistigkeit ungewöhnlich. Sie erinnerte mich an Matts Cousine Hope Glass, das jüngste der drei Glass-Mädchen. Sie war leidenschaftlich und schlau, doch auch manipulativ und selbstsüchtig. Es musste sich noch erweisen, ob Louisa aus demselben Holz geschnitzt war.

Lord Coyle stellte Matt Louisa vor. „Sie ist erst seit kurzem Mitglied unserer kleinen Gruppe, hat sich aber rasch in diesen inneren Kreis gemogelt. Das haben wir Mrs. Delancey zu verdanken."

Mrs. Delanceys Lächeln entglitt ihr bei seinem giftigen Tonfall, doch Louisa lachte leise. „Sie gewöhnen sich noch an mich", sagte sie nebenher zu mir, auch wenn es wohl der ganze Raum gehört hatte.

„Alle anderen kennen Sie", fügte Coyle mit einer raschen Bewegung seines Handgelenks an, um auf die anderen Gäste zu deuten.

Bis auf Mr. und Mrs. Delancey und Louisa waren das noch Sir Charles Whittaker und Professor Nash. Nash war kein Mitglied des Clubs, aber unser erstes Treffen mit ihm hatte in Lord Coyles Esszimmer stattgefunden. Er wirkte ziemlich nervös, seine Augen hinter der Brille riesig, und sein Finger tippte in einem lautlosen Rhythmus an seine Teetasse. Als er in meine Richtung ein leichtes Kopfschütteln andeutete, wurde mir klar, weshalb. Er wollte nicht, dass diese Leute erfuhren, dass er Oscar Barratt half, ein Buch über Magie zu schreiben, und er hatte Angst, dass wir etwas sagen würden. Ich lächelte ihn auf eine Art an, von der ich hoffte, dass sie beruhigend war, aber vielleicht scheiterte ich, da ich keineswegs ruhig war und mein eigenes Geheimnis in Gefahr wähnte. Nash tippte weiter mit dem Finger an die Tasse.

„Tee, Miss Steele?", fragte Lord Coyle.

„Vielen Dank."

Der Butler löste sich von seinem unauffälligen Standort an der Wand und schenkte mir eine Tasse ein.

„Etwas Stärkeres, Glass?", fragte Coyle.

Matts Blick wanderte zur Glaskuppel-Uhr auf dem Kaminsims. Es war gerade elf geworden. „Tee ist in Ordnung." Er wartete, bis der Butler sich entfernt und die Tür geschlossen hatte, dann fragte er: „Ist das ein Hinterhalt?"

Mrs. Delancey lachte melodisch. „Natürlich nicht."

Sir Charles und Mr. Delancey ließen auch beruhigende Geräusche hören. Coyle tippte auf dem Tisch gegen seine Pfeife und öffnete seine Tabakdose.

„Würde es Sie stören, hier drin nicht zu rauchen?", fragte Louisa.

Ein Augenblick verblüffter Stille umfing uns, während wir sie alle anstarrten. Lord Coyle starrte ebenfalls, seine Backen bebten vor Empörung. „Na, Sie sind ja mal frühreif! Das ist mein Haus, oder haben Sie das vergessen?"

„Ich wäre äußerst dankbar, Sir. Vom Rauch tränen mir die Augen, und das Resultat ist ziemlich unansehnlich."

Er ließ den Deckel der Dose zuklappen. „Ich schätze, es ist bereits stickig genug hier drin."

Manchmal fragte ich mich, ob hübsche Frauen eine Macht besaßen, die andere Frauen nicht hatten, irgendetwas, das über das oberflächliche Aussehen hinausging. Etwas, das Männer dazu brachte, sich ihnen zu beugen. Louisa war nicht schön, aber sie war auf jeden Fall hübsch, mit einer schlanken Figur, die ich niemals hätte erreichen können. Und natürlich war da noch ihr Selbstvertrauen, ein verlockender Charakterzug sowohl bei Männern als auch bei Frauen. Zusammen mit dem Flattern ihrer Wimpern wirkte sie damit einen ziemlich mächtigen Zauber.

„Ich bin überrascht, Sie hier zu sehen, Professor", sagte Matt, der seine Teetasse nahm. „Sind Sie Mitglied geworden?"

Nash schüttelte den Kopf. „Lord Coyle war so freundlich,

mich einzuladen, obwohl ich nicht sich ganz sicher bin, weshalb." Er lächelte nervös in seine Tasse, ehe er daran nippte.

„Vielleicht wird seine Lordschaft uns aufklären, bevor noch die Vorstellungskraft mit uns durchgeht."

„Gerne." Lord Coyle nahm sich Kuchen vom Tablett, dann fiel ihm verspätet auf, dass er uns übrigen keinen angeboten hatte. „Kuchen?", fragte er.

Nur Mr. Delancey nahm ein Stück.

„Wir sind ganz gespannt, mein Lord", sagte Mrs. Delancey. „Worum geht es hier?"

„Es betrifft ein kleines Projekt, das Sir Charles und ich in den letzten Wochen durchgeführt haben."

Alle schauten zu Sir Charles. Er stürzte sich ebenfalls auf den Kuchen. „Der sieht köstlich aus."

Coyle aß sein Stück auf, dann griff er nach einem weiteren, bevor er weitersprach. „Sir Charles hat Ensemble-Mitglieder von Buffalo Bills Wildwestshow beobachtet, um feststellen zu können, ob einer von ihnen ein Magier ist."

Mrs. Delancey gab ein schnaubendes Geräusch von sich, aber die anderen nahmen Coyle ernster. Nur der Professor wirkte so erleichtert, wie ich mich fühlte. Es sah so aus, als wären unser beider Geheimnisse vorerst sicher.

„Weshalb?", fragte Mr. Delancey.

„Hauptsächlich, weil wir vermutet haben, dass die Scharfschützen möglicherweise eine Art Metallmagier sind", sagte Coyle. „Ihre Treffgenauigkeit ist erstaunlich – übermenschlich, könnte man sagen. Wir nahmen an, dass sie vielleicht die Kugeln mit einem Zauber manipulieren."

„Das habe ich nicht gemeint." Mr. Delanceys hohe Stirn legte sich in Falten. „Weshalb haben Sie beschlossen, Sie zu beobachten, ohne das erst mit uns zu besprechen?"

Sir Charles wedelte mit der Hand. „Es war nur so eine Ahnung, die ich hatte. Es tut mir leid, dass ich es nicht erwähnt habe."

„Aber Sie haben es mit Coyle besprochen. Weshalb nicht uns?"

„Wie ich sagte, es war eine Ahnung. Eine flüchtige Idee, und keine, die ich eingestehen wollte. Was, wenn ich falschgelegen hätte? Ich wollte mich nicht vor allen blamieren."

„Sie müssen zugeben, dass der Gedanke absurd klingt", sagte Coyle.

Louisa machte ein protestierendes Geräusch. „Ganz im Gegenteil. Ich halte es für plausibel. Gut gemacht, Sir Charles. Mir gefällt, wie Ihr Verstand arbeitet."

Mr. Delanceys Stirnrunzeln wurde tiefer. Er nippte an seinem Tee und verfiel in Schweigen.

„Und was haben Sie herausgebracht?", fragte Professor Nash. „Ich habe Annie Oakley selbst nicht gesehen, aber ich habe gehört, sie ist eine hervorragende Schützin."

„Ich bin immer noch nicht sicher, was sie angeht", sagte Sir Charles. „Aber während ich die Ensemblemitglieder beobachtet habe und ihnen von hier nach dort gefolgt bin, kam ich zu der Vermutung, dass ein anderer Kerl ein Magier sein könnte." Er nickte mir zu. „Miss Steele hat kürzlich meinen Verdacht bestätigt. Einer der Scharfschützen war ein Papiermagier."

„Hilft ihm das, treffsicher zu schießen?", fragte Mrs. Delancey.

„Das nicht. Es half ihm, beim Kartenspiel zu mogeln."

Nash schob seine Brille auf der Nase nach oben. „Sie sagten, er *war* ein Papiermagier."

Mrs. Delancey keuchte. „Es ist dieser Kerl, der ermordet wurde, oder nicht? Es stand überall in der Zeitung."

„Die lese ich kaum. Das erklärt, weshalb Mr. Glass und Miss Steele involviert sind."

„Sie helfen der Polizei?", fragte Louisa. „Wie edel. Bedeutet das, dass man dort weiß, dass sie eine Magierin sind, India? Wenn die Polizei sich der Magie bewusst ist, dann ist es ein ziemlicher Schritt nach vorn, würden Sie das nicht sagen? Es ist nur ein kurzer Sprung von dort zu offizieller Anerkennung."

Lord Coyle hob eine Hand. „Werden Sie nicht übereifrig, Louisa. Es liegt nicht im Interesse der Polizei, Magie öffentlich anzuerkennen."

„Es liegt in niemandes Interesse", sagte Mr. Delancey.

Louisa griff nach ihrer Teetasse. „Abgesehen von Magiern,

die gerne offen praktizieren möchten, ihre Kinder ohne Angst aufziehen und mit ihrem Talent schöne Dinge schaffen."

Mr. Delancey warf seiner Frau einen vernichtenden Blick zu, als ob er ihr vorwerfen würde, die rebellische Louisa in ihre Mitte gebracht zu haben. Mrs. Delancey schaute nicht von ihrer Teetasse auf.

Nur der Professor wirkte von Louisas Aussagen fasziniert. Tatsächlich nicht fasziniert, sondern ehrfürchtig. Es hätte mich nicht überrascht, wenn er schon halb in sie verliebt war.

„Ich möchte mich bei Ihnen beiden entschuldigen", sagte Sir Charles zu Matt und mir. „Als Sie mich gestern aufgesucht haben, haben Sie mich auf dem falschen Fuß erwischt. Ich war mir nicht sicher, wie viel ich Ihnen sagen sollte, ohne erst bei Coyle nachzufragen. Er war die treibende Kraft hinter dem Ganzen."

„Natürlich", sagte Matt mit einem Lächeln. Ich erkannte nicht, ob er Sir Charles glaubte oder nicht. Für mich klang es schon einleuchtend, dass Sir Charles zögerlich war, zu viel preiszugeben, ohne sich bei Lord Coyle zu vergewissern. Coyle war immerhin ein mächtiger Mann. Wenn Sir Charles etwas tat, das ihm missfiel, könnte es alle möglichen Konsequenzen nach sich ziehen.

„Können wir annehmen, dass unsere Anwesenheit hier bedeutet, dass Sie einverstanden damit sind, dass Sir Charles uns alles erzählt, was er erfahren hat?", fragte ich Coyle.

„Das können Sie", erwiderte er. „Fahren Sie fort, Whittaker."

„Sie haben mich wegen der Abstammung des Opfers gefragt", sagte Sir Charles. „Sie wollten wissen, ob er mit Melville Hendry verwandt war, dem Papiermagier in Smithfield."

„Melville!", rief Mrs. Delancey. „Sagen Sie bitte nicht, dass er auch in diesen Mord verwickelt ist?"

„Er war auch in den letzten nicht verwickelt", sagte ich. „Obwohl er von seinem … Freund angeschwärzt wurde."

„Sind sie verwandt?", fragte Matt.

Sir Charles nickte. „Wir führen Aufzeichnungen über magische Familien, folgen jedem Zweig, so gut wir können. Es gibt natürlich Lücken, aber im Fall von Hendry und Cocker war die Verbindung eindeutig. Sie haben gemeinsame Urgroßeltern."

„Wusste das einer von ihnen?"

„Das ist sehr wahrscheinlich, wenn man bedenkt, dass Cocker Hendry am Tag vor seinem Tod einen Besuch abgestattet hat."

Matt seufzte, und ich lehnte mich geschlagen zurück. Ein Teil von mir hatte gehofft, dass Hendry nicht gelogen hatte. Das Letzte, was ich wollte, war, dass Hendry zum Verdächtigen in unserer Ermittlung wurde. Er hatte so viel durchgemacht, und er war kein emotional starker Charakter. Unsere Ermittlungen würden ihn in Aufregung versetzen.

„Wie faszinierend", sagte Mrs. Delancey.

Lord Coyle beäugte seine Pfeife voller Sehnsucht, dann griff er nach einem weiteren Stück Kuchen. „Wir erzählen Ihnen das unter der Bedingung, dass Sie Hendry nicht verhören. Wir glauben ohnehin nicht, dass er den Mumm zu einem Mord hat, und wir wollen auch nicht, dass er sich eingeschüchtert fühlt."

„Das würden wir nicht tun", versicherte ihm Matt.

„Er ist nervös, bekommt leicht Angst, und er hat keine Bindungen."

„Haben Sie Angst, dass er London verlassen könnte?", fragte ich. „England?"

Sir Charles richtete seinen Blick auf meinen. „Wir haben Angst, dass er aus dem Leben scheiden könnte, Miss Steele."

„Oh." Mir wurde recht übel bei dem Gedanken, dass Mr. Hendry sich unseretwegen das Leben nehmen könnte. Sicher würde er das nicht tun, wenn er unschuldig war.

Doch je mehr ich über unsere letzte Ermittlung nachdachte, desto mehr wurde mir klar, dass es keine Rolle spielte. Mr. Hendry hatte niemanden, und das nagte an ihm, mehr als unsere Fragen. Er war ganz allein in der Welt. Es war unermesslich traurig.

„Wir werden unsere Ermittlungen rund um ihn durchführen", sagte Matt. „Doch er ist nun ein Verdächtiger, und wenn wir keine andere Wahl haben, werden wir ihn befragen."

„Sanft", fügte ich an.

„Er ist unschuldig", sagte Mrs. Delancey. „Ich mag ihn."

Ihr Mann knurrte. „Das eine ist nicht gleichbedeutend mit dem anderen, meine Liebe."

„Weshalb hat er keine Bindungen?", fragte Louisa. „Hat er denn nie geheiratet?"

Niemand antwortete, bis sie Mrs. Delancey weiter bedrängte.

„Heirat ist nichts, was seinesgleichen im Sinn hat", sagte Mrs. Delancey.

„Er hat ... ähm ... Beziehungen zu Männern", sagte ihr Mann, der angeekelte Unterton in seiner Stimme deutlich.

„Ah." Louisa schaute in ihre Teetasse und die Untertasse, die sie auf ihrem Schoß hielt. „Das heißt aber nicht, dass er niemals heiraten wird. Tatsächlich hat er gute Gründe, eine Frau zu finden. Das wird ihn vor dem Geschwätz schützen, und noch wichtiger, es könnte zu Kindern führen."

„Weshalb noch wichtiger?", fragte Mrs. Delancey. „Er möchte womöglich gar nicht Vater werden."

Louisa schaute ihre Freundin an, als wäre sie schwer von Begriff. „Die Ahnenreihe muss doch fortgeführt werden."

Ich blinzelte sie an, konnte keine Worte bilden, die mein Entsetzen ausdrückten. Waren wir denn nichts weiter als Zuchtpferde für sie?

„Du hast wirklich nur eines im Kopf", sagte Mrs. Delancey mit einem angespannten Lächeln.

Nash rückte auf seinem Sessel nach vorn, seine Augen leuchteten. „Sie hat recht. Wir müssen an die Zukunft denken."

„Ich bin nicht sicher, ob wir in der Angelegenheit, dass Hendry Nachkommen zeugt, etwas zu sagen haben", warf Coyle ein. „Außerdem denke ich lieber an die Gegenwart. Und gegenwärtig haben wir das Problem, dass ein Papiermagier gestorben ist – ein Tod, zu dessen Ermittlung Mr. Glass und Miss Steele herangezogen wurden. Nun, da Sie wissen, was Whittaker vorhatte, und dass Hendry und Cocker verwandt waren, können Sie fortfahren."

„Behutsam", fügte Sir Charles hinzu. „Insbesondere mit unserem nervösen Papiermagier."

„Der unschuldig ist", sagte Mrs. Delancey mit einem betonten Blick zu ihrem Mann. „Trotz seiner Neigungen."

Wir bedankten uns bei ihnen, obwohl ich nicht ganz sicher

war, weshalb. Wir hatten nicht viel erfahren, und ich war immer noch überzeugt, dass Whittaker nicht für den Club unterwegs gewesen war, ganz gleich, was er und Coyle gesagt hatten. Ich erzählte Matt auf dem Weg nach Hause von meinen Zweifeln.

Er stimmte mir zu. „Zum einen waren sich die anderen dessen nicht bewusst. Und zum anderen vertraue ich Coyle nicht."

„Glaubst du, sie hatten eine Abmachung unter vier Augen?", fragte ich.

„Genau das. Whittaker hat für Coyle spioniert, nur dass wir ihn erwischt haben. Sie konnten nicht riskieren, dass wir es sonst jemandem erzählen, darum haben sie beschlossen, uns zuvorzukommen."

„Ich frage mich, ob das jemandem klar geworden ist."

„Ich frage mich, was sie vorhaben", sagte Matt ernst.

„Vielleicht haben sie gar nichts vor. Coyle scheint die Art Mann zu sein, die gerne Informationen sammelt, um sie in der Zukunft gegen Leute einzusetzen. Andere handeln mit Waren, er handelt mit Geheimnissen. Es ist schmutzig."

Er nahm meine Hand und küsste mich auf den Handschuh. „Je weniger du mit ihm zu tun hast, desto besser fühle ich mich."

Ich schaute aus dem Fenster, sah aber nichts von der vorüberziehenden Landschaft durch die Tränen, die in meinen Augen brannten.

* * *

WIR SAßEN IM WOHNZIMMER, als Matt Cyclops und Duke von dem Treffen erzählte. Keiner hatte irgendwelche guten Vorschläge, was wir als nächstes tun sollten, darum war es ein Glück, dass Ablenkung in der Form von Willie erschien. Sie gähnte, ohne sich den Mund zu bedecken, und warf sich in einen Sessel.

„Bristow sagt, ich habe das Frühstück verpasst", jammerte sie. „Jetzt werde ich verhungern."

„Er wird dich nicht verhungern lassen", sagte Matt. „Und es ist beinahe Mittag."

„Nun?", fragte Duke listig. „Was haben du und Annie Oakley gestern Nacht angestellt?"

„Nichts."

Sowohl er als auch Cyclops schnaubten.

„Es stimmt! Wir haben zusammen ein wenig getrunken, und das war's. Dann bin ich nach Hause gekommen."

„Um fünf Uhr früh." Duke klang amüsiert. „Leugne es nicht. Ich habe gehört, wie du die Stufen hochpolterst wie eine trächtige Kuh."

„Um fünf!", rief ich. „Willie, was *habt* ihr beiden denn angestellt? Und tu nicht so, als hättet ihr nur bisschen getrunken. Zum einen schließt das Prince of Wales ein gutes Stück vor fünf. Und zum anderen, was gibt es denn zu dieser Zeit in der Stadt zu tun?"

„Du wärst überrascht", erwiderte sie. „Aber ich erwarte nicht, dass du das weißt, India."

„Stimmt. Zu dieser frühen Uhrzeit bin ich damit beschäftigt, meinen Heiligenschein zu polieren."

Sie verzog das Gesicht.

„Wie ist sie denn so?", fragte Duke.

„Witzig", sagte Willie, ein geheimniskrämerisches Lächeln spielte um ihre Lippen. „Echt witzig."

„Was für witzige Dinge habt ihr beiden denn nun getan?"

„Ich habe es dir gesagt, wir haben zusammen getrunken, und das war's. Ich bin nur noch nach Hause."

Cyclops lachte leise. „Du erinnerst dich nicht mehr, oder?"

„Natürlich erinnere ich mich." Sie schniefte. „Ich lasse nur einfach nicht alles raus."

„Lasst sie in Frieden", tadelte Matt. „Solange nur die Polizei nicht bei uns an der Tür klopft, ist mir gleich, was du machst."

Ein Klopfen an der Wohnzimmertür ließ uns alle hochfahren, und Willie fluchte tonlos. Matt funkelte sie an.

Duke zischte: „Was habt ihr bloß angestellt?"

Willie schluckte und schaute zum Fenster, als würde sie entscheiden, ob es das Risiko wert war, hinauszuklettern. Das Wohnzimmer war im zweiten Stock.

Bristow trat auf Matts Befehl hin ein und verkündete die

Ankunft von Melville Hendry. Willie entschuldigte sich und zog sich hastig zurück.

„Mr. Hendry", sagte Matt, der sich erhob und ihm eine Hand bot. „Willkommen. Wir freuen uns, dass Sie gekommen sind. Bristow, bringen Sie Tee und etwas von Mrs. Bristows bestem Kuchen."

„Ich bleibe nicht lang", sagte Mr. Hendry, der sich die Handfläche an seinem Hosenbein rieb, während er sich hinsetzte. Er roch leicht nach Kokosnuss, ein Geruch, der aus seinen Haaren aufzusteigen schien. „Ich muss zurück zu meinem Laden. Ich mag es nicht, ihn lange zu schließen."

„Das verstehe ich. Geht es um die Einladungen?"

Mr. Hendry zupfte an seinen Manschetten. „Nein. Sie sind inzwischen beim Kaligrafen."

Duke und Cyclops gingen und schlossen die Tür, sodass Mr. Hendry sich ein wenig beruhigen konnte, obwohl er immer noch aufgebracht wirkte.

„Alles in Ordnung?", fragte ich. „Sie wirken aufgeregt."

„Nicht aufgeregt. Nur …" Er holte bebend Luft.

„Sie sind nicht in Schwierigkeiten", versicherte Matt ihm. „Sie werden nicht des Mordes an Cocker verdächtigt, falls Sie das beunruhigt."

„Werde ich nicht? Oh, Gott sei es gedankt." Er holte ein paarmal tief Luft, ehe er fortfuhr: „Ich bin gekommen, um Ihnen zu sagen, dass ich Sie gestern angelogen habe. Der Mann hat mich aufgesucht."

Matt nickte. „Vielen Dank, dass Sie uns davon in Kenntnis setzen."

„Ich hatte Angst, Sie würden glauben, ich hätte ihn getötet, um unsere magische Verbindung geheim zu halten, und darum habe ich es Miss Steele nicht erzählt." Er drückte sich die Finger auf den Nasenrücken und schloss die Augen. „Ich weiß nicht, was ich mir gedacht habe, ich bin derzeit einfach nervös. Seit Patricks Verrat kann ich niemandem mehr trauen."

„Sie können uns vertrauen", sagte Matt freundlich. „Indias Lage ist nicht so anders als Ihre. Sie will ihre Magie auch geheim halten."

Ich biss mir auf die Zunge und sagte mir, dass er nur das

sagte, was Hendry seiner Ansicht nach hören wollte, um seinen zerbrechlichen Geisteszustand zu schonen. „Sie können uns vertrauen", versicherte ich ihm. „Wir wollen herausfinden, wer Mr. Cocker getötet hat, und Sie könnten unwissentlich etwas über seine Aufenthaltsorte in den letzten paar Tagen wissen, das helfen könnte. Also war er bei Ihnen zu Besuch. Weshalb?"

„Er wollte meine Zauber lernen."

„Er hat Sie danach gefragt? Einfach so?"

„Er war dreist, so viel steht fest. Er hat meinen Namen vor vielen Jahren von seiner Großmutter erfahren. Oder vielmehr hat er den Namen meines Großvaters gehört – sie waren Vetter und Base. Ich bin der einzige lebende Nachfahre meines Großvaters, und ich betreibe immer noch den Laden, der einst ihm gehörte. Emmett Cocker sagte, ich wäre nicht schwer zu finden gewesen. Wir unterhielten uns lange, aber es ist mir sehr peinlich, zuzugeben, dass ich ihn nicht sonderlich mochte. Er war so ... ungehobelt. Zu schroff, zu forsch. Er mogelt beim Kartenspielen. Nicht nur einmal oder zweimal, sondern die ganze Zeit. Er lachte darüber. Er bot mir an, mir beizubringen, wie, aber ich habe natürlich abgelehnt."

Bristow brachte den Tee, dann entfernte er sich diskret wieder.

„Hat Emmett die Karten mit seiner Magie angereichert?", fragte ich und schenkte den Tee ein. „Hat er so gemogelt?"

Mr. Hendry nickte. „Er kannte einen Zauber, der es ihm gestattete, die Karten aus einer gewissen Entfernung zu sehen, während sie von ihm abgewandt waren. Natürlich bedeutete das, dass er vor dem Spiel Zauber auf jede Karte wirken musste. Offensichtlich hat er nur verloren, wenn ein Gegner darauf bestand, ein anderes Kartendeck zu nehmen, aber dann merkte er, dass er den Zauber auf die Karten sprechen konnte, die er hielt. Im Lauf eines Abends hätte er dann die Magie auf die meisten Karten im Spiel gesprochen, sodass er mogeln konnte."

„Haben Sie ihm gesagt, was Sie von seinen Manipulationen halten?", fragte ich.

„Das habe ich. Er hat gelacht", sagte er, seine Stimme klang fern. „So ein schreckliches Lachen, spröde und grausam. Es war ihm egal, dass er Leuten wehtat. Dass er sie mehr oder weniger bestahl."

„Wusste er, was für Zauber Sie können?", fragte Matt, der die Teetasse nahm, die ich ihm reichte.

„Anfangs nicht. Als er mir erzählt hatte, was er tun konnte, fragte er mich dann, welche Zauber ich kannte, und ich habe es ihm erzählt." Er starrte in seine Tasse. „Ich habe ihm alles erzählt, konnte mich gerade noch abhalten, ihm die Worte zu verraten."

Mr. Hendry wusste nicht nur, wie man starkes Papier in bester Qualität herstellte, er kannte auch Zauber, um Papier in interessante Formen zu falten, ohne es zu berühren, und er konnte Papier in eine Waffe verwandeln. Ich hatte das dumpfe Gefühl, dass Emmett vor allem Letzteres hätte erfahren wollen.

„Anfangs dachte ich mir nichts dabei", fuhr Mr. Hendry fort. „Er klang einfach nur neugierig, wie ein Familienmitglied, das auf den neuesten Stand gebracht werden möchte. Aber dann fragte er, ob ich ihm die Zauber beibringen könnte."

„Und Sie haben sich geweigert?", fragte Matt.

„Das habe ich. Er wurde sehr wütend. Brüllte mich an. Ich dachte, er würde gewalttätig werden. Ich habe die Waffe gesehen, die er sich um die Hüfte geschnallt hatte, und bekam Angst, dass er sie nutzen wollte, darum sagte ich ihm, ich würde darüber nachdenken, nur um ihn aus dem Haus zu bekommen."

„Wann war das?"

„Am frühen Abend in der Nacht, in der er gestorben ist. Ich las am nächsten Morgen in der Zeitung über den Mord an ihm. Ich war schockiert. Ich glaube, ich war immer noch entsetzt, als Sie kamen, um mich aufzusuchen. Ich konnte nicht richtig denken. Das ist die einzige Erklärung, die ich habe, dafür, dass ich nicht gleich die Wahrheit gesagt habe."

Ich versicherte ihm, dass er das Richtige getan hatte, doch meine Gedanken wanderten in eine andere Richtung. Laut Hendry hatte er seine Waffe am Abend seines Todes bei sich gehabt. Das bedeutete, dass jemand sie später in Emmetts Zimmer zurückgebracht hatte, und dieser jemand musste der Mörder sein.

„Ein solcher Zorn scheint unangemessen", sagte Matt. „Und untypisch, nach allem, was ich gehört habe."

Ich stimmte zu. Emmett war insgesamt charmant gewesen, obwohl er durchaus einen Hang zu Wutausbrüchen zur Schau gestellt hatte, als Willie mit dem Pokern aufgehört hatte. Vielleicht entglitt ihm sein Charme, wenn er nicht bekam, was er wollte. Ich hatte das bei vielen Männern festgestellt, die falsches Charisma besaßen.

„Anfangs war er sehr umgänglich", sagte Mr. Hendry. „Aber als ich mich geweigert habe, ihm meine Zauber zu verraten, hat er sich verändert." Er hob den Blick zu Matt. „Ich habe schon Verzweiflung gesehen, Mr. Glass. Ich habe sie bei mir selbst gewiss festgestellt, und ich weiß, wie sie aussieht. Er wollte verzweifelt den Zauber erlernen, wie man Papier in eine Klinge verwandelt."

Matt strich sich mit dem Finger über die Oberlippe, und ich konnte sehen, dass er mit sich rang. Plötzlich rückte er vor, sein Blick wich nicht von Mr. Hendry. Hendry rückte auch vor, fasziniert von der Aufmerksamkeit und der Erkenntnis, dass Matt ihm etwas erzählen würde, das er nicht erzählen sollte.

„Die Polizei hat uns davon in Kenntnis gesetzt, dass Cocker in Amerika gejagt wird", sagte Matt. „Er hat einen Mann beim Kartenspielen betrogen. Cocker wusste das damals nicht, doch dieser Mann ist ein gefährlicher Bandit."

Mr. Hendry schluckte. „Glauben Sie, der Bandit kam her und ... hat ihn gesucht? Ihn getötet?"

„Es ist möglich."

„Es ist eine lange Anreise, um Rache zu nehmen."

Matt rückte zurück und nahm seine Teetasse erneut hoch. „Manche Menschen nehmen für Rache einiges auf sich. Ihr Stolz treibt sie an. Davon bin ich überzeugt."

Mr. Hendry nickte langsam. Er nahm auch seine Tasse, nippte aber nicht. „Sie glauben, Emmett wollte meinen Zauber, damit er seine Karten in Waffen verwandeln konnte, falls er sich ohne seine Pistole in Schwierigkeiten wiederfinden sollte."

„So ist es", sagte ich.

„Manchmal ist es nicht machbar, eine Waffe zu ziehen", fügte Matt an. „Der Bandit hat einen Ruf, sehr schnell zu ziehen.

Cocker hätte ihn in einem Schusswechsel nicht schlagen können."

„Niemand würde damit rechnen, dass er mit Karten tötet", schloss Mr. Hendry. „Was ihm einen Vorteil einbringen würde." Er fuhr sich mit der Hand durch die Haare, doch als er die Hand wegnahm, waren seine Haare immer noch perfekt gelegt. „Hätte ich ihm den Zauber gegeben, könnte er immer noch am Leben sein."

„Das wissen wir nicht", beeilte ich mich, ihm zu versichern. „Darüber sollten Sie nicht nachdenken; es würde Sie nur betrüben."

„Er war meine Familie, Miss Steele. Meine einzige Familie." Ihm brach die Stimme. „Ich hätte mich mehr um ihn kümmern sollen, anstatt ihn abzuwimmeln. Familienmitglieder sollten einander helfen."

„Keine Karten oder Papiere wurden bei seiner Leiche gefunden", sagte Matt. „Es ist unwahrscheinlich, dass Ihr Zauber ihm in jener Nacht hätte helfen können."

Das schien Mr. Hendry mehr zu beruhigen als mein Versuch, ihn zu trösten. Matt war ein besserer Tröster als ich, zumindest, wenn es Mr. Hendry betraf.

Nachdem Mr. Hendry gegangen war, begaben Matt und ich uns zur Unterkunft von Emmett Cocker an der Childs Street. Oder vielmehr begaben wir uns zur Rückseite des Anwesens. Matt klopfte an der Hintertür, während ich am Tor zur Gasse Wache hielt, die hinter einer Reihe Terrassen verlief.

„Ich gehe rein", flüsterte Matt von der Tür – der Tür, die inzwischen offen war. Er hatte ein Talent dafür, Schlösser zu knacken, was er während seiner Zeit in der Bande seines Groß- vaters gelernt hatte. Es war ein ziemlich nützlicher Trick.

Ich schloss mich ihm an der Tür an, doch er schüttelte den Kopf.

„Jemand muss Wache halten", sagte er.

Ich funkelte ihn an, die Hand auf der Hüfte, aber er schüttelte noch einmal den Kopf und verschwand in der Küche hinter der Tür. Ich kehrte zu dem Tor zurück und wartete.

Und wartete.

Wir hatten beschlossen, uns in Emmetts Unterkunft umzuse-

hen, während die Drapers und die anderen Mieter in der Nach-
mittagsvorführung auftraten. Es war leichter, als sich ihren
Fragen zu stellen. Da wir nur einen Raum zu durchsuchen hatten,
hatte ich nicht erwartet, dass Matt so lange brauchte, doch die
Zeit dehnte sich. Ich schaute nicht weniger als acht Mal auf meine
Uhr. Ich ging auf und ab, seufzte, schnaufte und funkelte die
Hintertür an, doch kein noch so großes Wünschen, dass er wieder
auftauchen möge, führte tatsächlich zu seinem Erscheinen.

Die Ankunft zweier Männer am Eingang der Gasse ließ mein
Herz pochen. Einer trug Anzug und Krawatte, der andere ein
Halstuch und keine Jacke. Seine Ärmel waren hochgerollt, und
er trug eine Werkzeugkiste. Sie kamen auf mich zu, redeten leise
und hatten mich noch nicht gesehen.

Ich musste Matt warnen. Sie gingen vielleicht zu einem der
anderen Häuser, aber ich wagte es nicht, mich darauf zu verlassen. Ich hämmerte an die Hintertür, dann raste ich wieder zum
Tor, wo ich ein Humpeln vorspielte. Die Männer sahen mich
nicht, bis ich nur wenige Meter von ihnen entfernt war.

„Ist alles in Ordnung mit Ihnen, Madam?", fragte der Gentleman im Anzug.

„Mein Fuß ist auf dem Kopfsteinpflaster ausgerutscht", sagte
ich und verzog das Gesicht.

Ich hinkte an ihnen vorbei, und beide Männer drehten sich
um, wie ich es mir auch erhofft hatte. Ihre Rücken waren dem
Tor zugewandt.

„Oh", wimmerte ich und blieb stehen. „Es tut teuflisch weh."

„Hier, nehmen Sie meinen Arm", sagte der Gentleman.
„Kann ich Ihnen zu Ihrem Ziel helfen?"

Ich schaute an ihm vorbei, doch Matt erschien nicht in der
Gasse. Wo war er? „Vielleicht kann Ihr Helfer eine Mietkutsche
holen, und Sie können mir dorthin helfen. Langsam." Ich verzog
zur Sicherheit noch einmal das Gesicht.

Der zweite Mann kehrte auf dem Weg zurück, den er
gekommen war, ließ mich mit dem Gentleman zurück.

„Sind Sie allein?", fragte er.

„Ganz allein." Zu spät merkte ich, dass das nicht das war,
was man zu einem Fremden in einer Gasse sagte, wenn niemand

sonst in Sicht war. Er mochte angezogen sein wie ein Gentleman, aber das bedeutete nicht, dass er auch einer war. „Obwohl mein Verlobter bald da sein sollte."

Er wollte sich umdrehen, um über die Schulter zu schauen, als gerade Matt durch das Tor kam. „Ohhhh!", rief ich laut.

Der Gentleman wandte mir seine volle Aufmerksamkeit zu, legte mir den Arm um den Rücken, um mich zu stützen. „Ihr Verlobter hätte Sie nicht in allein lassen sollen."

„Das habe ich nicht", sagte Matt, der hinter dem Gentleman herankam. „Sie ist weggelaufen. Das macht sie manchmal. Was hast du getan, Liebling?"

„Ich bin auf den Pflastersteinen ausgerutscht", jammerte ich. „Mein Knöchel tut weh. Dieser freundliche Herr hilft mir zu einer wartenden Kutsche."

„Das sehe ich." Matt warf einen finsteren Blick auf den Arm des Mannes.

Der Gentleman zog sich zurück und trat zur Seite. Er räusperte sich. „Also gut, ich werde Sie in den Händen Ihres Verlobten lassen. Guten Tag, Sir, Madam." Er berührte seine Hutkrempe und ging weiter die Gasse hinab. Er blieb am Tor zu Emmetts Unterkunft stehen, nickte uns erneut zu, dann verschwand er in den Hof hinter dem Zaun.

Ich drückte mir die Hand auf die Brust. Das war knapp gewesen. Zu knapp. Ich stieß Matt in den Arm. „Was hast du so lange gebraucht?"

„Ich wollte mich gut umsehen. Gut gemacht hier hinten. Ich mache schon noch eine Schauspielerin aus dir."

Er nahm meine Hand und führte mich die Gasse entlang. Ich nahm mein Humpeln wieder auf, als wir an dem zweiten Mann mit der Werkzeugkiste vorbeikamen, und dankte ihm für seine Hilfe. Zurück auf der Childs Street entließ ich die wartende Kutsche und stieg in unsere. Matt befahl dem Kutscher, nach Hause zu fahren.

„Du hättest nicht so lange brauchen sollen, dieses eine Zimmer zu durchsuchen", sagte ich atemlos.

Ein träges, schiefes Lächeln ließ seine ansehnlichen Züge verrucht wirken. „Du hast dir Sorgen um mich gemacht."

„Mir war langweilig." Ich verschränkte die Arme und schniefte. „Bis diese beiden auftauchten."

Er lehnte sich vor und legte beide Hände auf meine Knie. Das Lächeln ließ nicht nach. „Wie oft hast du auf deine Uhr geschaut?"

„Fünf Minuten, Matt. So lange sollte man brauchen, um ein Zimmer zu überprüfen. Vielleicht zehn. Ehrlich, die Polizei hat es doch bereits durchsucht. Was hast du denn erwartet, dort zu finden?"

„Ich habe mir auch die anderen Räume angesehen."

Ich keuchte. „Das kannst du nicht tun!"

„Warum nicht? Die Drapers sind verdächtig. Weshalb eine durchweg wunderbare Gelegenheit fahren lassen?"

Ich kniff die Augen zusammen und schaute ihn an. „Du denkst wie ein Verbrecher."

„Und du bist liebenswert, wenn du wütend bist." Er stieg aus seinem Sitz und küsste mich auf die Lippen. Ich beugte mich zu ihm vor, begierig darauf, es zu vertiefen, doch er zog sich zurück und setzte sich wieder hin.

„Du vibrierst ja vor Aufregung", sagte ich. „Ein Einbruch scheint dir Freude zu bereiten."

„Es ist deine Anwesenheit, die das mit mir macht."

Ich verdrehte die Augen. „Ich falle nicht mehr auf deine schmeichelnden Worte herein."

„Das Funkeln in deinen Augen legt etwas anderes nahe."

„Das ist kein Funkeln, das ist Ruß. Die Luft ist heute rauchig."

Er lachte. „Willst du denn nicht wissen, was ich gefunden habe?"

„Sag schon. Was hast du in Emmetts Zimmer gefunden?"

„Nichts. Ich habe allerdings etwas in Zimmer der Drapers gefunden. Sie haben Schulden. Hohe Schulden. Ich fand Forderungen von Geldgebern sowohl in den Staaten als auch hier. Einige waren bedrohlich."

„Danny hat ihren Lohn verspielt", sagte ich. „Arme May."

„May war vielleicht nicht allzu unschuldig. Sie war sich vermutlich der List bewusst, die Emmett anwandte, und Dannys Beteiligung daran."

„Es scheint, dass diese List nicht genug war, um sie aus ihren Schulden herauszuholen", sagte ich.

„Noch nicht, aber mit der Zeit hätte es vielleicht reichen können."

„Emmetts Tod hat diesen Hoffnungen ein Ende gesetzt. Ihn zu töten, war nicht gerade in ihrem Interesse."

„Davon können wir nicht ausgehen", sagte Matt. „Noch nicht. Zum einen quietschen die Stufen bei jedem Schritt, und ihr Zimmer war dicht am Treppenhaus. Niemand könnte dort hinaufschleichen, ohne dass die Drapers es hören."

„Ich verstehe nicht."

„Wir wissen, dass jemand in der Nacht, in der er starb, die Waffe in Emmetts Zimmer zurückgebracht hat. Entweder haben die Drapers gelogen und waren nicht zu Hause, oder sie haben die Waffe selbst zurückgebracht. Ich glaube nicht, dass sie nicht gehört haben, wie jemand die Stufen hinaufging."

„Ich verstehe, worauf du hinaus willst. Aber der andere Bewohner hat auch nichts gehört."

„Das hat er Brockwell erzählt. Ich will ihn noch einmal befragen."

„Brockwell wird das nicht gefallen. Er wird glauben, dass du Grenzen überschreitest."

„Dann sagen wir es ihm erst im Nachhinein. Ich kehre heute Abend nach der Vorführung zur Childs Street zurück. Falls der Mieter nicht dort ist, warte ich. Irgendwann muss er ja zurückkehren."

* * *

MATT GING ein paar Stunden später wieder, schlüpfte vor dem Abendessen aus dem Haus, sehr zum Ärger seiner Tante.

„Er sollte mit uns essen", sagte sie, spielte mit der Schnur mit tiefschwarzen Perlen um ihren Hals. „Er ist jetzt ein verlobter Mann. So muss er sich auch benehmen."

„Das ist kein formelles Abendessen", sagte ich. „Es sind nur wir."

„Seine Freunde sind hier." Sie deutete auf Duke und Cyclops, die gegenüber Platz nahmen. „Genauso wie wir. Er ist nicht mehr frei und kann tun, was ihm gefällt."

„Er ist nicht im Gefängnis", erwiderte Cyclops träge. „Uns ist egal, ob er hier ist oder nicht. Er ermittelt, er ist nicht beim Trinken."

Miss Glass kniff die Lippen zusammen. „Ich habe erwartet, dass du mir zustimmst, Cyclops. Du stimmst mir immer zu."

„Willie ist auch nicht hier", ließ Duke sich vernehmen. „Warum sind Sie nicht wegen ihr beleidigt?"

„Sie ist eine Liga für sich." Sie beobachtete, wie Peter ihr Weinglas auffüllte und nahm es. „Niemand erwartet, dass Willie etwas Konventionelles tut."

„Amen", murmelte Duke.

Wir hatten kaum begonnen, unseren Suppengang zu essen, als Bristow eintrat und mich über einen Besucher in Kenntnis setzte.

„Haben Sie ihm gesagt, dass Matt nicht hier ist?", fragte ich.

„Er hat nach Ihnen gefragt", sagte Bristow.

„Wer ist es?"

„Mr. Gideon Steele."

Chronos!

# KAPITEL 7

Mein Großvater war einige Wochen lang nicht zu Besuch gekommen. Obwohl ich wusste, wo er wohnte, hatte ich ihn nicht besucht, seit ich meine Verlobung mit Matt bekannt gegeben hatte, darum konnte ich, wie ich annahm, nicht wütend auf ihn sein. Trotzdem war es schwierig, die Ruhe zu wahren. Er verärgerte mich auf eine Art, wie es niemand sonst tat. Er war selbstsüchtig, stellte seine magischen Ambitionen über alles andere, darunter auch seine Familienbande.

Und doch liebte ich ihn auf eine Art. Er war meine Familie.

„Der Zeitpunkt deines Eintreffens ist perfekt wie immer", sagte ich, als ich ihm in der Eingangshalle entgegenging. „Wir haben uns gerade zum Abendessen hingesetzt. Soll ich von Bristow ein weiteres Gedeck auftragen lassen?"

„Ich bleibe nicht." Chronos schaute an mir vorbei auf Bristow. „Sie können gehen. Ich wünsche, allein mit meiner Enkelin zu sprechen. Und verraten Sie es nicht Glass."

„Matt ist nicht hier", sagte ich. „Ansonsten wäre er herabgekommen, um dich zu sehen. Vielen Dank, Bristow, ich lasse ihn selbst hinaus."

Chronos beobachtete die Schatten, bis Bristow sich ganz zurückgezogen hatte. Chronos' Augen funkelten im Lampenlicht, erinnerten mich an Matt, nachdem er sich in das Haus in der Childs Street geschlichen hatte, voll von jugendlichem Übermut und Zuversicht.

„Du siehst verändert aus", sagte ich. „Hast du einen neuen Haarschnitt bekommen?"

Chronos berührte die weißen Strähnen, die um seinen Kopf strömten wie Wassergras in einem Bach. „Ich habe keine Zeit, zu einem Barbier zu gehen."

„Weshalb nicht? Was könntest du denn derzeit nur tun?"

Er nahm mich am Arm und zog mich von den Stufen weg, obwohl wir allein waren. „Komm mit mir, India", flüsterte er.

„Nein. Ich bin beim Essen."

„Du kannst später essen. Das ist wichtig." Er marschierte über die Bodenkacheln und nahm meinen Hut vom Hutständer. „Es ist warm. Du wirst keinen Mantel brauchen."

„Ich kann nicht einfach gehen. Die anderen werden sich fragen, wohin ich gegangen bin."

Er schob mir den Hut in die Hand. „Lass ihnen eine Nachricht da. Komm schon, ich habe nicht die ganze Nacht. Genauso wenig er."

„Wer?"

Er nahm mich am Ellbogen. „Ich erzähle es dir unterwegs."

„Nein!" Ich entzog mich ihm. „Hör auf. Und zwar sofort. Ich gehe nirgendwo mit dir hin, wenn du mir nicht erklärst, worum es dabei geht."

Er musterte mich, die Hände auf die Hüften gestemmt, und seufzte entnervt. „Ich habe die Papiere für den Laden fertig. Du musst sie durchsehen, bevor du sie unterzeichnest."

„Oh. Ich verstehe."

Der Laden gehörte wieder meiner Familie, nach dem Eddie Hardacre des Betrugs für schuldig befunden worden und mein Großvater lebendig wieder aufgetaucht war. Chronos hatte gesagt, er würde ihn mir übergeben, aber nun, da der Augenblick da war, wurde mir klar, dass ich das nicht ganz erwartet hatte. Ich brauchte keinen Laden. Ich konnte keine Uhren verkaufen, da die Gilde der Uhrmacher mir niemals die Erlaubnis geben würde, das zu tun.

Chronos war hoffnungslos, wenn es um Geschäftliches ging. Er hatte niemals ein Geschäftsmann sein wollen und hatte das

Geschäft seiner Frau und seinem Sohn überlassen, meinem Vater. Er war vielmehr daran interessiert gewesen, einen magischen Arzt zu finden, der ihm half, seinen Experimenten nachzugehen. Experimente, die Matt zweimal das Leben zurückgebracht hatten. Aus diesem Grund konnte ich mich nicht dazu durchringen, Chronos zu verabscheuen. Ich schuldete ihm so viel.

Ich nahm den Hut. „Ich hole meine Handschuhe."

„Du brauchst keine Handschuhe." Er nahm mich an der Hand und führte mich nach draußen.

„Bristow, ich bin bald wieder da", rief ich.

Ich erhaschte einen Blick auf den Butler, der die Stufen herabraste, als Chronos gerade die Eingangstür schloss. Wir gingen die Stufen hinab zu der wartenden Mietkutsche, die Tür war bereits geöffnet.

„Weshalb hast du die Papiere nicht mitgebracht?", fragte ich.

„Ich hatte nicht vor, hierher zu kommen." Chronos half mir auf meinen Sitz. „Ich war in der Gegend und habe kurzerhand beschlossen, vorbeizuschauen."

„Treffen wir uns bei dir mit dem Anwalt? Ist er befreundet mit dir?"

Er wies mich an, weiterzurücken, und setzte sich neben mich. Durch die Klappe über uns gab er dem Fahrer seine Adresse und schloss die Tür. „Ich muss etwas beichten, India. Die Papiere für den Laden sind nicht mein Hauptgrund, dich zu überreden, mit mir zu kommen."

Ich seufzte. Ich hätte wissen sollen, dass er log. „Warum diese Täuschung?"

„Weil ich wusste, dass du nicht mitkommen würdest, wenn ich dir die Wahrheit erzähle." Er nahm sich meinen Arm, als würde er argwöhnen, ich könne hinaus springen, sobald die Kutsche langsamer wurde. „Ich habe nicht darauf gewartet, dass Glass das Haus verlässt, das schwöre ich. Das ist reiner Zufall, aber ein glücklicher."

Wenn er nicht wollte, dass Matt davon erfuhr, konnte das nur eines bedeuten. Magie.

„Du erzählst mir besser mal alles", sagte ich.

Er ließ mich los und tätschelte mir die Hand. Er trug ebenfalls keine Handschuhe, und seine Haut fühlte sich kühl an, trocken. „Bei meiner Unterkunft wartet ein Mann auf dich. Er ist Franzose, aber das ist ja nicht seine Schuld."

Ich presste die Lippen aufeinander, um mein Lächeln zu unterdrücken. „Ist er ein Magier?"

Er nickte. „Er hat von einem mächtigen Magier hier in London gehört und wollte sich treffen – mit dir."

„Er hat von mir erfahren? Und wer sagt denn, dass ich mächtig bin?"

„Dein Ruf breitet sich jenseits dieser Stadt aus, dieses Landes. Die Geschichte, wie deine Uhr dich gerettet hat, ist in gewissen Kreisen wohl bekannt."

„Wer verbreitet denn so was?"

„Es ist ein Gerücht. Es verbreitet sich. Und nein, ich war es nicht." Wir hielten an einer Kreuzung unter einer Straßenlaterne an. Licht und Schatten betonten Chronos' Wangen und ließen seine Augen tiefer liegen, sodass er ganz nach den einundsiebzig Jahren aussah, die er auch alt war. Er tätschelte mir noch einmal die Hand. „Hör dir einfach an, was er zu sagen hat, bevor du beleidigt wirst."

„Ich werde nicht beleidigt." Ich seufzte. „Ich *bin* beleidigt. Du hättest ehrlich mit mir sein sollen."

„Wenn ich das getan hätte, wärst du mit mir gekommen?"

Ich zog meine Hand zurück. „Also weiß er von mir und deiner Verbindung zu mir. Wie hat er dich gefunden?"

„Das kannst du ihn fragen. Wir sind fast da."

Mein Großvater wohnte in einem Reihenhaus nicht weit vom Bahnhof Crouch End entfernt. Seine Nachbarn waren größtenteils Buchhalter und Bankangestellte, die zu ihren Bureaus im Bankenviertel von London fuhren. Es wirkte nicht wie der wahrscheinlichste Ort, um Chronos zu finden, außer, man bedachte, dass er nicht in der Nähe von Handwerkern oder sonst jemandem sein wollte, der zu einer Gilde gehörte. Seit Oscar Barratts und Mr. Forces Artikeln stand Chronos bei den Talentfreien, die sich durch Magie bedroht fühlten, nicht hoch im Kurs.

Seine Vermieterin begrüßte uns, aber Chronos streifte sie mit einer raschen Vorstellung ab, dann führte er mich zu seinen Räumlichkeiten im ersten Stock empor. Ein Mann erhob sich aus einem Sessel in dem kleinen Salon, wo er im Licht einer Lampe die Zeitung gelesen hatte. Aus irgendeinem Grund, den ich jetzt nicht benennen konnte, hatte ich jemanden wie Chronos erwartet; alt, ein wenig zerfleddert, mit einem irren Leuchten in den Augen.

Fabian Charbonneau war ganz und gar nicht wie Chronos. Er hatte mehr mit dem eleganten Mr. Hendry gemein. Er war in einen maßgeschneiderten schiefergrauen Anzug mit glänzenden schwarzen Schuhen gekleidet und hatte dunkle Haare, in denen Makassaröl glänzte. Auf seinem Kinn und entlang des Kiefers wurde sichtbar, dass er sich einen ganzen Tag lang nicht rasiert hatte. Ich nahm an, dass er nur ein wenig älter war als ich, obwohl das sehr schwer einzuschätzen war. An ihm war etwas recht Ernstes, beinahe Gravitätisches, und das war die einzige Ähnlichkeit zu Chronos.

Er trat vor und berührte meine Hand zum Gruß. Ohne Handschuhe ließ mich die vertraute Geste erröten.

„Setzt euch, setzt euch", sagte Chronos, wedelte mit beiden Händen zum Sofa. „Wir haben nicht lange zum Reden, also fangen wir an."

„Weshalb haben wir nicht lange?", fragte ich.

„Wenn dein Verlobter nach Hause kommt, bevor du es tust, wird er direkt hierher fahren. Man kann eurem Butler nicht trauen, ein Geheimnis zu wahren. Gib nicht vor, dass Glass ein moderner Mann ist, India. Wir wissen beide, dass er dich an einer kurzen Leine halten möchte."

„Das möchte er nicht! Er ist sehr zufrieden damit, dass ich tue, was mir gefällt."

„Außer, es geht um Magie." Er deutete auf Fabian, der bisher nichts gesagt hatte bis auf eine höfliche Begrüßung. „Fabian, erzählen Sie ihr, weshalb Sie hier sind."

„Erst erzählen Sie mir, wie Sie mich finden konnten", sagte ich. „Chronos wollte es nicht sagen."

„Chronos?", wollte Fabian wissen. „Sie nennen Ihren Großvater bei diesem Namen?" Er sprach ziemlich gut Englisch, mit einem trällernden französischen Akzent.

Chronos lachte. „Sie bevorzugt es so."

„Wir waren einander bis erst vor Kurzem fremd", erklärte ich

Fabian. Ich hatte beschlossen, Chronos nicht einfach so mit all den Jahren davonkommen zu lassen, in denen er uns im Stich gelassen hatte. „Ich nenne ihn lieber bei seinem Künstlernamen. Opa klingt einfach nicht richtig."

Chronos knurrte etwas, von dem ich annahm, dass es Zustimmung war.

Fabian lächelte höflich. „Ich habe durch jemand Befreundeten von Ihnen erfahren, India."

„Wem?"

„Das steht mir nicht frei, zu sagen."

Das machte mich nur noch neugieriger. „Was für Dinge hat Ihr Freund über mich erzählt?"

„Dass Sie Uhren ohne einen Zauber reparieren. Dass Ihre Uhr einspringt, um sie zu retten, abermals ohne Zauber. Das ist nicht normal, India. Sie sind nicht normal."

„Er meint, dass du außergewöhnlich bist", ließ sich Chronos vernehmen, als ob er dachte, es würde mich beleidigen, wenn man mich abnormal nannte.

„Ich habe allerdings nicht erfahren, wo Sie zu finden sind", fuhr Fabian fort. „Nur dass Sie in London leben und mit dem berühmten Gideon Steele verwandt sind. Also kam ich heute hierher, um ihn zu finden, und dann holte er sie."

„Heute? Du hast keine Zeit verschwendet, Chronos." Ich funkelte ihn an, versuchte die Bedeutung in ihn hinein zu hämmern, dass er diesen Mann kennenlernen sollte, bevor er mich hierher holte, um ihn zu treffen. Fabian hätte lügen können. Er hätte jeder sein können, für jeden arbeiten. Ihm zu vertrauen, ohne Fragen zu stellen, war ein Fehler.

„Lass ihn zu Ende reden, India", sagte Chronos. Also hatte er verstanden, was mein böser Blick zu bedeuten hatte. Ich war froh, dass ich es nicht vor seinem Gast laut aussprechen musste. „Fabian hat Oscar Barratt gefragt, wo er mich finden könnte, und Oscar hat ihn hierher geschickt."

„Barratt wusste nicht, dass ich Sie suche", sagte Fabian. „Ihr Großvater hat mich darüber in Kenntnis gesetzt, dass Barratt mir hätte sagen können, wo ich Sie finde, wenn ich ihm Ihren Namen gegeben hätte. Aber ich bin froh, dass ich erst Chronos getroffen habe. Er sagt, Ihr Mann würde mich nicht mögen, und daher ist es klug, dass ich nicht zu Ihnen gehe."

„Verlobter", sagte ich mit einem weiteren Funkeln zu Chronos. „Wir heiraten in zehn Tagen."

„Zehn!", rief Chronos. „Warum hast du mir das nicht gesagt?"

„Das habe ich."

Sein Rücken versteifte sich. „Ich habe keine Einladung bekommen."

Ich seufzte. „Das wirst du bald. Fabian, ich verstehe trotzdem etwas noch nicht. Sie leben in Frankreich, und Oscars Artikel wurden in einer Zeitung in London veröffentlicht. Wie kam es, dass Sie sie gelesen haben?"

„Man hat sie mir geschickt."

„Derselbe Freund, der Ihnen von mir erzählt hat?"

Er zuckte mit den Schultern, was alles oder nichts bedeuten konnte.

„Verraten Sie mir den Namen Ihres Freundes", sagte ich.

„Das kann ich nicht." Er lächelte entschuldigend. „Ich freue mich, Sie kennenzulernen, India. Darf ich Sie duzen?"

„Also gut. Ich freue mich, dich kennenzulernen, aber du bist von sehr weit gekommen, und ich fürchte, es war alles umsonst. Ich kann dir nicht helfen."

Ich erhob mich, doch Chronos packte meine Hand. „Wir haben dir noch nicht erzählt, was Fabian will."

„Ich kann es erraten. Er will, dass ich jemandes Leben mit dessen Taschenuhr und der Magie eines Arztes verlängere." Ich klang herzlos, grausam sogar, und ich bedauerte meinen Tonfall sofort. „Es tut mir leid, Fabian. Das tut es wirklich. Aber was du dir von mir erbittest, ist ..."

„Das ist es nicht", sagte Chronos, der ein verschwörerisches Lächeln in Fabians Richtung warf.

Fabian musterte mich mit Augen in der Farbe von Honig. Sein unverhohlenes Interesse ließ Hitze über meine Haut rasen, prickelte auf meiner Kopfhaut, wärmte mir das Gesicht. Es raubte mir die Nerven, war jedoch zur gleichen Zeit aufregend. Ich wollte seine Aufmerksamkeit auf ihn zurückwerfen, doch mir fiel nichts ein, wozu ich mutig genug gewesen wäre, es auszusprechen. Darum schaute ich weg. So verwirrt durch die Aufmerksamkeit eines Mannes hatte ich mich nicht gefühlt, seit ich Matt zum ersten Mal begegnet war.

„Ich bin nicht hier, um dich zu bitten, meine Magie zu verlängern", sagte Fabian. „Oder irgendjemandes Magie. Ich will nichts von dir nehmen, nur etwas geben."

„Was geben?"

„Wissen."

Ich stieß ein bellendes Lachen aus.

„Hör ihm zu, India", sagte Chronos am Tisch mit den Getränken am Fenster, wo er einen Schnaps in der Farbe von Fabians Augen in drei Gläser schenkte. „Du willst dir bestimmt anhören, was er zu sagen hat. Vertraue mir."

„Und das von einem Mann, der mich belogen hat, um mich hierher zu bringen."

„Ich habe nicht gelogen. Ich habe wirklich die Papiere für den Laden da, die ich dir geben möchte." Chronos reichte mir ein Glas, und ein weiteres an Fabian. Er lächelte noch immer. Das regte mich sogar noch mehr auf.

„Wir sind uns ähnlich, du und ich", sagte Fabian. „Ich verstehe dich. Ich verstehe, dass du vor deiner Macht Angst hast, und davor, was andere von dir wollen. Das ist der Grund, weshalb ich dir beibringen möchte, was ich weiß. Dir das beizubringen, wird dich schützen."

„Mir was beizubringen?", fragte ich. „Weitere Zauber? Bist du auch ein Uhrenmagier?"

Er lachte leise. „Die Familie meiner Mutter sind Steinmetz-Magier. Sie können Steinen alle möglichen Formen verleihen. Ihre Steinmetzarbeiten sind wunderschön, auf jegliche Art perfekt. Auf der Seite meines Vaters gibt es Eisenmagier. Sie haben jahrhundertelang als Schmiede und Hufschmiede gearbeitet, doch inzwischen sind die meisten Ingenieure."

„Sie bauen Dampfschiffe, Brücken, solche Dinge", fügte Chronos an. „Die Charbonneaus haben in Frankreich ein extrem erfolgreiches Geschäft. Sie sind reich." Er prostete Fabian mit seinem Glas zu, dann leerte er es.

„Ich möchte damit sagen, dass ich Magie auf beiden Seiten meiner Familie habe", fuhr Fabian fort. „Es sind ununterbrochene Ahnenreihen, die manchmal mit anderen magischen Familien durch Heirat verbunden sind. Es gibt sogar einen Konditor-Magier, wie den Vater deiner Mutter."

So sehr ich nicht wollte, dass dieser Mann und dieses Treffen meine Neugier anregten, kam es dennoch so. Ich konnte es nicht verhindern. Seit ich von meiner Magie erfahren hatte, hatte ich jemanden wie ihn treffen wollen, aber erst jetzt wurde mir klar, wie sehr.

„Verbiegt sich das Eisen für dich, ohne dass du einen Zauber sprichst?", fragte ich gehaucht.

„Manchmal, wenn ich es unbedingt will."

„Und rettet es dich, wenn du in Gefahr bist?"

„Nein."

„Oh." Ich lehnte mich wieder zurück, war mir nicht bewusst, dass ich mich nach vorne gebeugt hatte.

Fabian lächelte. Eindeutig amüsierten ihn mein Frust und meine Verwirrung. Ich konnte mir nicht denken, weshalb, außer, dass es ihm Freude machte, mich weiterhin frustriert und verwirrt zu halten.

„Du bist etwas Besonderes, India", sagte er. „Ich habe von niemandem gehört, der das tun kann, was du mit deinen Uhren ohne einem Zauber tust. Ich kann es nicht, und ich bin einer der mächtigsten Magier in Frankreich, vielleicht Europa."

„Auch noch bescheiden", murmelte ich in mein Glas.

Er lachte leise. „Vergib mir. Ich bin nicht mit der englischen Bescheidenheit vertraut, aber ich lerne noch."

„Wenn man vom Lernen spricht, du hast gesagt, du möchtest mir etwas über Magie beibringen. Wenn ich mächtiger bin als du, was kannst du mir beibringen?"

„Die Sprache der Zauber."

Professor Nash hatte mir von der Sprache der Magie erzählt, wie er sie nannte. Laut ihm war die Sprache fließend, und Wörter entwickelten sich mit der Zeit, genauso wie sich das Englische im Lauf der Jahrhunderte entwickelt hatte. Laut Nash konnten nur die mächtigsten Magier diese Sprache zügeln, um neue Zauber zu erschaffen.

„Die Sprache ist verschwunden", erklärte ich ihnen. „Bis auf ein paar einfache Zauber natürlich."

„Nein", sagte Fabian. „Viel von der Sprache wurde Generation um Generation in den mächtigsten magischen Familien weitergereicht. Natürlich insgeheim. Der europäische Kontinent ist nicht viel anders als England mit euren Gilden und der Angstmacherei."

Ich wartete darauf, dass er fortfuhr, war mir des flauen Gefühls in meinem Bauch bewusst, der Feuchte meiner Haut. Ich trank den Inhalt meines Glases aus, um meine Nerven zu beruhigen, aber die Magie des Madeiraweins wirkte nicht schnell genug.

„Du kennst die Sprache?", fragte ich.

„Ein wenig. Es gibt allerdings Lücken, darum versuche ich in meinen Studien, diese Lücken zu füllen."

„Wozu brauchst du mich, wenn du den Großteil der Sprache bereits kennst?"

„Weil es nicht ausreicht, die Worte zu kennen. Sie müssen auf eine gewisse Weise zusammengesetzt werden; auf eine Weise, die zum Teil erlernbar, zum Teil Instinkt ist. Nicht alle Magier haben diesen Instinkt." Er rieb die Finger aneinander, als würde er feine Seide ertasten. „Nur jene mit starker Magie können die Wörter zum Leben erwecken. Du hast den Instinkt."

„Er braucht Hilfe, um neue Zauber zu erschaffen", erklärte Chronos.

„Ein Zauberschöpfer", flüsterte ich. Das war der Begriff, den Professor Nash für einen solchen Magier benutzt hatte. Er hatte vermutet, dass ich diese Macht haben könnte. Und nun tat es auch Fabian. „Du hast nach jemandem wie mir gesucht."

„Sehr lange schon." Er lächelte. „Aber nicht nach jemandem *wie* dir, India. Dieser jemand *bist* du."

# KAPITEL 8

Es war beinahe zu viel, um es zu verstehen. Fabian war so weit gereist, um mich zu finden. *Mich.* Dieser mächtige Magier, mit einer Abstammung, die meiner gleichkam, brauchte *mich*, um neue Zauber zu erschaffen. Doch er war derjenige, der die Sprache der Magie kannte, nicht ich. Wie konnte ich ein Zauberschöpfer sein, wenn ich nur zwei Zauber kannte?

Chronos hatte wohl mein Glas aufgefüllt, denn er drückte es mir in die Hand und drängte mich zum Trinken. „Du siehst aus, als würdest es brauchen."

Fabians glatte Züge erhellten sich in einem Lächeln. „Du bist überwältigt."

Ich stellte das Glas ab. Ich hatte vorerst lieber meinen Verstand beisammen. Ich wollte nichts sagen, was ich später bedauern würde. „Du behauptest, ein Zauberschöpfer hätte Instinkt. Aber den habe ich nicht."

„Den hast du, andernfalls könntest du deine Uhr nicht ohne einen Zauber zum Laufen bringen."

„Sie hat dich *gerettet*, India", sagte Chronos, der mir die Hand tätschelte. „Fabian sagt, das ist ein Anzeichen für einen Zauberschöpfer, einen Magier mit den richtigen Instinkten."

„Ja, aber ..."

„Kein aber." Er berührte mein Kinn, zwang mich, ihn anzusehen. Seine Augen waren hell und glänzend, sein Lächeln nahezu unverhohlen, wie ein Junge nach seinem ersten Glas Wein. „Das ist deine Bestimmung, India."

„Laut wem denn?" Ich zuckte zurück und erhob mich. „Es war sehr schön, dich kennenzulernen, Fabian, aber ich muss nach Hause."

„Noch nicht! Es gibt so viel zu besprechen." Chronos richtete sich auf, seine jugendliche Ausstrahlung war weg. Er war wieder ein alter Mann, und ich fühlte mich schuldig, weil ich mich nicht besser um ihn kümmerte.

„Ich habe alles gehört, was ich vorerst hören möchte", sagte ich. „Ich werde bald kommen und dich wieder treffen." Ich küsste ihn auf die Wange, doch er schaute mich nur düster an.

„Du bist stur", sagte er.

„Ist schon in Ordnung", wandte Fabian ein. „India hat viel, über das sie nachdenken muss. Nimm dir Zeit, um alles zu bedenken, was ich dir gesagt habe."

„Nicht zu lange", grollte Chronos. „Ich will erleben, wie du deine Bestimmung erfüllst, bevor ich sterbe."

Ich verdrehte die Augen. „Du stirbst nicht, und ich glaube nicht an Bestimmung. Unsere Zukunft ist die Summe unserer Entscheidungen. Sie ist nicht bei der Geburt für uns angelegt."

„Du kannst deine Talente nicht verschwenden. Wenn ich das bekommen hätte, was du hast, wäre ich von den Möglichkeiten begeistert."

„Du bist nicht ich."

„Eindeutig", murmelte er. „Ich mache es deinen Eltern zum Vorwurf, dich als eine Talentfreie aufgezogen zu haben."

„Und weshalb haben sie das getan? Weil sie sahen, was die Magie dir angetan hat, wie sie dich dazu gebracht hat, deiner Familie und deinen Verantwortlichkeiten den Rücken zu kehren, und dich in den Wahnsinn getrieben hat."

„Ich bin nicht wahnsinnig." Er tippte sich an die Schläfe. „Mein Verstand arbeitet einwandfrei."

„Es gibt eine Menge zu verdauen", sagte Fabian. „Bitte, India, nimm dir Zeit und denke über das nach, was ich dir gesagt habe. Falls du Fragen hast, werde ich sie beantworten, so gut ich kann." Er verneigte sich. „Ich stehe zu deinen Diensten."

„Wie lange bist du hier in London?", fragte ich.

„Das hängt von dir ab."

„Mir?"

Er lächelte. „Ich habe ein Haus in Mayfair gemietet, nicht weit weg von dort, wo du wohnst."

Er wusste, wo ich wohnte? Ich warf einen finsteren Blick zu Chronos, aber der war damit beschäftigt, die Papiere auf seinem Schreibtisch durchzugehen, der in eine Ecke des Zimmers gequetscht war. Er fand, was er wollte, und reichte mir die Blätter.

„Das sind die Besitzurkunden des Ladens und all seines Inhalts", sagte er. „Ich habe sie von einem Anwalt aufsetzen lassen, also ist es alles rechtens."

Fabian verabschiedete sich, und Chronos brachte ihn zur Tür, bevor er zu mir zurückkehrte.

„Es gehört alles dir", sagte er und deutete auf die Papiere. „Oder das wird es, sobald du unterschrieben hast."

„Bist du sicher?", sagte ich und fühlte mich noch immer betäubt von der Unterhaltung mit Fabian.

„Sehr. Ich wollte es nie, und selbst wenn ich es gewollt hätte, könnte ich es nicht nutzen. Die Gilde wird mir keine Erlaubnis geben."

„Sie werden auch mich nicht zulassen."

„Aber du kannst den Laden vermieten."

„Das könntest du auch."

Er zuckte einfach mit den Schultern.

„Ich brauche keine Mieteinnahmen", erklärte ich ihm. „Matt hat viele Investitionen."

„Nur für den Fall", sagte er.

„Welchen Fall?"

„Du weißt schon."

„Nein, weiß ich nicht."

Er seufzte. „Für den Fall, dass du ihn verlässt. Diese Papiere übertragen dir den Laden allein, und es steht insbesondere darin, dass er nicht an ihn geht, für den Fall, dass eure Ehe endet."

„So ist Matt nicht, und das weißt du auch", sagte ich und klang beleidigt und sorglos zugleich. „Er würde mich nicht verarmt zurücklassen, wenn zwischen uns etwas wäre. Nicht, dass es dazu kommt."

„Du könntest beschließen, ihn zu verlassen, India. Er ist immerhin talentfrei."

Ich war mir nicht ganz sicher, ob ich lachen oder ihn tadeln sollte. „Du bist vermutlich der am wenigsten großväterliche Großvater, der mir je begegnet ist." Wenn man bedachte, dass er mir gerade seinen Laden vermacht hatte, war das nicht fair, aber ich zog meine Aussage nicht zurück.

„Wo wir gerade von Matt sprechen", sagte er, während er beobachtete, wie ich unterschrieb, „ich glaube nicht, dass du dieses Treffen vor ihm erwähnen solltest."

„Das tue ich aber."

„Er wird nicht wollen, dass du noch einmal mit Fabian sprichst."

„Matt trifft keine Entscheidungen für mich."

Er kniff die Lippen zusammen. Er hatte recht, mir nicht zu glauben. Matt würde gewiss nicht wollen, dass ich etwas von Fabian lernte und eine Zauberschöpferin wurde, und falls ich das wollte, würde es mir schwerfallen, ihn zu überzeugen, dass es das Richtige war. Aber er würde es mir nie verbieten, dessen war ich mir sicher.

Chronos reichte mir eine Abschrift des Vertrages und versprach mir, den anderen bei seinem Anwalt zu hinterlegen.

„Ich muss los", sagte ich und rollte die Papiere zusammen. „Darf ich um die Gebühr für eine Kutsche bitten? Ich hatte keine Zeit, meinen Pompadour mitzunehmen."

Er öffnete eine Dose auf dem Schreibtisch und holte ein paar Münzen heraus. Er legte sie auf meine Handfläche und schloss meine Finger darum. „Das ist alles, wovon ich je geträumt habe", sagte er, einen abwesenden Ausdruck in den Augen. „Mehr als das. Mein kleines Mädchen ist eine Zauberschöpferin."

„Noch nicht", erklärte ich ihm. Vielleicht niemals, aber das sagte ich nicht laut. Es würde ihm das Herz brechen.

* * *

MATT KEHRTE ERST KURZ vor der Morgendämmerung nach Hause

zurück. Ich wusste das, weil ich auf seinem Bett einschlief, da ich auf ihn wartete. Ich wachte ruckartig auf, als die Matratze neben mir nachgab.

„Ich bin es nur", sagte er. Ich konnte seine Silhouette im Dunkeln kaum erkennen. „Stimmt etwas nicht?"

„Nein. Ich wollte nur mit dir reden, wenn du nach Hause kommst, aber ich habe nicht erwartet, dass es so spät werden würde. Oder früh."

Er streckte sich neben mir aus, und ich schmiegte mich an seine Seite und merkte zu spät, dass er von der Taille aufwärts nackt war. Da ich mich bereits an ihn gepresst hatte, war es sinnlos, sich jetzt wieder zurückzuziehen, darum streichelte ich stattdessen seine Brust, spielte mit den winzigen Haaren und genoss das Gefühl glatter Haut, die sich über Muskeln spannten.

„Mir gefällt es, nach Hause zu kommen, wenn du in meinem Bett auf mich wartest." Er legte einen Arm um mich und küsste mich oben auf den Kopf. „Trägst du nur dein Nachthemd?"

„Mit einem Hausmantel. Erzähl es nicht deiner Tante."

„Skandalös." Er fasste durch den Stoff nach meiner Brust, und ich stöhnte, bog mich ihm entgegen. „Sehr, sehr skandalös."

Ich legte den Kopf zurück, und er küsste mich. Es war ein hungriger, leidenschaftlicher Kuss, der mich verschlang und meine Gedanken zerstreute. Jeder Teil von mir reagierte auf seine Berührung, sehnte sich nach seinem Mund, seinen Händen, seiner Liebe.

Meine Finger folgten der dünnen Linie aus Haaren seinen Bauch hinab zum Bund seiner Hose. Ich wollte erkunden, wollte wissen, was ich mir so lange vorenthalten hatte, und den Teil von mir erfüllen, den es nach Erfüllung verlangte.

Matt sog zwischen den Zähnen Luft ein. „Ich wollte dir erzählen, was ich heute Abend erfahren habe", murmelte er an meinen Lippen.

„Das kann warten", sagte ich.

„Ja. Kann essss."

* * *

WÄHREND MATT DEN VORMITTAG VERSCHLIEF, machte ich mich

mit Cyclops auf zum Haus der Masons, das neben dem Geschäft der Familie war. Cyclops widersprach nicht, aber das lag daran, dass ich ihn anlog und ihm erzählte, dass wir Matts Anwalt aufsuchen würden und ich Begleitung brauchte. Ich war mir nicht sicher, weshalb er eine so dünne Ausrede akzeptierte, doch das tat er.

Er stellte mir nicht einmal eine Frage, als wir vor dem Haus der Masons anhielten. Er seufzte einfach und öffnete die Kutschtür. „Ich hätte es wissen sollen", war alles, was er sagte.

Mrs. Mason begrüßte mich höflich und Cyclops mit einem argwöhnischen Nicken. „Möchtest du hereinkommen, India?", fragte sie und trat zur Seite. „Während dein Kutscher bei der Kutsche wartet?"

„Cyclops ist nicht der Kutscher, wie Sie daran erkennen können, dass ein richtiger Kutscher auf dem Kutschbock sitzt." Ich winkte unserem Fahrer. Er zögerte, dann hob er eine Hand zu einem halbherzigen Winken als Entgegnung. „Cyclops begleitet mich heute Vormittag", sagte ich zu Mrs. Mason. „Ist Mr. Mason zu Hause?"

„Im Geschäft. Bist du nicht hier, um dich mit Catherine zu treffen?"

„Ich habe eine geschäftliche Angelegenheit mit Mr. Mason zu besprechen."

Sie drückte sich eine Hand auf den Bauch, als würde ihr bei meiner Ankündigung übel. „Sollte nicht dein Verlobter dich begleiten, anstatt deines … Freundes?"

Ich lächelte. „Wir gehen nach nebenan. Vielen Dank, Mrs. Mason."

„Ich glaube nicht, dass sie mich mag", sagte Cyclops, während wir zum Laden unterwegs waren.

„Sie wird dich vergöttern, sobald sie dich kennenlernt."

„Das bezweifle ich", sagte er schwermütig. „Catherine sagt, sie ist sehr traditionell."

Ich drückte ihm den Arm, insgeheim erfreut, dass Catherine ihre Mutter auf so ehrliche Art mit ihm besprochen hatte. Reine Bekannte würden das nicht tun.

„India! Nate!" Catherine kam von der anderen Seite des Tresens und begrüßte mich mit einem Kuss auf die Wange und

Cyclops mit einem ziemlich verlegenen Handschütteln. „Was für eine schöne Überraschung."

„Ich hoffe, wir stören nicht", sagte Cyclops.

Catherine schaute sich im Laden um, in dem nur ihr Bruder Ronnie hinter dem Tresen stand. Er fühlte sich aber nicht leer an. Nicht mit dem schwachen Surren der Zahnräder und dem Ticken der Uhren, das den Raum füllte. „Ich kann ein paar Augenblicke erübrigen."

Ich begrüßte Ronnie, eine hochgewachsene Ausgabe von Catherine mit kantigeren Zügen. Wie sie war er blond und schlank, aber mit breiten Schultern. Er lächelte ebenfalls mühelos und oft.

Er kam hinter dem Tresen hervor und wiederholte die Begrüßung, die seine Schwester uns gegeben hatte, indem er mich auf die Wange küsste und Cyclops die Hand schüttelte, aber weniger verlegen. Von Catherines drei Brüdern hatte ich Ronnie immer am liebsten gemocht, vielleicht, weil er ihr so ähnlich war. Orwell, der Älteste, war ernst und lächelte kaum, während Gareth, der jüngste, eher daran interessiert war, mit Mädchen zu flirten, als an einer ernsthaften Unterhaltung.

„Ist dein Vater in der Werkstatt?", fragte ich und nickte zur Tür hinter dem Tresen. „Ich würde gern mit ihm reden. Es geht um meinen Laden."

Catherine zog die Augenbrauen hoch. „*Deinen* Laden?"

Ronnie ging, um seinen Vater zu holen, dann kehrte er mit Mr. Mason und Orwell zurück. Anders als die jüngeren Mason-Geschwister kam Orwell seinem Vater nach, er war kräftiger gebaut, woraus wohl im mittleren Alter Dickleibigkeit werden würde. Er war nicht so blass wie Catherine, Ronnie und Gareth, oder so freundlich, doch er begrüßte mich nett. Sowohl er als auch sein Vater ignorierten Cyclops, als wäre er ein Diener, der mich begleitet hatte, und ihrer Aufmerksamkeit nicht würdig war.

Ich trat ein wenig zurück, um mich neben Cyclops zu stellen. „Matt war heute Vormittag nicht verfügbar", erklärte ich ihnen. „Darum wollte ich jemand anderen mitbringen, der sich mit Geschäftsdingen auskennt. Das ist Nate Bailey."

Ich spürte, wie Cyclops' Blick sich in mich bohrte.

„Mr. Bailey hat einen guten Geschäftssinn", sagte ich.

„Und nicht nur für Piratengeschäfte", scherzte Cyclops.

Catherine lachte, und Ronnie kicherte. Orwell und Mr. Mason starrten ihn an, als würden sie entscheiden, ob sie auch lachen sollten, oder ihre Wertsachen verstecken.

„Es geht um Indias Laden", erklärte Catherine ihrem Vater. „Es scheint, als wäre er in ihren Besitz zurückgekehrt. Stimmt das, India?"

Ich nickte. „Ich wollte Ihnen den Bestand zu einem fairen Preis anbieten, Mr. Mason. Und ich habe eine weitere Idee, der sie vielleicht gewogen sind. Auch Orwell könnte an dem interessiert sein, was ich zu sagen habe."

„Dann komm lieber mal mit nach hinten", sagte Mr. Mason. „Ronnie, Catherine, bleibt hier. Ist Gareth noch nicht zurück?"

„Er liefert immer noch Sachen aus", sagte Ronnie mit einem Schnauben.

Mr. Mason führte uns durch die Werkstatt, deren Anblick es mir warm ums Herz werden ließ. Uhrenteile lagen auf der Werkbank verstreut, zusammen mit Ausrüstung und Werkzeugen, die so vertraut für mich waren wie meine eigenen Besitztümer. Das Gehäuse einer Mahagoni-Standuhr stand offen, ein Hocker war herangezogen, sodass man sich das Innenleben im Sitzen ansehen konnte. Am Ende der Bank warteten sechs silberne Uhrenketten auf sechs silberne Taschenuhren, die daran befestigt werden sollten, und eine wunderbar gestaltete Bahnhäusle-Kuckucksuhr stand still, aber stolz daneben.

Mr. Mason bot mir einen Hocker an, doch ich lehnte ab. Es gab nicht genug Hocker für uns alle, und ich wollte nicht, dass Cyclops stehen blieb. Ich holte tief Luft, atmete den Geruch nach Metall und Politur tief ein und lächelte.

„Ich habe gestern die Besitzurkunden für den Familienladen erhalten", erklärte ich Mr. Mason. „Sie gingen zurück an meinen Großvater, nachdem … Na ja, Sie wissen schon." Je weniger Eddies Name erwähnt wurde, umso besser. Es war sowieso nicht sein echter Name. „Mein Großvater will ihn nicht, darum hat er ihn mir übergeben."

Orwell legte den Kopf zur Seite. „Er hat ihn dir einfach *geschenkt*?"

„Er hat keine Absicht, wieder Uhren herzustellen und zu verkaufen. Er ist ein alter Mann, der seinen Ruhestand genießen will."

Ich konnte mir nicht vorstellen, dass Chronos die Dinge tat, die Männer im Ruhestand taten, wie etwa im Park zu lesen oder gärtnern. Doch Mr. Mason und Orwell mussten nicht erfahren, dass Chronos sich keineswegs aus dem magischen Geschäft zurückzog.

„Ich werde ihn auch nicht nutzen", sagte ich. „Ich will aber nicht, dass der Laden leer bleibt, und es gibt eine ganze Menge Bestand, der noch dort ist." Ich hielt inne, um zu sehen, ob einer von ihnen den richtigen Schluss zog, aber sie warteten nur darauf, dass ich fortfuhr. „Genug Bestand, dass ein weiterer Uhrmacher einfach eintreten und sofort beginnen könnte."

„Du verkaufst den Bestand nicht?" Mr. Mason runzelte die Stirn. „Bist du nicht deswegen hier? Um ihn mir anzubieten?"

„Das war mein ursprünglicher Plan, aber je länger ich darüber nachdachte, desto mehr wurde mir klar, dass es eine gute Gelegenheit für Orwell wäre, den Laden zu mieten und den Bestand aufzukaufen. Ich würde ihn ihm günstig überlassen."

„Sie könnten einen Tilgungsplan aufstellen", wandte Cyclops ein. Als sie ihn beide ausdruckslos anschauten, fügte er an: „Wie wenn man etwas ausleiht."

Orwells Stirnrunzeln passte zu dem seines Vaters. „Aber … ich habe dieses Geschäft."

Ich hätte gedacht, sie würden sich auf die Gelegenheit stürzen. Orwell war nicht der hellste Stern am Himmel, aber sicher sah er doch, was für eine Gelegenheit es war, aus dem Schatten seines Vaters zu treten.

„Ich dachte, du hättest gern deinen eigenen Laden", sagte ich.

„Er wird eines Tages diesen erben", sagte Mr. Mason. „Und bis dahin sollte er hierbleiben und von mir lernen."

„War er nicht schon zehn Jahre lang hier? Hat er nicht inzwischen alles gelernt, was es zu lernen gibt?"

„Es fällt nicht jedem so leicht, India. Nicht jeder ist ein Magier." Mr. Mason schnappte sich ein Federstegbesteck und setzte sich auf den Hocker an der Standuhr.

„Orwell?", fragte ich leise.

„Er ist nicht interessiert", sagte Mr. Mason, der in das Uhrengehäuse schaute.

Ich zog vor Orwell eine Augenbraue hoch. Er zuckte nur mit den Schultern. „Hier gehöre ich her. Es wird eines Tages mir gehören, und ich kann mir nicht vorstellen, irgendwo anders zu arbeiten."

„Was ist mit Ronnie?", fragte ich.

„Er ist zu jung", erwiderte Mr. Mason.

„Und ein hoffnungsloser Fall", murmelte Orwell.

Ich seufzte. „Also gut. Vielen Dank, dass Sie mir zugehört haben."

„Einen schönen Tag, India", sagte Orwell.

„Falls du noch daran interessiert bist, den Bestand zum Selbstkostenpreis zu verkaufen, lass es mich wissen", brummte Mr. Mason.

„Das wird dann nicht zum Selbstkostenpreis sein", sagte ich. „Das war nur für jemanden, der auch einverstanden ist, den Laden zu mieten."

Er knurrte und kehrte zu der Uhr zurück.

Im Laden waren immer noch keine Kunden, und Catherine und Ronnie standen beide hinter dem Tresen, Seite an Seite, ganz nahe an der Tür zur Werkstatt. Orwell bat seine Schwester, uns hinaus zu bringen, ehe er sich wieder in die Werkstatt zurückzog.

„Nun?", drängte Catherine, während sie mit uns zur Eingangstür ging. „Wie ist es gelaufen?"

„Das weißt du doch", neckte ich. „Ich weiß, dass ihr beide gelauscht habt."

Ronnie hörte auf, so zu tun, als würde er einen Uhrendeckel polieren, und warf seinen Lappen auf den Tresen. „Ich bin kein hoffnungsloser Fall."

Catherine brachte uns zur Kutsche, wo ich sie versprechen ließ, bald mit uns Tee zu trinken. „Ich habe das Gefühl, dass ich dich in letzter Zeit kaum gesehen habe", sagte ich.

„Ich hatte hier zu tun, und du bist mit deinen Hochzeitsplänen und Ermittlungen beschäftigt, aber ich verspreche, dich in …"

„Sag mir nicht, wann!", unterbrach ich sie. Ich wollte nicht, dass Cyclops genau zu diesem Zeitpunkt abwesend war. „Schick mir doch kurz vorher eine Nachricht."

Sie schaute mich verwundert an. „Also gut. Ich hoffe, dich dann auch zu sehen, Nate."

„War mir ein Vergnügen", sagte er in einer seltsamen Mischung aus seinem eigenen Akzent und einem englischen. „Ich meine, es wird mir ein Vergnügen sein, dich zu sehen. Wieder. Denn es ist immer ein Vergnügen, dich zu sehen." Er öffnete rasch die Kutschtür und streckte eine Hand aus, um mir zu helfen.

Sobald wir drinnen waren, lehnte er den Kopf zurück an die Wand und stieß einen langen Atemzug aus.

Ich tätschelte ihm den Arm. „Ist schon gut, Cyclops. Wir haben uns alle schon mal zum Narren vor jemandem gemacht, für den wir schwärmen."

Er riss den Kopf hoch. „Ich bin kein kleiner Junge, India, und das ist kein Schwärmen."

„Nein. Natürlich nicht."

Er lehnte den Kopf wieder zurück und schloss die Augen. Ich biss mir auf die Zunge, um mich davon abzuhalten, ihm zu erzählen, dass das, was er für Catherine verspürte, Liebe war.

* * *

MATT ERWACHTE, kurz nachdem wir zu Hause ankamen. Er bat uns, sich ihm im Esszimmer anzuschließen, wo Peter Toast, Eier und Kaffee für ein spätes Frühstück auftrug.

„Kann ich etwas Tee haben, bitte?", bat ich den Bediensteten, als er gerade gehen wollte.

„Und mehr Toast", sagte Cyclops. „Und ein Ei, wenn gerade eins da ist."

„Du hast bereits gegessen", sagte Willie, die sich eine weitere Scheibe Speck genehmigte.

Duke schlug ihr auf das Handgelenk. „Das gehört Matt. Du hast auch bereits gegessen."

Willie schob sich den Speck in den Mund und kaute direkt vor seinem Gesicht. Er verdrehte die Augen.

Cyclops schaute sehnsüchtig auf den Speck. „Ich habe immer noch Hunger."

„Das liegt daran, dass du beim Frühstück nicht genug gegessen hast", sagte Duke. „Du weißt, dass du kein Gewicht verlierst, wenn du zweimal frühstückst."

„Was wird Catherine bloß denken?", neckte Willie. „Du musst aufpassen, wie viel du isst, Cyclops. Vielleicht sollst du nicht noch mehr Toast und Eier nehmen. Ich werde alles verspeisen, was Fossett uns bringt, denn so eine gute Freundin bin ich nun mal."

Cyclops verschränkte die Arme und funkelte sie an.

„Ich passe nur auf deine Gesundheit und dein Liebesleben auf", fügte sie an.

„Ich habe kein Liebesleben", grollte er.

„Das wirst du haben, sobald du ein paar Pfunde verlierst." Sie tätschelte ihm den Bauch, der gar nicht so ausladend war, und schenkte sich eine Tasse Kaffee ein.

Ich ging auch zum Buffet, aber ich kam nur bis zu Matt. Er nahm mich um die Taille und drückte mir einen leidenschaftlichen Kuss auf den Mund. „Guten Morgen, India. Du siehst heute hinreißend aus."

Ich tätschelte ihm die Brust seiner Weste und richtete seine Krawatte, damit ich in seinen Armen bleiben konnte. „Genauso wie du."

Er lächelte und küsste mich wieder.

„Hört schon auf", jammerte Willie. „Oder ich gebe noch mein erstes *und* zweites Frühstück von mir."

Peter kehrte mit Tee und weiterem Essen zurück. Er ging wieder, vorbei an Miss Glass auf ihrem Weg nach drinnen.

„Was für ein wunderbarer Morgen", sagte sie fröhlich. „Was für ein hervorragender Gedanke, zusammen zu frühstücken, obwohl ich bereits gegessen habe. India, schenk mir eine Tasse Tee ein, machst du das?"

Matt küsste sie auf die Wange, was ihm ein Lächeln einbrachte.

„Du siehst heute besonders gut aus, Matthew. Hast du in der Nacht gut geschlafen?"

„Nein. Ich war aus und habe ermittelt."

„Die ausstehende Hochzeitsfeier bekommt dir also gut."

„Ich glaube, da hast du recht." Er hielt einen Stuhl für sie, während ich eine Tasse Tee und eine Zeitung vor ihr abstellte.

„Vielleicht möchten Sie das lesen", sagte ich. „Wir werden die Ermittlung besprechen, und ich weiß doch, dass Sie so ein Gerede bei Tisch nicht mögen. Die Zeitung wird Sie ablenken."

„Beim Frühstück ist es überhaupt nicht vulgär. Abendessen ist etwas ganz anderes." Sie nahm die Zeitung in eine Hand und die Tasse in die andere. „Geht es da um Indias Abend oder deinen, Matthew?"

Matt schaute vom Buffet auf, die Augenbrauen gehoben. „Du bist ausgegangen, India?"

„Chronos war da. Er hat darauf bestanden." Ich nahm mir meine Teetasse. „Erzähl uns als erstes deine Neuigkeiten. Hast du mit dem anderen Bewohner des Gebäudes gesprochen?"

„Sein Name lautet Hadley." Matt setzte sich neben mich und köpfte sein gekochtes Ei. „Er war an dem Abend aus, als Emmett ermordet wurde, und kam erst weit nach den Drapers zurück. Offensichtlich war er mit einer Frau zusammen, die er vor drei Wochen kennengelernt hatte. Er war den ganzen Abend lang bei ihr zu Hause, ging aber vor Sonnenaufgang, um nicht bemerkt zu werden."

„Weshalb?", fragte ich.

„Lass mich raten", sagte Willie. „Sie ist eine respektable Frau?"

„Eine Witwe", sagte er, „wie Hadley schließlich zugab, nach vielen Schmeicheleien und ein wenig Bedrohung."

Miss Glass ließ die Zeitung schnalzen, um sie gerade zu richten.

„Er hat mir erzählt, er würde sie heiraten, wenn er könnte", fuhr Matt fort, „aber er ist bereits verheiratet. Seine Frau lebt in New Mexico."

„Ah", sagte Duke. „Schätze, darum hat er Brockwell nicht erzählt, dass er an diesem Abend aus war. Glaubst du ihm, Matt?"

Matt hob eine Schulter. „Ich kann das leicht überprüfen, indem ich die anderen Mitglieder des Show-Ensembles befrage. Er behauptet, ein paar Auserwählte wüssten von seiner Affäre, darunter die Drapers. Es tut ihm leid, dass er es bei der Polizei nicht zugegeben hat."

„Nicht leid genug, um ehrlich zu sein."

„Hadley behauptete, es gäbe keinen Grund, ehrlich zu sein, da es Emmett nicht zurückbringen würde."

„Du meine Güte", murmelte ich in meine Teetasse.

Miss Glass ließ die Zeitung wieder schnalzen, doch offenbar war sie nicht gerade genug, denn sie machte es ein drittes Mal.

Matt aß sein Ei auf, ehe er fortfuhr. „Hadley sagte, dass May Draper gesehen hat, wie er in der Nacht des Mordes das Prince of Wales mit seiner Geliebten verließ, und dass sie wohl gewusst hat, dass er nicht zu Hause sein würde."

„Und?", fragte Willie.

„Bis auf die Drapers war das Haus leer. Falls sie oder Danny die Waffe in Emmetts Zimmer zurückbrachten, gab es niemanden, der gehört hätte, wie sie die Stufen hinaufgingen. Außer sie selbst natürlich."

„Also stecken sie beide drin. Das ergibt Sinn."

„Aber wir brauchen Beweise." Er rieb sich die Schläfen. „Ich bin mir nicht sicher, was unsere nächsten Schritte sein sollten."

„Sie konfrontieren?", fragte Cyclops.

„Sie werden es leugnen", sagte Matt. „Wir brauchen etwas Handfesteres, außerdem ein Motiv. Lass mich darüber nachdenken."

Miss Glass faltete die Zeitung. „Das ist also besprochen. Können wir jetzt über deinen Tag reden, India?"

„Ich scheine den Nachmittag frei zu haben", sagte ich. „Was haben Sie denn im Sinn? Einen Spaziergang im Park? Einen Besuch bei einer Freundin?"

„Keiner Freundin. Ich würde gern meine Schwägerin besuchen, wenn sie zurück in London ist."

Alle Luft wich aus meiner Lunge.

„Ich glaube nicht, dass das eine gute Idee ist", sagte Matt. „Weshalb willst du sie treffen?"

„Nun, da Patience sicher mit einem hochrespektierten Gentleman verheiratet ist, und ihr beiden verlobt seid, ist es an der Zeit, das Kriegsbeil zu begraben", sagte Miss Glass. „Wir fangen mit einem kurzen Besuch an, während du darüber nachdenken solltest, deinen Onkel in seinem Club aufzusuchen, Matthew. Ein öffentlicher Ort ist am besten."

Matt nahm sich eine Scheibe Toast und deutete auf seine Tante. „Du erinnerst dich noch, dass sie mich nicht mögen."

„Das ist irrelevant. Du bist Teil der Familie, und Familie sollte auf derselben Seite stehen, ganz gleich, wie wenig sie einander mögen."

„Das würdest du nicht denken, wenn du meine amerikanische Familie kennengelernt hättest."

Miss Glass' Blick huschte zu Willie, die zu beschäftigt damit war, den übrigen Speck auf dem Buffet zu beäugen, um es zu bemerken. „Noch ein Grund mehr, dich mit deinen englischen Verwandten zu vertragen. Richard hat gute Verbindungen, und du wirst diese Verbindungen eines Tages brauchen."

„Ich komme sehr gut ohne ihn zurecht."

„Das hier ist England, Matthew." Sie klang verärgert – und ziemlich ernst. „Angelegenheiten werden hier anders geregelt. Geschäfte macht man zwischen Bekannten in gewissen Kreisen, und wenn du nicht verlieren willst, was du hast, musst du jetzt einen Fuß in die Tür bekommen. Dein Onkel kann dir das bieten. Glaub es oder nicht, er will nicht, dass der Rycroft-Titel vor die Hunde geht, nachdem er weg ist."

„Er wird nicht vor die Hunde gehen", sagte Matt, der genauso verärgert war.

„Du glaubst vielleicht nicht, dass du einen Fuß in der Tür brauchst, aber eines Tages tust du das vielleicht. Denk an deine Kinder."

Matt seufzte.

Ich berührte ihn an der Hand. „Ich komme mit Ihnen, Miss Glass."

„Aber du gehst, wenn sie dich beleidigen", fügte Matt hinzu.

„Ich bin mir nicht sicher, dass Beatrice schon nach London zurückgekehrt ist", sagte Miss Glass. „Aber es wird nicht schaden, einmal nachzusehen."

Ich dachte auch nicht, dass sie so bald nach der Hochzeit schon zurückgekehrt sein würden, obwohl laut Miss Glass ihrer Schwägerin die Stadt lieber war, selbst im Sommer. Den beiden jüngeren Glass-Mädchen auch.

„Bevor du gehst, India, erzähl mir, was Chronos wollte", sagte Matt.

„Er hat mir den Laden übergeben." Der andere Grund für Chronos' Besuch konnte warten, bis wir allein waren. „Cyclops und ich haben die Masons heute Vormittag besucht, um ihnen anzubieten, den Laden und den Inhalt zu übernehmen, für Orwell Mason, aber er wollte nicht. Er bleibt lieber Geselle bei seinem Vater. Ich werde ihn einem anderen Ladenbesitzer vermieten, schätze ich."

„Unser Anwalt wird sich darum kümmern."

„Ich will auch, dass die Miete für den Rest seines Lebens an Chronos geht."

„Schicke eine Anweisung an unseren Anwalt."

„*Unseren* Anwalt?"

„Er steht jetzt auch dir zur Verfügung, da du eine Geschäftsfrau bist. Die Besitzurkunde ist auf in deinen Namen ausgestellt, oder nicht? Und Chronos hat sichergestellt, dass ich dir den Laden nicht wegnehmen kann, oder nicht? Ich würde nicht weniger von ihm erwarten."

Miss Glass machte ein empörtes Geräusch. „Bei diesem verrückten alten Kater kann man sich darauf verlassen, dass er das Unkonventionelle tut. Ich weiß, dass er deine Familie ist, India, aber da oben drin ist viel Luft." Sie tippte sich an den Kopf. „Man sollte ihn nicht allein lassen."

Wir starrten sie alle an, und Willie schnaubte vor Lachen. Duke stieß sie in die Schulter, und sie presste die Lippen aufeinander, um ihr Grinsen zu unterdrücken.

Bristow trat ein und kündigte die Ankunft von Catherine und Ronnie Mason an, die mich sehen wollten. „Sie sind im Salon, Madam."

„Ich werde den Besuch bei Lady Rycroft verschieben müssen", sagte ich zu Miss Glass. „Vielleicht morgen. Cyclops, begleitest du mich?", fragte ich, bevor Miss Glass noch vorschlug, dass wir unseren Besuch nur auf den Nachmittag verschoben.

„Nein", sagte Cyclops ausdruckslos. „Ich bin beschäftigt."

Willie packte seine Hand. „Nein, bist du nicht."

Sie schleppte ihn zur Tür, während Duke von hinten schob.

Cyclops hätte ihre Versuche abwehren können, aber er legte nur ein mäßiges Maß an Widerstand an den Tag.

„Komm mit, Matt, du auch", sagte ich und hielt meine Hand hin.

Er nahm sie. „Ich habe nicht vor, das zu verpassen."

# KAPITEL 9

Hätte Catherine mich allein aufgesucht, hätte ich angenommen, dass es darum ging, Zeit mit mir zu verbringen, oder eine Ausrede war, um Cyclops zu sehen, doch die Anwesenheit von Ronnie machte es zu etwas Ernsterem.

„Ich schätze, du weißt, weshalb wir hier sind", sagte Catherine, nachdem alle vorgestellt waren.

„Wir wollen dein Angebot annehmen", stieß Ronnie hervor.

Catherine seufzte. „Wir hatten doch abgemacht, dass ich das Reden übernehme. Was er sagt, stimmt. Wir würden gerne den Laden von dir mieten, India, und auch den Bestand kaufen."

„Zum Selbstkostenpreis", fügte Ronnie an. Er wirkte wie ein kleiner Hund, dem man ein neues Spielzeug geschenkt hatte, wippte begierig auf und ab, während er auf der Kante des Sofas saß.

Catherine wirkte sehr viel beherrschter, bis auf die häufigen Blicke, die sie in Cyclops' Richtung warf. Cyclops saß einfach auf seinem Sessel und ignorierte sie. Er schaute überall hin, nur nicht auf sie. Arme Catherine.

„Das sind wunderbare Neuigkeiten", sagte ich. „Ich würde es sehr viel lieber an jemanden vermieten, den ich kenne. Aber … seid ihr bereit, Ladenbesitzer zu werden?"

„Wir sind bereits Ladenbesitzer", erwiderte Catherine.

„Aber habt ihr genug Erfahrung in der Herstellung und Reparatur von Uhren, um ein Geschäft zu betreiben?"

„Ronnie ist sehr gut. Er hat vielleicht nicht Vaters Erfahrung, aber er ist besser als Orwell, obwohl Orwell es verabscheut, das zuzugeben."

„Ich bin nicht so dumm, wie ich aussehe", sagte Ronnie lachend.

Catherine seufzte. „Hör doch auf zu reden, Ronnie."

Ronnie verzog den Mund und lehnte sich schnaubend zurück.

„Er hat recht", sagte Catherine. „Er ist sehr schlau und hat ein Talent für Uhren. Natürlich nicht so ein Talent wie du, India, aber er hat im Laden und in der Werkstatt ausgeholfen, seit er ganz klein war. Ich durfte nicht so oft in die Werkstatt, aber er schon. Die ganze Zeit, die er da hinten verbracht hat, ist irgendwie in ihn eingesickert, denn er kann beinahe alles reparieren, was über den Tresen kommt."

Ronnies Wangen wurden rot, und er schaute seine Schwester überrascht an, als hätte er noch niemals zuvor ein Kompliment von ihr bekommen.

„Du hast auch etwas gelernt", sagte Cyclops zu Catherine. „Du hast eine Menge Zeit damit verbracht, Bücher zu lesen und zu basteln."

Nun war es an Catherine, rot zu werden und an Ronnie, sich vorzubeugen und Cyclops finster anzusehen.

„Obwohl Ronnie alle Reparaturen durchführen wird", fuhr Catherine fort, „habe ich das Gefühl, als sollte ich genug Wissen über sie haben, damit ich anständig mit den Kunden reden kann, und den richtigen Preis für die Aufgabe verlangen."

„Ihr habt es euch auf jeden Fall überlegt", sagte Matt. „Hattet ihr schon immer vor, einen eigenen Laden zu eröffnen?"

„Ich wollte in dem von Vater arbeiten", sagte Ronnie. „Aber Catherine sagt, dass es nicht viel für mich zu tun geben wird, wenn Orwells Jungen groß werden. Er wird wollen, dass sie mit ihm arbeiten, und wo bleibe ich dann?"

„Gareth kann im Laden aushelfen, bis Orwells Jungs älter sind", sagte Catherine. „Das wird Gareth guttun. Er braucht mehr Verantwortung, als nur einfache Lieferungen zu machen.

Er ist in letzter Zeit ziemlich gelangweilt, und wenn Gareth gelangweilt ist ... Na ja, sagen wir einfach, er gerät in Schwierigkeiten."

„Was ist mit eurem Vater?", fragte ich. „Habt ihr mit ihm darüber gesprochen?"

Catherine und Ronnie tauschten grimmige Blicke aus. „Das haben wir. Nachdem du heute Vormittag gegangen bist", sagte Catherine. „Er war wütend. Er sagt, wir sind zu jung, um uns allein selbstständig zu machen, und zu dumm."

„Das ist der Einfluss von Orwell", stieß Ronnie hervor. „Er ist eifersüchtig, weil ich jünger als er bin und besser. Er liegt Vater schon seit Jahren in den Ohren, bringt ihn gegen mich auf."

„Es ist nicht ganz so dramatisch", sagte Catherine, was ihr einen finsteren Blick von ihrem Bruder einbrachte. „Aber weder Orwell noch Vater halten Ronnie für jemanden, der allein Uhren reparieren kann, doch das kann er. Ich weiß, dass er es kann."

„Und sie glauben auch nicht, dass Catherine den Laden allein führen kann", fügte Ronnie an. „Aber sie ist mehr als nur dazu fähig. Sie ist ein Naturtalent als Verkäuferin. Die Kunden lieben sie. Besonders die Männer."

„Ronnie!", rief Catherine, die wieder rot wurde. „Du lässt es klingen, als wäre ich eine liederliche Frau."

Ronnie lachte leise. „Hast du denn diesen Vorarbeiter vergessen?"

Catherine senkte den Kopf, und ihre Schultern sanken herab.

„Sie ist freundlich und nett", sagte Cyclops in einer dröhnenden Stimme, die von den Wänden des großen Salons hallte und dafür sorgte, dass sich jeder aufrechter hinsetzte. „Bei ihr fühlen sich Leute wohl. Weil sie hübsch ist, wird ihre Freundlichkeit als Flirten missverstanden. Du solltest dich schämen, dass du etwas anderes nahelegst, wo du doch ihr Lieblingsbruder bist und so was."

Ronnies Gesicht wurde bei jedem donnernden Wort blasser. Am Ende hatte er die Farbe von Mr. Hendrys edlem Papier. „Stimmt. Ja. Tut mir leid, Cath." Er wandte den Blick nicht von Cyclops ab, und Cyclops wandte den Blick nicht von Ronnie. „Du bist freundlich und nett und klug und ... freundlich."

„Hab keine Angst vor Cyclops", sagte Willie mit einem Grinsen. „Er tut dir nichts. Er will nur unbedingt Catherines Ehre verteidigen. Das will er wirklich dringend, wo er doch in sie ...“

„Ist es schon Zeit?“ Duke schoss hoch und schnappte sich Willie, riss sie mit sich. „Wir müssen los.“

Willie lachte leise. Cyclops erhob sich ebenfalls.

„Du gehst?“, fragte Catherine. „Jetzt schon?“

„Ich kann nicht bleiben“, sagte Cyclops. „Ich bin beschäftigt.“

„Nein, ist er nicht“, ging Willie dazwischen.

Duke packte den Ärmel ihres Hemdes mit der Faust und geleitete sie zur Tür.

„Macht's gut!“, rief Willie über die Schulter. „Schön, dich kennenzulernen, Ronnie. Kommt jederzeit auf Besuch vorbei. Du und deine Schwester.“

„Ich kann nicht bleiben“, sagte Cyclops entschuldigend. „Ich ... ich kann einfach nicht.“

Catherine seufzte. „Ich verstehe.“ Sie sah ihm nach, seufzte wieder.

Ronnie musterte sie durch halbgeschlossene Augenlider. „Worum ging es denn da?“

„Nichts.“

„Geht zwischen euch beiden irgendwas vor?“

„Nein.“

Er beäugte die Tür, durch die Cyclops verschwunden war. „Das ist auch gut so, denn unseren Eltern würde das nicht gefallen. Er ist ... nicht die Art Ehemann, den sie sich für dich wünschen.“

„Das weiß ich“, spuckte sie aus. „Das ist genau der Grund, weshalb ich im Augenblick kein Interesse an der Ehe habe. Vielleicht niemals. Das ist der Grund, weshalb ich diese Gelegenheit ergreifen muss. Ich brauche eine Arbeit außerhalb von Vaters Laden.“ Sie wandte sich an mich. Ich hatte sie noch niemals so verstört gesehen, so ernst. „Falls ich nicht heirate und nicht die Mittel habe, um mich selbst zu versorgen, werde ich ewig von meinen Eltern abhängig sein. Ich würde nichts Eigenes haben, und kein Geld. Ich werde den Rest ihres Lebens von ihnen abhängig bleiben, und dann von meinen Brüdern.“

Ich verstand das nur zu gut. Mein Vater hatte den Laden Eddie übermacht, meinem Verlobten zum Zeitpunkt von Vaters

Tod. Als er unsere Verlobung beendet hatte, hatte ich nichts gehabt, nicht einmal ein Dach über dem Kopf. Wenn Matt mir damals nicht eine Behausung und eine Arbeit angeboten hätte, hätte ich in einem Armenhaus enden können. Das Armenhaus war der schnellste Weg in ein frühes Grab.

„Ich werde den Mietvertrag in euer beider Namen aufsetzen", erklärte ich ihr. „Darf ich vorschlagen, dass alle geschäftlichen Abmachungen auch in euer beider Namen getroffen werden?"

„Ich werde derjenige sein, der eine Zulassung von der Gilde der Uhrmacher erhält", sagte Ronnie. „Ich werde doch wohl kaum meine Schwester betrügen."

„Ich glaube, das ist eine gute Idee", sagte Matt in diesem offenen, doch herrschaftlichen Tonfall, auf den Männer häufig reagierten. „Wenn euer beider Namen auf den Abmachungen stehen, heißt das, dass ihr beide wollt, dass der Laden ein Erfolg wird. Ihr werdet genauso hart arbeiten wie der jeweils andere."

Ronnie nickte langsam. „Wenn man es so beschreibt, klingt es nach einer guten Idee."

Matt hätte einen Konservativen überzeugen können, progressiv zu wählen, wenn er den richtigen Tonfall anschlug.

„Ich werde heute Nachmittag die Uhrmachergilde aufsuchen, um mich für eine Prüfung zu bewerben", sagte Ronnie. „Hoffentlich kann ich sie innerhalb weniger Tage absolvieren."

„In der Zwischenzeit lasse ich die Papiere für den Mietvertrag anfertigen", sagte ich.

„Und den Verkauf des Bestands." Ronnie hielt mir eine Hand hin. „Ist mir ein Vergnügen, mit dir Geschäfte zu machen, India."

Catherine küsste mich auf die Wange. „Danke dir", flüsterte sie. „Das wirst du nicht bereuen. Wir werden hart arbeiten."

„Der Laden wird erst mal in Schuss gebracht werden müssen", sagte ich. „Es war eine Weile nichts los, und es ist ziemlich staubig."

„Ich habe nichts dagegen, mir die Ärmel hochzukrempeln."

„Ich werde jemanden vorbeischicken, um euch zu helfen."

Sie sah mich aus zusammengekniffenen Augen an.

Ronnie schaute zur Tür und grollte: „Vater wird wütend sein."

Ich war mir nicht sicher, ob er sich auf den Laden oder auf Cyclops bezog, und ich wagte es nicht, nachzufragen.

* * *

WIR WOLLTEN uns alle zusammen zum Mittagessen niederlassen, als Kriminalinspektor Brockwell eintraf. „Es tut mir leid, dass ich störe", sagte er, als Bristow ihn auf Matts Bitte hin ins Esszimmer brachte. „Ich wollte Sie auf den neuesten Stand bringen, aber ich sehe, dass Sie gerade essen möchten. Ich komme später wieder."

„Unsinn", sagte Matt, der einen Stuhl herauszog. „Kommen Sie und schließen Sie sich uns an."

„Sie sind sehr willkommen", fügte ich an.

„Solange es für Miss Glass in Ordnung ist", sagte Brockwell, der sich in ihre Richtung verneigte.

„Es ist schon in Ordnung", sagte sie. „Wir sind hier heute ziemlich formell, da wir alle anwesend sind, aber machen Sie sich keine Sorgen wegen Ihrer Aufmachung."

Brockwell schaute an sich hinab und glättete mit der Hand sein zerknittertes Jackett. Seine Krawatte war ein wenig schief, und seine Koteletten mussten gestutzt werden, aber ich konnte ihn mir gar nicht anders vorstellen.

„Für mich sieht er gut aus", sagte Willie, während sie sich die Serviette in den Kragen steckte.

„Da bin ich mir sicher, meine liebe Willie."

Brockwell lächelte Willie an. Sie erwiderte das Lächeln. Ich blinzelte die beiden verwirrt an.

Peter und Bristow stellten Teller auf den Tisch und traten zurück, um aus dem Weg zu sein. Die Gerichte mit Fisch, Huhn und Salat waren mehr, als wir zum Mittagessen gewöhnt waren. Sonst reichten Sandwiches, aber Miss Glass hatte beschlossen, da wir alle im Haus waren, wäre etwas Handfesteres nötig, insbesondere, da wir nicht wussten, ob wir zum Abendessen zu Hause sein würden. Matt sprach bereits davon, früh zum Prince of Wales aufzubrechen, um Ermittlungen anzustellen.

Brockwell nahm einen Teller Hühnerfrikassee von Matt an

143

und schmatzte fast schon mit den Lippen, weil er sich so über das Festmahl freute. „Das ist äußerst großzügig von Ihnen, Glass", sagte er. „Ich bin sehr froh, in das Familienessen eingeschlossen zu werden."

„Keine Ursache", sagte Matt.

„Ich bin nur gekommen, um mir einen Gefallen von India zu erbitten, und um Ihnen die Ergebnisse unserer ballistischen Untersuchungen an der Schusswaffe mitzuteilen."

„Nein!" Miss Glass' Stimme schnitt durch die Luft wie eine Sirene. „Nein, nein, nein. Am Tisch wird nicht über die Ermittlung gesprochen."

Willie murmelte etwas Tonloses und stellte den Teller mit Bratkartoffeln mit einem dumpfen Knall ab.

„Ich dachte, nur am Tisch zum Abendessen könnten wir solche Diskussionen nicht führen", sagte ich.

„Beim Mittagessen auch nicht", stellte Miss Glass richtig. „Beim Frühstück ist es allerdings in Ordnung."

Brockwell hob die Hand und das Messer, das er darin hielt, ergeben hoch. „Das werde ich mir merken."

Willie kicherte.

Die Wangen des Inspektors wurden rot, als ihm klar wurde, wie das klang. „Nicht, dass ich vorhätte, zum Frühstück erneut vorbeizukommen."

„Das könntest du aber", sagte Willie fröhlich. „Falls es nötig ist."

„Ich bezweifle, dass es unter irgendwelchen Umständen nötig sein könnte", erwiderte Miss Glass schnippisch.

Willie grinste in ihre Serviette.

Wir unterhielten uns beim Mittagessen höflich, bevor wir uns schließlich in den Salon zurückzogen. Miss Glass schloss sich uns nicht an, worum ich froh war. Sie schien den Inspektor nicht sonderlich zu mögen. Auch wenn ich ihn anfangs auch nicht gemocht hatte, musste ich zugeben, dass er ein guter Mann und ein gründlicher Polizist war. Miss Glass mochte ihn vermutlich nicht, weil er nicht aus der Oberklasse stammte, aber genauso wenig tat ich das – oder Matts Freunde.

Wenn man genauer darüber nachdachte, hatte sie ziemlich

lange gebraucht, um sich an uns zu gewöhnen, darum gab es noch Hoffnung für den Inspektor.

Bevor sie uns verließ, sagte sie ihm, dass das Rauchen auf das Raucherzimmer beschränkt war. Willie wartete, bis sie weg war, bevor sie dem Inspektor eine Zigarre anbot.

Er lehnte höflich ab. „Ich will Miss Glass nicht gegen mich aufbringen."

„Sie ist nicht hier", sagte Willie und nahm eine aus der Kiste.

Ich nahm sie ihr ab. „Sie wird es riechen. Du kannst im Raucherzimmer rauchen."

Sie schaute zu Brockwell. „Es wäre mir eine Freude, mich dir nach diesem Treffen anzuschließen, Willie", sagte er.

Das schien sie zu beruhigen, und sie setzte sich schließlich, saß da wie ein Mann, die Beine weit auseinander.

Brockwell nahm seinen Block und einen kleinen Bleistift aus der Innentasche seiner Jacke. „Die Kugel kam mit größter Sicherheit aus Emmett Cockers Waffe", sagte er und blätterte. „Darum ist es wahrscheinlich, dass er den Mörder gut genug kannte, um denjenigen so nahekommen zu lassen, dass er oder sie sie an sich nehmen konnte."

„Was heißt, dass es nicht Jack Krane war, der Bandit", sagte Matt. „Den würde Emmett nur an sich herankommen lassen, wenn er schon kampfunfähig gemacht worden wäre."

„Und es gab keine Anzeichen auf einen Kampf oder eine Rangelei an der Leiche."

„Das schließt einen Verdächtigen aus", sagte ich.

„Nicht notwendigerweise." Brockwell zog seine Notizen zurate. „Was, wenn Krane die blonde Frau geschickt hat, um Cocker eine Falle zu stellen?"

„Das ist ein ausgeklügelter Plan", sagte Matt, „aber nicht jenseits des Möglichen. Es lohnt sich sicher, sie zu finden, sodass wir sie befragen können."

„Das ist das Problem", murmelte Duke. „Sie zu finden."

„Ich habe Informationen, die vielleicht helfen." Brockwell tippte mit dem Bleistift auf den Block. „Eines der Mitglieder des Ensembles behauptet, sie hätte sie bei einem Vortrag im New Somerville Club an der Oxford Street gesehen."

„Und?", drängte Matt. „Haben Sie die Angestellten oder anderen Clubmitglieder befragt?"

„Sie waren nicht sonderlich redselig."

„Es ist ein Damenclub", erklärte ich Matt. „Gentlemen sind nicht willkommen."

„Er ist Kriminalinspektor", sagte Duke. „Kann er nicht trotzdem hingehen?"

„Das könnte ich, aber würden sie meine Fragen frei heraus beantworten?" Brockwell schüttelte den Kopf. „Ich denke nicht. Ich würde sie nicht unter Druck setzen wollen, sodass sie sich dann völlig verschließen."

„Das war gut überlegt, Jasper", sagte Willie.

Er straffte die Schultern und wirkte äußerst zufrieden mit ihrem Kompliment.

„Wollen Sie, dass ich den New Somerville Club infiltriere?", fragte ich. „Ist das der Gefallen, den Sie von mir möchten?"

„Infiltrieren ist vielleicht ein zu starkes Wort", sagte Brockwell. „Ich hätte gerne, dass Sie einige Fragen stellen."

„Das wird keine Antworten zutage fördern." Matt zögerte, als wäre er unsicher, ob er fortfahren wollte.

„Ich würde es subtiler anstellen müssen", schlug ich vor.

Matt nickte.

„Ich muss so tun, als wäre die Blonde eine Freundin. Vielleicht hat sie mich gebeten, sie dort zu treffen. Tatsächlich besteht die Möglichkeit, dass sie sowieso wieder auftaucht, um alles zu nutzen, was der Club zu bieten hat."

„Was bietet er denn?", fragte Cyclops. „Nur Vorträge?"

Brockwell schaute erneut in seine Notizen. „Intellektuelle und lebhafte Debatte über politische, gesellschaftliche und literarische Fragen, die für gebildete Frauen von Interesse sind." Er klappte das Notizbuch zu. „Mitglieder haben auch die Gelegenheit, sich mit Freundinnen zu geringen Kosten in den Gesellschaftsräumen des Clubs zum Essen oder Nachmittagstee zu treffen."

„Klingt nach einem Gentleman-Club", sagte Matt. „Aber für intelligentere Mitglieder." Er grinste.

„Mit weniger Wetten", fügte Brockwell hinzu, der auch grinste.

„Ich kenne keine Mitglieder", sagte ich. „Sie werden mich nicht einlassen."

„Ich glaube, Sie können noch am gleichen Abend beitreten", sagte Brockwell. „Gewöhnlich gibt es Neuankömmlinge, die nur wegen der Vorträge beitreten. Die Mitgliedschaftsgebühr ist niedrig, um Frauen mit beschränkten Mitteln anzuziehen."

„Dann gehe ich heute Abend hin."

„Nicht heute Abend. Warten Sie auf den Vortrag morgen Abend. Es scheint, als würden diese Abende größere Scharen anziehen. Sie werden besser in der Menge untergehen."

„Nimm Willie mit", sagte Matt.

„Du wolltest es doch subtil machen", rief Duke mir in Erinnerung.

„Ich kann subtil sein." Willie wies mit dem Kinn auf Brockwell. „Wo an der Oxford Street?"

„231, über der ABC Teestube. ABC ist die Abkürzung für Aerated Bread Company. Die Teestube liefert auch die Mahlzeiten und Erfrischungen für den Club."

„Morgen Abend also", sagte Willie. „Muss ich ein Kleid tragen?"

„Ich glaube, du würdest angenommen, wie du bist."

„Trag nicht deinen Hut", sagte Duke. „Dann können sie sehen, dass du eine Frau bist. Du willst doch nicht an der Tür abgewiesen werden."

Brockwell steckte seinen Block und Bleistift ein. „Haben Sie etwas Nützliches herausgebracht, Glass?"

„May Draper lügt, was jene Nacht betrifft." Er erzählte dem Kriminalinspektor seine Theorie über die Drapers, die am Abend des Mordes allein zu Hause gewesen waren, und von der Wahrscheinlichkeit, dass einer oder alle beide die Waffe in Emmetts Zimmer zurückgebracht hatten.

„Außer, sie waren wirklich nicht da, und jemand anderes hat die Waffe zurückgebracht", sagte Brockwell.

„Darüber habe ich nachgedacht, aber weshalb lügen und sagen, sie waren zu Hause, wenn sie das gar nicht waren? Das lässt sie doch nur schuldig wirken."

„Es ist gewiss etwas seltsam an diesen beiden. Ich vertraue ihnen nicht."

„Wir kehren heute Abend ins Prince of Wales zurück und sehen, was wir von den anderen Mitgliedern des Ensembles erfahren können", sagte Matt. „Wir haben beim letzten Besuch Beziehungen zu einigen aufgebaut, und sie wissen noch nicht, dass wir mit Ihnen zusammenarbeiten."

„Ich bin gut mit Annie Oakley befreundet", kündigte Willie an.

„Ihr seid Bekannte", sagte Duke. „Sie ist nicht deine Freundin."

„Ist sie schon. Wir haben vorgestern Abend ein paar Dinge angestellt, die nur Freundinnen miteinander machen, aber ich kann nicht sagen, was, weil ich Jasper nicht in eine schwierige Lage bringen will. Und India ist zu prüde, um es zu hören."

Ich verdrehte die Augen.

„Da Sie zum Pub gehen", sagte Brockwell, „können Sie auch gleich fragen, ob jemand gesehen hat, wie die blonde Frau kurz nach dem Opfer am Abend seines Todes aufbrach. Es war spät, und die meisten sind bereits nach Hause gegangen, aber einer der Angestellten behauptet, er hätte eine Blonde Cocker nach draußen folgen sehen."

„Unsere mysteriöse Frau?", sagte ich. „Oder May Draper?"

„Könnte jede sein. Er hat ihr Gesicht nicht gesehen und konnte sich nicht an ihre Kleidung erinnern. Ich habe Mrs. Draper befragt, doch sie hat geleugnet, dass sie es war." Brockwell erhob sich und dankte uns für das Mittagessen. „Ich gehe am besten zurück."

„Was ist mit unserer Zigarre?", fragte Willie, die zur Zigarrenkiste griff. Brockwell zögerte. „Schließen Sie sich uns an, Glass?"

„Ich rauche selten", sagte Matt.

„Ich auch nicht", fügte Duke an. „Cyclops raucht nicht. Geht ihr beiden. Ihre Männer kommen noch eine Weile allein zurecht, Inspektor."

Willie marschierte in der Erwartung hinaus, dass ihr Brockwell folgte. Nach einem kürzeren Zögern sagte er zu uns Lebewohl und eilte ihr hinterher.

Ich schob meinen Arm durch den von Duke. „Ich bin stolz

auf dich, dass du nicht Willies Pläne zum Flirten durchkreuzt hast."

„Ich schätze, übers Flirten sind Sie schon hinaus", sagte er.

* * *

WIR GINGEN FRÜH zum Prince of Wales, um mit den Angestellten zu reden. Der Mann hinter dem Tresen bestätigte, in der Nacht des Mordes eine blonde Frau später als Emmett gehen gesehen zu haben. Wir befragten die anderen Angestellten über auffällige Blondinen, die in den letzten paar Wochen im Pub ein- und ausgegangen waren. Die einzigen beiden, an die sich jeder erinnerte, waren die mysteriöse Frau und May Draper.

„Diese Draper ist nicht so hübsch wie die andere", sagte eine der Kellnerinnen, während sie einen Humpen mit einem Geschirrtuch trocknete. „Aber sie ist an den meisten Abenden hier. Sie ist mir nicht aufgefallen, bis ich sie in der Gasse einen Mann küssen sah, als ich eine leere Kiste hinausbrachte. Der gleichen Gasse, in der der Mord stattgefunden hat."

Matt beschrieb Danny Draper, doch die Kellnerin konnte keine Beschreibung bieten, da der Mann mit dem Rücken zu ihr gestanden hatte.

„Vielen Dank", sagte Matt, der ihr ein wenig Geld zusteckte.

Wir mussten nicht lange darauf warten, dass May selbst mit etlichen anderen aus dem Ensemble eintraf, zusammen mit ihrem Mann. Danny setzte sich sofort mit drei anderen an einen Tisch, darunter Matt. May drückte sich um die Schulter ihres Mannes herum, ihr Blick war frostig. Ich hatte das eindeutige Gefühl, dass sie gerade erst gestritten hatten, und sie wollte weitermachen, doch er nicht.

Mit dem Rücken zu ihr war es ihm möglich, sie zu ignorieren, während er sich durch die erste Runde des Pokerspiels lächelte und witzelte. Ich hätte nicht geschätzt, dass er so schrecklich oft verloren hatte, sowohl vor Emmetts Tod als auch danach, doch Annie Oakley behauptete das.

„Und May gefällt es nicht", sagte sie zu Willie, als Willie fragte, weshalb May so säuerlich dreinschaute. „Sie versucht, ihn davon abzuhalten, hierher zu kommen, doch er will nicht hören." Sie winkte die Kellnerin heran und bestellte drei Bier für uns.

„Haben sie schon immer gestritten?", fragte ich. „Oder ist das was Neues?"

Sie runzelte die Stirn, während sie über ihre Antwort nachdachte. „Was Neues. Ich schätze, er hat schließlich zu viel verloren, als dass sie es einfach wegstecken könnte."

Oder sie wusste, dass Danny die Betrügereien nicht weiter betreiben konnte, da Emmett weg war, dass er nun richtig verlor, ohne von Emmett aufgefangen zu werden.

„Würdest du sagen, dass ihre Ehe eine gute ist?", fragte ich.

Sie rümpfte die Nase. „Woher soll ich das denn wissen? Ich bin nicht gut darin, Ehen zu beurteilen. Meine ist in Ordnung, aber das liegt daran, dass Frank mich versteht. Wir sind inzwischen so lange zusammen, dass wir beinahe dieselbe Person sind."

Er musste sehr verständnisvoll sein, wenn er sie die ganze Nacht mit Willie um die Häuser ziehen ließ. Dann konnte ich mir andererseits auch wieder nicht vorstellen, dass diese Frau um Erlaubnis bat – oder irgendjemand versuchte, sie aufzuhalten. Genau wie Willie sich niemals von jemandem aufhalten lassen würde, das zu tun, was ihr gefiel. Ich hatte Glück, dass ich Matt gefunden hatte. Auch er würde meine Vorstellungen nicht unterdrücken oder mich von etwas abhalten, das ich tun wollte.

Obwohl ich ihn noch ganz auf die Probe stellen musste. Eine solche Probe mochte sich bald ergeben.

Ich verscheuchte die Gedanken an Fabian Charbonneau und sein Zauberschöpfen aus meinem Verstand, so wie ich es den ganzen Tag lang getan hatte. Schon daran zu denken, machte mich nervös, und ich konnte es mir nicht leisten, nervös zu sein. Nicht, wo doch die Hochzeit näherrückte, und die Ermittlung langsam zu Ende ging. Ich hatte genug vor mir, um das ich mir Sorgen machen musste.

Unsere Getränke kamen, und Willie stürzte ihres beinahe sofort zur Hälfte hinunter. Ich trat sie unter dem Tisch, um sie zu bitten, es langsamer angehen zu lassen, aber sie ignorierte mich. Sie wischte sich den Mund mit dem Handrücken ab und erklärte: „Das habe ich gebraucht."

Annie hob nicht einmal eine Augenbraue bei Willies unflätigem Verhalten.

Willie beugte sich vor. „Ich habe gehört, dass May gesehen wurde, wie sie einen Mann küsst, der nicht Danny ist. Gleich draußen hier in der Gasse sogar."

Ich keuchte über ihre dreiste Behauptung, wo es doch sehr gut auch Danny hätte sein können. „Verbreite keine Gerüchte", tadelte ich sie.

Sie hob eine Schulter, um damit zucken.

„Wo hast du denn das gehört?", fragte Annie.

„Bei der Kellnerin", sagte Willie.

Annie schnalzte mit der Zunge. „Typisch. Alle glauben, es ist in Ordnung, über uns Gerüchte zu verbreiten, da wir jeden Tag in der Show auftreten. Na, lass mich dir sagen, das ist nicht fair. Unser Privatleben steht nicht zur öffentlichen Diskussion."

„Ganz genau", sagte ich.

Willie gab jedoch nicht auf. „Ich wollte nur herausfinden, ob sie interessiert wäre an ein wenig … Spaß", sagte sie mit einem Zwinkern.

Ich fiel beinahe vom Hocker. Was machte sie denn da? „Ich glaube, du hast das Bier viel zu schnell getrunken, Willie." Ich zog den Humpen von ihr weg.

Sie schnappte ihn sich und setzte ihn sich an die Lippen. Über den Rand spähte sie zu Annie, während sie nippte.

Annie hob auch ihren Humpen. „So, wie ich May kenne, könnte das schon sein." Sie rieb Daumen und zwei Finger aneinander.

Ich saß da, wie erstarrt auf einem Hocker, konnte nicht ganz glauben, was ich da hörte. „Das kannst du doch nicht sagen."

Annie lachte leise. „May ist meine Freundin. Ich passe auf sie auf, und ich weiß, dass sie schwere Zeiten durchmacht, da Danny all ihr Geld verspielt. Sie wird tun, was immer nötig ist, um ihn und ihre Ehe zu retten. Das hat sie schon früher gemacht. Sie war einmal Schauspielerin." Sie sagte das, als würde es Mays Verhalten erklären.

„Weiß Danny, dass sie … so etwas für Geld tun würde?", fragte ich.

„Ich weiß nicht." Sie schaute hinüber dorthin, wo Danny

Karten in der Mitte des Tisches ablegte. Hinter ihm zog May eine Grimasse, als würde sie Schmerzen leiden.

Würde sie wirklich eine Liebelei mit Willie anfangen? Gegen Geld? Allein der Gedanke ließ meinen Verstand wirbeln. Mein Entsetzen stand mir wohl ins Gesicht geschrieben, denn Annie kicherte in ihr Bier, und Willie schlug mir auf die Schulter.

„Pass bloß auf, dass du diesen Heiligenschein nicht verlierst, India", sagte sie.

„Der ist bereits angeschlagen, nach dem, was ich gerade gehört habe", flüsterte ich ihr ins Ohr, während ich mich erhob.

Ich ging, um mich Matt anzuschließen, Willie auf den Fersen. „Ich musste fragen", sagte sie. „Falls ich das nicht getan hätte, hätten wir nie erfahren, ob sie Danny in dieser Gasse geküsst hat oder nicht."

„Das wissen wir immer noch nicht."

„Aber wir wissen jetzt, dass sie nicht treu ist, wenn Geld den Besitzer wechselt. Das ist schon was."

Wir schoben uns an Duke vorbei, der mit einem weiteren Mann plauderte und eine Unterhaltung über Scharfschützen führte. Ich nahm an, dass er vorhatte, die Unterhaltung auf May zu lenken. Cyclops war mit einer anderen Gruppe Ensemblemitglieder unterwegs und versuchte vermutlich auch, mehr über die Drapers oder das Opfer herauszufinden.

Ich legte eine Hand auf Matts Schulter. Er lächelte zu mir auf. „Ich gewinne", sagte er gut gelaunt.

„Das sehe ich. Er hat so viel Glück", sagte ich zu May, die im Rücken ihres Mannes stand.

„Das hat er auf jeden Fall", erwiderte May fröhlich. Wäre ihr Lächeln in den Augenwinkeln nicht so angespannt gewesen, hätte ich glauben können, dass es ihr nichts ausmachte, dass Danny verlor. Sie war auf jeden Fall eine gute Schauspielerin.

Sie spielten noch einige Zeit weiter. Ich schloss mich May an, und wir plauderten, aber ich spürte, dass ihre Aufmerksamkeit auf dem Spiel lag, nicht auf mir. Sie schaute jedoch kaum in Dannys Richtung, der öfter verlor als gewann.

Die beiden anderen Spieler gewannen selten. Je mehr Matt gewann, desto aufgeregter wurde May. Ich schätzte, das war

Matts Taktik, aber was er mit der aufgebrachten May anzufangen gedachte, wusste ich nicht.

Sie war nicht die Einzige, die sich ärgerte. Danny knallte die Karten jedes Mal auf den Tisch, wenn er verlor, und murmelte tonlos. Nachdem er eine besonders große Summe verloren hatte, trat er einen Hocker um, was ihm bei den Umstehenden finstere Blicke einbrachte. Matt versuchte die Anspannung mit einem Scherz zu lösen, aber Danny war schon jenseits von Scherzen.

May legte ihrem Mann eine Hand auf die Schulter. „Kaufst du mir was zu trinken, Schatz?"

„Hol's dir selbst", murmelte er.

Ihre Finger spannten sich an. „Komm und schnapp mit mir etwas frische Luft. Hier drin wird es heiß und rauchig."

„Geh du doch. Ich bin beschäftigt." Er nickte mir zu. „Deine neue Freundin kann dich begleiten. Wer ist dran mit Geben?", fragte er die anderen Spieler.

„Sei doch nicht so, Liebling. Ich brauche dich."

„Frische Luft ist eine gute Idee", sagte Matt, der das Kartenspiel ablegte. „Ich könnte selbst eine Pause vertragen. Wenn Sie mich bitte entschuldigen." Er ging in die Richtung des Ganges, der zum Abort auf dem Hof führte.

May rieb ihrem Mann die Schultern, dann bewegte sie sich zu seinem Nacken weiter. Es war eine sinnliche Liebkosung, und sie schien ihn zu entspannen. Er seufzte.

Dann kniff sie ihn.

Ich hätte nicht gemerkt, dass sie es getan hatte, nur dass er zurückzuckte und zu ihr hinauf funkelte. Sie raffte ihre Röcke und bewegte sich in die Richtung der Tür, die in die Seitengasse führte.

Er stand auf und knöpfte seine Jacke zu. „Die Pflicht ruft", sagte er zu den anderen Spielern, die lachten. Er folgte seiner Frau.

Ich folgte ihm, ging aber nicht durch dieselbe Tür hinaus. Das wäre zu offensichtlich gewesen. Sie würden mich sehen. Stattdessen verließ ich den Raum durch die Tür, die in den Hof führte. Draußen war es leiser, und das einzige Licht kam vom Mond und einer Lampe, die neben der Tür zum Abort hing. Es gab keine Spur von Matt. Das Summen von Stimmen aus dem

Pub klang gedämpft und fern, wohingegen die Stimme von May Draper von der anderen Seite der Mauer sehr viel deutlicher war.

„Du bist ein Narr!", fuhr sie ihn an. „Ein verdammter Narr, Danny Draper!"

Ich wollte unbedingt etwas sehen, doch die Ziegelwand war zu hoch. Ich könnte auf eines der Fässer klettern, aber das wäre mit meinen Röcken nicht einfach. Ich raffte sie mit einer Hand und setzte mich auf eines der Fässer, dann schwang ich die Beine hinauf auf ein weiteres. Dort konnte ich mich auf die Füße stellen.

Ich blieb hocken und spähte über die Wand. Das Mondlicht war stark genug, dass ich May in der Gasse auf und ab gehen sah, während Danny auf einer Kiste saß, den Kopf in den Händen.

„Ich kann nicht fassen, was du da tust", sagte May, die vor ihm stehen blieb. „Du bist ein hoffnungsloser Fall."

„Ich kann es zurückgewinnen", jammerte er. „Ich bin sicher, ich kann das, Liebling."

„Wenn man nach Erfahrungen aus der Vergangenheit geht, wirst du es nicht zurückgewinnen. Nenn mich nicht Liebling. Ich bin wütend auf dich."

Er stand auf und ging, um die Arme um sie zu legen, nur um von ihr in die Brust gestoßen zu werden.

„Nicht", knurrte sie. „Ich kann so nicht weitermachen, nur damit du alles verspielst. Du musst jetzt aufhören."

„Noch nicht. Ich kann es zurückgewinnen."

„Wie oft sagst du das noch?" Sie schubste ihn wieder, und er trat einen Schritt zurück.

„Dieses Mal meine ich es ernst. Ich habe mein Händchen verloren, weil ich es mit Emmett nicht gebraucht habe, aber ich schätze, ich komme schon wieder rein. Mein Glück wird sich drehen, du wirst schon sehen."

„Erwähne diesen Namen nicht mehr vor mir. Wenn du nicht zugelassen hättest, dass er dich außen vorlässt, wären wir nicht in dieser Lage."

„Ich habe nichts *zugelassen*", erwiderte Danny.

„Das ist doch das ganze verdammte Problem!", rief sie.

„Was soll das heißen?"

Sie bekam nicht die Gelegenheit zu einer Antwort. Plötzlich lief er auf mich zu. Bevor ich mich wegbewegen konnte, sprang er an den Ziegeln auf etwas außerhalb meines Blickfelds und packte meine Hände mit seinen, hielt sie oben an der Wand fest. Mein Herz sprang mir vor Angst aus der Brust, und mein Magen drehte sich. Sein Gesicht füllte mein ganzes Blickfeld, gebleckte Zähne und wilder Blick.

„Na, na", fauchte er. „Wenn das nicht deine Freundin ist, die eine Unterhaltung belauscht, die sie gar nichts angeht."

# KAPITEL 10

Ich versuchte, meine Hände wegzuziehen, doch sein Griff war zu stark. Sein Mund verzog sich zu einem zähnestrotzenden Grinsen, während er meine Handteller in die Ziegelsteine presste.

„Lassen Sie mich los!", rief ich und mühte mich ab, meine Hände zu befreien.

Neben mir ertönte ein dumpfes Geräusch. „Lassen Sie sie los", knurrte Matt. Wie lange war er schon da?

Er griff über die Mauer und packte Danny am Hemdkragen.

Danny ließ mich los und hob ergeben die Hände. „Sie hat uns nachspioniert!"

Matt schüttelte ihn so heftig, dass Danny ins Stolpern geriet und beinahe von dem Fass fiel, auf dem er stand. Ich richtete mich gerade auf. Der obere Rand der Mauer reichte mir bis an die Brust. Hinter Danny stand May, die Hände auf den Hüften. Im fahlen Mondlicht war schwer zu erkennen, ob ihr finsterer Blick Danny oder mir galt. Mit einem Zungenschnalzen stürmte sie die Gasse entlang.

Danny stemmte sich gegen Matt.

Matt versetzte ihm einen Schlag aufs Kinn, sodass Dannys Kopf zurückgerissen wurde. „Das ist dafür, dass Sie meiner Verlobten Angst gemacht haben."

Danny rieb sich das Gesicht. „Sie hat uns nachspioniert!"

„Ich habe einen Streit gehört", erklärte ich ihm. „Er klang hitzig, und ich habe mir Sorgen um Mays Sicherheit gemacht."

Er schnaubte. „Und ich bin die verschissene Königin von England."

Matt schlug ihn noch einmal. „Das war dafür, unflätige Sprache vor meiner Verlobten zu benutzen." Er hatte ihn wohl nicht allzu fest getroffen, denn nach dem Fausthieb zeigte sich kein Blut. „Ich lasse Sie gehen, wenn Sie ein paar Fragen beantworten."

„Welche Fragen?", wimmerte Danny.

„Dazu komme ich noch. Haben Sie etwas Geduld." Er schüttelte Danny.

Danny biss die Zähne zusammen und sah aus, als wollte er Matt verprügeln. Aber das tat er nicht. Er stand mit erhobenen Händen da und wartete.

„Zunächst einmal eine Aussage", sagte Matt. „Sie waren mit Emmett Cocker in einen betrügerischen Plan verwickelt."

„Nein!"

„Sie leugnen das aber schnell, wenn man bedenkt, dass Sie nicht wissen, auf welchen Plan ich mich beziehe."

„Ich kann es erraten", spie Danny aus. „Sie glauben, wir haben zusammen beim Kartenspielen gemogelt. Sie glauben, ich hätte absichtlich verloren, um andere Spieler anzulocken. Das habe ich nicht. Wir haben nicht gemogelt."

„Ich glaube Ihnen nicht", sagte ich. „Ich habe gehört, wie Sie May erzählt haben, dass sie mit Emmett kein Glück brauchten. Weshalb sollten Sie denn kein Glück brauchen?"

„Weil ich manchmal gegen ihn gewonnen habe. Ziemlich oft, wie es der Zufall so will. Sie haben das nur nicht miterlebt."

„Alle anderen behaupten etwas anderes." Matt wies mit dem Kopf zum Hintereingang des Pubs.

„Dem Geschwätz kann man nicht trauen."

„In der Unterhaltung, die Sie mit May geführt haben", sagte ich, „klang es, als hätten Sie Geldprobleme."

Er zuckte mit einer Schulter.

„May sagte, Emmett hätte Sie außen vor gelassen. Dabei ging es um den Betrug beim Kartenspielen, oder nicht?"

„Ich weiß nicht, wovon Sie da reden. Warum stellen Sie mir

diese Fragen? Niemand von Ihnen hat etwas damit zu tun. Sie gewinnen heute Abend, Glass. Man betrügt Sie nicht."

„Sie haben meine Cousine betrogen", sagte Matt. „Sie und Emmett."

„Emmett hat das getan, das stimmt. Aber er ist jetzt weg, und wenn er es getan hat, ist es nicht meine Schuld. Ich habe ihn niemals mogeln sehen, und er wurde niemals erwischt. Nicht ein einziges Mal."

Matt lächelte nur, ein mörderisches Aufblitzen weißer Zähne in der Nacht. „Sie waren es, oder nicht? Sie haben Emmett getötet."

„Nein! Ich bin kein Mörder!"

„Sie waren zu der Zeit, als er ermordet wurde, nicht zu Hause. Sie haben die Polizei belogen."

Danny stand der Mund offen. „Wer *sind* Sie?"

„Wir sind private Ermittler, die der Polizei helfen, Cockers Mörder zu erwischen. Ich habe Kriminalinspektor Brockwells Erlaubnis, zu tun, was nötig ist, um diesem Rätsel auf den Grund zu gehen." Er lächelte, während sich seine Finger in Dannys Kragen bohrten, ihn um seine Kehle enger zogen.

Ich konnte die Farbe von Dannys Gesicht in dem schwachen Licht nicht erkennen, doch ich sah, wie seine Augen hervortraten.

„Ich habe gelogen", würgte er hervor. „Ich gebe es zu. Ich habe wegen dieser Nacht den Inspektor angelogen."

Matt ließ seinen Griff locker. „Sie waren an dem Abend, an dem Cocker gestorben ist, nicht zu Hause?"

„Nein." Danny schluckte heftig. „Ich bin spazieren gegangen, um meine Gedanken zu klären."

Matt stieß ein bellendes Lachen aus. „Sie erwarten, dass wir Ihnen das glauben?"

„Ob Sie es glauben oder nicht, es ist die Wahrheit. Ich bin stundenlang draußen mit May spazieren gegangen. London ist nachts friedlich, und es war nicht kalt. Wir sind einfach nur gelaufen und haben geredet."

„Wohin sind Sie spaziert?"

„Nirgendwo besonders. Hier und dort."

„Hat Sie jemand gesehen?"

„Ich glaube nicht. Vielleicht ein oder zwei Betrunkene. Sie erinnern sich sicher nicht an uns."

„Was ist mit Schutzmännern, die auf Streife gingen?", fragte ich. „Seit den Ripper-Morden ist die Polizei nachts viel unterwegs."

„Ist das nicht im East End passiert?", fragte Danny viel zu unschuldig. „Wir haben niemanden getroffen, der sich an uns erinnern würde. Kann ich jetzt gehen? Ich muss meine Frau suchen und ihr Honig ums Maul schmieren, damit sie mir vergibt. Sie ist wütend auf mich, weil Sie mich heute Abend beim Pokern geschlagen haben, Glass."

„Nur heute Abend?", fragte ich. „Oder es sind es die gehäuften Verluste?"

„Kann ich gehen?"

Matt ließ ihn los, und Danny sprang von den Kisten. Er schob sich einen Finger in den Kragen und reckte den Hals. Mit einem letzten finsteren Blick auf uns entfernte er sich, stolzierte dabei betont durch die Gasse.

„Ich schätze, er lügt", sagte ich.

„Deine Instinkte liegen sehr wahrscheinlich richtig." Matt sprang nach unten, dann legte er mir die Hände um die Taille und hob mich von dem Fass. „Geht es dir gut?", fragte er, sobald meine Füße auf dem Boden aufkamen. „Hat er dich verletzt?"

„Es war mehr der Schreck und dass ich mich geärgert habe, erwischt zu werden. Ich dachte, bei der schlechten Beleuchtung wäre ich sicher."

Er legte die Arme um mich und zog mich dicht an sich. „Was hättest du getan, wenn ich nicht gekommen wäre?"

„Ich hätte ihn befragt, genau wie wir es getan haben. Er hätte gelogen, genau wie er es getan hat. Also eigentlich wäre es nicht so viel anders gewesen."

„Ziemlich überzeugendes Argument, aber ich wünschte, du hättest Duke, Willie oder Cyclops mitgenommen."

„Ich wusste, dass du hier draußen bist, Matt." Ich nahm seine Hand und führte ihn zur Tür. „Du hast ziemlich lange auf dem Abort gebraucht."

„Ich war nicht auf dem Abort. Ich hatte bereits eine Weile in den Schatten gewartet und wollte zurückkehren, als du aufgetaucht bist."

Ich wirbelte herum. „Du warst die ganze Zeit da, während ich sie beobachtet habe."

Seine Augen leuchteten im Dunkeln, zwei glitzernde Kreise, in denen sich das Mondlicht spiegelte. „Ich wollte mich dir zeigen. Das wollte ich wirklich. Aber dann stellte ich mir vor, wie begeistert du sein würdest, wenn du mir erzählst, was du herausgebracht hast, und ich wollte dir dieses Gefühl nicht nehmen."

Ich musterte ihn, und er wirkte aufrichtig. „Das ist ziemlich nett."

„Außerdem beobachte ich dich gerne. Ich bin immerhin bloß ein Mann, und von hinten bist du ... reizend."

„Das ist überhaupt nicht nett." Ich drückte ihm fest die Hand, und er lachte leise, während ich ihn zurück nach drinnen führte.

* * *

AM NÄCHSTEN TAG hingen wir ein wenig in der Luft. Willie und ich gingen erst später zu dem Vortrag im New Somerville Club, und wir wollten die Drapers nicht weiter befragen. Duke und Cyclops hatten sich im Pub nach der rätselhaften blonden Frau erkundigt, aber niemand wusste, wohin sie gegangen war, obwohl etliche sie vor dem Mord gesehen hatten. Drei hatten sie in Emmetts Gesellschaft gesehen, sowohl in Amerika als auch in England. Es schien, als wären sie ein Paar gewesen, aber niemand konnte erklären, weshalb sie sich gefreut hatte, zu sehen, wie Duke Emmett schlug. Es schien immer wahrscheinlicher, dass sie die Stadt verlassen hatte – vielleicht sogar das Land. Hoffentlich würden wir heute Abend bei dem Vortrag nützliche Informationen erhalten.

Unser Tag sah ziemlich frei aus, und ich machte mir Sorgen, dass Miss Glass wollen könnte, dass ich mit ihr ihre Schwägerin besuchte oder dass sie sich Sorgen wegen der Hochzeitsvorbereitungen machte. Ich wurde von diesen Unannehmlichkeiten durch etwas noch weniger Schönes gerettet – die Ankunft von Mr. Abercrombie.

Der Gildemeister der Uhrmacher wollte das Haus nicht betreten. Er setzte Bristow darüber in Kenntnis, dass er es vorzog, auf den Eingangsstufen zu verweilen, und von dort aus mit mir zu sprechen. „Das ist ein sündhaftes Haus, und ich möchte keinen Fuß hineinsetzen. Sie sollten sich schämen, dass Sie für so niederträchtige Menschen arbeiten. Das heißt, dass Sie nicht besser sind als sie."

„Du liebe Güte, was werden Sie bloß sagen, sobald Matt und ich respektabel verheiratet sind?", fragte ich, während ich die Stufen hinabging. „Dann werden Sie keine Ausrede mehr haben, um das Personal zu beleidigen und eine Szene zu machen. Ich bin sicher, das wird Sie ziemlich frustrieren." Ich hatte vom Treppenabsatz aus mitgehört, wie er den armen Bristow heruntergeputzt hatte, und hatte mir gedacht, ich sollte den Butler retten.

Bristow wirkte nicht, als müsse er gerettet werden. Er wirkte ziemlich unbeeindruckt. In diesem Haus hatte er schon sehr viel Schlimmeres gesehen und gehört. Trotzdem wollte ich Mr. Abercrombie nicht mit so lächerlichen Aussagen davonkommen lassen.

Abercrombies Mundwinkel sanken angeekelt herab, während er mich durch den Zwicker auf der Spitze seiner breiten Nase verkniffen anschaute. „Sie mögen ja scherzen, Miss Steele, aber Sie werden ihre wohlverdiente Strafe schon noch erhalten. Das Gute siegt immer über das Böse. Gott sieht alles."

Ich war also in seiner Version der Geschichte in der Schurkenrolle, und er der hart arbeitende Held. So sehr ich mich auch von seinen Worten nicht treffen lassen wollte, sie nahmen mir den Wind aus den Segeln. Ich vermutete, dass ein Großteil der Öffentlichkeit sich auf seine Seite stellen würde, wenn sie dazu gezwungen wurde, eine Wahl zwischen Talentfreien und Magiern zu treffen.

„Sie machen eine Szene", zischte ich ihn an. „Kommen Sie nach drinnen."

Seine Lippen verzogen sich zu einem dünnen Lächeln, und ich bedauerte, dass ich ihn meinen Ärger hatte sehen lassen. „Was ich Ihnen sagen muss, dauert nicht lange. Ich bin hier, um Ihnen mitzuteilen, dass Sie die Regeln der Gilde nicht umgehen können. Wir sind Ihnen auf der Spur. Wir von der Assistentenkammer sind viel zu schlau, als dass Ihre List funktionieren könnte."

„Welche Regeln?", fragte ich und fühlte mich leicht unwohl.

„Abschnitt 6.1 unter Artikel 4 legt fest, dass kein Magier Zutritt zur Gilde bekommen darf."

„Diese Regel haben Sie nur für mich geschrieben? Ich fühle mich geschmeichelt. Vielleicht könnten Sie ihr meinen Namen geben." Ich tippte mir mit dem Finger ans Kinn, um so zu tun, als würde ich nachdenken. „Mir gefällt Steele-Verordnung. Oder was ist mit dem Steele-Erlass? Der Beschluss von Steele klingt auch nicht schlecht. Es gibt eine ganze Reihe von Möglichkeiten."

Hinter mir kicherte jemand. Da es für Bristow ein zu seltsames Geräusch gewesen wäre, drehte ich mich um und sah, dass Bristow nicht mehr da war. Stattdessen standen Matt, Cyclops und Duke oben an den Stufen, jeder hatte die Arme vor der Brust verschränkt. Matt nickte mir zu, regte sich aber nicht, um sich mir an der Tür anzuschließen.

Ich wandte mich wieder an Abercrombie. Er wirkte nicht mehr ganz so selbstsicher. Mir gefiel der Gedanke, dass meine Scherze und nicht Matts Anwesenheit ihn erschüttert hatten. „Weshalb sollte ich mir die Mühe machen, die Regeln einer Organisation zu umgehen, der ich mich gar nicht anzuschließen wünsche?", fragte ich.

„Sie wünschen es. Sie wünschen, Ihre Uhren zu verkaufen und ein ordentliches Vermögen zu machen. Ist es nicht das, was Sie wirklich vorhaben, indem Sie die Mason-Kinder in Ihren Laden stellen?"

„Sie braucht kein Vermögen zu machen", warf Matt ein. „Ich habe bereits eines, und es steht ihr voll zur Verfügung."

Abercrombie schnaubte. „Dann sind Sie ein Narr, dass Sie ihr solch freie Hand lassen. Sie wird Sie ruinieren." Er nahm seine Uhr aus der Tasche und schaute darauf. „Ich muss gehen. Ich kam einfach nur vorbei, um Ihnen zu sagen, dass Ihr Plan nicht aufgehen wird. Der Mason-Junge wird nicht zur Gilde zugelassen werden."

Ich wusste, worauf er hinaus gewollt hatte, aber zu hören, wie er es so ungeniert aussprach, brachte mein Blut zum Kochen. „Das ist nicht gerecht."

„Er wird niemals zugelassen werden, so lange er in Ihrem Laden arbeitet, unter Ihrer Anweisung."

„Er wird nicht für mich arbeiten. Er und Miss Mason mieten den alten Laden meines Vaters, aber ich werde nichts mit ihrem Geschäft zu tun haben. Ich bin nur ihre Vermieterin."

„Dessen können wir nicht sicher sein."

„Das ist lächerlich. Sie können doch einen jungen Mann und seine Schwester nicht davon abhalten, unabhängig von ihrem Vater in der Welt voranzukommen. Wie können Sie so grausam zu einer Familie sein, die seit Generationen Mitglied in Ihrer Gilde ist?"

„Nicht nur das", sagte Matt, der inzwischen in meinem Rücken stand, „aber wenn Ihre Verfassung nicht spezifisch Nicht-Magier erwähnt, die Läden von Magiern mieten, fürchte ich, Sie können sie nicht auf dem Rechtsweg aus Ihrer Gilde ausschließen."

Mr. Abercrombie lächelte nur wieder. „Ich glaube, Sie verkaufen Ihnen die verbliebene Ware. Abschnitt 6.2 unter Artikel 4 unserer überarbeiteten Verfassung sagt, dass der Verkauf von Gütern, die von Magiern hergestellt wurden, ein Vergehen ist, auf das der Ausschluss steht."

„Dann werde ich ihnen die Ware nicht verkaufen." Mir war das Geld inzwischen egal. Ich konnte diesen kleingeistigen Mann nicht Catherines und Ronnies Traum zerstören lassen. „Ich verkaufe ihnen nur die Werkzeuge und die Möbel."

„Ich bin bereit, ihnen einen zinsfreien Kredit zu geben, bis sie auf eigenen Beinen stehen", fügte Matt an.

Abercrombies Lächeln entglitt ihm, ehe er es wieder aufsetzte. Er hob das Kinn und schaute durch seinen Zwicker auf mich hinab. „Natürlich spielen die Regeln keine Rolle, wenn der Mason-Junge die Zulassungsprüfung zur Gilde nicht besteht."

„Sie werden ihn durchfallen lassen, nur um sich an mir zu rächen?", fuhr ich ihn an. „Sind Sie wirklich so grausam?"

„Verstehen Sie das nicht falsch, Miss Steele", sagte Abercrombie, seine Stimme rau, „ich weiß, weshalb Sie Ihre Freunde in dem Laden haben wollen. Sie werfen mir vor, mich außerordentlich um Rache zu bemühen, aber Sie sind diejenige, die sich an uns rächen will, weil Sie sich von der Gilde zurückgewiesen fühlen."

„Das tue ich nicht!"

Er schnaubte. „Aber natürlich tun Sie das. Ihr Vater hat mir erzählt, wie verbittert Sie waren, als Ihre Bewerbung nicht bewilligt wurde. Tatsächlich hat er es in ein Treffen der Assistentenkammer gebrüllt, in das er hineingeplatzt ist."

Zorn blitzte vor meinen Augen, blutrot und heiß. „Sie sind ein kleingeistiger, kleinlicher Mann." Ich wollte mehr sagen, doch meine Gedanken waren zu sehr von Wut vernebelt, und mir wollten die richtigen Worte nicht einfallen.

Mr. Abercrombie lächelte, aalglatt und überlegen.

Ich warf ihm die Tür vor der Nase zu.

Matt legte die Arme von hinten um meine Taille. Seine Lippen streiften meine Schläfe über dem Ohr. „Willst du, dass ich ihn schlage?"

Ich lehnte mich zurück an seine Brust und stieß einen keuchenden Atemzug aus. „Ich weiß, dass du Witze machst, doch es ist verlockend." Ich holte noch einmal tief Luft und atmete langsam durch, ließ damit einen Teil meines Ärgers gehen. „Ich will, dass du dir eine Möglichkeit ausdenkst, ihm dieses Lächeln auf eine nicht gewaltsame Art aus dem Gesicht zu wischen."

„Die einzige Art, das zu erreichen, wäre es, Ronnie in die Gilde zu bekommen."

„Dann haben wir etwas, worüber wir nachdenken müssen", sagte Cyclops.

Ich hatte vergessen, dass er und Duke da waren. Ich zog mich von Matt zurück und nahm Cyclops' Hand. „Catherine wird aus dem Häuschen sein, wenn sie erfährt, dass die Gilde es so sehr darauf anlegt, sich ihnen in den Weg zu stellen."

„Also dürfen wir es ihr nicht erzählen?", fragte er. „Das ist keine gute Idee, India. Sie sollte es erfahren."

„Das sollten sie beide", fügte Duke an.

Ich seufzte. „Ihr habt recht. Aber sagen wir es ihnen nicht

heute. Lasst ihnen ihr Glück noch einen Tag. Es würde uns Zeit verschaffen, uns einfallen zu lassen, was wir tun können."

Die Tür öffnete sich, und Willie marschierte herein, in denselben Kleidern wie am Abend zuvor. Ihre Haare waren geöffnet, fielen ihr in Strähnen um die Schultern, und ihr Halstuch war weg. Ich brauchte keine Fragen zu stellen, um zu wissen, was sie angestellt hatte.

„Kommst du gerade erst nach Hause?", fragte ich.

„Aber klar." Sie grinste. „Schockiert dich das?"

„Nicht im Geringsten. Ich habe mich durchaus daran gewöhnt. Aber bemühe dich doch um Diskretion. Das Personal will nicht in einem anrüchigen Haushalt arbeiten."

„Ha!", rief sie. „Sie arbeiten dort, wo am besten bezahlt wird, und Matt ist ein guter Arbeitgeber." Sie schlug ihm auf die Schulter. „Hast du mir etwas vom Frühstück übrig gelassen, Cyclops?"

„Es gibt ausreichend", sagte er. „Ich lasse es die Küche wissen."

„Wo bist du denn überhaupt gewesen?", fragte Duke, der neben ihr zur Treppe ging. „Unterwegs mit Annie Oakley?"

„Einen Teil der Nacht über."

„Und den Rest?"

Sie drückte ihm einen Finger auf die Lippen und brachte ihn zum Schweigen. „So was verrät ein Mädchen nicht."

Er schnupperte in ihre Richtung. „Bist du noch betrunken?"

„Betrunken vom Leben, alter Freund."

Er stöhnte. „Manchmal vermisse ich die elende Willie."

Sie umarmte ihn und bemerkte, dass Matt und ich ihnen die Stufen hinauf folgten. „Kommt ihr alle mit, um zu beobachten, wie ich frühstücke?"

„Du musst uns beim Denken helfen", sagte Matt. „Es hat sich etwas ergeben in deiner Abwesenheit."

„Sicher." Sie breitete die Arme aus, und Duke schaffte es gerade noch, einem Schlag auf den Kopf zu entgehen. „Ich kann großartig denken, nachdem ich ein paar Bier getrunken habe. Und Schnaps."

„Das wird bestimmt interessant", sagte ich zu Matt. „Wo,

glaubst du, war sie denn, nachdem sie Annie zurückgelassen hat?"

„Vielleicht bei Scotland Yard, um ihre Ermittlungstalente zu schärfen." Er lachte, als ich aufkeuchte. „Oder in einer Behausung nicht weit von dort."

* * *

Der Nachmittag verging in einem träumerischen Nebel. Der Tag war nicht allzu heiß, darum machten Miss Glass und ich einen Spaziergang durch den Hyde Park. Obwohl das Wetter angenehm war, und unser Spaziergang langsam, fand sie ihn anstrengend. Wir rasteten oft auf den vielen Sitzbänken, die im Schatten aufgestellt waren, und beobachteten die anderen, die Picknicks am Serpentine-See genossen oder darauf Bootfuhren. Es war eine schöne Art, um einen Tag mitten in einer Ermittlung zu verbringen. Viel schöner als Lady Rycroft und ihre Töchter zu besuchen. Zum Glück hatte Miss Glass die Nachricht erhalten, dass ihre Schwägerin immer noch in Rycroft Hall war. In dem Brief stand, dass sie vorhatten, in zwei Wochen nach London zurückzukehren, und es bedauerten, dass sie nicht an unserer Hochzeit teilnehmen können würden, weil es dringende Dinge auf dem Anwesen zu erledigen gab.

Sie waren nicht einmal eingeladen.

Bis wir in die Park Street Nummer 16 zurückkehrten, war Willie aufgewacht, und Matt hatte seine geschäftlichen Angelegenheiten abgeschlossen. Willie und ich setzten uns in Matts Bureau, um uns Möglichkeiten einfallen zu lassen, von den Mitgliedern und Angestellten des New Somerville Club Informationen über die mysteriöse Blonde zu erhalten. Mit Willie und mir meinte ich vor allem mich. Sie war im Sessel zusammengesunken und musterte ihre Fingernägel, ihre Füße in Stiefeln lagen auf einem Tisch. Ich warf Gedanken zu Unterhaltungsthemen in den Raum, die wir bei potenziellen Zeuginnen anbringen konnten, und sie knurrte zustimmend oder ablehnend. Es war jedes Mal ein unterschiedliches Knurren. Ich kannte Willie gut genug, um zu wissen, dass das kurze, scharfe Ja bedeutete, und das lange Nein. Ich schrieb die so akzeptierten

Themen auf ein Blatt Papier. Sobald mir die Ideen ausgingen, zählte ich sie durch. Nur fünf.

„Du musst deine Ansprüche zurückschrauben", erklärte ich ihr.

Es erwies sich, dass ich Willie trotzdem nicht sonderlich gut kannte. Sie knurrte auf eine dritte Art, deren Bedeutung ich mir nicht erschließen konnte. Ich wollte sie gerade fragen, als es an der Tür klopfte.

Peter trat ein und kündigte einen Besucher an. „Mr. Barratt ist hier, Madam. Mr. Glass hat darum gebeten, dass Sie sich ihnen im Salon anschließen."

„Vielen Dank, Fossett. Bitte sorgen Sie dafür, dass Tee kommt."

Ich ließ Willie in ihrem Sessel hängen und weiterknurren und begab mich zum Salon. Ich hörte Matt und Oscar, ehe ich eintrat, sogar durch die geschlossene Tür.

„Sie waren es!", rief Oscar. „Sie müssen es gewesen sein. Sonst wusste es keiner."

„Beruhigen Sie sich", knurrte Matt. „Ich war es nicht."

Ich öffnete die Tür und befahl ihnen, die Stimmen zu senken. Matt wirkte erleichtert, mich zu sehen, während Oscar nur ein finsteres Gesicht zog. „Worüber streitet ihr denn?"

„Dein Verlobter sabotiert mein Buch", sagte Oscar.

Matt schüttelte den Kopf und murmelte tonlos vor sich hin.

„Setzt euch", sagte ich.

Sie setzten sich beide.

„Oscar, wie sollte denn Matt dein Buch sabotieren?"

„Der Drucker ignoriert mich. Er schickt mir jeden Brief unge-öffnet zurück und tut so, als wäre er nicht da, wenn ich ihn aufsuche. Ihr beiden wart die einzigen außer Nash, die von dem Drucker wussten, und ich bezweifle, dass du mein Buch verhin-dern willst, India."

„Matt will das auch nicht."

Matt sagte nichts.

„Siehst du!", rief Oscar. „Er leugnet es nicht einmal."

„Ich kann es leugnen, wenn Sie möchten, aber Sie werden es mir nicht glauben", sagte Matt.

„Das ist nicht geleugnet."

Ich drängte mich zwischen sie, die Hände auf die Hüften gestemmt. „Also hast du das Buch fertig geschrieben? Es ist bereit für den Druck?"

„Ich bin noch in der Planungs- und Recherchephase", erwiderte Oscar ruhiger. „Ich hoffe, nächste Woche mit dem tatsächlichen Schreiben beginnen zu können."

„Dann könnte es noch Wochen dauern, es fertig zu bekommen. Sogar Monate. Stimmt das?"

„Das stimmt."

„Warum bist du dann so besorgt, dass dich der Drucker ignoriert? Beauftrage doch einen anderen."

„Es gibt keine anderen Drucker! Nicht einen ..." Er brach ab, als Bristow den Teewagen hereinrollte.

Die kurze Pause schien Oscars Feuer ein wenig abzukühlen, aber sobald Bristow gegangen war, schoss er wieder hoch. Er deutete auf Matt. „Das ist Ihre Schuld, Glass. Ich weiß es."

Ich drückte ihm eine Tasse und Untertasse in die Hände. „Setz dich, sonst verschüttest du Tee auf dem Teppich, und ich werde mich ziemlich aufregen." Er setzte sich. „Nun, soweit ich mich erinnere, arbeitet dieser Drucker nicht rechtens, denn er hatte keine Zulassung von der Gilde der Buchhändler. Vielleicht hatte er also einfach nur Zweifel, ob er dein Buch drucken soll. Vielleicht macht er sich Sorgen, dass es Aufmerksamkeit auf sein Geschäft zieht."

„Die Stimme der Vernunft", sagte Matt, der eine Tasse entgegennahm. „India bietet Ihnen eine logischere und wahrscheinlichere Erklärung als die, zu der Sie gesprungen sind. Ich kann Ihnen versichern, Barratt, ich habe nicht die Gewohnheit, die Lebensgrundlage eines Mannes zu zerstören, dem ich nie begegnet bin. Nicht einmal, um Sie zu ärgern."

Oscar wirkte nicht überzeugt, doch er schaffte es, seine Gedanken für sich zu behalten, während er an seinem Tee nippte. „Bis vor ein paar Tagen schien er noch begierig darauf, mein Buch zu drucken", sagte er schließlich. „Irgendetwas muss passiert sein. Weshalb sonst sollte er es sich plötzlich anders überlegen?"

„Woher weißt du, dass es plötzlich war?", fragte ich. „Er hat dir vielleicht laut zugestimmt, während er insgeheim darüber nachgedacht hat, wie bedrohlich das für sein Geschäft sein könnte."

„Sind Sie sicher, dass Sie sonst niemandem von dem Buch erzählt haben?", fragte Matt.

„Ich bin mir sicher", sagte Oscar.

„Was ist mit Nash? Können Sie ihm vertrauen?"

Oscar wirkte nicht mehr ganz so sicher. „Ich komme gerade von einem Besuch bei ihm. Er hat mir versichert, dass er es nicht gewesen ist, aber in Wahrheit kenne ich ihn einfach nicht gut genug. Er ist auch talentfrei."

„Sein Großvater war ein Magier", sagte ich. „Und der Professor hat ein leidenschaftliches Interesse an Magie. Ich bezweifle, dass er etwas tun würde, das das Buch in Gefahr bringt."

„Das bezweifle ich ebenfalls." Er beobachtete Matt über den Rand seiner Tasse hinweg.

„Ich war es nicht", sagte Matt wieder. „Sie haben mein Wort."

Oscars ganzer Körper erging sich in einem tiefen Seufzen. „Dann entschuldige ich mich, Glass. Ich bin dieser Tage sehr beschäftigt – mit Arbeit, dem Buch und den vielen Magiern, die sich mir nähern, um Rat zu suchen. Und natürlich gibt es weiterhin Familienstreit. Es ist ein wenig überwältigend, und meine Geduld reicht nicht mehr weit."

„Was für eine Art Rat suchen die Magier denn?", fragte ich.

„Zum Großteil, ob sie die Wahrheit über ihre Magie sagen sollen. Einige haben mich gefragt, wie sie dich finden können, India. Sie wollen, dass du Ihre Magie verlängerst."

„Das machen Sie besser nicht", knurrte Matt.

„Das habe ich nicht, und ich würde es nicht tun. Nicht, außer India wünscht es so."

Bisher war nur ein Magier in die Park Street Nummer 16 gekommen, um mich zu bitten, seine Magie zu verlängern. Der Kürschner hatte meine Adresse durch Zufall von einem Freund erfahren, der in dem Wirtshaus The Cross Keys arbeitete, wo mein Großvater regelmäßig zum Trinken hinging. Ihm war Chronos' Verbindung zu mir klar geworden, nachdem er Oscars Artikel in der *Weekly Gazette* gelesen hatte. Er war zum Glück nicht noch einmal aufgetaucht, doch wenn Oscar anfing,

Magiern zu erzählen, wie sie mich fanden, könnte ich durchaus von Anfragen überhäuft werden.

„Wie viele Magier sind an dich herangetreten?", fragte ich.

„Um die zehn."

Das war immerhin keine so große Anzahl. Ich schätzte, dass in London hunderte Magier lebten. Vielleicht wollten die meisten ihre Magie nicht verlängern, oder wollten sie nicht ins Licht der Öffentlichkeit rücken. Es war unmöglich, das allgemeine Gefühl abzuschätzen.

„Kürzlich habe ich zufällig einen interessanten Magier getroffen", fuhr Oscar fort.

Sein mysteriöser Tonfall hätte mich vorwarnen sollen, doch ich ging ihm mit dem Kopf voraus ganz naiv in die Falle. „Wen?", fragte ich und bot ihm das Tablett mit Kuchen an.

„Einen Experten für die Sprache der Magie vom Kontinent, der mich gefragt hat, wo er deinen Großvater finden kann. Ich glaube, du bist ihm schon begegnet, India."

Sämtliche Luft wich aus meinem Körper. Ich drehte mich im Sessel, um zu sehen, wie Matt mich finster anschaute. Er richtete das Tablett gerade, das in Schieflage geraten war, und hob den zu Boden gefallenen Kuchen auf.

„India hat sich nicht mit einem Experten für magische Sprache getroffen", sagte Matt, ohne den Blick von mir zu nehmen. „Hast du das, India?"

Ich schluckte, doch meine Kehle war zu eng, und der Kloß aus Schuldgefühlen, der dort festsaß, war zu groß. Matt spannte den Kiefer an.

„Hat sie", sagte Oscar, durchaus erfreut. „Sein Name lautet Fabian Charbonneau. Ihr Großvater hat sie einander vorgestellt. Wussten Sie das nicht, Glass? Charbonneau will India die Sprache beibringen, damit sie neue Zauber schaffen kann. Laut ihm ist sie eine Zauberschöpferin."

Ich fühlte mich, als würde sich ein Seil um meine Kehle schließen. Jedes Wort aus Barratts Mund zog es fester. Aber es war nicht annähernd so schrecklich, wie zu beobachten, wie Matts Augen sich immer mehr verdüsterten. Er sagte nichts. Er fragte mich nicht, ob es stimmte, oder bat mich um eine Erklärung; er stellte einfach das Tablett mit Kuchen auf dem Tisch ab.

„Es ist Zeit, dass Sie gehen, Barratt", sagte er mit einer übertriebenen Ruhe, die es mir eiskalt den Rücken hinablaufen ließ.

Oscar schob sich aus dem Sessel. „Natürlich. India, du weißt, wie man mich erreicht, wenn du reden musst, über Charbonneaus ..." Er räusperte sich, während Matt seinen eisigen Blick ihm zuwandte. „Ach, spielt keine Rolle."

Er schloss hinter sich die Tür und ließ mich mit dem brodelnden Matt allein.

# KAPITEL 11

Ich beschäftigte mich mit den Teeutensilien und wagte es nicht, zu Matt zu blicken. Ich musste ihn nicht sehen, um seine Meinung zu erfahren. Ich konnte die Wogen des Zorns spüren, die von ihm ausströmten.

„Ich wollte es dir erzählen", sagte ich, während ich die leeren Tassen auf dem Wagen stapelte. „Es gab nur keinen guten Zeitpunkt."

„Dann finde doch einen schlechten Zeitpunkt", fuhr er mich an. „Du hättest es mir sagen sollen, India, anstatt es mich durch *ihn* hören zu lassen."

„Ich weiß. Es tut mir leid."

„Ich werde dein Ehemann. Glaubst du nicht, dass das Grund genug ist, mir etwas so Wichtiges wie das zu erzählen?"

„Ich hätte es dir erzählt, Matt."

„Wann?"

„Wenn ich dazu bereit gewesen wäre."

„Du meinst, wenn du beschlossen hättest, ob du das Angebot dieses Charbonneau annimmst oder nicht." Er kniff die Augen zusammen. Als er sie wieder öffnete, wurde ich an den alten Matt erinnert, der die ganze Zeit krank und müde gewesen war. Ich verabscheute die Tatsache, dass ich diese Veränderung herbeigeführt hatte.

„Ich habe nicht einmal darüber nachgedacht", sagte ich heftig. „Das wollte ich nicht. Es ist … überwältigend."

Ich starrte hinab auf die Teetasse in meiner Hand, sah sie aber kaum durch meine verweinten Augen. Ich hasste es, mit Matt zu streiten. Ich hasste es sogar noch mehr, wenn der Streit meine Schuld war.

Matt nahm mir die Tasse ab und hielt mich an den Schultern. „Darum will ich, dass du zu mir kommst. Nicht, weil ich dir sagen will, was du tun sollst, sondern weil ich dir einen Teil der Last abnehmen will." Er zog mich näher und legte die Arme um mich, ließ mir eine warme Umarmung angedeihen. „Ich heirate dich, weil ich mein Leben mit dir teilen will, und das bedeutet, auch die schwierigen Dinge zu teilen."

Ich biss mir auf die bebenden Lippen und versuchte, keine Tränen auf seine Weste zu vergießen. Ich hatte es nicht verdient, dass man mir so leicht vergab, aber ich wollte glauben, dass ich einen so guten Mann verdient hatte.

Matt drängte mich nicht zum Reden, und ich wartete, bis der Schmerz in meiner Kehle nachließ. Dann löste ich mich und setzte mich auf das Sofa. Er setzte sich neben mich.

„Fabian Charbonneau ist ein Franzose mit einer starken magischen Ahnenreihe." Ich strich den Rock auf meinem Schoß glatt, dann verschränkte ich die Hände ineinander. „Er ist einer der wenigen, die die Sprache der Magie kennen, obwohl sein Wissen nicht vollständig ist. Obwohl er ein Experte ist, kann er keine neuen Zauber anfertigen. Dazu braucht man einen Magier mit magischem Instinkt, jemanden, auf den die Magie reagiert."

„Und er hält dich für einen solchen Magier?"

Ich nickte.

„Weshalb will er neue Zauber erzeugen?"

„Na ja …", setzte ich an, aber ich machte nicht weiter. Es war eine gute Frage. Tatsächlich war es die einzig entscheidende Frage. Weshalb? „Um zu sehen, ob es geht, schätze ich." Noch während ich es aussprach, zweifelte ich an meiner Antwort.

Und wenn es mir irgendwie gelang, einen neuen Zauber zu schaffen, was dann? Was würde mit diesem Zauber geschehen? Wer würde ihn nutzen? Und würde Fabian mich noch einen und noch einen schaffen lassen? Zu welchem Zweck?

Matt stellte keine dieser Fragen, obwohl ich wusste, dass er wohl auch an sie dachte. Er legte einfach eine Hand über meine und strich mir mit dem Daumen über die Handknöchel.

Ich lehnte mich an ihn, den Kopf an seiner Schulter. „Wir können erwarten, dass Fabian und Chronos mich bald aufsuchen."

„Dann überlegst du dir besser eine Antwort."

Ich zog es vor, gar nicht daran zu denken, doch er hatte recht. Es war am besten, vorbereitet zu sein. Das Problem war, ich wusste nicht, was ich tun wollte.

* * *

DER NEW SOMERVILLE Club für Damen war eine Offenbarung. Er war recht klein, mit einem Salon, einem Lesesaal und einem weiteren Raum, in dem Stühle und ein Pult aufgebaut waren, wo der Vortrag stattfinden würde. Der Lesesaal war gut ausgestattet mit neuen Ausgaben vielfältiger Zeitschriften, Zeitungen und Magazinen. Die Sessel wirkten bequem, obwohl die Polster an den Rändern ausgefranst waren, und die Vorhänge verblichen. Ich hatte entweder etwas übermäßig Feminines mit Blumentapeten erwartet, oder etwas zu Maskulines, wo Rauchen gestattet und nirgends ein Kissen in Sicht war. Mir gefiel dieser goldene Mittelweg.

Willie und ich trafen früher ein, um uns dazuzugesellen und mit den Angestellten zu schwatzen. Es gab nur zwei Bedienungen, die Gläser und Wasserkrüge aufstellten. Die beiden einzigen anderen Anwesenden waren die Präsidentin des Clubs und die Schatzmeisterin. Beide wirkten zu beschäftigt, um mit uns zu reden, während sie die Möbel in dem Vortragssaal herumrückten. Ich war mir nicht sicher, wie ich fortfahren sollte, doch Willie übernahm die Führung. Leider begann sie mit keinem der Konversationsaufhänger, die wir uns vorhin aufgeschrieben hatten. Ich hatte geahnt, dass sie nicht zugehört hatte.

„Eine Freundin hat uns gebeten, uns hier mit ihr zu treffen", sagte sie, während sie Mrs. Broxham, der Präsidentin, durch den Saal folgte.

Mrs. Broxham war eine kleine, kräftige Frau mit einem

Klemmbrett in einer Hand, einem Bleistift hinter dem Ohr und einer nüchternen Art. Sie marschierte von einer Seite des Raums zur anderen, deutete auf Stühle, die umgestellt werden mussten. Miss Ovington, die Schatzmeisterin, beeilte sich, Mrs. Broxhams Wünschen gerecht zu werden, nur dass Mrs. Broxham zu schnell war und schon zur nächsten Anweisung weiterging, bevor Miss Ovington die vorherige ausgeführt hatte.

„Vielleicht kennen Sie sie", beharrte Willie. „Sie ist hier Mitglied."

„Wie heißt sie denn?", fragte Mrs. Broxham, während sie auf ihr Klemmbrett schaute.

Willie öffnete den Mund und schloss ihn wieder. Sie hatte sich das überhaupt nicht überlegt.

„Es ist ein wenig peinlich", sagte ich. „Wir können uns nicht daran erinnern."

„Lizzie, dieser Stuhl muss näher ran. Wir müssen noch fünf weitere hier unterbringen", rief Mrs. Broxham.

Miss Ovington schlängelte sich mit der Präzision und Anmut einer Tänzerin zwischen den Stühlen durch, ihre Arme an die Brust gehoben, um nirgends anzustoßen. Sie rückte den missliebigen Stuhl näher an den daneben.

„Zu dicht", sagte Mrs. Broxham, und Miss Ovington stellte ihn zurück. „Wie sieht Ihre Freundin denn aus?", fragte sie uns.

Irgendwie hatte sie es ans gegenüberliegende Ende des Raumes geschafft, ohne dass es mir aufgefallen wäre. Ich raffte meine Röcke und eilte ihr nach.

„Sie ist blond", sagte ich. „Ziemlich hochgewachsen mit einer schlanken Figur, und sehr hübsch. Oh, und Amerikanerin. Vielleicht fällt es Ihnen jetzt ein. Sie hat einen starken Akzent, den man nicht so leicht vergisst."

„Nicht dort, Lizzie. *Hierhin.*" Mrs. Broxham nahm den Bleistift hinter ihrem Ohr und schrieb sich etwas auf das Klemmbrett. „Ich erinnere mich an sie, wie es der Zufall so will. Sie kam zum letzten Vortrag, aber ich erinnere mich nicht an ihren Namen. Ich würde sie aber nicht sonderlich hübsch nennen."

„Ich schon", sagte Miss Ovington, die einen Stuhl zur anderen Seite des Raumes trug. „Aber ich erinnere mich auch nicht an ihren Namen, tut mir leid."

„Können Sie vielleicht in der Namensliste nachschauen?", fragte ich. „Wir fühlen uns schrecklich, weil wir uns nicht an ihren Namen erinnern, und wir wollen uns heute Abend nicht zum Narren machen, falls sie kommt."

„Das wäre völlig sinnlos", sagte Mrs. Broxham. „Es waren letzte Woche etwa zehn Damen beim Vortrag, die ich noch niemals zuvor gesehen habe. Manche haben sich als neue Mitglieder angemeldet, und andere kamen als Gäste. Ich erinnere mich nicht, wozu ihre Freundin zählte. Es könnte jede von diesen zehn gewesen sein." Sie deutete mit ihrem Bleistift auf die einzelnen Stühle, ihre Lippen bewegten sich, während sie zählte.

„Was ist mit dir, Lizzie?", fragte Willie die Schatzmeisterin.

Miss Ovington wirkte entsetzt, dass Willie sie beim Vornamen angesprochen hatte. „Ich kann Ihnen nicht helfen, fürchte ich", murmelte sie.

Willie folgte ihnen nach draußen, während ich in Erwägung zog, die Seite mit den Einträgen von letzter Woche herauszureißen, um an die Namen der zehn Neuankömmlinge zu kommen. Das Problem war, dass darauf viel mehr als zehn stehen würden, die ich nicht kannte. Wenn man die Stühle im Vortragssaal als Maßstab nahm, erwarteten sie heute Abend sechzig Teilnehmerinnen.

Mrs. Broxham klatschte plötzlich in die Hände, was meine Nerven strapazierte. „Lizzie!", fuhr sie die Angesprochene an. „Hör auf zu schwätzen und bring diese Stühle rein."

Willie half Miss Ovington mit den Stühlen, während ich darüber nachdachte, wie man am besten den Namen und Aufenthaltsort der mysteriösen Frau erfuhr. Die Präsidentin eilte aus dem Zimmer, und als ich mich auf die Suche nach ihr machte, war sie verschwunden. Eine der Bediensteten sagte, sie wäre nach unten gegangen, um mit den Angestellten der Teestube zu sprechen.

Bald trafen nach und nach Mitglieder und ihre Gäste ein. Mrs. Broxham kehrte mit ihrem Klemmbrett zurück und spähte über die Schulter von Miss Ovington, die Namen in den Ordner eintrug, und verbesserte sie, wenn sie einen Fehler machte, was häufig vorkam.

Ich nahm einen Handzettel von der Frau an der Tür entgegen

und gesellte mich im Vortragssaal zu Willie. Wir suchten uns Plätze weit hinten.

„Das ist hoffnungslos", wimmerte Willie. „Wir werden sie niemals finden."

„Sie könnte auftauchen", sagte ich und beobachtete, wie die ersten Mitglieder hereinströmen.

„Was, wenn sie nicht kommt?"

„Hören wir uns in der Pause um. Vielleicht kann sich jemand von letzter Woche an sie erinnern. Bis dahin werden wir durch einen intellektuellen Vortrag erleuchtet." Ich schaute auf meinen Handzettel. „,Der Effekt von Straßenlärm auf das Gehirn'", las ich vor.

Willie stöhnte.

Der Vortrag war ziemlich interessant. Ein Arzt sprach über den Aufbau des Gehirns, gefolgt von einem weiteren medizinischen Experten, der uns erzählte, wie die Ergebnisse seiner Studie über die Effekte von lautem und unaufhörlichem Lärm sowohl auf das Gehirn als auch auf das Verhalten ausfielen. Er schloss, dass Menschen, die in der Stadt wohnten, wo der Lärmpegel höher als auf dem Land war, die Stadt von Zeit zu Zeit verlassen mussten, oder es riskieren würden, wahnsinnig zu werden.

„Seine Stimme macht mich wahnsinnig", murmelte Willie.

Ich war überrascht, dass sie noch wach war. Sie war im Laufe der Stunde immer tiefer in den Stuhl gesunken, und an einer Stelle hatte ich gedacht, sie schnarchen zu hören.

Das Publikum applaudierte, als der erste Teil des Abends ein Ende fand und Erfrischungen angekündigt wurden. Wir begaben uns aus dem Vortragssaal in den Salon, wo Sandwiches und Obstkuchen aus der Teestube heraufgebracht worden waren.

Willie und ich trennten uns, um zu teilen und zu herrschen. Ich versuchte, subtil zu sein, und vermied es, mich in Unterhaltungen hineinzudrängen, doch als die Zeit davonlief und das Fenster, das für die Erfrischungspause vorgesehen war, sich schloss, schnitt ich Leuten mitten im Satz das Wort ab, um sie zu befragen. Schließlich traf ich auf eine Gruppe von Frauen, die nur zu gerne über die amerikanische Freundin reden wollten, die sie beim letzten Vortrag kennengelernt hatten.

„Ich erinnere mich an sie", sagte eine. „Wir hatten eine Unterhaltung über ihre Heimat."

„Ich auch", sagte ihre Begleiterin. „Wir standen genau hier. Sie war ungewöhnlich hübsch."

„Sie war einigermaßen hübsch, schätze ich, aber auf eine verhaltene Art."

„Ach, ich hielt sie für ganz außergewöhnlich", warf die dritte Frau ein.

Die zweite Frau schaute ihre Freundinnen an, als wären sie blind. „Sie hat nicht viel gesagt. Tatsächlich schien sie nicht wirklich interessiert an unserer Unterhaltung zu sein. Ich glaube, dass sie nach jemandem gesucht hat."

„War sie allein?", fragte ich.

„Ja."

„Nein, sie kam mit einer Freundin", sagte die erste Frau. „Ihre Vermieterin ist hier Mitglied, aber ich glaube nicht, dass sie heute Abend hier ist."

„Das stimmt", sagte die Dritte.

Die zweite Frau schüttelte den Kopf. „Sie war auf jeden Fall allein. Sie beschwerte sich über die Mitgliedschaftsgebühr, um sich für diesen Abend zu uns zu gesellen. Wäre sie bei ihrer Vermieterin zu Gast gewesen, hätte sie sich nicht eintragen und die höhere Gebühr bezahlen müssen. Sie hätte ganz günstig teilnehmen können. Ihr irrt euch bestimmt, denn sie war ziemlich allein. Ich erinnere mich noch genau, dass sie sich über alles beschwert hat. Die Kosten, das Essen, den Vortrag. Ich ging nach fünf Minuten, insbesondere, als sie auf kein Wort zu hören schien, das ich sagte. Das war wohl, als sie zu euch beiden gekommen ist."

Die erste und dritte Frau schauten einander an. „Ich fand sie köstlich", sagte eine, und ihre Freundin stimmte zu.

Sie hatten wohl von zwei verschiedenen Frauen gesprochen. „Ich frage nach der blonden Amerikanerin", sagte ich.

„Ja", zwitscherten sie alle drei.

Ich blinzelte. Blinzelte noch einmal. Und dann traf mich die Antwort wie ein Ziegelstein. *May Draper* war wohl an diesem

Abend auch hier gewesen! Sie war wohl diejenige gewesen, die sich über die Kosten beschwert hatte, und die allein gekommen war, und die andere war die mysteriöse Schönheit, der Gast ihrer Vermieterin.

Ich wandte mich an die beiden, die mit der mysteriösen Frau gesprochen hatten. „Erinnert sich eine von Ihnen an ihren Namen oder den des Mitglieds, mit dem sie hergekommen ist?"

Eine schüttelte den Kopf. Die andere sagte: „Ich glaube, es war Dot oder Dotty."

„Wie es der Zufall so will, suche ich nach ihr. Es ist ziemlich wichtig, dass ich sie finde. Hat sie erwähnt, wo sie ihre Unterkunft hat?"

Beide schüttelten den Kopf.

Ich fand Willie, die mit einer Gruppe Frauen in der Nähe des Tisches mit dem Essen plauderte. Sie hatte in einer Hand ein Sandwich und in der anderen ein Stück Kuchen. Sie sah mich und grinste.

Mrs. Broxham verkündete, dass die Erfrischungspause vorbei war und es Zeit wäre, in den Vortragssaal zurückzukehren. Willie schob sich das Sandwich in den Mund und steckte sich den Kuchen in die Manteltasche, ehe sie sich zu mir gesellte.

„Du wirst es nicht glauben", sagte ich, während der Saal sich leerte.

Willie murmelte mit dem Mund voller Essen etwas Unverständliches.

„Sie war hier, aber May Draper genauso", sagte ich.

„Ich weiß", brachte Willie heraus.

„Hast du den Namen der mysteriösen Frau herausgefunden?"

„Dotty."

„Ihren Nachnamen?"

Sie schüttelte den Kopf.

„Offensichtlich kam sie mit ihrer Vermieterin her", fuhr ich fort. „Aber sie ist heute Abend nicht hier."

Willie wischte sich mit dem Ärmel den Mund ab. „Verdammt."

„Durchaus. Komm schon, wir kehren lieber in den Vortragssaal zurück."

„Ich nicht. Ich brauche was zu trinken und etwas Besseres zum Zuhören als diesen langweiligen alten Verrückten." Sie senkte die Stimme, während die letzten Frauen den Saal verließen. „So habe ich mir das nicht vorgestellt."

„Wie denn dann?"

„Wie einen Saloon, nur mit Frauen."

Ich schob meinen Arm in ihren, und zusammen schlüpften wir aus dem Club, während Mrs. Broxham damit beschäftigt war, Befehle zu geben, um den Erfrischungsraum aufzuräumen.

„May war nicht ganz ehrlich zu uns", sagte ich, sobald wir draußen waren.

„Sie ist eine Betrügerin, wie ihr Mann. Was hast du denn erwartet?"

Die Oxford Street fühlte sich am Abend immer wie nicht von dieser Welt an. Während des Tages wimmelte es auf der Straße und den Bürgersteigen vor Verkehr und Fußgängern, aber am Abend hatten nur noch ein paar Essgelegenheiten geöffnet. Das Leuchten der Straßenlampen hielt die Schatten zurück und beleuchtete die Schaufenster der Geschäfte. Die Wärme des Tages wurde durch eine Wolkendecke in der Stadt gehalten, und es wäre ein angenehmer Fußweg nach Hause gewesen, doch Matt hatte darauf beharrt, dass wir die Kutsche nahmen.

„Ich glaube, ich gehe noch was trinken", sagte Willie. Sie stieg nicht mit in die Kutsche, sondern blieb auf dem Bürgersteig, ihr Blick auf irgendetwas im mittleren Abstand gerichtet.

Ich folgte ihm, spähte in das überirdische Licht, das die Straßenlaternen warfen. „Willie? Hast du jemanden gesehen?"

„Ich weiß nicht. Hattest du das Gefühl, dass wir auf dem Weg hierher verfolgt wurden?"

„Nein. Du?"

„Vielleicht. Ich weiß nicht. Ich sah eine Kutsche, von der ich dachte, dass sie uns folgte, aber dann fuhr sie weiter, nachdem wir anhielten."

Wenn ich jemandem folgen würde, wäre ich auch vorbeigefahren, nachdem derjenige angehalten hatte, damit ich nicht auffiel. „Siehst du diese Kutsche wieder?", sagte ich und schaute mich in der Umgebung um. Mit etwas Abstand hinter uns standen zwei weitere Kutschen. Eine schien eine Mietkutsche zu sein, die andere ein größeres Vehikel, das von zwei Pferden gezogen wurde.

„Ich weiß nicht", sagte sie und stieg ein. „Fahren wir los und sehen, ob uns jemand folgt."

Sie klopfte an das Dach, und der Kutscher gab den Befehl an das Pferd weiter, damit wir abfuhren. Wir schauten auf dem Heimweg ständig durch das Rückfenster. Keine Kutschen folgten uns den ganzen Weg; eine nahm für einen Teil der Fahrt die gleiche Route, bog aber links ab, als wir nach rechts fuhren. Es war jedoch keine der Kutschen gewesen, die hinter uns auf der Oxford Street gestanden hatten.

„Was meinst du?", fragte ich, während wir in der Park Street anhielten.

„Ich meine, dass du reingehen und Matt Bericht erstatten solltest, während ich losziehe, um jemanden zu suchen, mit dem man Spaß haben kann."

„Annie Oakley?"

Sie lächelte mich gerissen an. „Vielleicht."

Sie gab dem Kutscher keine Anweisungen, bis ich außer Hörweite auf den Eingangsstufen war. Wohin sie ging, war ihre Sache, aber ich war äußerst neugierig. Ihre Geheimniskrämerei faszinierte mich nur noch mehr, obwohl es mich nicht überrascht hätte, wenn sie Geheimnisse wahrte, nur um mich zu ärgern.

* * *

AM FOLGENDEN MORGEN wollten Matt und ich das Haus gerade verlassen, um mit May Draper zu reden, ehe sie zur täglichen Vorführung aufbrach, doch die Ankunft von Chronos und Fabian verschob unseren Aufbruch.

„Wir können ihnen sagen, sie sollen später wiederkommen", sagte ich zu Matt, als Bristow sie ankündigte.

„Ich will jetzt mit ihnen reden", sagte er. „Das ist wichtiger."

Ich stimmte ihm nicht zu, hielt aber den Mund, während er Bristow bat, sie in den Salon zu holen. Wir trafen uns zwei Minuten später mit ihnen und waren gerade mit den Vorstellungen fertig, als Bristow einen weiteren Besucher ankündigte.

„Mr. Hendry ist mit Ihren Hochzeitseinladungen hier, Sir", verkündete der Butler. „Soll ich ihn bitten, zu warten?"

„Ich weiß nicht, wie lange wir brauchen, und ich weiß, dass er beschäftigt ist", sagte Matt. „Sagen Sie ihm, wir werden die Einladungen später in seinem Laden abholen und ihn gleichzeitig dafür bezahlen."

„Gewiss kann er sie hierlassen", warf Chronos ein. „Er wird doch wissen, dass Sie es nicht versäumen, ihn zu bezahlen."

„Wir versuchen, Vertrauen aufzubauen", sagte ich.

„Und es wird uns eine Ausrede verschaffen, ihn noch einmal aufzusuchen und ihm Fragen zu stellen, die mit unserer Ermittlung zu tun haben", fügte Matt an.

Bristow ging mit einer Verbeugung und schloss die Tür hinter sich.

Ich lächelte Fabian an. „Verzeih bitte, dass wir keinen Tee anbieten, aber wir haben heute Vormittag einen dringenden Termin. Ich hoffe, das verstehst du."

„Soll ich später zurückkehren?", fragte er und erhob sich.

„Nein", sagten sowohl Matt als auch Chronos. „Wir bringen das lieber hinter uns", fügte Matt hinzu.

Fabian neigte das Kinn zu einem Nicken. „Sie machen sich Sorgen, Mr. Glass. Chronos hat mich vorgewarnt, dass Sie meine Anwesenheit in Ihrem Haus stören würde."

„Stören ist nicht ganz der richtige Maßstab", sagte Matt. „Und ich wüsste es zu schätzen, wenn Sie nicht im Lande wären, ganz zu schweigen von meinem Haus, aber hier sind wir, und wir müssen Sie uns vornehmen, so gut wir können."

Fabian legte die Stirn in Falten. „Sich mich vornehmen?"

„Ein amerikanischer Ausdruck."

Fabian schien unberührt von Matts Unhöflichkeit. Tatsächlich schien er darauf vorbereitet. Ich hoffte, er wäre auch mit einigen Antworten vorbereitet, denn wir hatten eine Menge Fragen.

„Sie sind der Mann mit der magischen Taschenuhr", sagte Fabian. „Darf ich sie sehen?"

„Nein", erwiderte Matt.

Fabian lächelte nur unbeeindruckt. „Sie sehen gut aus, sehr gesund."

„Genug von mir. Wir wollen, dass Sie unsere Fragen beantworten."

Chronos stieß schnaubend einen Atemzug aus. „India, kann ich dich unter vier Augen sprechen?"

„Alles, was du zu sagen wünschst, kann auch vor Matt gesagt werden", erwiderte ich. „Als meinen zukünftigen Ehemann betrifft ihn das auch."

Chronos legte die Hände aneinander wie ein Prediger, der seine Gemeinde drängte, die Offenbarung zu sehen. „Ich mag Sie, Glass. Sie sind ein guter Mann, und India hat Glück, den Erben einer Baronie zu heiraten. Aber Sie sind kein Magier. Sie verstehen ihre Bedürfnisse nicht."

Matt zog die Augenbrauen hoch. „Und Sie schon? Sie kennen sie kürzer als ich."

Chronos schien nicht betrübt, daran erinnert zu werden, dass er mich verlassen hatte, als ich ein Baby gewesen war. „Lassen Sie es mich Ihnen erklären. India muss ihre Magie einsetzen. Es ist ein Zwang, ein Juckreiz, an dem man kratzen muss. Wenn sie ihre Magie nicht einsetzt, baut sich ein ruheloses Gefühl in ihr auf, und das wird immer größer, bis es aus ihr herausbricht."

„Was für ein Unsinn", schnaubte ich. „Ich habe vierundzwanzig Jahre lang keine Magie eingesetzt, und es fühlte sich gar nicht so an, wie du es beschreibst."

„Du hast die Magie die ganze Zeit im Laden eingesetzt, du wusstest es nur nicht. Seit du den Laden verlassen hast, benutzt du sie kaum, weil du nicht an Uhren arbeitest. Glaub mir, die Ruhelosigkeit wird sich bald bemerkbar machen."

„Ich habe die ganze Zeit an meiner neuen Uhr gearbeitet. Ich habe sogar den Zauber benutzt, den du mir gegeben hast. Ich kann tun, was ich will, wann immer ich diese Ruhelosigkeit erlebe, von der du redest."

„Das wird nicht reichen. Bald wird deine Uhr zu einem Teil von dir und zu leicht zu reparieren. Du brauchst eine Herausforderung."

„Dann kaufe ich ihr eine Uhr, an der sie herumbasteln kann", sagte Matt.

Chronos wandte sich an mich. „Also wirst du Fabians Angebot nicht annehmen?"

„Ich habe einige Fragen, auf die ich gerne Antworten hätte", sagte ich. „Die haben wir beide. Erst einmal möchte ich wissen, wer dir von mir erzählt hat."

Fabian zögerte, ehe er sagte: „Lady Louisa Hollingbroke. Ich glaube, du bist ihr bereits begegnet."

Ich war nicht überrascht, zu hören, dass sie es gewesen war. Ihr Interesse an Magie ging weit darüber hinaus, magische Gegenstände zu sammeln. Sie war die erste gewesen, die mir von der Sprache der Magie erzählt hatte.

„Woher kennst du sie?", fragte ich.

„Ihr Vater pflegt Geschäftsbeziehungen zu meinem Vater. Wir haben einander jahrelang geschrieben, sind uns aber zum ersten Mal an dem Tag begegnet, an dem ich in London eingetroffen bin. Sie hat mich vorgewarnt, dass du nicht allzu leicht von deiner Rolle zu überzeugen sein würdest."

„Meiner Rolle wobei?"

„Nicht *wobei*", sagte Chronos. „Als *was*. Deine Rolle als Zauberschöpferin."

„Deiner Rolle als meine Schülerin", fügte Fabian hinzu. „Nun, du hast Fragen. Bitte stelle sie. Was wünschst du zu wissen?"

„Wozu brauchst du eine Zauberschöpferin?", fragte ich.

„Um zu sehen, ob es überhaupt möglich ist, neue Zauber zu erschaffen."

„Ja, aber weshalb neue Zauber erschaffen?"

„Wie kann ich das formulieren?" Er hielt inne und konzentrierte sich auf das gerahmte Gemälde einer schneebedeckten Bergkette, das an der Wand hing. „Weshalb steigt ein Mensch auf den höchsten Berg? Weil er da ist, und niemand weiß, ob es möglich ist, bis er den Gipfel erreicht."

Ich war mir nicht sicher, ob das ganz dasselbe war. „Und falls ich es schaffe, einen neuen Zauber zu schöpfen, wozu wird er benutzt werden?"

„Das hängt von dem Zauber ab, *naturellement*. Vielleicht wird er gar nicht benutzt. Vielleicht wird er aufgeschrieben und zu den Akten gelegt. Ohne zu wissen, welche Zauber du schaffst, lässt sich das unmöglich sagen."

„Sie weichen aus", sagte Matt.

„Ich fürchte, ich kann nicht anders. Ich weiß, dass Ihnen das Sorgen bereitet, Mr. Glass, doch lassen Sie sich von mir beruhigen. India wird entscheiden, was mit jedem Zauber passiert, den sie erschafft." Fabian wandte sich an mich. „Ist es das, was du dir wünschst, India?"

„Es hilft", wich ich aus.

„Natürlich tut es das", sagte Chronos. „Du wirst die Kontrolle haben, India. Vergiss das niemals. Welche Frau wünscht sich das nicht? Meine Frau hat das auf jeden Fall getan." Er lachte leise, doch es verklang unter meinem bösen Blick.

„Was hindert Sie daran, die neuen Zauber zu Ihrem eigenen Wohl einzusetzen?", fragte Matt Fabian.

„Ich bin ein Ehrenmann. Ich würde nicht eins versprechen und dann etwas anderes tun."

„Woher wissen wir, dass wir Ihnen trauen können?"

Die meisten Männer wären beleidigt gewesen, hätte man ihre Ehre infrage gestellt, doch Fabian nahm es hin, ohne mit der Wimper zu zucken. „Das ist eine gute Frage, und eine, die ich nicht für Sie beantworten kann. Sie müssen das entscheiden. Vielleicht über mich ermitteln." An den Rändern seiner Augen bildeten sich Falten, als er lächelte. „Ist das nicht, worin Sie gut sind, *non*?" Als Matt darauf nichts erwiderte, verflog Fabians Lächeln.

„Das sind alle Fragen, die wir vorerst haben", sagte ich. „Wenn es euch nichts ausmacht, wir haben zu tun."

„Natürlich, natürlich." Fabian erhob sich und knöpfte seine Jacke zu. „Bitte, Mr. Glass, enthalten Sie India das nicht vor."

Es ärgerte mich, dass er annahm, dass es an Matt lag, diese Entscheidung für mich zu treffen. Eindeutig hatte Chronos unsere Beziehung nicht sonderlich gut erklärt.

„Sie ist eine formidable Magierin", fuhr Fabian fort, sein Akzent wurde deutlicher. „Sie ist mächtig und kann eine äußerst große Magierin werden. Wenn Sie sie lieben, würden Sie das für sie wollen, ja?"

Matts trockenes Lachen enthielt nicht einmal ansatzweise Humor. „Wenn ich es ihr also verweigere, dann liebe ich sie nicht? Ist das die Nachricht, von der Sie wollen, dass sie sie hört?"

*„Non, non, non."* Fabian legte sich eine Hand auf die Brust, über sein Herz. „Überhaupt nicht. Sie verstehen nicht. Mein Englisch …"

„Ich verrate Ihnen ein Geheimnis." Matt beugte sich verschwörerisch dichter heran, senkte aber nicht die Stimme. „Ihr gefällt es nicht, wenn Leute annehmen, dass ich ihre Entscheidungen für sie treffe, und ich kann Ihnen versichern, ihre Entscheidung wird allein sie treffen."

„Zu der Sie ohne Zweifel nur zu gern Ihren Rat beisteuern", stieß Chronos hervor.

Matt richtete sich auf. Er lächelte nicht mehr, nicht einmal mehr grausam.

Fabian wirkte wie ein Gentleman, der in Pferdeäpfel getreten war, ohne die Mittel zur Verfügung zu haben, den Mist von seinem Schuh abzustreifen. Er rückte einfach ab, verbeugte sich vor mir und ging.

Chronos jedoch blieb. Da ich ihn kannte, wollte er vermutlich zum Essen bleiben, selbst wenn es noch Stunden dahin waren. Ich hätte das Richtige machen und ihn einladen sollen. Eine gute Gastgeberin hätte das getan. Miss Glass hätte es getan, obwohl sie Chronos nicht mochte. Leute wie sie waren daran gewöhnt, Gäste zu unterhalten, die sie nicht mochten. Es schien eine Last zu sein, die ihre Klasse mit relativer Mühelosigkeit ertrug. Ich stammte jedoch nicht aus ihrer Klasse.

„Das war unnötig, Glass", sagte Chronos mit der ganzen Autorität eines Vaters, der seinen Sohn zurechtwies. „Er ist nicht schlimm für einen Franzosen, und Sie können ihm nicht zum Vorwurf machen, dass er glaubt, dass Sie Indias Entscheidungen für sie treffen."

„Weshalb kann ich ihm das nicht zum Vorwurf machen?", fragte Matt. „Vielleicht sollte er seine Haltung überdenken."

Chronos warf die Hände in die Luft und ging. „Mit Ihnen kann man nicht vernünftig reden, wenn Sie in dieser Verfassung sind. Viel Glück dabei, dich heute mit ihm auseinanderzusetzen, India. Du wirst es brauchen."

Ich schätzte, da hatte er recht.

# KAPITEL 12

ir schafften es, May und Danny Draper zu erwischen, als sie gerade zum Ausstellungsgelände am Earls Court aufbrachen. Die Vorführung sollte erst in drei Stunden beginnen, doch Danny bestand darauf, dass sie viel Zeit zur Vorbereitung brauchten.

Er fegte auf dem Bürgersteig an uns vorbei, doch Matt packte ihn am Arm, während ich Mays Ausgang aus dem Haus in der Childs Street verstellte.

„Wir haben ein paar Fragen an Sie", sagte Matt.

„Wir haben Ihnen nichts mehr zu sagen", spuckte Danny aus.

„Zwingen Sie mich nicht dazu, Gewalt einzusetzen, um die Antworten zu bekommen."

Danny schluckte. Matt lächelte einfach.

„Sie sind nicht die Polizei", sagte May, die versuchte, sich an mir vorbei zu schieben.

Ich bewegte mich, um ihr wieder den Weg zu verstellen. Ich war größer, und ich bildete mir gerne ein, dass mich das irgendwie einschüchternd machte. Aber sie ließ erst davon ab, an mir vorbeikommen zu wollen, nachdem sie einen Blick auf Matt geworfen hatte. Ich schätzte, dass seine schlechte Stimmung mehr mit ihrer Einschüchterung zu tun hatte als meine Anwesenheit.

„Wenn Sie nicht kooperieren, werden wir davon ausgehen, dass Sie Emmett umgebracht haben", sagte ich.

Das verschaffte uns die Reaktion, die ich mir erhofft hatte. Mays Augen wurden groß, und ihr stand der Mund offen. „A… aber das haben wir nicht!"

„Weshalb behindern Sie dann unsere Ermittlungen?"

„Tun wir nicht", sagte Danny.

„Ihre Frau schon. Sie hat uns nicht erzählt, dass sie sich mit der blonden Frau getroffen hat, Dotty. Sie wusste, dass wir nach ihr suchen …"

„Das stimmt nicht!", rief May.

„Sie wussten es", knurrte Matt. „Wir haben unsere Zeit damit verschwendet, nach ihr zu suchen, und ich mag es nicht, Zeit zu verschwenden."

May trat von der Schwelle zurück. Ich folgte ihr, bedrängte sie, sodass sie noch einen Schritt zurückwich. Matt schob Danny durch die Tür und kam ihm nach. Er warf die Tür zu.

„Erzählen Sie uns von Dotty", sagte ich. „Wenn Sie das nicht tun, werden wir Sie den Männern von Scotland Yard überlassen. Die werden keine Bedenken haben, Sie festzunehmen, bis Sie ihnen Antworten geben."

May zögerte.

„Sag es ihnen!", drängte Danny sie. „Sonst glauben sie, wir haben Emmett getötet."

„In Ordnung." May hob die Arme, um uns auf Abstand zu halten. „Dotty war damals zu Hause Emmetts Mädchen. Sie ist ihm nach England gefolgt, und ihre Beziehung ging noch kurze Zeit weiter. Es war alles geheim."

„Weshalb?"

„Weil er eine Frau hat."

„Weshalb sind Sie zum New Somerville Club gegangen, um mit Dotty zu reden?", fragte Matt.

„Ich habe gehört, dass sie dort zu einem Vortrag gehen wollte. Ich wusste nicht, wo ich sie sonst finden sollte, darum ging ich auch hin. Sie ist mir den ganzen Abend aus dem Weg gegangen, aber ich habe sie danach draußen eingeholt. Ich wollte sie fragen, weshalb sie und Emmett ihre Beziehung beendet hatten. Ich wusste, dass das so war, denn wann immer ich sie draußen vor unserer Unterkunft sah, funkelte sie zu seinem Fenster hoch. Sie wirkte fuchsteufelswild. Ich wollte herausfinden, warum."

„Ich verstehe nicht, weshalb Ihnen das wichtig sein sollte", sagte ich.

May hob eine Schulter.

„Damit sie Emmett erpressen konnte", ergänzte Matt. „Sie hoffte, etwas zu erfahren, das sie nutzen konnte, um Emmett zu zwingen, Danny wieder in sein betrügerisches Spiel einzubinden."

„Was für ein betrügerisches Spiel?", fragte May viel zu unschuldig.

Weder Matt noch ich gaben uns die Mühe, ihr zu antworten. „Also hat Dotty Ihnen erzählt, weshalb ihre Beziehung ein Ende hatte?", fragte ich.

Eine Seite von Mays Mund wölbte sich nach oben. „Sie erwartet ein Kind. Sein Kind. Als sie es ihm erzählt hat, weigerte er sich zu glauben, dass es von ihm ist. Er wies sie an, es loszuwerden, da er ihr kein Geld geben würde und sie nicht heiraten konnte."

Das erklärte, weshalb sie Emmett im Pub so wütend angefunkelt hatte, und weshalb es ihr gefallen hatte, als Duke ihm einen Schlag verpasst hatte.

„Bill Cody will nicht, dass so ein Skandal an die Öffentlichkeit gerät", fuhr sie fort. „Er würde Emmett feuern, wenn die Zeitungen darüber schreiben."

„Also haben Sie gedroht, es Bill Cody zu erzählen, falls er Danny nicht wieder in sein betrügerisches Spiel einband", sagte ich. „Hat er versucht, Sie zum Schweigen zu bringen, und Sie haben ihn dann erschossen?"

„Nein, nein, das ist nicht passiert", sagte Danny, der sich neben May stellte. Er nahm ihre Hand, aber sie zerrte sie weg. Seine Schultern sackten zusammen. Er wirkte ganz wie ein trotziger Jugendlicher, der seine Belohnung nicht bekam.

„Sie haben teilweise recht." May verschränkte die Arme. „Ja, ich habe mit Dotty gesprochen, damit ich etwas finden konnte, um Emmett zu erpressen. Aber ich bin nicht an Emmett herangetreten. Ich hatte Sorgen, dass er wütend werden würde, und mir kamen Zweifel. Er konnte ziemlich aufbrausend sein. Gewalttätig. Ich habe Ihnen das genau aus diesem Grund nicht früher erzählt – Sie würden annehmen, dass ich ihn getötet habe."

„Vielen Dank, dass Sie es uns jetzt erzählt haben", sagte ich. „Es ist am besten, ehrlich zu sein, sodass wir uns darauf konzentrieren können, den echten Mörder zu finden. Sie wussten also beide, dass Emmett beim Pokern mogelte, ist das richtig?"

Danny seufzte und nickte. May nickte ebenfalls. „Wir wissen nicht, wie er es angestellt hat", sagte sie. „Er wollte seine Geheimnisse nicht herausrücken. Wollen Sie wissen, wo Sie Dotty finden? Ich kann es Ihnen sagen, wenn Sie mögen. Sie hat mir ihre Adresse in der Hoffnung gegeben, dass ich Emmett für sie ausspionieren und ihr Informationen über ihn zutragen würde. Sie war eifersüchtig und wollte ihn für sich."

Ich schrieb die Adresse auf den Block, den ich in meinem Pompadour dabei hatte. Es war nicht allzu weit entfernt. Wir konnten als nächstes dorthin fahren.

„Ich weiß, dass Sie glauben, Dotty hätte Emmett umgebracht", sagte May mit einem besorgten Stirnrunzeln. „Aber gehen Sie sanft mit ihr um. Sie erwartet ein Kind."

„Glauben Sie, ich würde eine Frau hart anfassen?", fragte Matt.

May zuckte leicht die Schultern. „Sie sind grob mit Danny umgesprungen."

„Soweit ich mir bewusst bin, ist er keine Frau."

Danny lachte nervös. „Manche sagen, dass in unserer Beziehung sie die Hosen an hat."

May funkelte ihn an, und sein Lächeln verschwand.

„Noch eines", sagte Matt. „Wo waren Sie wirklich am Abend von Emmetts Tod?"

„Spazieren mit Danny", sagte sie, ohne zu zögern. „Ich glaube, er hat Ihnen das erzählt, Mr. Glass."

Matt presste die Lippen zusammen. „Ich will mal raten und sagen, dass Sie auf ihrem Spaziergang niemanden gesehen haben, bis auf einen Betrunkenen oder zwei, die sich nicht an Sie erinnern würden, selbst wenn wir es schafften, sie aufzutreiben."

„Das wäre gut geraten."

Ich glaubte ihr nicht, und genauso wenig Matt. „Sie hat ihn

nicht auf seinem Spaziergang begleitet", sagte ich, während wir zu der Kutsche zurückkehrten.

„Er war nicht spazieren", sagte er.

Ich gab dem Fahrer Dottys Adresse, und wir stiegen ein. Matt nahm seinen Hut ab und strich sich mit der Hand durch die Haare, sodass sie köstlich zerrauft waren.

„May könnte Dotty die Schuld in die Schuhe schieben, damit ihr der Mord an Emmett angelastet wird", sagte er und schaute aus dem Fenster. „Sie hat uns die Adresse viel zu eilfertig überlassen."

„Und ihre Eifersucht erwähnt. Weshalb sollte sie bis jetzt warten, um die Schuld auf sie zu schieben?"

„Weil ihr gerade klar geworden ist, dass sie die Hauptverdächtige in diesem Mordfall ist. Darum hat sie alles zugegeben – das Betrügen, dass Erpressen – und will die Schuld auf jemand anderen schieben. Dotty ist die offensichtliche Alternative."

„Glaubst du, dass May unschuldig ist?"

„Nicht im Mindesten, aber ich bin mir auch nicht sicher, ob sie des Mordes schuldig ist." Er hatte sich während unserer Unterhaltung nicht vom Fenster abgewandt. Entweder war er besonders interessiert an der Umgebung, oder er vermied es, mich anzuschauen.

„Ist mit dir alles in Ordnung?", fragte ich und nahm ihn am Arm.

„Gut."

„Du denkst immer noch an Fabian Charbonneau."

„Das tue ich."

„Wir sollten über die Möglichkeit reden, dass ich eine Zauberschöpferin bin, und was das bedeutet." Ich nahm seinen Arm.

„Nicht hier."

Ich seufzte. Er hatte recht. Es war nicht der richtige Ort, und wir waren beinahe bei Dotty, doch ich hatte das Gefühl, als würde er dieses Gespräch meiden. Ich konnte es ihm kaum übel nehmen, wo ich es doch auch so lange gemieden hatte.

„Also später."

Er legte mir einen Arm um die Schultern. „Später."

* * *

DOTTYS VERMIETERIN HATTE sie nicht gesehen, seit sie am vorigen Donnerstagabend das Haus verlassen hatte – dem Abend, an dem Emmett ermordet worden war. „Ich mache mir ziemliche Sorgen um sie", sagte sie, während sie im Eingang ihres bescheidenen Reihenhauses stand. „Es ist beinahe eine Woche her."

„Hat sie ihre Sachen mitgenommen?", fragte Matt.

Der Blick der Vermieterin wurde argwöhnisch. „Warum fragen Sie?"

„Wir versuchen, sie zu finden."

„Weshalb? Wer sind Sie?"

„Ich bin Matthew Glass, und das ist India Steele. Wir sind private Ermittler, die Scotland Yard bei dem Mordfall an Emmett Cocker unterstützen."

„Mord!" Sie fasste sich an die Kehle. „Das hat nichts mit Dotty zu tun. Sie ist ein gutes Mädchen."

„Wir wollen ihr nur ein paar Fragen über ihn stellen", sagte ich.

„Ich glaube nicht, dass Sie für Scotland Yard arbeiten. Als ich sie vermisst gemeldet habe, sagten sie nicht, dass sie in eine Mordermittlung verwickelt ist." Sie versuchte, die Tür zu schließen, doch Matt legte die Hand dagegen. Die Vermieterin glitt weiter hinter die Tür und spähte darum herum auf uns.

„Können wir uns ihr Zimmer ansehen?", fragte Matt.

„Gewiss nicht. Falls die Polizei es sich ansehen möchte, dann darf sie das. Sie nicht."

Wir verließen sie und fuhren zum Victoria Embankment, doch Brockwell war nicht im Bureau. Einer der Schutzmänner sagte, er würde den ganzen Tag Ermittlungen machen und würde erst spät am Nachmittag wieder bei New Scotland Yard erwartet. Er schlug vor, dass wir morgen zurückkehrten.

„Will er denn diesen verdammten Mord nicht lösen?", murmelte Matt, während wir zur Kutsche zurückkehrten.

Ich ging schneller, um mit seinen langen Schritten mitzuhalten. „Ich bin mir sicher, seine Ermittlungen sind auch wichtig. Sei doch fair, Matt. Er kann nicht überall gleichzeitig sein."

Seine einzige Reaktion bestand darin, seine Schritte noch länger werden zu lassen.

Unsere Heimfahrt fand in völliger Stille statt. Ich war mir deutlich bewusst, dass er neben mir saß, aus dem Fenster starrte, seine üble Laune gleich unter der Oberfläche vor sich hin brodelte. Ich vermutete, nur ein kleines Wort könnte sie explodieren lassen, darum sagte ich nichts. Ich würde darauf warten, dass sein Temperament sich abkühlte und seine Vernunft zurückkehrte.

Als wir zu Hause ankamen und ich ihn endlich anschaute, war ich überrascht zu sehen, dass er überhaupt nicht vor sich hin gebrütet hatte. Er hatte geschlafen. Das machte mir größere Sorgen.

„Matt, wach auf", sagte ich und schüttelte ihn sanft.

Er runzelte verschlafen die Stirn und schaute durch das Fenster hinaus. Ohne ein weiteres Wort öffnete er die Tür und bot mir seine Hand.

„Geht es dir nicht gut?", fragte ich und trat nach draußen.

„Doch."

„Aber ..."

„Es geht mir gut, India. Ich muss nur meine Uhr benutzen."

Mir drehte sich der Magen um, und ein enormes Gewicht senkte sich auf mich herab. „Aber ... mein Zauber, und der von Gabe ... wirken sie denn nicht mehr?"

Er nahm mich an der Hand. „Es ist etliche Wochen her, dass ich die Uhr benutzen musste. Das ist ganz normal. So war es beim letzten Mal, nachdem Chronos und Dr. Parsons ihre Magie gewirkt haben."

„Oh."

„Ich habe damit gerechnet, dass ich sie alle paar Wochen benutzen muss. Zumindest ist es nicht mehr alle paar Stunden." Er brachte ein Lächeln zustande.

Er hatte recht; ich hätte mir keine Sorgen machen sollen. Doch ein Teil von mir hatte gehofft, dass mein Zauber stark genug sein würde, damit er die Uhr einige Zeit lang nicht mehr benutzen musste – vielleicht niemals wieder. Ich war töricht, dass ich dachte, meine Magie wäre so mächtig.

Eindeutig lagen Fabian und die anderen falsch, was mich anging.

Wir waren überrascht, Catherine und Ronnie Mason im Salon auf uns warten zu sehen, aber nicht so überrascht wie Cyclops, der fünf Minuten nach uns zu Hause eintraf. Sobald der Schock nachließ, funkelte er jedoch mich an, als hätte ich sie eingeladen und es ihm absichtlich vorenthalten.

„Catherine und Ronnie waren hier, als Matt und ich nach Hause kamen", sagte ich mit erhobenem Kopf. „Komm herein und setz dich, Cyclops. Sie wollten uns gerade ihre Neuigkeiten erzählen."

„Ich halte das nicht für klug", murmelte Cyclops. „Ich sollte gehen."

„Hör auf, mir auszuweichen", sagte Catherine schnippisch.

„Aber ich ..." Unter ihrem strengen Blick schluckte er und ließ sich auf den nächstbesten Sessel fallen.

„Schon besser. Mir gefällt es nicht, wenn du mir aus dem Weg gehst, Nate. Nicht jetzt, wo ich doch deine Klugheit und deine breiten Schultern brauche, um mich darauf zu stützen."

Cyclops hob den Kopf. Er schien ganz angetan, zu hören, dass sie seine Schultern als breit bezeichnete. Ihr Bruder starrte sie einfach nur an, ohne zu blinzeln.

„Geht es um die Gilde?", fragte Cyclops.

Sie seufzte. „So ist es. Wir kommen gerade vom Saal, wo wir uns mit Mr. Abercrombie getroffen haben. Er hat uns davon in Kenntnis gesetzt, dass wir nichts von deinen Beständen nutzen dürfen, India, wenn wir uns eine Zulassung erwerben wollen."

„Er war gestern hier", sagte ich. „Sie haben der Gildenverfassung neue Regeln hinzugefügt, die es Mitgliedern verbieten, Bestand aufzukaufen, der von Magiern hergestellt wurde. Es tut mir leid. Wir hätten es euch sofort mitteilen müssen."

„Ihr seid beschäftigt gewesen, das verstehe ich. Aber was sollen wir jetzt tun?"

„Nichts", grollte Ronnie. „Wir können es uns nicht leisten, zum vollen Preis einen Lagerbestand zu kaufen. Nicht die Menge, die wir brauchen werden."

„Ihr könnt trotzdem die Werkzeuge und die andere Einrichtung nutzen", sagte ich und schaute zu Matt.

„Ich werde euch einen zinsfreien Kredit gewähren", fügte er an.

Catherine keuchte.

Ronnie setzte zu einem Kopfschütteln an, dann hielt er inne. Er stand auf und bot Matt seine Hand. „Vielen Dank, Sir. Ich wollte schon ablehnen, aber das wäre töricht. Wir werden Ihr Angebot annehmen."

„Das ist nicht klug", sagte Matt, der ihm die Hand schüttelte. „Nicht, ohne zuerst Fragen zu stellen. Es hätten Bedingungen daran geknüpft sein können."

Ronnie verzog das Gesicht. „Gibt es welche?"

„Nein, aber ihr hättet trotzdem fragen müssen."

„Das tue ich nächstes Mal, wenn man mir jemand ein Geschäft vorschlägt, das zu schön wirkt, um wahr zu sein."

Catherine warf die Arme um mich. „Ich umarme dich, denn es wäre unangemessen, Matt zu umarmen", sagte sie.

Ich lachte. „Ich glaube gern, dass ich etwas damit zu tun hatte, aber es war allein seine Idee." Ich löste mich und fühlte mich schrecklich für das, was ich sagen würde. Ich wollte ihnen ihre gute Laune nicht verderben. „Abercrombie wird es euch nicht leicht machen, dass du deine Zulassung bekommst, Ronnie. Er hat sehr deutlich gemacht, dass die Prüfung so schwierig sein wird, dass du durchfällst."

„Mach dir keine Sorgen um mich", sagte er selbstgefällig. „Ich werde vorbereitet sein."

„Sein Wissen ist ziemlich umfassend", sagte Catherine. „Beim schriftlichen Teil der Prüfung wird er gut abschneiden, und der praktische Teil sollte auch kein Problem sein. Er repariert schon seit Jahren Uhren."

Ich hoffte, dass er recht hatte, aber ich war nicht so zuversichtlich. Es gab Uhren in älteren Stilen, die die Masons in ihrem Laden wohl noch niemals gesehen hatten, welche mit komplizierten, nicht mehr aktuellen Mechanismen.

Ich begleitete Catherine und Ronnie hinaus, doch Catherine entschuldigte sich. „Ich habe meinen Pompadour vergessen."

Einen Augenblick später kam Matt aus dem Salon, sodass er Cyclops und Catherine allein ließ. Als Ronnie das klar wurde, wirkte er irgendwie hin- und hergerissen dazwischen, seine

Schwester zu holen, und ihnen ihre Privatsphäre zu lassen. Um ihm bei der Entscheidung zu helfen, nahm ich ihn am Arm und führte ihnen die Stufen hinab.

„Du musst von jetzt an üben, bis du zur Prüfung gehst", sagte ich zu ihm.

„Das werde ich."

„Jeden Tag, etliche Stunden am Tag."

„Ich habe keine Stunden. Ich muss Vater im Laden helfen."

„Dann musst du deine Freizeit opfern."

„Das tue ich, India."

„Selbst wenn es bedeutet, auf Schlaf zu verzichten."

Er rümpfte die Nase. „Wenn ich müde bin, werde ich nicht richtig denken können."

„Das ist nur vorübergehend, die Mitglieder der Assistentenkammer werden wollen, dass du scheiterst, und sie werden dir sehr schwierige Fragen zur Beantwortung vorlegen, und nahezu unmögliche Aufgaben, die du abarbeiten musst. Du musst vorbereitet sein."

Er tätschelte mir die Hand. „Ich komme zurecht."

„Ich glaube nicht, dass du verstehst, wie abgrundtief Mr. Abercrombie mich hasst. Er wird sich freuen, dich scheitern zu sehen. Dich durchfallen zu lassen, ist das Nächstbeste, was er tun kann, wenn er schon nicht mich durchfallen lassen kann."

„Keine Sorge. *Er* mag ja wollen, dass ich durchfalle, aber nicht alle dort wollen das. Manche sind Freunde meines Vaters. Sie werden Abercrombie nicht mit einem fragwürdigen Vorgehen davonkommen lassen."

„India ist nur nervös", sagte Matt. „Sie glaubt, sie würde die Prüfung selbst ablegen."

Ronnie lachte.

„Ich wünschte, ich könnte sie für dich ablegen", sagte ich.

Catherine kam die Stufen ohne Cyclops herab. Sie lächelte nicht, doch ihre Augen leuchteten, ihre Wangen glühten rosig. *So, so.*

Ihrem Bruder schien das jedoch nicht aufzufallen, da er und Matt eine kurze Besprechung wegen der Papiere für den Kredit hatten. Ich musterte Catherine, während ihr Blick die Treppen hinaufwanderte. Sie seufzte tief, als es offensichtlich wurde, dass Cyclops sich uns nicht anschließen würde.

„Ich frage, mich, wovon sie gesprochen haben", sagte ich, nachdem wir die Tür hinter den Mason-Geschwistern geschlossen hatten.

„Du wirst ihn *nicht* fragen", sagte Matt. „Das geht uns nichts an."

Ich kaute auf der Innenseite meiner Lippe.

„India", warnte er mich.

„Musst du nicht deine Uhr benutzen? Du siehst müde aus. Ich suche Miss Glass, um zu sehen, ob sie etwas braucht."

Ich verließ ihn und machte mich auf die Suche nach seiner Tante. Ich fand sie auf ihrem Zimmer, wo sie Briefe schrieb. Sie brauchte mich nicht. Nach einer raschen Suche im übrigen Haus begab ich mich nach draußen zu den Stallungen und fand Cyclops bei den Pferden, wo er eine Box ausmistete.

„Hast du dem Stalljungen wieder den Nachmittag freigegeben?", fragte ich.

Er und Duke hatten die Angewohnheit, hier herauszukommen, um zu arbeiten, wenn sie ihre Dämonen austreiben mussten. Die körperliche Anstrengung schien sie zu beruhigen. Willie fand man oft hier draußen bei ihnen, wo sie auf dem Rand des Trogs saß und ihnen Befehle gab. Cyclops war heute allerdings allein.

„Ich weiß, warum du hier bist", begann er, bevor ich etwas sagen konnte. „Und es gibt nichts zu sagen, was du nicht bereits gehört hast. Nichts hat sich geändert."

„Wollte Catherine, dass sich was ändert? Hat sie deshalb mit dir gesprochen?"

Er schrubbte einen Teil des Bodens mit dem Besen, das rhythmische Hin und Her der Borsten auf dem Stein war kein unangenehmes Hintergrundgeräusch. „Sie hat sich dafür entschuldigt, dass sie mich angefahren hat."

„Und?"

Die Besenstreiche wurden heftiger, der Rhythmus unrunder. „Sie sagte, sie wäre wütend auf mich, weil ich sie im Stich gelassen habe, als sie mich am meisten brauchte."

„Das ist eigentlich ziemlich nett. Ich kann verstehen, weshalb sie sich aufgeregt hat, dass du weglaufen wolltest, gleich, als du sie gesehen hast. Sie braucht dich jetzt, Cyclops, wenn auch nur als einen Freund. Abercrombie und die Gilde sind ein formidabler Gegner, und sie ist eine junge Frau. Sich gegen sie zu stellen, ist einschüchternd."

„Sie hat Talent", sagte er.

„Das heißt nicht, dass sie will, dass ihre Freunde sie im Stich lassen."

„Ich habe ihr gesagt, ich wäre an ihrer Seite, ganz gleich, was passiert. Dass sie sich auf mich verlassen kann."

„Was war dann das Problem? Weshalb schrubbst du dann die oberste Schicht dieses Bodens weg?"

Er blieb stehen und lehnte sich auf den Besenstiel. „Sie hat mich geküsst."

„Oh. Verstehe." Ich lächelte. „Das sind gute Neuigkeiten."

Sein Blick hob sich zu meinem. „Warum?"

„Weil ich sehe, dass es dir gefallen hat, sonst würde es dir nicht so viel ausmachen."

„Du verstehst nicht, India."

„Ich verstehe es. Du hast mir zwei Gründe genannt, weshalb ihr nicht zusammen sein könnt." Ich hob einen Finger. „Jemand in Amerika will dich tot sehen. Aber das ist in Amerika, nicht hier." Ich hob einen weiteren Finger. „Und ihre Familie will nicht, dass sie mit einem Mann zusammen ist, der nicht ist wie sie."

„Sie machen sich Sorgen um sie. Sorgen, dass die Leute sie anders behandeln würden. Das tue ich auch."

„Das ist etwas, das ihr gemeinsam bewältigen könnt. Ich will nicht so tun, als wäre es einfach, aber wenn ihr einander habt, werdet ihr alles überstehen."

Er schüttelte den Kopf und begann denselben Fleck Boden erneut zu fegen. „Es ist zu schwierig."

„Je schwerer es ist, desto süßer wird es, wenn du schließlich der Liebe nachgibst." Ich tätschelte ihm den Arm. „Ich kenne Catherine, und ich vermute, dass sie nicht so leicht aufgibt."

„Darum muss ich mich ihr gegenüber unterkühlt verhalten. Ich kann sie nicht sehen lassen, was ich wirklich von ihr halte." Er wölbte den Rücken und legte sich mit der Schulter in eine weitere heftige Bewegung mit dem Besen. „Ich kann sie nicht wissen lassen, dass mir der Kuss gefallen hat."

Wenn man Catherines Lächeln bedachte, als sie aufgebrochen war, hätte ich gesagt, er war bereits gescheitert.

* * *

Die seltsame Laune, die Matt seit dem Treffen mit Fabian und Chronos überkommen hatte, hielt sich während des Abendessens und bis in den Abend hinein. Er wirkte allerdings zum Glück weniger müde, nachdem er seine Uhr benutzt hatte. Während Willie, Duke und Cyclops beschlossen, auszugehen, saß er schweigend am kalten Kamin, starrte in den Rost.

Sobald wir allein waren, setzte ich mich auf der Armlehne seines Sessels und strich ihm durch die Haare. „Du bist immer noch wütend auf mich, weil ich dir nicht von Fabian erzählt habe, oder nicht?"

Er schaute durch dicke, schwarze Wimpern zu mir auf, und mein Herz hämmerte laut. Ich hätte die ganze Nacht lang in diese warmen Augen sehen können. „Ich gebe zu, dass ich mich aufgeregt habe, aber ich weiß, wie du dich fühlst", sagte er. „Überwältigt beschreibt es ganz treffend." Er zog mich auf seinen Schoß. „Ich glaube, wir brauchen heute Abend beide ein wenig Abwechslung."

Mein Lächeln setzte langsam ein, dann breitete es sich aus, passend zu der Röte, die meine Kehle emporkroch, mir die Wangen wärmte. „Mir gefällt es, von dir abgelenkt zu werden."

Er küsste mich sanft, seine Lippen legten sich auf meine. Seine Hände lagen ausgebreitet auf meinem unteren Rücken, sodass ich an ihn gepresst wurde. Ich seufzte, als er den Kuss abbrach. Er war zu kurz gewesen.

„Aber ich habe nicht von dieser Art Ablenkung gesprochen", fügte er an, seine Augen umwölkt.

„Oh."

Sein Grinsen war schief. „Allerdings überdenke ich meine Abendpläne gerade ernsthaft."

„Was hattest du im Sinn?"

„Wir durchsuchen Dottys Zimmer."

199

Ich zog mich zurück. „Ich halte meine Idee für besser. Deine ist Wahnsinn."

„Du musst nicht mitkommen. Ich gehe allein."

„Und was, wenn du in Schwierigkeiten gerätst? Wenn du gehst, gehe ich auch. Du brauchst jemanden, der auf dich aufpasst. Wie planst du denn, hineinzukommen, während die Vermieterin dort ist? Ich nehme an, dass wir nicht die Mauer hinaufklettern und durch ein Fenster einsteigen, wenn du mich mitnehmen willst."

„Nichts so Abenteuerliches. Die Polizeiwache vor Ort wird ihr eine Nachricht über eine neue Entwicklung wegen der vermissten Dotty schicken, und ihre Anwesenheit dort ist erforderlich, um sie bei den Ermittlungen zu unterstützen."

„Ich bin mir nicht sicher, ob das eine gute Idee ist. Wenn sie herausfindet, dass es eine Verwechslung gab, wird sie misstrauisch werden. Es wird sie auch aus dem Gleichgewicht werfen."

„Wir versuchen doch, Dotty zu finden. Da die Vermieterin uns nicht in das Zimmer lässt, müssen wir uns auf unkonventionelle Methoden verlegen."

„Oder wir könnten auf Brockwell warten."

„Und wertvolle Zeit vergeuden? Was, wenn wir morgen auch nicht mit ihm reden können?"

Er würde sich nicht überzeugen lassen. Er hatte sich bereits entschieden. Ich nahm vielmehr an, dass er ziemlich aufrichtig war, wenn er sagte, dass er heute Abend Ablenkung brauchte.

* * *

DIE VERMIETERIN SCHLOSS die Eingangstür ab und steckte den Schlüssel in ihren Pompadour. Sie schaute die Straße in beide Richtungen entlang, ehe sie sich in die Richtung aufmachte, die von uns wegführte. Es war früher Abend, und die Straßen waren sicher genug, dass sie zur nächstgelegenen Polizeiwache zu Fuß ging, von der wir angenommen hatten, dass sie dort ihre Mieterin als vermisst gemeldet hatte. Wir rechneten damit, dass wir mindestens zwanzig Minuten hatten, um Dottys Zimmer zu durchsuchen. Erst mussten wir hineinkommen und es finden.

Mit Matts Werkzeugen war es kein Problem, hinein zu gelangen. Er hatte in wenigen Sekunden die Eingangstür geöffnet. Dottys Zimmer zu suchen dauerte etwas länger, doch wir fanden es im ersten Stock und begannen sofort, ihre Sachen zu durchstöbern, während die Lampe heruntergedreht war.

„Ihre Reisedokumente", sagte Matt, der Papiere hochhielt, die er in der obersten Schublade eines Schreibtisches gefunden hatte. „Es gibt ein Dampfschiff-Billett in die Vereinigten Staaten, und einen Ausweis. Ihr voller Name lautet Dorothy Campion."

„Also hat sie das Land noch nicht verlassen."

Mir gefiel es nicht, durch Dottys Kommodenschubladen zu wühlen, doch es war besser, wenn ich es machte, und nicht Matt. Zwischen ihren Unaussprechlichen war nichts Ungewöhnliches versteckt, aber die Tatsache, dass die Schubladen und die Truhe voller Unterwäsche und Kleidung waren, bedeutete, dass sie sich keine alternative Unterkunft gesucht hatte. Es sah allmählich danach aus, als wäre Dotty etwas Schreckliches zugestoßen. Niemand ließ bereitwillig all seine Besitztümer zurück.

Matt schaute unter dem Bett nach und begann dann mit den Fingern über die Tapete zu streichen, um versteckte Fächer zu ertasten. Ich durchsuchte ihren Ankleidetisch nach weiteren Hinweisen. Zwischen den Haarkämmen, Nadeln und Parfüm und Puder gab es ein paar Schmuckstücke, die alle aus Strass oder billigen Perlen bestanden. Ich schob einen kleinen Stapel Taschentücher zur Seite, nur um festzustellen, dass der Stapel nicht nur Taschentücher enthielt. Etwas Hartes war in eines davon eingewickelt.

Ich wickelte es aus und starrte auf die Uhr in meiner Hand. Sie wirkte vertraut. Anfangs vermutete ich, dass ich wohl gesehen hatte, wie Dotty in jener Nacht im Prince of Wales darauf schaute, aber das passte nicht ganz. Zum einen war es eine Männeruhr. Zum anderen war es ein edles Stück, das wohl eine erkleckliche Summe gekostet hatte. Es schien zwischen dem billigen Schmuck deplatziert.

Und dann kam es mir. Es war nicht Dotty, bei der ich gesehen hatte, wie sie auf diese Uhr geschaut hatte, es war Emmett.

„Matt", sagte ich und schwenkte die Uhr. „Sie hat es getan! Sie hat Emmett getötet! Nur auf diese Weise konnte seine Uhr in ihren Besitz gelangt sein. Sie hat sie ihm gestohlen, zusammen mit seinen anderen Besitztümern, nachdem sie ihn getötet hat und es wie einen Überfall aussehen ließ."

„Bist du sicher, dass es seine ist?"

„Sie ist sehr typisch." Ich drehte die Uhr um. „Und hinten sind seine Initialen eingraviert."

„Gut gemacht, India. Ich glaube, wir sind hier fertig. Gehen wir."

Die Worte hatten kaum seinen Mund verlassen, als das Klicken der aufgehenden Eingangstür mein Herz rasen ließ. Ich keuchte und legte mir eine Hand auf den Mund. Wir waren zu lange geblieben.

Wenn ich die Vermieterin gewesen wäre, wäre das erste, was ich getan hätte, nachdem ich von einem vergeblichen Gang zur Polizei zurückkehrte, in Dottys Zimmer nachzusehen. Matt dachte wohl dasselbe. Sein Blick huschte zum Fenster, dann schweifte er herum.

„Versteck dich unter dem Bett", flüsterte er, während er die Lampe löschte.

Ich schaute aus den Fenstern und nach unten. Es war zu weit, um zu springen. „Es gibt eine Regenrinne. Ich könnte es vielleicht schaffen." Meine Röcke würden im Weg sein, und ich war noch niemals zuvor eine Regenrinne hinabgeklettert, oder aus einem Fenster, aber es gab keine andere Möglichkeit.

„Meine Verlobte klettert keine Regenrinnen hinab. Versteck dich unter dem Bett. Ich gehe durch das Fenster raus und werde ihre Aufmerksamkeit vom Haus ablenken."

„Wie?"

„Ich lasse mir was einfallen. Schlüpf nach draußen, sobald sie geht."

Ich blieb am Fenster und schloss es hinter ihm, da er beide Hände brauchte, um sich an der Regenrinne festzuhalten. Ich war hin- und hergerissen dazwischen, mir seinen Abstieg anzusehen, und es nicht zu wagen, für den Fall, dass er abstürzte.

Es wurde für mich bentschieden, als gefährlich nahe eine Diele quietschte. Ich schloss das Fenster so leise, wie ich konnte, und beäugte den Spalt unter dem Bett. Er war nicht hoch, und meine Röcke waren ausladend.

Der Türgriff ratterte, während er sich drehte.

Trotz der steifen Stäbe meines Korsetts legte ich mich flach auf den Boden und glitt unter das Bett. Die Panik und die Schnürung meines Korsetts ließen mich flach atmen, abgehackt, und in meinen Ohren klang es laut. Staub drang in meine Nase, und ich drohte zu niesen.

Die Tür schwang auf, und ein Rechteck aus Licht fiel über den Boden, erreichte das Bett. Schritte erklangen, und der Saum eines Rockes kam in Sicht.

„Ist hier drin jemand?", fragte die Vermieterin.

Meine Nase kitzelte. Ich drückte sie in der Bemühung, das sich anbahnende Niesen zurückzuhalten, und hielt den Atem an, um für Stille zu sorgen. Ohne Luft würde ich nicht lange durchhalten. Matt beeilte sich besser mal. Weshalb hatte er noch nicht an der Eingangstür geklopft?

Er war bestimmt abgestürzt.

# KAPITEL 13

Ich schloss die Augen, als ob ich so die Vermieterin und meine gefährliche Lage verdrängen könnte. Wenn sie aufmerksam war, würde ihr auffallen, dass die Dinge auf Dottys Kommode bewegt worden waren. Falls sie unter das Bett schaute, würde sie mich sehen. Vielleicht argwöhnte sie nicht …

„Wer ist da?", fragte sie.

Sie argwöhnte durchaus.

Wo war Matt? Er war wohl abgestürzt und hatte sich verletzt, ansonsten wäre er inzwischen gekommen. Ich hätte nicht daran denken sollen, doch es war alles, woran ich denken konnte. Das, und dass die Vermieterin mich entdeckte. Alle möglichen Szenarien spielten sich in meinem Kopf ab, sie waren alle schrecklich. Sie wirbelten durch meine Gedanken, machten es schwierig, mich zu konzentrieren. Dass ich nicht richtig atmen konnte, half gewiss nicht. Ich fühlte mich benebelt, und meine Sicht verschwamm, aber zumindest hatte ich nicht mehr den Drang zu niesen.

Jeden Augenblick würde ich jetzt Luft holen müssen oder ohnmächtig werden. So oder so würde ich mich verraten.

Ich hörte wieder Schritte, doch dieses Mal zogen sie sich zurück. Die Vermieterin war gegangen. Da begann mein Kopf zu hämmern.

Nein, nicht mein Kopf. Jemand klopfte an die Eingangstür, sehr laut.

Matt! *Gott sei es gedankt.*

Ich glitt unter dem Bett hervor und sog ein paar Mal tief Luft ein. Dann ging ich auf Zehenspitzen zur Tür und hörte unten Matt zu. Ich konnte seine Worte nicht richtig verstehen, doch seine Stimme war in meinen Ohren wunderbar klangvoll.

Ich schlich mich näher an die Treppen, um zu lauschen. Er erzählte der Vermieterin, dass ich vermisst wurde und dass er dachte, mein Verschwinden würde mit dem von Dotty zusammenhängen. Er klang, als wäre er außer sich vor Sorge. Die Vermieterin tat ihr Bestes, um ihn anzuweisen, zur Polizei zu gehen, aber er wollte nichts davon hören.

Auf Zehenspitzen ging ich die Treppen hinab, hielt auf dem Absatz im Erdgeschoss inne, als sie in Sicht kamen. Matt hielt seinen Blick auf die Vermieterin gerichtet, aber trotzdem wusste ich, dass ihm klar war, dass ich an dieser Stelle stand.

„Sie müssen mir helfen, sie zu finden", flehte er. „Ich muss alles über Dotty erfahren."

„Ich habe schon Mitgefühl", erwiderte sie überheblich, „aber das hat nichts mit mir zu tun. Sie sollten zur Polizei gehen."

„Die sind doch hoffnungslos! Haben sie Miss Campion gefunden? Nein. Suchen sie überhaupt?" Er warf die Hände in die Luft. „Ich bezweifle es. Es sind Narren." Er drückte sich auf den Nasenrücken. „Bitte, Madam, helfen Sie mir, sie zu finden. Sie ist das Wertvollste auf der ganzen Welt für mich. Wenn ich sie verliere ..."

Die Vermieterin seufzte. „Sind Sie sicher, dass ihr etwas Schreckliches zugestoßen ist?"

„So muss es sein. Weshalb sollte mich eine Frau denn freiwillig verlassen? Ich bin reich und gut aussehend und hervorragende Gesellschaft."

„Vielleicht hat sie Sie verlassen, weil Sie stolz und selbstgefällig sind."

„Nein, das kann nicht sein." Er klang nachdenklich, aber ich schaute nicht auf sein Gesicht. Ich war damit beschäftigt, so rasch und still wie möglich zur Rückseite des Hauses zu gehen. „Alle sagen, ich sei charmant", fuhr Matt fort.

„Es tut mir leid, aber ich kann Ihnen nicht helfen. Bitte gehen Sie, Sir."

„Aber können Sie mir nicht irgendwelche Hinweise geben, wo sich Miss Campion aufhalten könnte? Ich bin überzeugt, es wird mir helfen, India zu finden."

„Nein."

„Ich vermute, dass sie einander in der Vergangenheit kannten." In seiner Stimme lag eine verzweifelte Heftigkeit, als würde er versuchen, sie zu überzeugen, bevor sie ihm die Tür vor der Nase zuwarf.

Ich konnte allerdings nicht verstehen, was sie antwortete, da ich die Küche, die Vorratskammer und schließlich die Tür fand, die auf einen Hof hinausführte. Ich hob einen Riegel und glitt durch die Tür, ehe ich sie leise hinter mir schloss. Ich rannte die Gasse entlang und traf Matt an der Ecke. Er grinste, aber alles, was ich spürte, war enorme Erleichterung. Die Erfahrung war durchgestanden, und keiner von uns war erwischt oder verletzt worden.

„Da bist du ja", sagte er und zog mich in seine Arme. „Vielleicht sollte ich zurückkehren und der Vermieterin sagen, dass du aufgetaucht bist, weil du mich so sehr vermisst hast."

„Ich habe deinen Stolz und deine Selbstgefälligkeit vermisst." Ich drückte die Stirn an seine Schulter und beruhigte meine Atmung. „Wenn du nächstes Mal in ein Haus einbricht, erinnere mich daran, kein Korsett zu tragen."

„Wenn ich nächstes Mal in ein Haus einbreche, erinnere mich, dass ich dich nicht mitnehme." Seine Arme spannten sich an.

„Ich wäre sowieso mitgekommen." Ich nahm seine Hand, und wir machten uns in die Richtung der Kutsche auf, die zwei Straßen entfernt wartete. „Zumindest waren wir erfolgreich. Wir wissen, dass Dotty Emmett getötet hat. Es ist die einzige Art, auf die die Uhr in ihren Besitz gelangt sein konnte."

„Wir werden Brockwell am Vormittag darüber in Kenntnis setzen. Er kann ihr Zimmer durchsuchen, die Uhr finden und die Lorbeeren einheimsen."

„Ich frage mich, was mit ihr passiert ist. Ich hoffe, es ist nichts Schreckliches. Sie mag ja eine Mörderin sein, aber ich kann nicht anders, als mir Sorgen um sie machen. Sie ist immerhin eine Frau, die ganz allein in einem fremden Land ist."

„Ich glaube nicht, dass du dir Sorgen machen musst", sagte Matt. „Ich schätze, es geht ihr gut, wo immer sie ist, sicher weit weg von Londons Polizei."

„Weshalb glaubst du das?"

„Wir haben kein Geld in ihrem Zimmer gefunden. Nicht einen Viertelpenny. Hast du einen Pompadour gefunden?"

„Nur einen", sagte ich. „Die meisten Frauen haben mehrere."

„Also können wir annehmen, dass sie einen Pompadour und Geld bei sich hatte, als sie untergetaucht ist."

Dadurch fühlte ich mich besser, obwohl ich nun eher das Bild einer kaltblütigen Mörderin vor mir hatte. „Sie hat Emmett ermordet, kehrte kurz in ihr Zimmer zurück, ließ die Uhr dort, sammelte all ihr Geld ein, nahm aber sonst nichts mit. Sie vermutete, dass die Polizei nach ihr suchen würde, und es war am besten, es so aussehen zu lassen, als wäre ihr etwas Schreckliches zugestoßen, indem sie ihre Besitztümer zurückließ. Auf diese Weise konnte sie fliehen."

„Und neu anfangen."

Matt half mir in die Kutsche, und er gab dem Kutscher den Befehl, nach Hause zurückzukehren.

„Ich bin schmutzig", sagte ich und schaute auf den Staub hinab, der mein Kleid bedeckte. „Die Vermieterin ist nicht so gründlich mit dem Putzen."

Ich staubte mein Kleid ab, doch Matt hielt meine Hand auf. „Wenn du mir gestattest." Seine Finger streiften in einem armseligen Versuch, den Staub wegzufegen, über meine Brüste.

Wir verbrachten den Rest der Fahrt mit Küssen und … Abstauben.

* * *

„ICH HATTE EINE WEITERE IDEE, was diese Uhr angeht", sagte Matt am folgenden Vormittag beim Frühstück.

Ich war gerade damit fertig, den anderen von unseren Eskapaden zu berichten. Willie war von meinem Nervenkostüm beeindruckt, doch Cyclops beäugte Matt, als hätte er den

Verstand verloren, dass er mich mitgenommen hatte. Duke war zu sehr damit beschäftigt, ein Würstchen zu verspeisen, um seine Gedanken preiszugeben.

„Was denn für einen?", fragte ich Matt.

„Was, wenn May Draper sie in die Schublade gesteckt hat, um es Dotty in die Schuhe zu schieben?"

Ich lehnte mich zurück, fühlte mich wieder ein wenig atemlos. Weshalb hatten wir gestern Abend nicht an diese Möglichkeit gedacht? Vermutlich, weil wir beide zu trunken von unserem Erfolg gewesen waren, und in der Kutsche ein wenig abgelenkt.

„Huch, macht mal langsam", sagte Cyclops. „Ihr glaubt, May hat Emmett getötet und will es Dotty in die Schuhe schieben?"

„Sie hat uns darüber angelogen, wo sie in jener Nacht war", sagte Matt, der Butter auf seinen Toast schmierte. „Beide Drapers haben gelogen. Und sie hat uns Dottys Adresse viel zu schnell gegeben, als wir sie in die Ecke gedrängt haben."

„Also", sagte Willie, die mit dem Messer auf Matt deutete. „Hat May auch Dotty getötet?"

„Es ist eine Möglichkeit. Oder sie hat die Gelegenheit von Dottys Verschwinden genutzt, um es ihr in die Schuhe zu schieben. Dotty ist nicht hier, um sich zu verteidigen."

„Aber was ist mit dem fehlenden Geld?", fragte ich. „Wir haben in Dottys Zimmer nichts gefunden", erklärte ich den anderen.

Matt biss in seinen Toast, während er darüber nachdachte.

Duke aß sein Würstchen auf und stahl von Cyclops' Teller ein Stück Speck. „Das brauchst du nicht, wenn du für eine gewisse hübsche Blonde gut aussehen willst."

Cyclops beobachtete verstört, wie der Speck in Dukes Mund verschwand.

„Vielleicht hatte Dotty von Anfang an nicht sonderlich viel Geld", sagte ich. Als Eddie mich hinauswarf, habe ich nur ein paar Münzen besessen, die alle in meinen Pompadour gepasst hätten. „Falls sie einen Pompadour bei sich hatte, der mit allem Geld gefüllt wäre, das sie besaß, und dann angegriffen wurde, dann ist es kein Wunder, dass wir in ihrem Zimmer nichts fanden. Ihr Angreifer hat alles behalten."

„Sie hätte die Uhr verkaufen sollen, wenn sie arm war", sagte Willie, während sie kaute. „Ich hätte es getan."

Ich schob meinen Teller weg. Dieses Gespräch sorgte dafür, dass mir übel wurde. Die arme Dotty.

Matt nahm meine leere Teetasse und füllte sie an der Kanne auf dem Buffet. „Falls Dotty nicht freiwillig weggelaufen ist, weil sie den Mord begangen hat, dann hat sie vermutlich ein unglückliches Ende durch den Mörder gefunden ..."

„May oder Danny Draper", warf Willie ein. „Oder beide."

„... weil sie zu viel wusste", schloss Matt.

Das brachte uns alle zum Schweigen. Sogar Duke schob seinen Teller mit Essen weg, obwohl er ihn nach nur fünf Sekunden wieder näher heranzog.

Das Gerede über die Ermittlung hörte auf, als Miss Glass am Frühstückstisch eintraf. Sie hatte in ihren Räumlichkeiten gegessen, wie sie es am Vormittag oft tat, schloss sich uns aber zu einer Tasse Tee und Geschwätz an.

„Ich bekam heute Vormittag einen Brief von Beatrice", kündigte sie an, nahm von Matt eine Tasse entgegen.

„Noch einen?", fragte ich. „Sie ist in ihrer Abwesenheit zu einer ziemlich eifrigen Briefeschreiberin geworden."

„Sie vermisst London sehr, genau wie Hope und Charity. Patience hat sich glücklich auf Lord Cox' Anwesen niedergelassen, allerdings schätze ich, dass das eine Lüge ist, um es mir unter die Nase zu reiben."

„Dir was unter die Nase zu reiben?", fragte Willie.

„Die hervorragende Verbindung, die Patience eingegangen ist. Lord Cox' Anwesen ist riesig, und ich glaube, er kann mit fünfzigtausend im Jahr rechnen."

„Fünfzig! Das ist ein richtig großer Schei..."

„Willie!", fuhren sie sowohl Matt als auch Duke an.

„Tut mir leid. Ich habe mich bei meinem Schock kurz mal vergessen. Wie viel machst du denn, Matt?"

„Geht dich nichts an."

„Fünfzig", sagte sie zu der Scheibe Speck auf ihrer Gabel. „Ich würde sagen, sie ist auf den Füßen gelandet. Was für ein Glück, dass er es sich anders überlegt und sie geheiratet hat."

Ich trank meinen halben Tee in einem Schluck. Er brannte, während er sich den Weg nach unten bahnte.

„Weshalb sollte Tante Beatrice wegen Patiences Glück lügen müssen?", fragte Matt Miss Glass. „Ich bin mir sicher, sie ist glücklich. Sie passen gut zusammen."

„Er hat vier Kinder, Matthew. Vier! Das ist doppelt so viel, wie irgendwer braucht. Ich glaube, drei davon sind Jungs, und sie sind alle unter zwölf Jahre alt. Patience wird ihre Entscheidung schon bald bereuen, wenn sie es nicht bereits tut. Stellt euch nur den Lärm vor. Ich bekomme Kopfschmerzen, wenn ich nur daran denke."

„Wir können also annehmen, dass du sie nicht besuchen wirst", sagte Matt, der mit einem Lächeln rang.

„Ich bin alt. Sie kann herkommen und mich besuchen – und die Kinder daheim lassen, natürlich."

„Das ist ein schreckliches Dilemma, vor das du uns da stellst, Tante", sagte Matt, der plötzlich ernst wurde. „India und ich wollten Patience übertrumpfen und fünf Kinder bekommen."

„Mach dich nicht lächerlich. Fünf passen nicht in dieses Haus."

„Du könntest dir ein Zimmer mit den Mädchen teilen, falls wir mit welchen gesegnet werden."

„Oder mit Willie", sagte ich.

Miss Glass wirkte, als würde sie uns glauben, aber nur, bis Willie ein bellendes Lachen ausstieß. „Ihr beiden seid verflixt witzig. Keine Sorge, Lettie, sie nehmen dich nur auf den Arm."

„Was für ein Glück!", sagte Miss Glass. „Mir war für einen Moment ganz schwindlig."

Bristow trat ein und reichte Matt eine Nachricht. „Die kommt von Hendry", sagte Matt, der sie las. „Er erinnert uns an unsere Einladungen und fragt, ob wir sie gerne persönlich abholen wollten oder ob wir wollen, dass er sie uns liefert."

„Wir sind den ganzen Tag beschäftigt", sagte ich.

„Ich gehe", sagte Miss Glass. „Ich könnte einen Ausflug gebrauchen."

„Nehmen Sie Polly mit." Ich wollte nicht, dass sie allein war, falls sie wieder einen ihrer Anfälle hatte.

„Was ist mit euch dreien?", fragte Matt seine Freunde.

„Ich werde Dottys Unterkunft beobachten", sagte Duke. „Falls sie zurückkehrt ... wenn wir nicht aufpassen, könnte das eine Katastrophe sein."

„Und ich werde dafür sorgen, dass Ronnie lernt", sagte Cyclops. Als wir still vor uns hinschauten, fügte er an: „Keiner sagt ein Wort. Ich werde mich nicht mit Catherine treffen. Es hat nichts mit ihr zu tun. Ich will, dass Ronnie Erfolg hat, das ist alles." Er stand auf und stürmte aus dem Esszimmer.

„Und was ist mit dir, Willie?", fragte Matt.

„Geht euch nichts an", sagte sie und erhob sich. „Aber ich werde ein wenig Spaß haben."

„Warum bin ich der Einzige, der arbeitet?", fragte Duke.

„Im Halbschlaf auf der Straße zu stehen, ist keine Arbeit."

„Ich schlafe nicht ein."

Willie schnaubte.

* * *

Obwohl wir May noch einmal befragen wollten, fuhren Matt und ich gleich zu New Scotland Yard, um bei Brockwell Bericht zu erstatten. Zum Glück war er da und bereit, uns zu treffen. Ich hätte den Kriminalinspektor nicht als einen Mann der Tat eingeschätzt, und ganz gewiss als niemanden, der sich schnell bewegte. Als wir ihm jedoch davon erzählt hatten, was wir in Dottys Zimmer entdeckt hatten, wurde er zu einer völlig neuen Person. Er marschierte hinaus in den Gemeinschaftsbereich und brüllte seinen Männern Befehle zu, das Zimmer zu durchsuchen, und dabei insbesondere auf etwaige Uhren zu achten.

„Kommen Sie mit, Sir?", fragte einer von ihnen, während er hinausging.

Brockwell schüttelte den Kopf. „Ich muss einen Verdächtigen befragen. Sie sind für die Suche verantwortlich, Sergeant."

Der Sergeant reckte die Brust und salutierte vor Brockwell, ehe er aufbrach.

Brockwell kehrte mit uns im Schlepptau in sein Bureau zurück und holte sich seinen Hut vom Hutständer. „Vielen Dank für diese Information, aber ich muss noch fragen: Wie sind Sie in Miss Campions Zimmer gelangt?"

211

„Das wollen Sie nicht wissen", sagte Matt.

Der Inspektor presste die Lippen aufeinander. „Die Vermieterin hat Sie nicht reingelassen, oder?"

„Ich glaube, Sie sollten das annehmen, was Ihr Gewissen beruhigt."

„Sehr wenig an alldem beruhigt mein Gewissen, Glass. Wenn meine Vorgesetzten nach Einzelheiten fragen, werde ich gezwungen sein, sie zu verraten."

„Und ich werde Munro die Antworten geben, die er möchte."

Das glättete Brockwells Stirnrunzeln nicht im Geringsten. „Wenn es Ihnen nichts ausmacht, habe ich jetzt zu arbeiten." Er ging durch den Gang davon.

Wir folgten ihm bis ganz nach draußen. Matt war ihm auf den Fersen, genau wie ich. Ich war mir nicht ganz sicher, was Matt im Sinn hatte, obwohl ich so eine Ahnung hatte. Er wollte unsere Beteiligung jetzt wohl nicht beenden.

„Das ist dann alles, Glass", sagte Brockwell, der auf dem Bürgersteig stehen blieb.

„Sie werden jetzt May Draper befragen, oder nicht?"

„Das ist an dieser Weggabelung das klügste Vorgehen."

„Nicht wirklich. Darf ich ein anderes vorschlagen?"

Brockwell seufzte. „Das werden Sie doch sowieso, ob ich es nun will oder nicht."

Matt lächelte. „Sie kennen mich so gut."

„Bringen wir es einfach hinter uns, Glass." Der arme Brockwell klang, als lägen tausend Lasten auf seinen Schultern, und Matt wäre die größte davon.

„May Draper ist eine unübertreffliche Lügnerin. Da ihr Ehemann ihr ein Alibi gibt, werden Sie nirgendwohin kommen, wenn Sie sie befragen. Ich schlage vor, dass Sie mit jemandem reden, der sie gut kennt, um sich erst einmal ein genaueres Bild zu verschaffen. Jemanden, der Ihnen womöglich Munition liefern kann, die Sie bei Ihrer Befragung nutzen können."

„Annie Oakley?", fragte ich.

„William Cody."

„Buffalo Bill?" Brockwell kratzte sich an den Koteletten. „Er ist sicher ein viel beschäftigter Mann. Es wird schwierig sein, ihn zu erwischen."

„Sie sind der beste Kriminalinspektor von London. Das wird er respektieren."

„Das ist nett, dass Sie das sagen, Glass, doch er weiß bestimmt nicht, dass ich der Beste bin."

Matt schlug Brockwell auf die Schulter. „Darum komme ich mit, um es ihm zu sagen."

„Und ich", sagte ich.

„Natürlich. Wir sind ein Team."

Brockwell seufzte nur.

* * *

WIR SPÜRTEN SCHLIEßLICH Annie Oakley und Bill Cody zusammen auf dem Ausstellungsgelände auf. Annie saß auf einem Hocker im Schatten der Tribüne, ein Gewehr auf dem Schoß, dessen Lauf sie glänzend polierte. Cody war mitten in der Arena in die Hocke gegangen, musterte das Bein eines Pferdes, während Reiter andere Tiere vorführten. Die Drapers waren nirgendwo zu sehen.

Ich winkte Annie zu, als sie aufschaute.

„Was machen Sie denn hier?", fragte sie.

„Wir wollen mit Mr. Cody sprechen."

Ich eilte Matt und Brockwell nach, die durch die Arena marschierten. Staubwolken, die die Hufe der Pferde aufwarfen, hingen in der stickigen Luft und ließen mir die Kehle eng werden. Ich blieb stehen, um zu husten, und geriet beinahe einem der Reiter in die Quere.

„Sie da!", rief Cody. „Wollen Sie niedergetrampelt werden?"

Meine Entschuldigung brachte mir nur einen finsteren Blick von Buffalo Bill höchstpersönlich ein.

„Ich habe alle Ihre Fragen beantwortet, Inspektor", sagte Mr. Cody und machte eine wegwerfende Handbewegung zu dem Reiter hin, damit er das Pferd wegführte.

„Ich habe weitere", sagte Brockwell.

Mr. Cody stand auf, die Hände auf den Hüften, die Füße weit auseinander, wirkte wie der beeindruckende Cowboy von den Postern. Matt und mir ließ er eine gründliche Musterung zukommen. „Sie beide habe ich schon mal gesehen."

„Auf der Gedenkfeier", sagte Matt, der eine Hand ausstreckte. „Ich bin Matthew Glass, und das ist meine Verlobte, India Steele. Wir unterstützen Kriminalinspektor Brockwell bei seiner Ermittlung."

„Wo sind Sie her, Glass?"

„Zum Großteil Kalifornien. Meine Mutter war eine Johnson."

Mr. Codys Blick glitt zu Brockwell.

„Er weiß, wer die Johnsons sind", sagte Matt lächelnd.

„Interessante Freundschaft haben Sie beide da."

„Wir sind keine Freunde", sagten sowohl Matt als auch Brockwell.

Ich schaffte es, mein Lächeln zu unterdrücken – gerade noch.

Mr. Codys Blick wanderte durch die Arena, nahm Annie und die Gruppe aus Ensemble-Mitgliedern um sie herum zur Kenntnis, die Reiter und die Ansammlung von Indianern, die ihr Schaulager aufbauten. „Also worum geht es nun? Machen Sie schnell, Inspektor, ich habe eine Show vorzubereiten."

„Was können Sie uns über May und Danny Draper erzählen?", fragte der Inspektor.

Mr. Codys Blick richtete sich wieder auf Brockwell. „Sie glauben, sie haben Emmett getötet?"

„Ich versuche, mir ein Bild über eine Reihe von Leuten zu machen, darunter die Drapers."

„Also sind sie Verdächtige."

Der Inspektor wartete, dass er fortfuhr.

„Sehen Sie mal, Inspektor, ich bin keine Plaudertasche. Nicht jeder in diesem Ensemble ist so rein wie die Tochter eines Predigers, aber was immer sie in der Vergangenheit angestellt haben, ist hier alles vergeben, solange ihre Fehler in der Vergangenheit bleiben. Ich werde die Drapers nicht verpfeifen – oder sonst jemanden."

„Sie wollen doch keinen Verbrechern Schutz bieten, Mr. Cody. Oder?"

Buffalo Bill beobachtete wieder seine Reiter. „Einen schönen Tag, Gentlemen, Madam. Passen Sie auf dem Weg nach draußen auf. Sie wollen doch sicher nicht diese hübschen Stiefel schmutzig machen."

Brockwell schnaubte laut.

„Sie wären doch keine Plaudertasche", sagte ich rasch. „Sie würden uns hilfreiche Informationen geben, um Emmetts Mörder zu erwischen. Sehen Sie, wir glauben, May hat uns angelogen. Wir müssen mehr über sie erfahren, bevor wir sie zur Rede stellen können. Wir müssen wissen, was für Leute die Drapers sind."

„Sie lassen das gut klingen, Miss Steele, doch die Antwort lautet immer noch Nein. Ich bin kein Spitzel."

„Beantworten Sie die Frage, Mr. Cody", sagte Matt, seine Stimme hatte einen eisernen Unterton. „Wenn Sie das nicht tun, wird Brockwell gezwungen sein, die Vorführung heute zu streichen und Ihre Kunden nach Hause zu schicken."

Mr. Cody fuhr zu ihm herum. Dann wandte er seinen harten Blick Brockwell zu. „Das würden Sie nicht wagen", fauchte er.

„Ich kann jetzt gleich schließen lassen", sagte Brockwell. „Es wäre besser, es ein Stück vor dem geplanten Beginn zu machen, damit Sie Zeit haben, die Erstattungsgelder zu organisieren."

Mr. Codys Lippen bewegten sich, und sein Schnurrbart zuckte, aber es kam kein Geräusch heraus. Er ging erneut dazu über, die Pferde zu beobachten. Nach einem Augenblick sagte er: „May Draper ist eine Frau mit vielen Talenten. Bevor sie geheiratet hat, hat sie für Madame Le Clare in Bellevue, Texas, gearbeitet."

„Liege ich recht in der Annahme, dass Madame Le Clare keine echte Französin ist?", fragte Brockwell.

Mr. Cody nickte. „Sie war eine Puffmutter. May ist Danny dort begegnet, darum weiß er, was sie war. Sie haben sich etwa ein Jahr nach ihrer Hochzeit meiner Truppe angeschlossen, als ich sah, wie sie bei einer kleineren Show auftraten. Sie schoss eine Blechbüchse auf dreißig Schritt entzwei, und Danny war ein guter Trick-Reiter. Sie sind nicht die besten in ihrem Metier, doch ich habe festgestellt, dass verheiratete Paare besser arbeiten als Alleinstehende. Dass seine Frau dabei ist, sorgt dafür, dass der Mann sich benimmt. Üblicherweise."

„Danny Draper benimmt sich nicht?", fragte Matt.

„Er spielt. Das wissen Sie doch."

„Und er hat eine Menge Schulden", fügte ich an.

„Richtig, Miss Steele. So viele Schulden, dass ich weiß, dass

May manchmal in ihren alten Beruf zurückkehren muss, um Gläubiger zu bezahlen, die Drohungen aussprechen. Ich schätze, Danny weiß nicht mal die Hälfte davon, aber er weiß gewiss etwas. Sie hilft ihm immer wieder aus der Patsche. Wenn sie nicht wäre, hätten ihn seine Gläubiger inzwischen eingeholt."

„Das alles hat sie Ihnen erzählt?", fragte ich. Es schien unwahrscheinlich, dass eine Frau so vertrauliche Geheimnisse über sich und ihre Ehe mit dem Mann teilen sollte, bei dem sie arbeitete.

„Sie kam einmal wegen eines Darlehens zu mir. Ich wollte ihr nichts geben, aber sie erzählte mir, was sie tun musste, um einen besonders gefährlichen Geldgeber abzuwimmeln. Sie tat mir leid, darum gab ihr hundert Dollar. Es hat wohl geholfen, denn sie ist nicht wieder gekommen, um um mehr zu bitten, und sie wirkten eine Zeit lang glücklicher."

„Eine Zeit lang?", drängte Brockwell. „Hat sich das geändert?"

„Vor etwa zwei Wochen schien Danny wieder Sorgen zu haben, er war richtig angestrengt, wenn er Karten spielte. Er und May stritten auch oft über Geld."

Ihre wechselnde Laune fiel mit dem Zeitpunkt zusammen, zu dem Emmett die Partnerschaft mit Danny beendet hatte.

„Es scheint, als wären ihre Gläubiger ihnen nach England gefolgt, oder Danny hätte neue aufgebaut", fuhr Mr. Cody fort. „So, wie ich ihn kenne, könnte beides sein."

„Wo wir gerade davon sprechen, hierher verfolgt zu werden", sagte Matt, „was wissen Sie über Emmett Cockers Schwierigkeiten drüben in den Staaten? Ich habe gehört, jemand will sich an ihm rächen."

„Jack Krane? Er hat Emmett etliche Probleme bereitet, bevor wir aufgebrochen sind, und es hätte mich nicht überrascht, wenn er hierhergekommen wäre, um seine Rache zu nehmen. Doch ich habe ihn hier nicht gesehen."

„Vielleicht hat er jemanden geschickt, der für ihn Rache nimmt."

„Das könnte er getan haben, Glass. Tatsächlich ist das vermutlich der Grund, weshalb Emmett ermordet wurde. Es wirkt wahrscheinlicher, als dass die Drapers es getan haben. Ihre Vergangenheit ist nicht ganz sauber, aber sie sind keine Mörder."

„Glauben Sie, May ist wieder zu ihren alten Methoden zurückgekehrt, um Dannys Schulden zu bezahlen?", fragte Matt.

„Das würde ich über eine Frau nicht sagen wollen", erklärte Mr. Cody, der immer noch die Pferde beobachtete.

„Sie sind ein Gentleman", sagte ich zu ihm. „Danke, dass Sie uns so viel erzählt haben. Es ist sehr hilfreich."

Mr. Cody knurrte nur.

„Was wissen Sie über Emmetts Mädchen, die Blonde namens Dorothy?", fragte Brockwell.

„Ich hab sie immer wieder mal gesehen, sowohl hier, als auch in der Heimat", sagte Mr. Cody. „Aber ich weiß ihren Namen nicht. Ist das jetzt alles? Ich bin ein beschäftigter Mann."

„Natürlich, Sir." Brockwell nahm seinen Hut ab und machte einen riesigen Schritt, um sich vor Mr. Cody zu stellen. Er räusperte sich. „Könnten sie zwei Billetts für Ihre Vorführung erübrigen, Sir? Ich würde sie gerne jemandem zeigen. Sie sagt, sie hat sie bereits gesehen, aber ich glaube, sie würde gern noch einmal herkommen. Sie hat mir erzählt, wie großartig die Vorführung war, wie genial und …"

„Schon gut, schon gut." Mr. Cody pfiff, und ein Mann mit einem Klemmbrett, der mit den Indianern redete, schaute auf. Mr. Cody deutete auf Brockwell und hielt zwei Finger hoch. Der Mann nickte.

Wir dankten Mr. Cody und holten Brockwells Billetts ab.

„Sie nehmen jemanden zur Vorführung mit?", fragte ich ihn, während wir zum Ausgang auf die Warwick Road unterwegs waren. „Das ist wunderbar."

„Ich habe Freunde", sagte er abwehrend.

„Aber hier geht es um eine Freundin, oder? Sie haben sie noch nie erwähnt."

Matt klopfte Brockwell auf die Schulter. „Viel Glück."

Brockwell schaute finster drein. „Mein Privatleben ist kein Thema, das ich mit einem von Ihnen diskutieren möchte."

„Es erleichtert mich, das zu hören." Matts Lächeln verflog. „Sehen Sie mal, wer endlich zur Arbeit aufgetaucht ist."

Ich folgte seinem Blick dorthin, wo May und Danny Draper

auf uns zukamen. Danny trug eine Tasche über der Schulter, und May hielt einen Waffenkoffer.

„Guten Morgen", sagte May mit einem Lächeln. „Was für eine Überraschung."

„Überhaupt nicht." Brockwell erwiderte das Lächeln. „Wir hatten weitere Fragen an Mr. Cody und waren gerade auf dem Weg."

„Oh. Gut." Danny konzentrierte sich auf die Arena hinter uns. „Welche Fragen denn?"

„Von der Art, über die ich Sie nicht in Kenntnis setzen darf."

May nahm ihren Mann beim Arm. „Wir sollten gehen. Wir sind spät dran."

„Warten Sie einen Augenblick, wenn es Ihnen recht ist. Ich habe ein paar Fragen, die Sie mir beantworten müssen."

„Nicht jetzt", sagte sie. „Mr. Cody lässt sich keine Trödelei gefallen. Das verstehen Sie doch."

„Tue ich."

Sie lächelte und wollte gehen und Danny mitnehmen. Matt bewegte sich, um ihnen den Weg zu versperren. „Der Kriminalinspektor bittet Sie nicht, Mrs. Draper. Wenn Sie nicht hier mit uns reden wollen, können Sie mit zu Scotland Yard kommen. Sie haben die Wahl."

Danny fluchte tonlos. May schnaubte und ließ ihren Mann los. „Dann machen Sie schon", keifte sie.

„Wo waren Sie in der Nacht, in der Emmett ermordet wurde?", fragte Brockwell.

Danny schnalzte ungeduldig mit der Zunge. „Wie wir Mr. Glass bereits erzählt haben ..."

„Ich weiß, was Sie Mr. Glass und Miss Steele erzählt haben. Diesmal hätte ich gern die Wahrheit."

Danny schluckte. Mann und Frau wechselten Blicke.

„Kommen Sie schon", drängte Matt. „So schwer ist das nicht. Haben Sie Emmett in dieser Nacht noch einmal gesehen?"

„Nein!", sagte May. „Ich versichere Ihnen, keiner von uns hat ihn gesehen, nachdem wir das Prince of Wales verlassen haben."

„Wohin sind Sie dann also gegangen?"

Die Drapers wechselten einen weiteren Blick. Danny schüttelte ganz leicht, kaum wahrnehmbar, den Kopf.

„Wir wissen, dass Sie nicht spazieren waren", sagte Brockwell. „Genauso wenig waren Sie in Ihrer Unterkunft in der Childs Street. Wo waren Sie also?"

„Das geht Sie nichts an!", spie Danny aus. „Jetzt gehen Sie uns aus dem Weg." Er schubste Matt, doch Matt bewegte sich kaum. Er verstellte ihnen weiterhin den Weg.

Brockwell schloss sich ihm an. „Beruhigen Sie sich, Mr. Draper."

„Ich bin ruhig!"

„Danny", warnte ihn May.

„Halt dich da raus!" Die Adern in Dannys Hals pulsierten über dem engen Kragen, und sein Gesicht wurde rot. Er verlagerte das Gewicht von einem Bein auf das andere und funkelte die beiden Männer an. Ich war an einen Boxer erinnert, der seinen Gegner abschätzte.

Weder Matt noch Brockwell rückten ab, obwohl Danny sich immer mehr aufregte. Ich trat einen vorsichtigen Schritt zurück, nur für den Fall, dass sein Temperament mit ihm durchging.

„Sagen Sie es uns, Mr. Draper", drängte Brockwell. „Wo waren Sie in jener Nacht? Was haben Sie und May getan? Etwas, um Ihre Schulden zu begleichen? Etwas, dass Sie kaum zu sagen wagen?"

„Aufhören!", brüllte Danny dem Inspektor ins Gesicht. „Hören Sie auf mit Ihren verdammten Fragen!"

Matt legte Brockwell eine Hand auf die Schulter. „Das reicht jetzt, Inspektor."

Brockwell achtete nicht auf ihn. In seinen Augen stand ein Leuchten, ein irrer Glanz, als würde er sich auf seine Beute konzentrieren. Es war, als wären Matt und ich nicht einmal da. „Entweder erzählen Sie uns, wo Sie in jener Nacht waren, oder ich werde annehmen müssen, dass Sie Emmett Cocker getötet haben."

„Nein!", stieß May mit einem Schluchzen hervor. Ihre Finger spannten sich um den Griff des Waffenkoffers. „Wir haben ihn nicht getötet. Wir waren in jener Nacht nicht einmal annähernd in der Gegend des Prince of Wales."

„Genug, May", sagte Danny, der schwer durch den Mund atmete. „Sag nichts."

„Weshalb wollen Sie, dass Sie aufhört, Mr. Draper?", fragte Brockwell ganz unschuldig. „Liegt es daran, dass Sie fürchten, Sie würde sich mit dem Mordfall in Zusammenhang bringen lassen?"

„Sie ist keine Mörderin."

„Sind Sie das? Lügt sie, um Sie zu schützen?"

Dannys Hände ballten sich an seinen Seiten zu Fäusten. „Wir sind keine Mörder."

„Sie haben uns beide angelogen, was Ihren Aufenthaltsort in jener Nacht angeht", fuhr Brockwell fort wie ein Fels, der einen Hügel hinabrollte. „Sie haben Emmett Cocker verabscheut, weil er die Vereinbarung beendet hat, die Sie mit ihm bei Ihrer Masche hatten, und May hat darüber gelogen, dass Sie Dotty Campion kennt. Haben Sie sie auch getötet, May?"

May keuchte. Sie ließ den Koffer fallen und bedeckte ihren Mund mit beiden Händen. Die Bewegung lenkte mich ab und sorgte dafür, dass ich nicht sah, wie Danny eine Faust schwang, bis es zu spät war.

# KAPITEL 14

*D*anny schlug Brockwell aufs Kinn, sodass der Inspektor zurückruderte. Matt erwischte ihn und richtete ihn auf, doch sein Hut fiel in den Staub.

„Danny!", fuhr May ihn an. „Du verdammter Narr!"

Danny schüttelte die Hand aus, sein ganzer aufgeblasener Zorn war weg. Er blinzelte seine Frau unschuldig an.

„Ach, Danny", sagte sie mit einem Seufzen, nahm seine Hand in ihre beiden. „Du hast dir wehgetan, du dummer Junge."

Er senkte den Kopf, und sie küsste ihn auf die Stirn. Es war rührend, und zum ersten Mal hoffte ich, dass sie nicht des Mordes schuldig waren. Diese beiden liebten einander auf ihre Art, und es würde ihnen das Herz brechen, wenn sie getrennt wurden.

Es hätte auch erklärt, weshalb einer von ihnen die mörderischen Missetaten des anderen mit einem Sack voller Lügen überspielen sollte.

Brockwell tupfte sich mit dem Taschentuch seine aufgeplatzte Lippe. „Mr. Draper, Sie sind verhaftet, weil Sie einen Gesetzeshüter angegriffen haben."

„Warten Sie!", rief May. „Nehmen Sie ihn nicht fest. Danny hat nur meine Ehre verteidigt. Wenn wir gestehen, lassen Sie uns dann gehen?"

„Hängt davon ab, was Sie gestehen."

„Keinen Mord", sagte sie rasch. „Wir haben Emmett nicht getötet."

„Das musst du nicht tun, May", sagte Danny sanft.

Zwei Mitwirkende an der Vorstellung gingen in Lederhosen und ausladenden Hüten vorbei, ihre Sporen klirrten bei jedem Schritt. Sie sahen uns weiter an, lange, nachdem sie vorüber waren.

„Ich muss es tun", sagte May, die die Stimme senkte. „Aber Sie müssen versprechen, dass Sie es niemandem erzählen. Nicht einmal Cody."

„Abgemacht", sagte Matt. „Fahren Sie fort."

„In der Nacht, in der Emmett gestorben ist, habe ich … etwas Zeit mit einem der Männer verbracht, mit denen Danny Karten spielt."

„Sie meinen, sie haben ihn zur Unzucht aufgefordert?", fragte Brockwell.

Danny sah aus, als würde er gleich wieder zuschlagen.

„Nein", sagte May, die den rechten Arm ihres Mannes zu fassen bekam. „Es war nur ein wenig Spaß. Nichts ist passiert. Danny weiß alles darüber, und er … wendet den Blick ab."

Danny wendete im Augenblick den Blick keineswegs ab. Er wirkte, als würde er Brockwell erwürgen wollen, weil er die Sache zur Sprache brachte.

„Also haben Sie es nicht für Geld getan?", fragte Brockwell.

„Natürlich nicht, Inspektor. Das wäre illegal."

„Darf ich den Namen des Mannes erfahren?"

„James Lester. Er hat Räumlichkeiten in einem Haus am Glebe Place in Chelsea."

Brockwell schrieb sich den Namen und die Adresse in seinem Block auf. „Und wo waren Sie, während Ihre Frau … sich amüsiert hat, Mr. Draper?"

„In der Nähe", knurrte Danny.

May fasste seinen Arm fester. „Verstehen Sie jetzt, weshalb wir darüber nicht reden wollen?", fragte sie. „Es ist nichts, was man gerne zugibt, wenn man Mann und Frau ist."

Dannys Kieferpartie verhärtete sich, und ich hätte geschworen, dass ich hörte, wie seine Zähne aufeinander mahlten.

„Ist das alles?", fragte May.

„Nicht ganz", sagte Matt. „Emmett Cockers Taschenuhr wurde in Dorothy Campions Unterkunft gefunden. Haben Sie sie dorthin gebracht?"

Sie zog die Schultern hoch. „Nein, habe ich nicht. Warum sollten Sie so etwas vermuten?"

„Weil es äußerst passend war, dass Ihnen plötzlich wieder einfiel, wo Dotty wohnte, nachdem wir Sie befragt haben, und noch passender, dass belastende Beweismittel in ihrem Zimmer gefunden wurden."

„Vielleicht war es so passend, weil sie Emmett getötet hat. Ich bin mir nicht mal sicher, wie seine Uhr aussieht."

„Es ist ein alter, goldener LeCoultre-Chronograf" sagte ich.

„Wir haben sie nicht gestohlen", spuckte Danny aus. „Nicht in der Nacht, in der er gestorben ist, nicht vorher, und nicht danach. Wir haben sie dieser Frau nicht gegeben, und wir haben sie nicht in ihr Zimmer gelegt. Verstanden?"

May hob das Kinn. „Komm schon, Danny. Wir haben alles beantwortet, was wir beantworten müssen."

Er nahm ihren Waffenkoffer, und zusammen marschierten sie zur Arena.

„Ist alles in Ordnung, Inspektor?", fragte ich. „Dieser Schmiss sieht schlimm aus."

„Machen Sie sich keine Sorgen, Miss Steele. Das ist ein Risiko in diesem Beruf."

Matt hob Brockwells Hut auf und staubte ihn ab. „Ihre Befragungstechnik lässt einiges zu wünschen übrig, aber sie hat Ergebnisse geliefert. Ich bin beeindruckt."

„Gesprochen wie ein Mann", sagte ich. „Aber ja, sie hat Ergebnisse geliefert. Gut gemacht, Inspektor. Was machen wir jetzt?"

„Jetzt besuche ich James Lester in Chelsea." Brockwell klopfte sich auf die Jacketttasche, wo er seinen Block eingesteckt hatte. „Sie beide sollten nach Hause gehen. Ich werde Sie wissen lassen, wie es ausgeht."

Ich schickte mich an, zu gehen, doch Matt folgte mir nicht. Er schaute in die weite Arena, die hinter uns aufklaffte, ein großartiges Bauwerk, das in weniger als einer Stunde die spektakuläre Wildwestshow beheimaten würde, die Buffalo Bill präsentierte.

„Matt?", fragte ich.

Er schloss sich uns an, und wir gingen vom Ausstellungsgelände durch das Tor an der Warwick Street. „Sie halten noch immer mit etwas hinterm Berg", sagte er.

„Da wären sie töricht", sagte Brockwell.

„Ich weiß, aber ich kann das Gefühl nicht abschütteln."

„Sie Amerikaner und Ihre Gefühle." Brockwell lachte kurz auf, nur um zusammenzuzucken, da ihm seine Lippe Schmerzen bereitete. „Sie tragen Ihr Herz immer auf der Zunge."

„May zeigt ihre Gefühle auf jeden Fall offen", sagte ich. „Aber sie ist nicht annähernd so emotional wie Danny. Kümmern Sie sich bitte um Ihre Lippe, Inspektor. Lassen Sie nicht zu, dass sich das entzündet."

Wir trennten uns, und Brockwell nahm eine Kutsche nach Chelsea, Matt und ich fuhren in unserer Kutsche nach Hause. Er war auf der Fahrt allerdings abgelenkt, schaute durch das Rückfenster, und ich konnte ihn nicht in ein Gespräch verwickeln, ganz gleich, wie oft ich es versuchte.

„Was ist los?", fragte ich schließlich.

„Ich glaube, jemand folgt uns."

Ich spähte auch durch das Fenster. Mietkutschen, kompakte Privatkutschen und Omnibusse mühten sich alle hinter uns um einen Platz auf der Straße, doch ich konnte keine einzelne ausmachen, die uns zu folgen schien. Als wir in die Park Street abbogen, bog keine mit uns ab.

„Da ist nichts", sagte ich und richtete mich wieder nach vorne aus.

„War es aber. Glaube ich."

„Willie dachte auch, dass uns gestern Abend jemand aus dem New Somerville Club gefolgt ist."

Er öffnete die Tür, als die Kutsche draußen vor der Nummer 16 zum Stillstand kam. „Wäre ich immer noch ein Spieler, würde ich mein ganzes Geld auf Whittaker setzen."

Ich ließ mir von ihm hinab auf den Bürgersteig helfen. „Er wirkt wie der wahrscheinlichste Kandidat. Spioniert er für den Club oder Lord Coyle?"

„Und weiß er mehr über den Mord an Emmett Cocker, als er zugibt?"

Eine Nachricht von Duke wartete auf dem Tisch in der Eingangshalle auf uns, zusammen mit der übrigen Post. Da stand einfach, dass Dotty Campion nicht zu ihrer Unterkunft zurückgekehrt war, und dass niemand, der mit dem Fall in Verbindung stand, dort vorbeigekommen war. Er würde weiterhin das Gebäude den übrigen Tag lang beobachten.

Cyclops und Willie waren noch nicht nach Hause zurückgekehrt, doch Miss Glass wartete im Wohnzimmer auf uns. Sie reichte mir einen kleinen Stapel Einladungen, mit einem dunkelblauen Band verschnürt.

„Danke, dass Sie die abgeholt haben", sagte ich und öffnete das Band. Meine Finger wurden warm durch die magische Hitze in den Karten, aber ich wurde bald durch die luxuriöse seidige Glätte der Karten selbst abgelenkt. „Die Qualität ist überwältigend." Ich strich über die oberste Karte, dann bot ich sie Miss Glass an, damit sie sie spüren konnte.

„Kein Wunder, dass er einen so guten Ruf hat", sagte sie.

„Sie wissen noch, dass er Papiermagier ist, oder?"

„Ist er das? Nein, India, das hast du nicht erwähnt. Ich bin doch die letzte, die diese Sachen hier erfährt."

„Fühl mal, Matt", sagte ich und bot ihm eine Einladung.

Er berührte die Karte und nickte dann pflichtschuldig, doch seine Gedanken waren woanders. Er entschuldigte sich und verließ das Zimmer.

Miss Glass und ich setzten uns zusammen auf das Sofa und musterten jede Einladung. Ich überreichte ihr ihre und legte die für Duke, Cyclops und Willie zur Seite. Es war recht unnötig, dass sie Einladungen bekamen, doch Mr. Hendry hatte darauf bestanden, und Miss Glass freute sich, eine zu erhalten.

„Er ist ein ziemlich ungewöhnlicher Bursche", sagte sie und las sich noch einmal jede Einladung durch. „Ziemlich ... wie soll ich ihn beschreiben?"

„Emotional?"

„Beharrlich."

„Das klingt nicht nach Mr. Hendry. Was hat er denn zu Ihnen gesagt?"

„Er hat mich gefragt, weshalb du und Matthew nicht persönlich vorbeikommt. Er wirkte ziemlich beleidigt, dass ihr mich geschickt habt, um sie abzuholen." Sie legte ihre Einladung auf den Tisch neben die anderen und nahm ihre Brille ab. „Er ist fast schon unhöflich deswegen."

„Vielleicht dachte er, wir würden die Großartigkeit seiner Arbeit nicht genug schätzen, indem wir jemanden an unserer statt schickten. Er weiß nicht, wie wichtig Sie uns sind." Ich tätschelte ihr die Hand, und sie schien sich über mein Kompliment ein wenig zu freuen.

„Das ist es wohl."

* * *

NACHDEM ICH EIN Mittagsmahl hinter mich gebracht hatte, bei dem Matt immer noch abgelenkt wirkte, stellte ich ihn zur Rede, als wir danach allein waren. „Machst du dir Sorgen, dass wir noch nichts von Brockwell gehört haben? Oder dass wir keine eigene Aufgabe haben, die wir erledigen können?"

„Es ist Whittaker", sagte er. „Ich will ihn zur Rede stellen, weil er uns folgt."

„Wir wissen nicht sicher, ob er es war."

„Es kann nicht schaden, ihn zu fragen."

Ich war mir nicht so sicher, ob wir ihn zur Rede stellen sollten. Sir Charles und Lord Coyle waren aalglatt. Dass man sie in Verdacht hatte, zu spionieren, war das eine, aber sie dazu zu bringen, es zuzugeben, etwas völlig anderes.

Matt nahm meine Hände in seine beiden und hob sie an seine Lippen. „Whittaker gab zu, dass er Magiern nachspioniert. Es ist kein allzu großer Sprung zu der Annahme, dass er dir nachspioniert, obwohl er es leugnet."

„Das nehme ich an."

„Ihm muss klar werden, dass wir uns bewusst sind, dass er uns folgt. Das ist die einzige Art, wie wir ihn zum Aufhören bewegen."

„Oder er ist nächstes Mal vorsichtiger, um nicht erwischt zu werden."

Matt ließ sich nicht von der Idee abbringen, ihn zur Rede zu stellen, daher brachen wir am Nachmittag wieder auf. „Da", sagte er und spähte durch das Rückfenster. „Ich bin mir sicher, dieser schwarze Einspänner drei Kutschen weiter war bei uns, seit wir aus der Park Street gefahren sind."

Der Einspänner folgte uns nicht den ganzen Weg zu Sir Charles' Haus in Hammersmith, sondern bog eine Straße vorher ab. Ich neigte dazu, Matt zuzustimmen, dass wir auf jeden Fall verfolgt wurden, aber ich war nicht überzeugt, dass es Sir Charles war.

„Wir werden es sicher wissen, wenn er jetzt nicht zu Hause ist, aber auftaucht, kurz nachdem wir klopfen, und sich aus dieser Richtung nähert." Er nickte zum Ende der Straße hin.

Mir stockte der Atem. „Mein Gott", flüsterte ich. „Jedes Mal, wenn wir hergekommen sind, war er nicht zu Hause, sondern kam zu Fuß kurz danach an."

Matt wirkte ziemlich selbstgefällig.

„Er folgt uns wirklich", fuhr ich fort. „Wenn er sieht, dass wir unterwegs sind, um ihn zu besuchen, steigt er um die Ecke aus seiner Kutsche und marschiert hierher, gerade rechtzeitig, um uns zu erwischen, bevor wir wieder gehen. Und du wusstest es."

„Ich habe nur geraten. Das wird es nun bestätigen." Er klopfte an der Eingangstür des Reihenhauses.

Typischerweise verkündete die Haushälterin, dass Sir Charles nicht zu Hause war, doch als wir uns umwandten, grüßte er uns vom Bürgersteig.

„Guten Nachmittag", sagte er fröhlich. „Womit habe ich das Vergnügen dieses Besuchs verdient?"

„Wir würden gern reden." Matt klang auch fröhlich. Das machte mich nervös.

„Kommen Sie herein."

„Es wird nicht lange dauern." Matt wartete darauf, dass die Haushälterin wieder nach drinnen zurückkehrte, dann verfestigten sich seine Züge zu etwas sehr viel Ernsterem, Härterem. „Hören Sie auf, India zu folgen."

Sir Charles drückte sich eine Hand über dem Herzen auf die Brust. „Ich kann Ihnen versichern, dass ich das nicht tue."

„Lügen Sie uns nicht an. Man hat Sie erwischt. Wenn ich Sie

noch einmal erwische, bekommen Sie einen weiteren Besuch von mir. Der wird nicht so höflich wie dieser."

Sir Charles lachte nervös. „Kommen Sie schon, Glass, was soll denn das? Lassen Sie uns doch wieder Freunde sein."

„Wir waren niemals Freunde. Und spielen Sie keine Unschuld vor."

„Ich *bin* unschuldig!"

Matt packte Sir Charles vorne am Jackett und zog ihn dichter heran. Er ragte über ihm auf und war auf jeden Fall der Stärkere der beiden. Es war kein Wunder, dass Whittaker hörbar schluckte.

„Folgen Sie India nicht noch einmal." Matt schüttelte Sir Charles, was dazu führte, dass Sir Charles' Melone verrutschte. „Verstehen Sie?"

„Matt", sagte ich behutsam. „Die Haushälterin beobachtet uns durch das Fenster."

Matt ließ Sir Charles los und schubste ihn zur Sicherheit noch einmal. „Das ist meine letzte Warnung."

Sir Charles trat einen weiteren Schritt zurück aus Matts Reichweite und glättete sein zerknittertes Jackett. „Ich ... ich folge ihr nur, um Informationen über Ihre Ermittlungen am Mord an Cocker zu erhalten."

„Weshalb? Weil Sie ihn getötet haben?"

„Nein! Es interessiert uns, wie es ausgeht."

„Uns?", wollte ich wissen. „Meinen Sie die Sammler?"

Er nickte, ohne den Blick von Matt zu wenden. „Ich habe ihn nicht getötet. Genauso wenig jemand anderes aus unserer kleinen Gruppe. Welchen Grund könnten Sie sich denn vorstellen, dass wir einen Magier umbringen?"

Er hatte schon recht, doch ich traute ihm nicht. Es konnte ein anderes Motiv geben, an das wir nicht gedacht hatten.

„Darf ich jetzt hineingehen?", fragte Sir Charles, der seine Haltung teilweise wiederfand.

„Sagen Sie Coyle auf jeden Fall, dass Sie gewarnt wurden, India nicht zu folgen", sagte Matt. „Die Warnung bezieht sich auch auf ihn."

„Ich habe es Ihnen letztes Mal gesagt, meine Recherchen sind für den ganzen Club, nicht nur für Coyle." Er nahm seinen Hut ab und strich sich mit der Hand über das glatte Haar. „Darf ich jetzt hinein?"

Matt trat zur Seite, und Sir Charles marschierte vorbei, den Kopf hoch erhoben.

„Ich glaube ihm nicht, wenn er sagt, dass er für alle Clubmitglieder spioniert", sagte ich, während wir zur Kutsche zurückkehrten. Mrs. Delancey hatte mir von dem einen Mal erzählt, als sie Sir Charles und Coyle gehört hatte, wie sie über Mr. Hendry sprachen. Die Information war für sie neu gewesen und sie war nicht mit den anderen Mitgliedern geteilt worden. Es hätte mich nicht überrascht, wenn Sir Charles und Lord Coyle ihnen immer noch Geheimnisse vorenthielten.

Matt beäugte die Tür, durch die Sir Charles verschwunden war. „Ich traue ihm auch nicht."

* * *

CYCLOPS WAR ZU HAUSE, als wir zurückkehrten, und er war nicht allein. Sowohl Ronnie als auch Catherine waren bei ihm. Ronnie ging im Salon auf und ab, kaute auf dem Daumennagel, während Catherine leise auf dem Sofa mit Cyclops redete. Sie saßen sehr eng zusammen, ihre Knie berührten sich beinahe.

Cyclops rückte ab, als wir eintraten. „Da ist sie", kündigte er an. „India, wir brauchen deine Hilfe."

Ronnie hielt im Auf- und Abgehen inne und atmete tief durch.

Catherine erhob sich und nahm meine Hand in ihre. „Ich hoffe, es macht dir nichts, dass wir dich einfach so überfallen."

„Überhaupt nicht", sagte ich. „Ist der Tee noch warm?" Ich wollte Tassen für Matt und mich einschenken, doch er lehnte ab.

„Ich muss einen Brief schreiben", sagte er.

Seine Gedanken waren wohl noch bei Sir Charles, Lord Coyle und ihrem Club. Er hatte mir versprochen, dass er heute niemanden mehr zur Rede stellen würde, aber ich war mir nicht sicher, ob ein Brief an Coyle eine gute Idee war.

„Er geht nicht an ihn", sagte er, als hätte er meine Gedanken gelesen. „Nur an meinen Anwalt." Er küsste mich auf die Stirn, entschuldigte sich und ging.

„Erzählt mir, was los ist", sagte ich zu Cyclops, während ich mich mit meinem Tee hinsetzte. „Ihr wirkt besorgt."

„Ich bin völlig verkrampft", sagte Ronnie, der seinen Marsch durch das Zimmer wieder aufnahm. „Ich werde bei der Zulassungsprüfung zur Gilde durchfallen, India. Das weiß ich einfach."

„Du musst dich beruhigen", sagte ich zu ihm. „Es wird dir schwerfallen, zu lernen, wenn du so angespannt bist wie jetzt."

„Das ist es nicht. Sie werden mogeln. Es spielt keine Rolle, wie viel ich lerne, sie werden es mir so schwer machen, dass ich nie bestehe."

„Catherine hat mir versichert, dass du ein sehr gutes Theoriewissen besitzt und dass deine praktischen Fertigkeiten hervorragend sind."

„Das sind sie auch", sagte sie. „Er sollte bestehen."

„Wenn die Prüfung fair wäre", fügte er an und blieb vor mir stehen. „Aber wir alle wissen, dass sie das nicht sein wird."

Ich wollte ihn beruhigen, aber er hätte die Lüge sofort durchschaut. Er hatte recht, und wir alle wussten, dass die Prüfung außergewöhnlich schwierig werden würde. Es mochte andere in der Assistentenkammer geben, die die Masons noch als Freunde bezeichneten, doch Abercrombie würde beim Inhalt der Prüfung das letzte Wort haben. Ich hätte ihm durchaus zugetraut, die Prüfung völlig abzuändern, ohne den anderen Gildenmitgliedern etwas zu sagen.

Ronnie ging plötzlich in die Hocke und packte mich am Arm. Etwas Tee schwappte über den Rand meiner Tasse und sammelte sich in der Untertasse. „Du musst die Prüfung für mich bestehen, India."

Ich blinzelte ihn an.

„Ronnie!", rief Catherine. „So haben wir das nicht besprochen."

„Du wolltest sie fragen, ob sie dir beim Lernen hilft", fügte Cyclops an.

„Lernen wird nicht reichen. Das wisst ihr." Ronnie rieb sich mit den Handflächen über die Hosenbeine. „Du weißt es ebenfalls, India."

Ich wusste es durchaus. Mehr als alle anderen. „Es ist

unmöglich", erklärte ich ihm. „Du wirst in einem Zimmer im Gildensaal sein. Sie werden sich dich ansehen, bevor du eintrittst, um sicherzustellen, dass du keine Ersatzteile oder Aufzeichnungen bei dir hast."

„Sie werden sich dich ansehen, um sicherzustellen, dass du nicht India bist", fügte Cyclops mit einem trockenen Lächeln auf den Lippen hinzu.

„Was, wenn du dich nach mir reinschleichst?", fragte Ronnie. „Orwell sagt, der Prüfer bleibt nicht im Zimmer. Sobald er geht, kannst du rein und mir helfen."

„Mach dich nicht lächerlich", stieß Catherine hervor. „Du benimmst dich wie ein Feigling."

„Ich gehe es praktisch an. Du weißt, dass sie es mir schwer machen werden."

„Schwer, aber nicht unmöglich. Du kannst das schaffen, Ronnie. Ich weiß das. Jetzt komm schon, gehen wir nach Hause. India hat bereits zu viel zu erledigen; sie braucht nicht auch noch dich mit weiteren Aufgaben."

Ronnie stand auf. „Die Prüfung ist früh am Montagabend angesetzt, India."

Catherine schnappte sich die Hand ihres Bruders und zerrte ihn zur Tür. „Schönen Nachmittag noch, und danke, dass du meinem Bruder beim Lernen geholfen hast, Nate. Tut mir leid, dass du dich so bemüht hast, nur damit er es sich dann anders überlegt und um so etwas bittet."

„Keine Ursache", sagte Cyclops mit einem schiefen Lächeln. Sein Auge funkelte geradezu.

Die Mason-Geschwister gingen hinaus. Ronnie tat mir leid. Wirklich. Aber ich konnte nicht tun, worum er mich bat. Wenn Mr. Abercrombie mich erwischte, würde er mich vielleicht wegen unbefugten Eindringens verhaften lassen.

Da mehr als ein hochrangiger Polizist auf meiner Seite stand, würde sich daraus vermutlich nichts ergeben. Das schlimmste, was Mr. Abercrombie tun konnte, war, mich anzubrüllen und Ronnie durchfallen zu lassen. Es wäre möglich, dass Ronnie sein restliches Leben lang davon ausgeschlossen wurde, sich um eine Gildenmitgliedschaft zu bewerben. Aber Ronnie würde vermutlich ohnehin wegen seiner Bekanntschaft mit mir durchfallen. Mr. Abercrombie würde dafür Sorge tragen.

Cyclops schaute mich argwöhnisch an. „Hör auf, India."

„Womit soll ich aufhören?"

„Dich schuldig zu fühlen. Es ist nicht deine Schuld."

Ich lächelte schwach und nippte an meinem Tee.

***

KRIMINALINSPEKTOR BROCKWELL SUCHTE uns schließlich am Spätnachmittag auf. Ich hatte auf glühenden Kohlen gesessen, seit wir uns von ihm verabschiedet hatten, nachdem wir die Drapers am Earls Court befragt hatten. Er hätte nicht so lange brauchen sollen, um von seinem Besuch bei Mays Alibi zu berichten, James Lester in Chelsea.

„Es wird aber auch Zeit", sagte ich zu Matt, während wir darauf warteten, dass Bristow den Inspektor in den Salon brachte. Wir hatten seine Ankunft gehört, aber beschlossen, ihn nicht an der Tür zu begrüßen, sondern das Gespräch in eine etwas privatere Umgebung zu verlegen.

„Natürlich kommt er jetzt", sagte Matt. „Es ist fast Zeit zum Abendessen."

Ich wusste nicht, wie er den Besuch nach dem nervenaufreibenden Warten so auf die leichte Schulter nehmen konnte. „Nun?", fragte ich Brockwell in dem Augenblick, in dem Bristow ihn ankündigte. „Was hatte Mr. Lester zu sagen?"

Brockwell ließ sich auf einem Sessel nieder und rückte herum, bis er eine bequeme Sitzposition gefunden hatte. Er strich sich über die Koteletten und beäugte die Tür. „Ist Ihre Cousine zu Hause, Glass?"

„Sie war den ganzen Tag unterwegs", sagte Matt.

„Ist das so?"

„Falls Sie jemanden suchen, mit dem Sie rauchen können", sagte ich, und die Ungeduld ließ meine Stimme hart klingen, „wird Matt sich Ihnen später im Raucherzimmer anschließen."

„Nein, nein, das ist schon in Ordnung. Es ist zu kurz vor dem Abendessen für eine Zigarre."

„Möchten Sie zum Essen bleiben, Inspektor? Wenn ich es Mrs. Potter jetzt sage, kann sie mehr herrichten.“

„Vielen Dank für das freundliche Angebot, doch ich habe etwas vor.“

„Oh?“

„Mit meinen Kollegen. Ich werde heute Abend arbeiten, weil wir nach den Drapers suchen.“

Matt rückte vor. „Sie sind verschwunden?“ Auf Brockwells Nicken hin sagte er: „Haben Sie die Bahnhöfe informiert? Die Häfen?“

„Und alle großen Kutschstationen. Vielen Dank, Glass, ich weiß schon, wie ich meine Arbeit zu erledigen habe.“

Matt lehnte sich zurück, wirkte skeptisch, doch zum Glück hielt er den Mund.

„Sie fangen lieber von vorne an“, sagte ich. „Was war mit Mr. Lester los?“

Brockwell nahm seinen Block aus der Innentasche seines Jacketts und leckte sich die Fingerspitze. Für meinen Geschmack blätterte er viel zu langsam durch die Seiten, bis er schließlich fand, wonach er suchte. „Lester bestätigte, dass er und Mrs. Draper eine Liaison in der Nacht des Mordes an Cocker hatten. Es war keine finanzielle Übereinkunft, jedoch stellte Mr. Lester am folgenden Morgen fest, dass seine Taschen leer waren, und seine Uhr war verschwunden. Er stellte sie an diesem Nachmittag nach der Vorführung zur Rede, natürlich diskret, wurde aber von Danny vertrieben. Nachdem er Danny gesehen hatte, wurde Mr. Lester klar, dass er ihm in der Nacht zuvor aufgefallen war, als er sich in der Nähe seines Hauses herumtrieb. Er glaubt, dass Mrs. Draper seine Hose in der Nähe des Fensters abgelegt und dann das Fenster entriegelt hatte, damit Danny hineinkam. Dann stahl er die Uhr und das Geld, während Mrs. Draper und Mr. Lester anderweitig beschäftigt waren.“

Matt schüttelte den Kopf. „Ihre ehelichen Abmachungen verblüffen mich.“

„Weshalb wurden sie damals nicht für Diebstahl verhaftet?“, fragte ich.

„Mr. Lester hat es niemals angezeigt“, sagte Brockwell. „Er

war zu beschämt, um zuzugeben, dass er auf Mrs. Drapers Reize hereingefallen war, und er sagte, der Wert der gestohlenen Gegenstände sei nicht sonderlich hoch gewesen. Es wäre auch schwer zu beweisen gewesen, außer wir hätten den eindeutig identifizierbaren Gegenstand – also die Uhr – in ihrem Besitz gefunden."

„Die Drapers wussten, dass Sie von dem Diebstahl erfahren würden, nachdem wir May gezwungen haben, uns ihr Alibi zu verraten", sagte Matt. „Sie haben sich versteckt oder die Stadt verlassen."

„Sie sind Experten im Verschwinden, laut der Informationen, die ich kürzlich per Telegramm erhalten habe ..." Brockwell schob sich den Block wieder in die Tasche. „Sie haben in verschiedenen amerikanischen Staaten kleinere Diebstähle begangen, indem sie eine ähnliche Methode wie bei Mr. Lester einsetzten. Sie gingen beide ins Gefängnis, wurden aber nach kurzen Haftstrafen wieder entlassen."

„William Cody wusste es auch", sagte ich.

„Oder hat es geargwöhnt", ergänzte Matt.

Brockwell schaute auf der Uhr auf dem Kaminsims nach der Zeit. „Ich muss zu Scotland Yard zurück, um die Suche auf die Beine zu stellen." Er schob sich mit einem lauten Seufzen aus dem Sessel. „Das wird eine lange Nacht."

Bristow trat mit einem Zettel ein, den er Brockwell reichte. „Ein Schutzmann hat das vorbeigebracht, Inspektor. Er sagt, es sei dringend."

Brockwell las den Zettel, dann schob er ihn in seine Tasche. „Hervorragende Neuigkeiten. Man hat sie gefunden."

„May?", fragte ich.

„Miss Dorothy Campion."

# KAPITEL 15

„Wir kommen mit Ihnen, um mit ihr zu reden", sagte Matt, der aufstand.

„Das ist vielleicht nicht möglich", erwiderte Brockwell.

„Schließen Sie uns jetzt nicht aus, nach all der Unterstützung, die wir Ihnen haben angedeihen lassen."

„Ich meine, es ist vielleicht nicht möglich, weil es ihr schwerfallen wird, zu sprechen. Sie ist im Krankenhaus. Sie wurde an der Kehle verletzt und hat eine Menge Blut verloren."

Der Schutzmann teilte uns weitere Einzelheiten mit, während wir zum London Hospital fuhren. Dotty war bewusstlos ins Krankenhaus gebracht worden. Sie hatte keine Dokumente zur Identifikation bei sich gehabt, und der Bäcker, der sie gefunden und auf seinem Karren dorthin gebracht hatte, kannte sie nicht. Vor ein paar Tagen hatte sie das Bewusstsein wiedererlangt, war allerdings auch sehr schwach gewesen und hatte nicht sprechen können. Heute hatte sie angedeutet, dass sie etwas fragen wollte, darum hatten die Angestellten ihr ein Blatt Papier gegeben, auf das sie schreiben konnte. Sie hatte ihren Namen aufgeschrieben und sich nach Emmett Cocker erkundigt. Da sie aus den Zeitungen von dem Mord gewusst hatten, hatten die Schwestern sofort die Polizei geholt. Es war nicht bekannt, ob sie Dotty von Emmetts Tod in Kenntnis gesetzt hatten.

Ich freute mich nicht darauf, ihr diese Neuigkeiten zu überbringen. Sie erwartete ein Kind von Emmett, und inzwischen sah es so aus, als wäre sie nicht für seinen Tod verantwortlich, sondern wäre ebenfalls ein Opfer gewesen. Da Danny und May Draper auf der Flucht waren, schien es naheliegender denn je, dass sie die Mörder waren.

Die vertraute schlichte und herrschaftliche Architektur des London Hospital wirkte noch schlichter und herrschaftlicher, wenn sie ins überirdische Licht der Dämmerung getaucht war. Ich erwartete beinahe, Willie nach einem Techtelmechtel mit ihrer Schwestern-Freundin hinausschleichen zu sehen, doch ich erkannte keinen der Mitarbeiter, die mit stiller Emsigkeit ihren Aufgaben nachgingen.

Eine junge Krankenschwester brachte uns auf die Frauenstation, blieb am vierten Bett auf der rechten Seite stehen. Ich erkannte Dotty kaum wieder. Ihr Gesicht war so weiß wie die Verbände um ihre Kehle. Ihre blonden Haare, die ordentlich über die Schultern gelegt waren, hatten beinahe denselben Farbton. Die einzige Farbe kam vom Netz aus blauen Äderchen auf ihren Augenlidern und den dunklen Schatten darunter. Sie war immer noch schön, doch nun war ihre Schönheit zerbrechlich, schemenhaft.

„Sie schläft", flüsterte die Schwester.

Dottys Augen öffneten sich langsam, und sie stieß heiser hervor: „Nein."

„Versuchen Sie nicht, sich hinzusetzen", sagte die Krankenschwester, die Dotty eine Hand auf die Schulter legte. „Hier ist ein Polizist, und zwei seiner ..."

„Assistenten", ergänzte Brockwell. Er stellte sich Dotty mit seinem ganzen Titel vor, doch ihr Blick richtete sich auf mich. Sie erkannte mich.

„Ich heiße India Steele, und das ist Matthew Glass", sagte ich. „Ich habe sie einmal im Prince of Wales gesehen." Ich setzte mich auf das Bett und lächelte sie sanft an. „Wir haben nach Ihnen gesucht."

„Der Mord an Emmett?", fragte Dorothy, die Worte waren kaum hörbar.

Wir rückten alle näher an das Bett, um sie zu verstehen. „Sie wissen es", sagte ich.

„Ich habe es ihr erzählt", erklärte die Schwester. „Sie hat danach gefragt, darum ..." Sie zuckte die Schultern. „Offensichtlich hat sie Ihnen etwas dazu zu sagen. Ich werde Sie jetzt allein lassen, aber bitte strengen Sie sie nicht an. Dotty, wenn das Sprechen zu sehr weh tut, nehmen Sie diesen Block und den Bleistift."

Ich griff auf dem Nachtkästchen nach Block und Bleistift und bot sie Dotty an.

Sie schüttelte leicht den Kopf. „Ich schaffe das."

„Haben Sie den Mord an Cocker bezeugt?", fragte Brockwell, der seinen eigenen Block und seinen Bleistift herausholte.

„Nein", flüsterte Dotty. „Ich habe einen Schuss gehört, nachdem ich ihn verlassen habe. Ich bin zurückgekehrt, um nachzusehen, ob es ihm gut ging, aber das tat es nicht. Er lag auf dem Boden und blutete." Sie schluckte und zuckte vor Schmerz zusammen.

„Lassen Sie sich Zeit", sagte Matt.

„Haben Sie gesehen, wer Ihnen das angetan hat?", drängte Brockwell.

Sie schüttelte den Kopf.

„Ich stelle Ihnen ein paar einfache Fragen", sagte Matt. „Sie können als Antwort nicken oder den Kopf schütteln. Sie kannten Emmett in Amerika, oder nicht?"

Sie nickte.

„Und sind ihm hierher gefolgt?"

Ein weiteres Nicken.

Matt schaute mich an, und ich ging davon aus, er wollte, dass ich übernahm und die persönlicheren Fragen stellte.

„Wir haben mit May Draper gesprochen", sagte ich. „Sie hat uns erzählt, dass Sie von Emmett ein Kind erwarten."

Ihre Hand ging zögerlich zu ihrer Taille. „Nicht mehr."

„Oh. Das tut mir so leid."

„Der Mörder hat in jener Nacht zwei Tode herbeigeführt." Durch ihre heisere Stimme ließ sich nur schwer sagen, ob sie verstört war oder nicht. Ihre Augen wurden nicht feucht, doch sie starrten in die Ferne, obwohl das auch eine Folge ihrer Schwäche durch den Blutverlust hätte sein können.

„Sie sind nach England gekommen, um es Emmett zu sagen",

fuhr Matt fort. „Und um seine finanzielle Unterstützung zu bitten?"

Dotty nickte.

„Doch er weigerte sich, zu helfen?"

Sie nickte erneut.

Matt hielt inne, darum machte ich weiter. „Sie waren wütend auf ihn, doch Sie haben ihn trotzdem noch geliebt, oder nicht?"

„Es ist schwer, zu erklären", flüsterte sie. „Er wollte nicht helfen. Ich brauchte Geld. In der Nacht, bevor er gestorben ist, habe ich ihn noch einmal gebeten, das Baby zu unterstützen."

„Noch einmal?"

„Ich habe ihn auch in der vorigen Nacht gebeten. Er behauptete, er hätte kein Geld, nachdem er eine große Schuld beglichen hätte." Sie schluckte mit großer Mühe. „Ich musste betteln." Sie schluckte noch einmal, und ihre Augenlider flatterten, ehe sie sich auf mich konzentrierte. „Schließlich gab er mir seine Uhr, um sie zu verkaufen."

Das erklärte, weshalb Emmetts LeCoultre-Taschenuhr in ihrem Zimmer gewesen war. „Sie haben die Uhr mit zurück in Ihre Bleibe genommen?", fragte ich.

Sie nickte.

„Wenn er Ihnen seine Uhr gegeben hat, weshalb sind Sie dann in der folgenden Nacht in diese Gasse zurückgekehrt?", fragte Brockwell. „Der Nacht, in der er gestorben ist?"

Mir gefiel sein vorwurfsvoller Tonfall nicht. Dotty war ein Opfer, nicht die Mörderin, und sie kämpfte sich durch ihren Schmerz, um uns zu helfen.

„Eine Uhr, ganz gleich, wie gut, hätte beim Verkauf nicht genug Geld eingebracht, um mich und das Baby lange zu versorgen", sagte sie.

Das Geld aus dem Verkauf einer LeCoultre hätte ihr ein Jahr lang reichen sollen, wenn sie sparsam lebte. Aber sie hätte Emmetts Unterstützung langfristig gebraucht, nicht nur Geld für ein Jahr. Eine Arbeit zu finden, während man sich um ein kleines Kind kümmerte, wäre sehr schwer geworden.

„Wir haben gestritten", fuhr sie fort. „Ich habe einige grausame Dinge gesagt. Dinge, die ich inzwischen bedaure." Sie schloss die Augen und nahm sich einen Augenblick, um sich zu fassen, ehe sie sie wieder öffnete. „Er war kein schlechter Mann. Wären nicht seine gelegentlichen Ausbrüche gewesen, wäre er wunderbar gewesen."

„Aber Leute waren hinter ihm her", sagte ich. „Leute, die glaubten, er hätte sie betrogen, und die ihr Geld zurückwollten."

Sie nickte.

„Also haben Sie Cocker in dieser Gasse getroffen, in der Nacht, in der er gestorben ist", sagte Brockwell, sein Bleistift schwebte über dem Block. „Sie haben um Geld und wegen des Babys gestritten. Und was dann?"

„Ich bin gegangen. Es war spät. Der Saloon hatte geschlossen, und es war niemand mehr da. Ich ging die Straße entlang und war schon ein Stück entfernt, als ich den Schuss hörte." Sie schluckte, und ihr Gesicht verzog sich vor Schmerz.

Ich bot ihr Wasser aus dem Krug an, doch sie schüttelte den Kopf.

„Ich rannte zurück zu der Gasse", fuhr sie fort. „Es war dunkel. Zu dunkel, um richtig zu sehen, aber ich sah den Körper auf dem Boden liegen, und schätzte, dass es Emmett war. Ich konnte nicht erkennen, ob er noch lebte. Ich wollte gerade weiter in die Gasse hinein, als sich in den Schatten etwas bewegte. Zum gleichen Zeitpunkt, als mir klar wurde, dass dort jemand war, hörte ich auch ein Klicken. Ich hatte mein ganzes Leben lang Schusswaffen um mich herum, und ich kenne das Geräusch eines Revolverhammers, der auf die Zündkapsel trifft."

„Die Trommel war leer", sagte Matt, der ihr an den Lippen hing. „Es war keine Kugel mehr drin."

Sie nickte. „Sie wissen ja gar nicht, wie Erleichterung sich anfühlt, bis man auf Sie schießt, aber keine Kugel abgefeuert wird."

„Der Mörder hat wohl angenommen, dass Sie sein oder ihr Gesicht gesehen haben", sagte Brockwell. „Er oder sie wollte nicht, dass Sie es bei der Polizei identifizieren können." Er deutete auf ihren verbundenen Hals. „Daher der Angriff."

„Was haben Sie getan?", fragte ich.

„Ich wusste, dass ich fliehen musste", sagte Dotty. „Ich dachte, ich könne ihm davonlaufen. Ich musste nur erst auf eine Straße kommen, auf der etwas los war. So viele Gedanken wirbelten mir in wenigen Sekunden durch den Kopf, aber ich bekam nicht mal die Gelegenheit, mich umzudrehen." Sie runzelte die Stirn. „Es ging so schnell."

„Stand in den Schatten jemand am Eingang der Gasse, in Ihrer Nähe?", fragte Brockwell. „Ein Komplize, der das Messer geführt hat?"

Sie schüttelte den Kopf.

„Hat der Mörder ein Messer geworfen?"

Sie berührte die Verbände an ihre Kehle und schluckte. „Es war kein Messer, was das angerichtet hat. Es war ..." Sie schüttelte den Kopf. „Es klingt lächerlich. Sie werden mir nicht glauben."

„Wir glauben Ihnen", erwiderte ich atemlos.

„Es war ein Kartenspiel."

Eine tiefe, umfassende Stille legte sich über uns. Wir kannten nur einen Menschen, der Karten in Waffen verwandeln konnte – Melville Hendry, den Papiermagier.

„Ein Windhauch hat sie wohl hochgeschleudert." Dotty schüttelte den Kopf in meine Richtung. „Aber ich erinnere ich nicht, dass ich eine Brise gespürt hätte. Und Karten können so etwas doch nicht, ganz gleich, wie sehr der Wind weht."

„Vielleicht haben Sie sich geirrt", deutete ich schwach an. Was hätte ich denn sonst sagen können? Ich konnte ihr die Wahrheit nicht erzählen. „Hat der Mörder Sie für tot gehalten? Hat er Sie deswegen dort liegen lassen?"

„Ich schätze schon. Er blieb nicht stehen, um nachzusehen, sondern rannte an mir vorbei, während ich dort lag. Ich schaffte es, aus der Gasse zu kriechen, bevor ich ohnmächtig wurde."

„Das erklärt, weshalb der Bäcker Sie gesehen hat, aber nicht die Leiche von Emmett Cocker", sagte Brockwell. „Dennoch hätte er melden müssen, dass er Sie nach jener Nacht aufgesammelt hat, in der er von dem Mord an Cocker gelesen hat."

„Nicht alle lesen Zeitung", merkte Matt an.

Dotty berührte den Verband an ihrer Kehle. „Hätte der Bäcker mich nicht gefunden und hierhergebracht ..."

Ich tätschelte ihr die Hand. „Denken Sie nicht mal daran, was hätte passieren können. Die gute Nachricht ist, Sie kommen wieder auf die Beine. Sobald Sie sich erholt haben, können Sie zurückkehren nach Amerika."

Ihre Unterlippe bebte, und ich schätzte, dass sie an ihr verlorenes Kind dachte. Ich wusste nicht, was ich sagen sollte, um sie zu trösten, daher tätschelte ich ihr nur noch einmal die Hand.

„Danke, dass Sie sich Zeit genommen haben, Miss Campion", sagte Brockwell, der seinen Block einsteckte. „Das ist für heute dann alles."

„Sie halten mich für wahnsinnig, oder nicht?", flüsterte Dotty.

Ich berührte die Haare an ihrer Schläfe, schob sie ihr sanft aus der Stirn. „Überhaupt nicht. Es gibt viele unerklärliche Dinge auf dieser Welt, und Ihre Geschichte ist nur eines mehr."

„India", sagte Matt leise. „Wir müssen los."

„Sie sollten sich erholen", sagte ich zu Dorothy. „Ich komme bald wieder vorbei."

Brockwell war bereits durch die Stationstür gegangen, als Matt und ich auf ihn aufholten.

„Hendry hat wohl angenommen, dass Dotty ihn gesehen hat", sagte Matt, während wir nach draußen gingen. „Ihm war nicht klar, dass er wegen der Straßenlaterne am Eingang zur Gasse ihr Gesicht ganz deutlich sehen konnte, doch sie seines nicht."

„Ich kann nicht glauben, dass er es ist", murmelte ich. „Er kam mir nie wie ein Mörder vor."

„Mir kam er immer wie ein Wahnsinniger vor", sagte Brockwell. „Seit dem Zeitpunkt, an dem er gelogen hat, um seinen Freund zu schützen, obwohl er vermutete, dass Sweeney ihn belasten wollte. Niemand, der ganz richtig im Kopf ist, macht so was."

Ich hätte sagen können, dass ein Verliebter so etwas machte, aber ich war mir nicht sicher, ob Brockwell Liebe verstand. Er war viel zu logisch, um an etwas zu glauben, dass er sich nicht erklären konnte.

„Darf ich mir Ihre Kutsche borgen?", fragte der Inspektor, der in unser wartendes Gefährt stieg. „Sie beide können eine Mietkutsche zur Park Street nehmen."

„Ich komme mit Ihnen", sagte Matt, der ebenfalls einstieg. „India, hast du das Geld für eine Mietkutsche?"

„Schon, aber ..."

„Kutscher!", rief Brockwell. „Smithfield! Sofort!"

Die Kutsche fuhr los, bevor Matt die Tür geschlossen hatte und ich ihn warnen konnte, dass sie aufpassen sollten. Ich war ein wenig beleidigt, dass sie nicht einmal daran gedacht hatten, mich mitzunehmen. Ich war immerhin die einzige Magierin von uns dreien, und darum die einzige, die Mr. Hendry wirklich verstand. Zu einem Zeitpunkt wie diesem, und bei einem Mann wie ihm brauchte man vielleicht Verständnis. Zumindest waren Matt und Brockwell klug genug, ihn nicht in seinem Geschäft zu stellen, wo Waffen in der Form von Papier die Regale und den Tresen übersäten. Sie würden ihn vorher nach draußen locken.

Hoffte ich.

Dunkelheit war in wirklich jeden Winkel der Stadt eingesunken, bis ich zu Hause ankam. Miss Glass und Willie hatten bereits informell zusammen zu Abend gegessen, wohingegen Duke und Cyclops nirgendwo zu sehen waren. Bristow setzte mich in Kenntnis, dass Miss Glass sich früh auf ihr Zimmer zurückgezogen hatte, während Willie im Raucherzimmer war.

Ich fand sie liegend im Ohrensessel, ein Bein baumelte über der Armlehne, und sie blies Rauchringe in die Luft. Ich hustete und öffnete ein Fenster.

„Da bist du ja", sagte sie und wedelte den Rauch vor ihrem Gesicht weg. „Wo warst du denn?"

„Es ist eine lange Geschichte, und ich will mich nicht wiederholen. Wo sind Cyclops und Duke?"

„Ich weiß nicht, wo Cyclops ist. Vermutlich ertränkt er seine Sorgen, dass er nicht mit Catherine zusammen ist. Ich schätze, Duke beobachtet immer noch Dottys Unterkunft."

Ich fluchte, was mir ein Kichern von Willie einbrachte. „Tut mir leid, das war unnötig", sagte ich. „Weil wir so schnell zum Krankenhaus gefahren sind, haben wir vergessen, dass er noch dort ist."

„Krankenhaus! Ist es Matt?"

„Nein, es ist Dotty. Wir haben sie gefunden." Ich erzählte ihr Dottys Geschichte vom Anfang bis zum Ende. „Matt und Brockwell sind nun losgefahren, um Mr. Hendry festzunehmen", schloss ich.

Willie ließ gleichzeitig die Zigarre in den Aschenbecher fallen und sprang aus dem Sessel. „Ich muss zu Hendrys Laden."

„Bleib hier. Sie schaffen das allein."

„Wie kannst du so ruhig sein? Hendrys Magie macht ihn gefährlicher, als er aussieht. Ich hole meinen Colt. Geh und sag dem Kutscher, dass er die Kutsche wieder nach vorne fahren soll."

„Er ist bei Matt. Ich habe vom Krankenhaus eine Mietkutsche genommen."

Willies Fluch war sehr viel schlimmer als meiner. „Dann schick Fossett, um eine Mietkutsche zu holen."

„Willie ..."

„Mach es, India!"

Ich fing sie ab, während sie zur Tür ging. „Wir gehen nirgendwohin", sagte ich und packte sie an den Schultern. „Ich weiß, dass du dir Sorgen machst. Ich mache mir auch Sorgen. Aber Matt und Brockwell sind beide fähige Männer. Wir werden nur im Weg stehen."

„Gesprochen wie ein dummes Weib, das zu nichts gut ist, als zu Hause zu sitzen und den ganzen Tag zu nähen." Sie schüttelte meine Hände ab. „So eine Frau bin ich nicht, India, und ich dachte eigentlich, du bist es auch nicht."

Ihre Worte waren wie ein Schlag ins Gesicht, eine heftige Erinnerung an die Unterschiede zwischen uns. Sie war impulsiv; ich war vernünftiger. Sie wurde von Gefahren angezogen, während ich vor ihnen floh.

Doch der Schmerz, den ihre Worte auslösten, hallte nach. Ich war niemals eine sanfte Frau gewesen, die sich allem nur beugte. Ich hatte von Kindesbeinen an im Laden meines Vaters gearbeitet, und ich hatte niemals die häuslichen Künste verfeinert, obwohl ich sie aus Notwendigkeit erledigt hatte, nachdem meine Mutter gestorben war. Ich unterhielt mich lieber über eine große Bandbreite von Themen, ohne mich auf das Geschwätz aus der Nachbarschaft, Mode und Hochzeiten zu beschränken. Mir gefiel es nicht, als dummes Weib bezeichnet zu werden.

Ich raffte meine Röcke und rannte ihr nach. Wenn sie gehen

würde, dann würde auch ich gehen. Jemand musste sie in Schach halten und davor retten, mitten in eine angespannte Gegenüberstellung bei Hendrys Laden zu platzen.

Der Klopfer hämmerte an die Tür, als wir gerade durch die Eingangshalle gingen. „Das ist wohl Matt", sagte ich zu Willie. „Ich mache das, Bristow!", rief ich.

Ich öffnete die Tür, und mir drehte sich der Magen um.

Auf der Schwelle stand Mr. Hendry.

„Guten Abend, Miss Steele. Es tut mir leid, dass ich so spät auftauche, aber ich muss mit Ihnen reden."

Ich erstarrte, mir wollte nichts einfallen, was ich zu diesem Mann sagen konnte; diesem Mörder. Mit jeder Sekunde, die verging, entglitt Mr. Hendry sein Lächeln. Ich hätte etwas Unschuldiges sagen sollen, mir wollte nur nichts einfallen. Ich fühlte mich genauso töricht, wie Willie mich vorhin genannt hatte.

Sie drängte mich zur Seite und öffnete die Tür weiter. „Kommen Sie herein, Mr. Hendry."

„Willie ..."

Sie zwickte mich in den Handrücken und setzte ein strahlendes Lächeln für Mr. Hendry auf. Er trat an ihr vorbei, und sie schloss die Tür. Sie stellte sich davor, versperrte ihm den Ausweg.

Sie war regelrecht wahnsinnig geworden. Wir hatten keine Waffen, doch Mr. Hendry hatte etliche. Die Post und die Einladungen lagen immer noch auf dem Tisch am Eingang neben meinem Pompadour.

Bristow trat aus den Schatten hinten in der Halle, und ich winkte ihn näher. „Bitte bringen Sie die Post und die Einladungen hinauf in Mr. Glass' Bureau, und dann ... polieren Sie das Silber." Das würde zwei Probleme lösen – die Papierwaren entfernen und ihn vor Schaden bewahren. „Oh, und reichen Sie mir meinen Pompadour."

Eine leichte Falte bildete sich auf Bristows Stirn, von einer Art, wie ich sie noch nie zuvor gesehen hatte. Sein Gesicht war üblicherweise immer äußerst umgänglich. „Ich habe das Silber heute Vormittag poliert, Madam. Soll ich es noch einmal machen?"

„Äh, ja. Bitte tun Sie das."

„Sehr wohl, Madam." Er nahm die Post und die Einladungen, reichte mir meinen Pompadour und ging die Stufen hinauf.

Ich holte meine Uhr aus meinem Pompadour und tat so, als würde ich die Zeit ablesen, dann hielt ich sie in der Hand. Diese neue Taschenuhr hatte mir noch nie das Leben gerettet wie die alte. Sie hatte nicht einmal geläutet, als Mr. Sweeney uns mit dem Tod gedroht hatte. Ich hatte seither oft daran gearbeitet, doch nicht annähernd so oft wie an meiner alten. Ob es inzwischen reichte, damit sie im Angesicht von Gefahren läutete oder mir das Leben rettete, musste ich erst noch herausfinden.

Ich hatte das abscheuliche Gefühl, dass ich die Antwort heute Abend erhalten würde.

Mr. Hendrys Blick blieb auf das Treppenhaus gerichtet. „Ist Mr. Glass hier?"

„Er wird bald zurück sein", sagte ich. „Worüber wollten Sie denn mit ihm reden?" Es wirkte absurd, eine so beiläufige Unterhaltung mit ihm zu führen, doch ich war mir noch nicht sicher, wie wir fortfahren sollten. Stellten wir ihn, riskierten wir, dass er uns überwältigte und entkam. Es war nur sinnvoll, ihn zur Rede zu stellen, wenn wir eine Waffe hatten. Meine Finger spannten sich um meine Uhr an.

„Leeren Sie Ihre Taschen aus", befahl Willie.

Ich stöhnte. Offensichtlich dachte sie nicht auf dieselbe Weise wie ich.

„Wie bitte?" Mr. Hendry schaute von mir zu Willie und wieder zurück. In diesem Augenblick wurde mir klar, dass er wusste, dass wir es wussten. Es war sinnlos, weiterhin etwas anderes vorzuspielen.

„Leeren Sie Ihre Taschen", sagte ich. „Entfernen Sie alles, was aus Papier ist. Machen Sie es langsam, und sagen Sie kein Wort."

Er knöpfte seine Jacke auf und holte ein Kartenspiel aus der Innentasche. Er legte es auf meine ausgestreckte Handfläche. „Wenn Sie mich gehen lassen", sagte er, „werde ich Sie nicht verletzen."

Ich reichte Willie die Karten. „Wirf sie hinaus."

Sie öffnete die Tür weit genug, um die Karten durchzuschieben, dann schloss sie sie wieder. „Ich ernenne mich und India zu

Hilfssheriffs", sagte sie. „Mr. Hendry, Sie sind verhaftet für den Mord an Mr. Emmett Cocker und den Mordversuch an Dorothy Campion."

„Also lebt sie noch", sagte er ausdruckslos. „Ich wusste doch, dass ich hätte nachsehen sollen." Er war so unterkühlt und ruhig, überhaupt nicht wie der emotionale Mann, den ich kennengelernt hatte. Er hatte immer so angespannt gewirkt, als lägen seine Nerven blank. Hatte es ihn verändert, einen Mord begangen zu haben? Oder hatte dieser kalte, berechnende Mann die ganze Zeit unter der Oberfläche gelauert?

„Sie haben auch das ungeborene Kind von Miss Campion ermordet", fügte ich an.

„Sie hat ein Kind erwartet?" Mr. Hendrys Körper sank in sich zusammen, als wäre plötzlich alle Luft aus seinen Lungen gewichen. „Ich ... Das habe ich nicht gewusst."

„Wir werden hier warten, bis die Polizei ankommt", sagte Willie. „India, hole Bristow zurück. Schick ihn oder Fossett zur nächsten Polizeiwache. Wir warten nicht darauf, dass Brockwell und Matt zurückkehren."

„Das ist nicht klug", warnte ich sie. „Ich weiß nicht, wozu seine Magie fähig ist, und ich will nicht, dass die Bediensteten verletzt werden."

„Das ganze Papier und die Karten wurden entfernt."

Ich ließ mich nicht umstimmen. Die einzige Art, auf die man sicherstellen konnte, dass Hendrys Magie nichts mehr ausrichten konnte, wäre es, ihn bewusstlos zu schlagen. Wenn er keinen Zauber sprechen konnte, konnte er auch keine Papiere auf uns schleudern.

Ich suchte die Umgebung ab, doch nur wenige mögliche Waffen boten sich an. Die Lampen waren alle an den Wänden befestigt, es gab keine Kerzenständer, und die Uhr und die Vase waren zu schwer, um sie wirkungsvoll einzusetzen. Es gab nur drei mögliche Waffen – das Silbertablett auf dem Tisch in der Halle, den Regenschirm im Schirmständer und Willies Fäuste.

Sie schaute mich allerdings nicht an, darum konnte ich ihr keine Nachricht übermitteln. Ich wich zurück zum Regenschirmständer.

„Von ihrem Baby wusste ich nichts", sagte Mr. Hendry

wieder, die Hände erhoben. „Das können Sie mir nicht zum Vorwurf machen."

„Sie sind ein niederträchtiger Hurensohn", spie Willie aus. „Und wenn man nur daran denkt, dass wir Sie letztes Mal verteidigt haben. Matt und India haben die Polizei davon überzeugt, dass Sie unschuldig am Mord an Baggley sind."

„Ich *war* unschuldig!"

Er wischte sich mit der Hand über die Stirn, auf der Schweiß glitzerte.

„Sind Sie heute Abend hergekommen, um uns zu der Ermittlung zu befragen?", wollte ich wissen. „Ist das der Grund, weshalb Sie angeboten haben, unsere Einladungen zu machen? Weil Sie eine Ausrede brauchten, um herzukommen, und unseren Fortschritt zu verfolgen? Sie waren wütend auf Miss Glass, als sie die Einladungen abgeholt hat, weil Sie wollten, dass es einer von uns übernahm, damit Sie Fragen stellen konnten."

Seine Finger zuckten, er kaute auf der Unterlippe. Er konnte nicht mehr stillstehen, verlagerte das Gewicht von einem Fuß auf den anderen. „Ich hätte sicherstellen sollen, dass sie tot war", sagte er und trommelte mit den Fingern nervös auf dem Oberschenkel. „Ich habe die Zeitungen nach Neuigkeiten über sie durchforstet, doch es gab keine. Ich wusste, dass sie in dieser Nacht nicht gestorben ist, sonst wäre es zusammen mit dem Tod von Cocker berichtet worden. Verdammt noch mal!"

„Bitte halten Sie Ihre Stimme leise, Mr. Hendry", sagte ich, so ruhig ich konnte. „Sie wollen doch nicht den Rest des Haushalts herbeirufen, und genauso wenig wollen wir das. Halten wir das doch unter uns."

Er rieb sich mit dem Arm über den Mund und warf einen Blick auf das Treppenhaus.

„Sie haben Emmetts Waffe benutzt, oder nicht?", fragte Willie.

„Ich habe keine, aber er schon. Der Narr. Er hat mich dicht genug herangelassen, dass ich sie ihm abnehmen konnte. Er war nicht allzu klug. Meine Absicht war ihm nicht klar, bis es zu spät wurde."

„Weshalb haben Sie ihn getötet?"

„Er hat mich belästigt. Er wollte meine Zauber. Jeden Tag tauchte er in meinem Laden auf und hat mir etwas dafür angeboten. Ich habe ihm erzählt, dass ich sein Geld oder sonst etwas, das er zu bieten hatte, nicht wollte. Dann hat er mich bedroht."

„Womit?", fragte ich.

„Mit öffentlicher Bloßstellung. Er wollte der Polizei erzählen, dass er mich mit einem Jungen erwischt hätte. Sie müssen mir glauben, *so* etwas würde ich niemals tun!"

„Sie haben ihn wegen einer Drohung getötet?", rief Willie.

„Ich konnte doch nicht ins Gefängnis. Das konnte ich damals nicht, und jetzt auch nicht. Man wird mich hinrichten für den Mord. Verstehen Sie das? Haben Sie Gnade, Miss Steele." Er wirkte, als würde er gleich in Tränen ausbrechen oder sich auf den Boden werfen und betteln.

„Wenden Sie sich nicht an mich", sagte ich. „Ich habe kein Mitgefühl für Sie."

Er rückte zu mir vor und blieb stehen, als Willie ihm befahl, sich nicht mehr zu bewegen. Er warf wieder die Hände in die Luft. „Lassen Sie mich gehen", sagte er. „Ich verspreche, niemals wieder jemandem zu schaden. Ich werde still und verborgen leben. Bitte, Miss Steele. Sie verstehen den Druck, dem ich ausgesetzt war, wie meine Magie mich vom Rest der Welt entfremdet."

„Sie entfremden sich selbst." Ich schloss die Hand um meine Uhr und wünschte mir, sie möge bereit sein, falls ich sie brauchte. Ein ermutigend warmes Wogen war die Antwort. Langsam wich ich zurück. Nur noch ein wenig weiter, und ich würde in Reichweite des Schirmständers sein.

Mr. Hendrys Augen wurden feucht, und er wischte sich mit dem Handrücken über die Nase. „Das können Sie mir nicht antun, Miss Steele." Seine Stimme wurde höher, panischer. „Wie können Sie mich dem Tode überantworten? Wir beide sind von einer seltenen Art. Wir sollten geschützt werden."

„Vergleichen Sie uns nicht. Wir sind nicht dasselbe."

Er schniefte. „Sie sind zu lange unter den Talentfreien gewesen. Sie haben Sie von einer Denkweise überzeugt, laut der Sie etwas Pervertiertes sind, etwas, das man unterdrücken sollte."

„Sie haben nichts dergleichen getan."

Doch er hörte mich nicht; sein wilder Blick ging direkt durch mich hindurch. Es hatte keinen Sinn mehr, zu versuchen, vernünftig mit ihm zu reden. „Hören Sie nur auf jene, die uns applaudieren und verehren, wie Lord Coyle und seine Freunde." Er bewegte sich erneut auf mich zu.

„Zurück!", befahl Willie. „Halten Sie sich von ihr fern!"

Er bewegte sich weiter, die Hände ausgestreckt – um zu flehen oder um mich zu packen, konnte ich nicht erkennen.

Ich wartete nicht ab, um es herauszufinden. Ich stürzte mich zur Seite, warf mich auf den Schirmständer. Er fiel um, klapperte auf den Fliesen, und der Regenschirm fiel heraus, zu weit von mir entfernt, um ihn zu packen.

Ich lag auf dem Boden, Mr. Hendry ragte über mir auf. Seine Lippen bewegten sich flüsternd.

„Willie!", schrie ich. „Halt ihn auf, bevor er den Zauber abschließt."

„Hier gibt's kein Papier mehr." Trotzdem stürzte sie sich auf ihn.

Er wich ihr aus und stolperte in den Beistelltisch. Das Silbertablett und die Uhr rutschten herab, knallten auf den Boden. Den Lärm hörte man wohl im ganzen Haus.

Es blieb allerdings keine Zeit, um sich Sorgen zu machen, ob Miss Glass die Stufen herab in die Gefahr lief, denn plötzlich barsten die Fenster nach innen. Glas splitterte und ließ scharfe, gezackte Scherben über die ganze Eingangshalle regnen.

Ich warf die Arme hoch, um mein Gesicht und meinen Kopf zu schützen. Ich sah nicht, was mit Willie passierte, doch ich hörte ihr schmerzerfülltes Keuchen.

Und dann kam das raschelnde Geräusch von etwas, das durch die Luft flog.

Die Karten.

Sie waren nicht mehr draußen, und Mr. Hendry würde sie einsetzen, um uns in Fetzen zu schneiden.

# KAPITEL 16

ch kauerte mich unter meinen Armen zusammen, wagte es nicht, hervor zu spähen. Ich spürte, wie etwas an meinem Rock zupfte, an meinem Ärmel zerrte. Stoff zerriss. Etwas, scharf wie eine Klinge, ritzte meine Haut auf dem Handrücken, ließ Blut hervorquellen.

Ich öffnete den Mund, um Mr. Hendry anzubrüllen.

Es wurde vom Knall eines Pistolenschusses übertönt.

Er hallte durch den Eingang und dröhnte in meinem Kopf. Das Rascheln der fliegenden Papiere fand ein jähes Ende. Ich lugte durch den Schutz meiner Arme und sah Mr. Hendry mitten in einem Regen aus Papier hocken, das zu Boden schwebte. Er hatte den Vortrag seines Zaubers eingestellt und spähte nun in die Schatten.

Die Zeit schien langsamer zu laufen. Mir fiel auf, wie merkwürdig es um mich herum aussah. Die herabsegelnden Papiere ließen es wirken, als wäre ein Schneesturm ins Hausinnere geraten. Seiten aus einer Zeitung waren darunter, und dann fiel mir ein Buch auf, das ich gelesen hatte. Ich hatte es im Wohnzimmer liegen gelassen. Die Bibliothek wäre wohl kein guter Ort gewesen, um sich zu verstecken.

Willie lag flach auf dem Boden, die Hände über dem Kopf, zum Teil war sie mit Papieren bedeckt.

Hinten in den Schatten bewegte sich etwas. Der Schütze?

Das Flüstern von Mr. Hendry setzte wieder ein. Er war nur abgelenkt gewesen, nicht von dem verborgenen Schützen angeschossen. Man konnte ihm nicht gestatten, seinen Zauber noch einmal aufzunehmen. Um uns herum gab es bereits mögliche Waffen im Überfluss für ihn.

Ich rappelte mich auf und warf mich auf ihn, prallte in seine hockende Gestalt.

Er stürzte nach hinten, stieß sich den Kopf am Boden an. Ich fiel auf ihn und legte ihm die Hand über den Mund. Sein Blick verlegte sich auf etwas über meinen Schultern, als jemand aus den Schatten trat.

„Du kannst jetzt von ihm runter, India. Wenn er noch einmal etwas sagt, schieße ich."

Ich traute meinen Ohren nicht kaum. „Miss Glass!"

Sie stand ein paar Schritte entfernt, Bristow an ihrer Seite. Sie hielt Willies Revolver mit beiden Händen gepackt. Sie bebten, doch das entschlossene Glitzern in ihren Augen zerstreute jeden Zweifel, dass sie ihre Drohung wahr machen würde.

Bristow hielt ihre Hände umschlossen, hob sie leicht. „Sie wollen ihn töten, nicht kastrieren", sagte er.

Ich brauchte einen Augenblick, um meine strapazierten Nerven zu beruhigen und alles zu erfassen. Ich kauerte an Willies Seite. Die Rückseite ihres Arms war blutverschmiert, und auf dem hinteren Teil ihrer Weste waren etliche Risse, doch sie war am Leben. Mit meiner Hilfe setzte sie sich auf und schaute Miss Glass finster an.

„Das ist meine Knarre!"

Manchmal waren ihre Prioritäten etwas schräg.

„Ich dachte nicht, dass es dir etwas ausmachen würde, wenn ich sie mir borge", sagte Miss Glass.

„Bristow?", wollte ich wissen.

„Wir haben den Lärm gehört und vom Treppenabsatz aus nachgesehen", sagte er und nickte zum Treppenhaus hin. „Miss Glass schlug vor, dass wir Miss Johnsons Waffe aufspüren. Wir haben sie jedoch nicht geladen. Wir wollten ihn nur bedrohen."

„Ich lasse sie immer geladen", sagte Willie.

„Wir sind über die Personaltreppe nach unten gekommen", fuhr Bristow fort.

„Gerade noch rechtzeitig", sagte Miss Glass, ihre Hände sanken wieder nach unten. „Das wird nach einer Weile ziemlich schwer."

Bristow übernahm, und wir seufzten alle erleichtert auf. Ich war mir nicht ganz sicher, wohin die erste Kugel gegangen war. Zum Glück weder in Willie noch in mich.

Die Eingangstür öffnete sich plötzlich krachend, und Matt rannte herein, Brockwell und zwei Schutzmänner im Schlepptau. Alle blieben stehen und betrachteten das Meer aus Papier, Bristow mit der Waffe und Mr. Hendry, der auf dem Boden lag.

„Himmelkreuzdonnerwetter!", murmelte einer der Schutzmänner.

„India." Matt watete durch die Papiere, trat sie zur Seite. Er packte mich an den Armen und neigte den Kopf, um mir ins Gesicht zu schauen. „Geht es dir gut?"

Ich nickte.

„Willie?", fragte er. „Tante?"

„Du blutest", sagte Brockwell, der Willies Arm begutachtete. Er drückte sein Taschentuch über ihrem Hemdsärmel auf den Schnitt.

Sie dankte ihm und übernahm es, ihre Finger berührten seine, ehe er sich zurückzog. „Ist nicht so schlimm. Könnte viel schlimmer sein."

Matt bemerkte einen Papierschnitt an meiner Hand, und er küsste meine Handknöchel. „Noch weitere Verletzungen?", fragte er.

„Nur an meinen Kleidern und meinen Nerven." Ich musterte einen Riss in meinem Rock. Die Karte hatte ihn einfach durchgeschnitten. Hätten diese Karte und die anderen sich auf meine Kehle gerichtet, hätte ich ins Krankenhaus gemusst, mit lebensbedrohlichen Verletzungen wie Dotty. Oder vielleicht hätte ich nicht so viel Glück gehabt. Keinen Augenblick lang glaubte ich, dass Mr. Hendry uns absichtlich verfehlt hatte, sondern vielmehr, dass er Schwierigkeiten gehabt hatte, seine Magie bei so viel Papier in der Luft zu beherrschen. Das Ergebnis war ein Chaos, das offensichtlich zu viel für ihn geworden war.

Brockwell schickte seine Schutzmänner hinaus, ehe er uns fragte, was passiert war.

„Mr. Hendry kam her, um zu erfahren, welche Fortschritte unsere Ermittlungen erzielten", sagte ich. „Er hoffte, Informationen über Dottys Aufenthaltsort zu ergattern."

Willie trat Hendry an den Fuß. Er zog die Beine an. „Ihm wurde klar, dass sie nicht tot war, als die Zeitungen nicht erwähnten, dass ihre Leiche in der Nähe der von Cocker gefunden worden war, darum wollte er die Sache zu Ende bringen", sagte sie.

„Als er erfahren hat, dass wir sie gefunden haben und dass wir wussten, dass er Emmett ermordet hat, sprach er seinen Zauber, und das ist passiert. Von überall her kam Papier."

Matt hob ein Blatt in der Nähe seines linken Fußes auf. „Das stammt aus meinem Bureau. Es wird den ganzen Tag dauern, alles wieder zu sortieren."

„Die zerbrochenen Fenster?", wollte Brockwell wissen.

„Er hatte ein Kartenspiel dabei, das wir nach draußen geworfen haben, um es dort sicher zu verwahren", sagte ich. „Ich glaube, es hat Emmett gehört."

„So war es", sagte Mr. Hendry, der sich hinsetzte. Er rieb sich den Hinterkopf und zuckte zusammen. „Sie schlagen fest zu, Miss Steele."

„Du hast ihn geschlagen?", fragte mich Matt.

„Ich habe mich irgendwie auf ihn geworfen, und er hat sich den Kopf am Boden angestoßen." Ich sah meine Uhr, die halb unter einem Blatt Papier versteckt war, und hob sie auf. „Sie hat nicht mal geläutet."

„Die zerbrochenen Fenster?", fragte Brockwell erneut. „Wollen Sie sagen, dass die Karten sie zerbrochen haben?"

„Jawohl", sagte Willie. „Wir haben die Karten rausgeworfen, weil wir dachten, er könne sie draußen nicht einsetzen. Anscheinend haben wir uns geirrt. Sie haben die Fenster eingeschlagen und sind reingeflogen. Unter all dem Papier sind Glasscherben."

„Ich lasse das von den Dienern sofort in Ordnung bringen", sagte Bristow.

Willie nahm ihm die Waffe ab und richtete sie auf Mr. Hendry. Ich bekam den deutlichen Eindruck, dass sie begierig darauf war, sie zu benutzen.

„Ja, machen Sie das sauber", sagte Miss Glass, die eine Hand zu Matt streckte. „Bring mich auf mein Zimmer, Harry. Ich muss mich hinlegen. Diese ganze Aufregung ist überwältigend."

„Harry?", fragte Brockwell, der zusah, wie Matt Miss Glass die Stufen hinaufgeleitete.

„Sie leidet an Erinnerungsverlust, besonders in Zeiten hoher Aufregung", sagte ich. „Sie glaubt, sie wäre wieder eine junge Frau, und dass Matt sein Vater ist, ihr Bruder Harry. Morgen ist sie wieder in Ordnung."

Ich machte mich auf die Suche nach Polly und schickte sie mit einer Kanne heißer Schokolade hinauf in Miss Glass' Zimmer. Bis ich in die Eingangshalle zurückkehrte, war Brockwell gegangen, Mr. Hendry hatte er mitgenommen, und die Aufräumarbeiten hatten begonnen, angeführt von Mr. und Mrs. Bristow.

Willie steckte sich die Waffe in den Hosenbund und tätschelte den Griff, als wäre sie ein gutes Haustier, das Befehlen folgte. „Es war nur eine Kugel drin."

Bristow hielt inne, Papiere in der Hand. „Also hätte er seinen Zauber sprechen können, und es gab nichts, was wir dagegen hätten tun können?"

„Wir hätten ihm eins aufs Maul geben können", sagte sie.

„Das hätte man sowieso machen sollen", ließ sich Mrs. Bristow vernehmen. „Wo er doch diesen ganzen Schlamassel angerichtet hat, den wir nun aufräumen müssen."

Matt kehrte zurück, als sich gerade die Eingangstür öffnete. Cyclops und Duke blieben auf der Schwelle stehen, auf beiden Gesichtern lag ein schockierter Ausdruck.

„Was war los?", fragte mich Cyclops.

„Mr. Hendry ist hergekommen und hat einen Zauber gewirkt", sagte ich. „Er ist der Mörder. Emmett wollte seinen Zauber, Hendry hat sich geweigert, darum hat Emmett gedroht, sich schreckliche Geschichten über seine ... Vorlieben einfallen zu lassen."

Duke hob einige Papiere in der Nähe der Tür auf. „Er ist einfach hergekommen und hat gestanden?"

„Wir haben ihn zur Rede gestellt", sagte ich. „Man hat Dotty im Krankenhaus gefunden, und sie hat uns erzählt ..."

„Sie wurde gefunden?" Er richtete sich auf. „Und niemand hat daran gedacht, es mir zu sagen?"

„Tut mir leid", erwiderte Matt mit einem verlegenen Schulterzucken. „Wir waren beschäftigt."

Duke knallte Matt die Papiere vor die Brust. „Dann könnt ihr diesen Saustall allein aufräumen. Ich bin am Verhungern."

„Das Abendessen wird im Topf in der Küche warmgehalten", rief Mrs. Bristow ihm nach, während er an ihr vorbei marschierte. „Bedienen Sie sich."

„Ich gehe lieber auch mal", sagte Cyclops. „Bevor er alles aufisst."

„Wo warst du denn?", drängte ihn Willie.

„Ich habe mich mit Duke bei Dottys Haus getroffen."

„Da warst du die ganze Zeit über?"

„In der letzten Stunde."

„Und davor?"

„Habe ich mit der Queen im Buckingham-Palast Walzer getanzt", warf er über die Schulter.

Die Aufräumarbeiten dauerten beinahe eine Stunde, und dazu gehörte nicht, die Papiere wieder zu sortieren. Wir stapelten sie auf Matts Schreibtisch in seinem Bureau, doch er verlegte die Aufgabe, sie wieder zu ordnen, auf den Vormittag.

„Ich kann nicht glauben, dass ein Zauber das alles angerichtet hat", sagte ich und schlug mit der Hand oben auf einen der Stapel. „Obwohl ich nicht glaube, dass er das so geplant hat. Er wollte nur die Karten als Waffen einsetzen, und das war eine unbeabsichtigte Folge." Ich seufzte. „Er wird dafür gehängt, dass er Emmett ermordet hat."

„Versuch, nicht daran zu denken."

Es war unmöglich, das nicht zu tun. Ganz gleich, wie unterschiedlich ich und Mr. Hendry waren, wir waren durch unsere Magie verbunden. Ich verstand einige seiner Kämpfe, wenn auch nicht alle. Nicht einmal annähernd alle.

„Ich frage mich, ob die Papiermagie mit ihm aussterben wird", sagte ich. „Weder er noch Emmett hatten Kinder."

„Es hängt davon ab, ob sie Geschwister oder andere Cousins oder Cousinen hatten."

„Coyle und seine Freunde wissen das wohl." Das war ein

beunruhigender Gedanke, obwohl ich nicht ganz erklären konnte, weshalb. Ein weiterer beunruhigender Gedanke war das Versagen meiner Taschenuhr. „Sie hat nicht geläutet, trotz der Gefahr", erklärte ich Matt. „Ich habe seit der Festnahme von Mr. Sweeney mindestens ein dutzend Mal daran gebastelt, und trotzdem läuft sie nicht richtig."

„Ich bringe sie zurück zu den Masons und beschwere mich darüber, soll ich?"

„Mach keine Witze, Matt."

„Vielleicht musst du hunderte Male daran basteln. Du hattest deine alte Taschenuhr jahrelang, und diese nur Wochen. Gib der Sache Zeit, India."

„Allmählich glaube ich, es war etwas, das mein Vater mit der ursprünglichen Uhr angestellt hat. Vielleicht gibt es nichts, was ich tun kann. Vielleicht war die Magie bereits in der alten, als ich sie erhalten habe." Ich stieß ein frustriertes Seufzen aus. „Ich wünschte, ich wüsste es."

Matt nahm meine Hand und führte mich zu dem Sessel hinter dem Schreibtisch. „Setz dich und versuch, dich zu entspannen."

„Kann ich nicht."

Es erwies sich, dass ich mich recht mühelos entspannen konnte, wenn er die Anspannung aus meinen Schultern massierte. Selbst die Zeit schien zu vergehen, ohne dass es mir auffiel.

„Das war wunderbar", murmelte ich, als er aufhörte. „Komm her und lass mich dir danken."

Er beugte sich von hinten über mich und gab mir kopfüber einen Kuss. Ich lächelte an seinem Mund, bis er den Kuss vertiefte. Es war genau das, was ich brauchte, nach dem Abend, den ich erlebt hatte.

„Kein Wunder, dass ihr zwei noch hier oben seid", kam Willies Stimme vom Eingang. „Kommt runter zum Salon und trinkt was mit uns. Wir haben den guten Kognak geöffnet."

„Ich hätte die Tür schließen sollen", murmelte Matt.

„Wir kommen zu euch, solange niemand Poker spielt", sagte ich zu Willie. „Ich kann wohl eine Zeit lang keine Kartenspiele mehr sehen."

* * *

ICH VERBRACHTE den folgenden Vormittag damit, mein Kleid zu flicken, während Matt seine Papiere in Ordnung brachte. Ein Glasmacher war als allererstes eingetroffen, um Ersatzfenster auszumessen, und der Haushalt kam langsam wieder in Tritt, darunter Miss Glass, die wieder ihr übliches Wesen an den Tag legte.

„Du musst die Schneiderin zu einer letzten Begutachtung besuchen, India", sagte sie. „Nun, da die Ermittlung vorbei ist, können wir heute hin."

„Wenn Sie möchten."

„Und vergewissere dich bei Mrs. Potter, was das Menü angeht."

„Sie hat es alles im Griff", sagte ich.

„Was ist mit den Blumen?"

„Die werden frisch am Morgen der Hochzeit geliefert."

Sie erwähnte nicht die Einladungen, worum ich dankbar war. Willie allerdings war nicht so taktvoll.

„Ich glaube, ihr solltet Jasper einladen", sagte sie.

Ich brauchte einen Augenblick, um mich daran zu erinnern, dass Jasper Kriminalinspektor Brockwell war. „Aus einem besonderen Grund?", fragte ich gerissen.

„Er ist ein Freund geworden", sagte sie und kehrte an ihre Näharbeit zurück. Wie ich hatte sie Schnitte in ihrer Kleidung repariert, nur dass sie sich viel ungeschickter anstellte und langsamer war.

„Das habe ich bemerkt."

Willie stach sich in den Daumen, ein Blutstropfen quoll hervor. „Zum Teufel damit", murmelte sie. „Ich hasse nähen."

„Gib es mir", sagte Miss Glass. „Bei den weiblichen Künsten bist du einfach verloren, Willemina."

„Du bist ein Engel, Letty." Willie reichte Weste, Nadel und Faden an Miss Glass weiter. „Ich kann Jasper heute Abend eine Einladung überbringen, wenn du magst, India. Ich muss ihm sowieso sein Taschentuch zurückgeben."

„Heute Abend?", fragte Miss Glass.

„Er wird den ganzen Tag lang mit Arbeit beschäftigt sein."

„Lass doch den armen Mann in Ruhe, wenn er keinen Dienst hat. Er wird sich doch von dir nicht nach einem langen Tag stören lassen wollen."

Willie öffnete den Mund, doch ich schüttelte heftig den Kopf in ihre Richtung. Es war am besten, wenn Miss Glass nicht alles erfuhr, was Willie anstellte.

Cyclops trat ein und bat darum, sich unter vier Augen mit mir unterhalten zu dürfen. Ich folgte ihm durch den Flur in die Bibliothek. Er schaute sich dort erst um, bevor er die Tür schloss.

„Ist etwas?", fragte ich.

Er lehnte sich an die Tür. „Hast du dir noch einmal überlegt, ob du Ronnie bei seiner Prüfung hilfst?"

„Beziehst du dich darauf, ihm beim Lernen zu helfen?"

„Nein."

„Das dachte ich mir schon." Ich setzte mich in der Nähe des Kamins hin und bat ihn, sich auch zu setzen. „Cyclops, ich weiß, dass du dir Sorgen machst, aber es ist nicht möglich, die Prüfung für ihn zu schreiben, ohne erwischt zu werden. Außerdem dachte ich, du und Catherine wärt gegen diese Idee."

„Sie schon. Sag ihr nicht, dass ich mit ihr darüber gesprochen habe."

„Unehrlichkeit ist keine gute Grundlage, um eine Beziehung aufzubauen."

„Wir haben keine Beziehung."

Ich legte den Kopf schief und hob die Augenbrauen.

„Ich habe darüber nachgedacht und beschlossen, dass Ronnie recht hat", pflügte er weiter. „Abercrombie wird die Prüfung zu schwer machen, als dass er sie bestehen könnte. Ronnie ist schlau, aber er ist nicht du, India."

„Schmeicheleien wirken nicht, Cyclops. Was du dir von mir erbittest, ist lächerlich."

„Was spielt es denn für eine Rolle, wenn du erwischt wirst? Du tust nichts, was gegen das Gesetz ist, nur gegen die Gildenregeln – und du bist sowieso kein Mitglied." Als ich zögerte, stürzte er sich weiter vor. „Ich will das Beste für Catherine. Sie will unbedingt diesen Laden mit Ronnie eröffnen. Sie braucht ihre Unabhängigkeit, India, und sie ist zu lebendig, um im Schatten ihrer Eltern zu bleiben. Ich will, dass sie glücklich ist."

„Für mich klingt das, als solltest du um sie werben."

„Das ist eine andere Angelegenheit."

„Ist es das?"

Er funkelte mich an, darum ließ ich die Sache auf sich beruhen und kehrte zum eigentlichen Problem zurück.

„Du bittest mich, zu mogeln, Cyclops. Damit fühle ich mich nicht gut."

„Abercrombie ist derjenige, der mogelt. Er wird die Prüfung so schwer machen, dass niemand außer dir sie schaffen könnte. Das ist nicht gerecht."

„Nein, aber mir gefällt es nicht, mich an etwas Niederträchtigem zu beteiligen." Ich konnte die unsichtbare Willie in mein Ohr flüstern hören, wie sehr ich auf Sicherheit bedacht war, wie langweilig und vernünftig.

„Wir müssen es Matt nicht erzählen", fügte Cyclops an.

„Natürlich muss ich das. Wir haben keine Geheimnisse voreinander."

Die Worte schmeckten in meinem Mund nach Asche. Durch die Aufregung der letzten paar Tage hatte ich die Gedanken an meine Vereinbarung mit Lord Coyle aus meinem Verstand verdrängt. Aber sie wollten nicht komplett verschwinden. Das würden sie niemals, während der Gefallen noch wie eine Guillotine über meinem Nacken hing.

Bristow klopfte an der Tür und trat ein. „Lord Coyle ist hier, Madam. Er wünscht, mit Ihnen und Mr. Glass zu sprechen."

Mein Gewissen war mächtig, wenn ich ihn in dem Augenblick heraufbeschwören konnte, in dem ich an ihn dachte. „Was will er denn?"

„Das hat er nicht ausgeführt."

Natürlich würde er sich dem Butler nicht anvertrauen. Bristow wartete auf meine Erwiderung, und ich wartete auf … Ich wusste es nicht. Ein Wunder, nahm ich an.

Cyclops erhob sich und entschuldigte sich, doch ich nahm ihn an der Hand.

„Bleib", sagte ich. „Bitte."

Er runzelte die Stirn. „Weshalb? Matt ist auf dem Weg herab, oder nicht, Bristow?"

„Fossett holt ihn, Sir. Ist alles in Ordnung, Miss Steele? Soll ich seine Lordschaft bitten, an einem anderen Tag wiederzukommen?"

Bristow und Cyclops warteten auf meine Entscheidung, doch ich bekam nie die Gelegenheit, sie zu treffen. Matt marschierte in die Bibliothek, Lord Coyle im Schlepptau.

Bristow verbeugte sich nach draußen, und Cyclops folgte ihm, wobei er die Tür hinter sich schloss. Ich zog in Betracht, ebenfalls zu gehen, aber das wäre keine Lösung, falls Lord Coyle gekommen war, um sich auszahlen zu lassen.

Seine Lordschaft ließ sich mit einem Stöhnen auf einem der tiefen Ohrensessel nieder. Das Leder knarzte unter seinem Gewicht, während er einsank. Er holte ein Taschentuch aus seiner Jackentasche und tupfte sich damit die gerötete, schwitzende Stirn. Er wirkte, als wäre er zu Fuß hergekommen, doch ich konnte durch das Fenster der Bibliothek seine Kutsche sehen, die am Bürgersteig wartete.

„Sie wirken besorgt, Coyle", sagte Matt.

Seine Lordschaft tupfte sich weiter das Gesicht mit dem gefalteten Taschentuch. „Ich bin äußerst besorgt, Glass. Tatsächlich bin ich wütend."

Mein eigenes Gesicht fühlte sich plötzlich ziemlich heiß an, doch der Rest von mir wurde eiskalt. „Worüber denn?", fragte ich mit leiser Stimme.

„Die Polizei hat Hendry festgenommen."

Oh. Das war es. Zum Glück war ich der Konfrontation entgangen. Vorerst.

„Er wird hingerichtet werden", fuhr Coyle fort. „Und Sie beide hatten etwas mit der Ermittlung und seiner Festnahme zu tun, glaube ich."

„Hat Whittaker Ihnen das erzählt?", fragte Matt.

Coyles Blick richtete sich fest auf Matt. „Ich habe Sie gebeten, sanft mit Hendry umzugehen. Sie haben mir versichert, dass Sie ihn sorgsam behandeln würden."

„Das war, bevor wir erfahren haben, dass er ein Mörder ist."

Coyle schlug auf die Armlehne des Sessels. „Verdammt noch mal, Glass! Wissen Sie, was Sie da getan haben?"

„Geholfen, einen gefährlichen Mann von der Straße zu holen?"

„Er war der letzte seiner Art. Er und sein Vetter Emmett Cocker waren die einzigen Papiermagier, die es auf der Welt noch gab."

„Von denen Sie wissen."

„Die Ahnenreihe stirbt mit Hendry aus. Die Papiermagie wird ausgelöscht werden. Macht Sie das nicht traurig?"

Matt funkelte ihn nur an.

Lord Coyle richtete sich an mich. „Sie verstehen das, oder nicht, Miss Steele? Wir werden eine wertvolle Ressource verlieren."

„Das ist wohl kaum unsere Schuld", schoss ich zurück. „Werfen Sie es doch Mr. Hendry vor, dass er seinen Vetter umgebracht hat. Was die Tatsache angeht, dass seine Ahnenreihe mit ihm ausstirbt, kann ich mit einiger Zuversicht sagen, dass es ohnehin dazu gekommen wäre. Sie wissen von seinen Vorlieben. Er hätte keine Kinder gezeugt."

Er hob abwehrend eine Hand. „Man hätte etwas in die Wege leiten können, um die Fortführung seiner Magie zu sichern."

Ich stieß ein bellendes Lachen aus. Er kannte Mr. Henry nicht sonderlich gut, wenn er auch nur auf die Idee kam, dass es so einfach sein würde.

„Hendry kannte einen Zauber, um Papier zu Waffen zu machen", sagte Matt. „Das hat seine Magie sehr viel gefährlicher gemacht als jede andere. Ich für meinen Teil finde nicht, dass ihr Verschwinden bedauert werden sollte."

Lord Coyle nahm eine Zigarre aus seiner Tasche und schob sie sich in den Mund.

„Hier drin bitte nicht rauchen", sagte ich. „Ich will nicht, dass die Bücher den Geruch annehmen."

Er nahm die Zigarre aus dem Mund, steckte sie aber nicht wieder in die Tasche. Er schob sie zwischen seine Finger und deutete auf Matt. „Sie hätten sich niemals in diese Angelegenheit einmischen sollen."

„Brockwell hätte den Mörder auch ohne unsere Hilfe gefunden", sagte Matt.

„Ich bin mir nicht so sicher." Coyle betrachtete mich unter hängenden, fleischigen Augenlidern hervor. Oberflächlich wirkte er träge, doch ich wusste, dass er ein Mann der Tat war. Wurden ihm seine Wünsche verwehrt, hatte er die Mittel und die Macht, seine Drohungen wahr zu machen. „Ich wüsste es zu schätzen, wenn Sie sich nicht wieder in Angelegenheiten einmischen, die Sie nicht betreffen", fuhr er fort.

„Diese hat uns betroffen", fügte ich rasch hinzu. „Duke wurde verdächtigt. Wir haben dem Inspektor unsere Unterstützung ursprünglich angeboten, weil Duke belastet wurde."

Coyle schürzte die Lippen, ehe er die Zigarre dazwischen schob. Er stemmte sich aus dem Sessel und kam mühsam auf die Beine. „Sie haben mir Kopfschmerzen und meinen Anwälten Arbeit bereitet."

„Seien Sie kein Narr, Coyle", sagte Matt. „Lassen Sie die Rechtsprechung ihren natürlichen Gang nehmen."

Ich keuchte. „Sie wollen Mr. Hendry befreien? Das können Sie nicht! Er ist schuldig."

„Ist er das, Miss Steele? Laut meinem Verständnis hat Miss Campion nicht gesehen, wie der Mord begangen wird, genauso wenig hat sie denjenigen gesehen, der sie an der Kehle verletzte. Ihre Geschichte, dass Karten herumfliegen, wird man vor Gericht belächeln. Ich bezweifle, dass Commissioner Munro überhaupt möchte, dass Magie erwähnt wird, was hat er dann noch? Nichts. Die Staatsanwaltschaft hat keinen Fall, geschweige denn einen unumstößlichen. Mein Anwalt wird ihn in Fetzen reißen."

„Sie wollen riskieren, dass dieser Mann frei herumläuft?", knurrte Matt. „Nur, weil Sie wollen, dass die Ahnenreihe der Papiermagie fortgeführt wird?"

Lord Coyle ging, sein schwerer, wankender Gang langsam, doch entschlossen. „Keine Sorge. Hendry wird keinen Bedarf haben, sich an einem von Ihnen zu rächen, falls der Fall zu den Akten gelegt wird. Ich werde mir jedoch von ihm eine Versicherung holen, dass er Sie in Ruhe lässt, wenn Sie das möchten."

„Wenn wir *möchten*!", fuhr Matt ihn an.

Ich schüttelte zur Warnung den Kopf in Matts Richtung. Er marschierte an Coyle vorbei, öffnete die Tür zur Bibliothek und dann die Eingangstür weit. Klugerweise ging Coyle ohne ein weiteres Wort, und Matt knallte die Tür hinter ihm zu.

Willie und Miss Glass kamen aus dem Wohnzimmer. „Was war denn das für ein Lärm?", fragte Miss Glass.

„Ein unwillkommener Besucher", sagte Matt. „Mach dir keine Sorgen, Tante."

Sie kehrte ins Wohnzimmer zurück, doch Willie ließ sich nicht so leicht abwimmeln. Matt erzählte ihr, dass Lord Coyle dafür sorgen würde, dass Mr. Hendry der Anklage wegen Mordes entging.

„Es wäre sowieso nicht leicht gewesen, ihn schuldig zu sprechen", sagte sie. „Nicht, wenn man die Magie raushält. Dotty ist keine gute Zeugin, da sie eigentlich gar nichts bezeugen kann."

„Coyle hätte es nicht noch einfacher machen brauchen", sagte Matt. Ein Teil seines stählernen Untertons war jedoch aus seiner Stimme gewichen, und er wirkte nicht mehr, als wolle er Lord Coyle erwürgen. „Er schafft einen gefährlichen Präzedenzfall, indem er sich einmischt. Wo wird das enden? Wie weit würde er gehen, um Magier zu schützen?"

Das war ein ernüchternder Gedanke. Je mehr ich Lord Coyle und seine Freunde kennenlernte, desto mehr wirkte es, als würden sie alles tun, um ihre Sammlungen zu bewahren, das bedeutete, die Magier zu bewahren. Obwohl das theoretisch bewundernswert war, unterlief es in Situationen wie der von Hendry alles, woran ich glaubte. Die Rechtsprechung sollte nicht von jenen beeinflusst werden, die versuchten, sie hinzubiegen, wie es ihnen gefiel.

Das schlimmste daran war, dass ich mich ziemlich hilflos fühlte, und so ging es wohl auch Matt.

Und ihm würde es nicht gefallen, sich hilflos zu fühlen. Überhaupt nicht.

* * *

KRIMINALINSPEKTOR BROCKWELL LUD MICH EIN, ihn zu begleiten, um Dotty zu besuchen. Er tauchte mit dieser Bitte zwei Tage, nachdem Hendry verhaftet worden war, auf unserer Schwelle auf, obwohl er auch eine Nachricht hätte schicken können.

„Ist sie noch im Krankenhaus?", fragte ich, während ich von Bristow meine Handschuhe entgegennahm.

Brockwell schien mich nicht gehört zu haben. Er war zu sehr damit beschäftigt, die Treppe hinauf zu spähen, den Kopf schiefgelegt, als würde er lauschen.

„Jasper!", rief ich, um seine Aufmerksamkeit zu erlangen. „Sie ist nicht da."

Er setzte den Hut ab und kratzte sich die Koteletten. „Ich weiß gar nicht, auf wen Sie sich da beziehen, India."

Ich grinste. „Schüchtern zu tun, passt nicht zu Ihnen, Inspektor."

„Was ist denn bloß aus Jasper geworden?"

„Schöner Versuch, mich abzulenken." Ich nahm von Bristow meinen Hut entgegen, setzte ihn aber nicht auf. „Sind Sie sicher, dass Sie wollen, dass ich Sie begleite, oder war das einfach nur ein Vorwand, um herzukommen und Willie zu sehen? Ich will mich nicht aufdrängen."

„Nein, nein, bitte kommen Sie. Ich stelle mich nicht sonderlich gut mit Frauen an. Wenn ich sie nicht verhöre, bringe ich kein Wort heraus und werde ziemlich rot."

„Wie haben Sie das denn bei mir gemacht?"

„Ich habe so getan, als würde ich Sie verhören. Das hat geholfen." Sein Gesicht wurde rot, was bewies, dass er recht hatte.

„Mit Willie kommen Sie zurecht. Tatsächlich scheinen Sie sie für sich gewonnen zu haben."

„Sie ist keine Frau. Ich meine, sie *ist* eine Frau, nur … anders als die meisten."

„Das stimmt", sagte ich und folgte ihm nach draußen.

„Mit ihr kann man mühelos reden."

Ich zog in Erwägung, ihn vorzuwarnen, dass Willie vielleicht nicht auf eine Beziehung mit ihm aus war, doch mir wurde klar, dass ich gar nicht wusste, was sie von Brockwell wollte – oder, wenn man es sich genau überlegte, von jedem. Es ging mich auch nichts an. Sie konnten ihre Angelegenheiten ohne meine Einlassungen ausmachen.

Wir fanden Dotty dort, wo wir sie zuletzt gesehen hatten, im vierten Krankenhausbett auf der Frauenstation. Sie hatte wieder viel mehr Farbe im Gesicht, und sie sah nicht mehr aus wie eine geisterhafte Erscheinung. Sie lächelte, als sie uns sah, und ich erwiderte das Lächeln, auch wenn ich ein schweres Herz hatte. Was wir ihr erzählen würden, würde ihr Lächeln verfliegen lassen.

„Wie geht es Ihnen?", fragte ich.

„Besser", sagte sie, ihre Stimme sehr viel kräftiger als beim letzten Mal, als wir sie gesehen hatten. „Immer noch etwas müde, doch der Arzt sagt, das passiert, nachdem man so viel Blut verloren hat. Sie sagen, ich hatte Glück, überhaupt zu überleben."

„Wann wird man Sie entlassen?", fragte Brockwell.

„In ein paar Tagen. Wird die Verhandlung bald stattfinden?"

Brockwell und ich wechselten einen Blick.

„Ich würde nur gern nach Hause nach Amerika fahren, sobald die Ärzte sagen, dass ich das kann." Sie schaute von mir zu Brockwell und wieder zurück. „Was ist denn? Was ist los?"

„Es ist nicht offiziell", sagte der Inspektor, „aber ich wollte Sie auf dem Laufenden halten. Es ist unwahrscheinlich, dass es zu einer Verhandlung kommt."

„Weshalb?"

„Unzureichende Beweise."

„Ich dachte, dieser Kerl hat gestanden, als man ihn zur Rede gestellt hat."

„Er hat es zurückgezogen. Er behauptet, er wäre zu seiner Aussage getrieben worden."

Dotty berührte die Verbände an ihre Kehle. „Also wird Emmett keine Gerechtigkeit widerfahren."

„Sie werden in Sicherheit sein", erklärte ihr Brockwell. „Hendry weiß jetzt, dass Sie ihn nicht identifizieren können."

Ich setzte mich auf die Bettkante und berührte sie an der Hand. „Es ist nicht gerecht." Es klang armselig, aber es gab nicht mehr zu sagen. Dotty hatte recht; Emmett würde keine Gerechtigkeit widerfahren. Lord Coyle und seine Anwälte hätten sich schämen sollen.

„Es gibt auch noch die Angelegenheit der Drapers", fuhr Brockwell fort. „Es scheint, als wären sie verschwunden."

„Sie können Sie nicht finden?", fragte ich. „Gütiger Gott, das wird zu einem Debakel."

Brockwell wirkte beleidigt. „Meine Männer haben ihr Bestes gegeben, India. Sie können nicht überall sein, auf jeder Straße und an jedem Hafen."

Ich seufzte. „Es tut mir leid. Ich bin nur frustriert."

„Ich bin auch nicht darüber erfreut."

„Sie sind Meister des Verschwindens", erklärte Dotty. „Das haben sie schon früher getan, das hat Emmett mir erzählt. Er hat ihnen niemals richtig vertraut, was vielleicht erklärt, weshalb er beschlossen hat, Danny Draper aus seiner betrügerischen Masche auszuschließen."

„Man muss seinen verbrecherischen Partnern schon vertrauen können", sagte Brockwell. Als ich die Augenbrauen hochzog, fügte er an: „Das habe ich in all den Jahren gelernt, in denen ich Verbrecher gefangen habe."

Wir dankten Dotty, und ich versprach ihr, sie noch einmal zu besuchen, bevor sie England verließ. Brockwell und ich trennten uns im Vorhof, nur dass ich nicht zurück nach Hause fuhr. Ich wollte noch einen Besuch machen, einen, von dem ich nicht dachte, dass ich sonderlich willkommen sein würde. Nicht, wenn sie hörten, was ich zu sagen hatte.

# KAPITEL 17

Ich hatte Glück. Es war nicht nur Mrs. Delancey zu Hause, sondern sie hatte einen weiteren Gast, den ich sehr gerne treffen wollte. Lady Louisa begrüßte mich etwas weniger übertrieben als ihre Gastgeberin, obwohl sie erfreut wirkte, mich zu sehen. Ihr Lächeln verblasste jedoch, als ich es nicht erwiderte.

„India, meine Liebe, was für eine wunderbare Überraschung." Mrs. Delancey winkte mir, damit ich mich neben sie setzte. Als ich mich weigerte, wirkte sie verstört. „Ich bestehe darauf. Sie müssen herkommen und Tee und Kuchen mit uns nehmen. Haben wir nicht Glück, Louisa? India, Sie sind herzlichst eingeladen. Wir genießen Ihre Gesellschaft. India?" Sie tätschelte wieder das Kissen neben ihr. „Setzen Sie sich. Sonst tut mir noch der Hals weh."

Ich blieb stehen, nachdem der Butler mit einer Verbeugung gegangen war und die Doppeltür geschlossen hatte. „Das ist kein Freundschaftsbesuch. Ich bin gekommen, um Ihnen zu sagen, dass Sie sich für das schämen sollten, was Sie getan haben."

Mrs. Delancey griff an das eng anliegende schwarze Halsband an ihre Kehle. „Meine Liebe, ich bin mir nicht bewusst, dass wir etwas getan haben. Du dir etwa, Louisa?"

Louisa stellte ihre Teetasse ruhig und bestimmt auf dem Tisch ab. Ich vermutete, dass sie genau wusste, wovon ich sprach. Mrs. Delancey jedoch tappte entweder im Dunkeln oder spielte das dumme Weib.

„Es geht um Mr. Hendry, oder nicht?", fragte Louisa.

Ich nickte. „Lord Coyles Anwalt arbeitet an seinem Fall, und er hat vermutlich Erfolg. Mr. Hendry wird nicht einmal vor Gericht gestellt werden. In wenigen Tagen wird er freikommen, vielleicht in wenigen Stunden."

„Aber das sind doch hervorragende Neuigkeiten", sagte Mrs. Delancey. „Weshalb sind Sie also empört, India?"

„Weil er ein Mörder ist!"

„Ja, doch er ist nicht *gefährlich*. Ich glaube, sein Vetter hat ihn bedroht. Es ist doch nur natürlich, sich zu wehren, wenn man in eine Ecke gedrängt wird."

Von ihr hatte ich mir kein Verständnis erhofft. Das war nicht der Grund, weshalb ich gekommen war. Es war lediglich mein Wunsch gewesen, sie wissen zu lassen, wie ich zu dieser Situation und ihrer Verwicklung darin stand. „Sie sind selbstsüchtig und gierig", sagte ich. „Sie alle."

„Gierig?", wiederholte Mrs. Delancey.

„Gierig nach Magie. Sie möchten sie besitzen und beherrschen."

„Nein, India", sagte Louisa. „In dieser Sache irren Sie sich. Wir wollen die Magie nicht beherrschen. Wir wollen sie schützen."

Mrs. Delancey schaute sie an, als wäre sie wahnsinnig. Ich nahm an, dass sie und Mr. Delancey die Magie sehr wohl besitzen wollten, oder die Gegenstände, die mit Magie angereichert waren. Sie waren die Art Leute, die ein Haus voller einzigartiger, wunderschöner Dinge besitzen wollten, je seltener, umso besser. *Sie* waren gierig. Louisa war anders. Professor Nash auch, obwohl er kein Mitglied des Clubs war. Was Sir Charles Whittaker und Lord Coyle wollten, wusste ich nicht.

„Falls Mr. Hendry noch jemanden verletzt, wird es Ihre Schuld sein", sagte ich. „Sie alle werden sich vorwerfen lassen müssen, ihn freigelassen zu haben."

Mrs. Delancey wies meine Sorgen mit einer leichten Bewegung ihres Handgelenks von sich. Ihre zahlreichen Ringe blitzten im Sonnenlicht. „Keine Sorge deswegen. Mr. Hendry wird man verständlich machen, dass er nicht einfach herumlaufen und Leute umbringen kann. Lord Coyle wird es ihm einprägsam mitteilen, und Sie wissen doch, wie seine Lordschaft ist. Er kann ziemlich überzeugend sein, um jemanden von seinem Standpunkt zu überzeugen."

„Mr. Hendry sollte für sein Verbrechen bezahlen", setzte ich noch einmal an.

„Glauben Sie mir, er wird bezahlen", sagte Louisa mit sarkastisch verzogenen Lippen. „Zum einen wird er bei Lord Coyle in der Schuld stehen, und das kann ich niemandem raten."

In der Tat.

„Anfangs wird er sich widersetzen", sprach Mrs. Delancey weiter, griff nach ihrer Teetasse. „Doch er wird schon sehen, dass es das beste Vorgehen ist."

„Ich verstehe nicht", sagte ich. „Welches Vorgehen?"

„Er wird heiraten und Kinder haben."

Ich lachte. Ich konnte nicht anders. Wie ein Niesen brach es tief aus mir hervor und kam einfach heraus. „Sie lassen das so einfach klingen, doch ich weiß, dass er dem nicht zustimmen wird."

„Das wird er, wenn er seine magische Gabe geheim zu halten wünscht", sagte Louisa. „Und es vermeiden will, noch einmal festgenommen zu werden."

„Keine Sorge", warf Mrs. Delancey leichthin ein. „Es ist alles arrangiert. Eine passende Braut wird unter den allerbesten Familien gewählt werden."

Ich legte den Kopf schief. „Den allerbesten?"

Mrs. Delancey und Louisa wechselten einen Blick, aber keine erklärte es. Ich war mir ziemlich sicher, dass „beste" in diesem Zusammenhang mit Magie zu tun hatte, und nicht mit gesellschaftlichem Stand.

Ich konnte es nicht ganz glauben. Auch wenn Lord Coyle dasselbe gesagt hatte, als er uns besucht hatte, hatte ich es nicht wirklich ernst genommen. Man konnte doch einen Mann nicht dazu zwingen, gegen seinen Willen zu heiraten. Doch diese beiden redeten, als wäre es unvermeidlich, und Mr. Hendrys Liebe zu Männern fiele gar nicht ins Gewicht.

„Nun, da Sie sich das von der Seele geredet haben, India, kommen Sie und setzen Sie sich zu uns", sagte Mrs. Delancey, die wieder ihr Lächeln aufsetzte. „Lernen wir einander besser kennen."

„Ich kann nicht", erwiderte ich. „Allerdings gibt es eine Sache, die ich Sie fragen wollte, Louisa."

Mrs. Delancey plusterte sich wegen meiner Abweisung auf.

„Geht es um Fabian?", fragte Louisa.

„Wen?", sagte Mrs. Delancey.

Wenn Mrs. Delancey nichts von Fabian Charbonneau wusste, dann wussten vielleicht die anderen im Sammlerclub auch nicht von ihm. Weshalb hatte Louisa sie nicht davon in Kenntnis gesetzt?

„Weshalb haben Sie ihm von mir erzählt?", fragte ich.

„Er hat nach jemandem wie Ihnen gesucht, jemandem mit außergewöhnlicher Macht", sagte Louisa.

„Meine Macht ist nicht bewiesen."

Louisa zeigte ein träges, elegantes Schulterzucken. „Also habe ich ihm von Ihnen erzählt. Sein Besuch hier hat nichts mit mir zu tun. Ich wusste nicht, dass er kommen würde, bis er vor meiner Tür stand."

„Wer ist dieser Kerl?", fragte Mrs. Delancey.

„Ein alter Freund der Familie mit einem Interesse an Magie. Er kam aus Frankreich, um India zu treffen. Er will mit ihr die Sprache der Magie studieren."

Ich wartete darauf, dass Louisa Mrs. Delancey über die Zauberschöpfer aufklärte, und über Fabians Auffassung, dass ich neue Zauber erschaffen könnte, doch das tat sie nicht. Mrs. Delancey wirkte zufrieden mit der Antwort, die Louisa ihr gegeben hatte.

„Weiß Lord Coyle von Fabian und seinem Besuch?", fragte ich.

Louisa nahm ihre Teetasse und beobachtete mich über den Rand hinweg. „Ich schätze schon. Er neigt dazu, früher oder später alles herauszufinden."

Dagegen konnte ich nichts einwenden.

* * *

Ich schaffte es, Fabian Charbonneau aus dem Weg zu gehen, indem ich entweder so tat, als wäre ich nicht zu Hause, oder behauptete, Kopfschmerzen zu haben. Ich hörte sogar Matt dem Franzosen mitteilen, dass ich vor unserer anstehenden Hochzeit an strapazierten Nerven litt. Ich verriet mich beinahe, als ich oben auf dem Treppenabsatz kicherte.

„Das Lustige daran ist", erklärte ich Matt später, als wir zusammen im Salon saßen, „dass ich nicht im geringsten nervös bin, dass ich heirate."

„Ich schon", sagte er und streckte die langen Beine aus.

„Bedauerst du es, dass deine Junggesellenzeit ein Ende hat? Machst du dir Sorgen, dass wir einander langweilig werden? Oder uns voneinander entfremden? Hast du Angst, dass deine einzigartigen Ecken und Kanten abgeschliffen werden?"

Er schaute mich finster an. „Das alles nicht, aber jetzt mache ich mir Sorgen darüber, wie *du* dich fühlst."

„Ich glaube nicht, dass uns langweilig wird. Uns wird es gut gehen, insbesondere, wenn die Kinder im Haus bleiben." Ich nickte zu der Tür hin, durch die Cyclops und Duke eintraten.

„Das tust du aber", neckte Duke seinen Freund.

„Tue ich nicht", knurrte Cyclops zurück.

„Doch, tust du."

„Sag das noch einmal, und ich verpass dir eine."

„Du ..." Duke schluckte die restlichen Worte, als Cyclops zu ihm herumfuhr. Er duckte sich weg und kam neben mir zum Stehen, als könne ich ihn schützen.

„Wage ich es, zu fragen, worüber ihr beiden gestritten habt?", fragte ich.

„Nichts", murmelte Cyclops, der zum Fenster marschierte. Er hielt inne, schaute nach draußen und kehrte zur Tür zurück, ging aber nicht hinaus.

Mit dem Gefühl, dass die Gefahr vorübergezogen war, warf Duke sich auf das Sofa und verschränkte die Arme. „Er will nicht zugeben, dass er Trübsal bläst."

Cyclops kam durch das Zimmer erneut zum Fenster. Diesmal schaute er nicht einmal hinaus, sondern drehte sich um und marschierte zurück. „Das liegt daran, dass ich das nicht tue."

„Warum läufst du mir dann den Teppich ab?", fragte Matt träge.

Cyclops warf einen Blick auf den Teppich unter seinen Füßen und setzte sich auf das Sofa, rieb sich mit den Handflächen über die Oberschenkel. „Catherine hat vorhin eine Nachricht geschickt. Sie sagt, Ronnie wäre nervös wegen der Gildenprüfung morgen. Sie glaubt, dass er es nicht einmal versuchen wird, weil er nicht glaubt, dass er sie bestehen kann."

„Siehst du?", sagte Duke selbstgefällig. „Catherine ist dir schon wichtig. Wenn sie das nicht wäre, würdest du dir deswegen keine Sorgen machen."

Cyclops senkte den Kopf, und ich warf Duke einen finsteren Blick zu. Er schloss klugerweise den Mund und hielt ihn auch geschlossen.

„Das bedeutet dir eine Menge", sagte Matt leise.

„Ihr bedeutet es eine Menge", erwiderte Cyclops. „Sie will eine Frau mit eigenem Vermögen werden, und das ist der einzige Weg für sie. Wenn sie mit ihrem Bruder einen Laden eröffnet, können sie bei ihren Eltern ausziehen, und sie kann für ihn haushalten und ihn im Laden unterstützen. Das will sie."

„Catherine hatte schon immer einen starken Charakter", erklärte ich ihnen. „Wenn sie sich etwas in den Kopf gesetzt hat, gibt sie nicht auf, bis sie es erreicht."

Ich verriet ihnen nicht, dass ich mich dabei zum Großteil auf ihre Flirtversuche bezog. Sie war früher häufig von einem Kerl zum nächsten weitergezogen, hatte hinter sich gebrochene Herzen zurückgelassen. Bis Cyclops gekommen war. Sie wurde nicht mehr an jeder Ecke von Komplimenten und Charme abgelenkt. Es war eine erfreuliche Veränderung, dass sie von ganzem Herzen nach etwas Erwachsenem wie einer Geschäftseröffnung strebte. Vor einem Jahr hätte ich das für eine vorübergehende Laune gehalten, genauso wie ihr Flirten, aber nicht mehr. Nun war es anders. *Sie* war anders.

„Ich hoffe, Ronnie findet sich zur angesetzten Zeit bei der Gilde ein", fuhr Cyclops fort. „Catherine macht sich Sorgen, dass er das nicht tut."

„Es sind jetzt nur noch drei Tage hin", sagte Miss Glass, die in den Salon kam, Willie auf den Fersen.

„Nein, es ist morgen", erklärte ihr Cyclops.

„Die Hochzeit ist morgen?"

„Ach, was soll's. Sie haben recht, die Hochzeit ist in drei Tagen."

Miss Glass legte sich eine Hand aufs Herz. „Einen kurzen Augenblick dachte ich, ich hätte wieder einen meiner Anfälle gehabt und zwei ganze Tage verloren. Zum Glück ist immer noch Zeit."

„Zeit wofür?", fragte Matt mit einem besorgten Blick zu mir. Ich wusste auch nicht, wovon sie redete. Hoffentlich ging es nicht darum, dass ihre Familie doch noch zur Hochzeit kam.

„Dass Willemina ein Kleid findet, das sie anziehen kann", erklärte sie.

Schweigen.

Duke und Cyclops brachen in Gelächter aus. Matt schien sich auf die Innenseite der Wange zu beißen, um sein Lächeln zurückzuhalten.

Willies Gesicht verdüsterte sich. „Ich trage kein Kleid. India sagt, das muss ich nicht, also mache ich es nicht."

„India ist nur höflich", erwiderte Miss Glass, die ihre Brille vom Tisch nahm. „Eigentlich will sie, dass du ein Kleid trägt." Sie setzte die Brille auf und musterte Willie gründlich. „Etwas in Rosarot vielleicht."

„Rosarot!"

„Du hast recht, Rosarot ist zu feminin, und niemand glaubt, dass du feminin bist."

Duke johlte und schlug sich aufs Knie. „Mach schon, Willie, besorgte dir ein rosarotes Kleid für die Hochzeit. Mach es für Cyclops. Er braucht mal was zum Lachen."

Cyclops wischte sich eine Träne von der Wange, konnte aber sein Grinsen nicht zurücknehmen. „Ich bezahle dich dafür, dass du ein rosarotes Kleid mit Spitze und Bändern trägst, Willie."

Duke schlug Cyclops auf die Schulter, und sie taumelten lachend ineinander. Es gab nichts Besseres als das Aufziehen des dritten Mitglieds des Trios, um die anderen beiden zu vereinen.

Miss Glass zwickte an den Schultern in Willies Hemdsärmeln. Willie riss sich los. „Ich trage kein Kleid, Letty, also nimm bloß kein Maß. Falls die Schneiderin am Vormittag der Hochzeit für mich irgendetwas mit einem Rock anbringt, schicke ich sie wieder zurück."

Miss Glass spähte über den Rand ihrer Brille. „Zieh zumindest eine neue Weste und ein Jackett an."

Willie schaute auf ihre Weste hinab und kratzte vergeblich an einem Fleck. „In Ordnung, aber die wird nicht rosarot."

Miss Glass klatschte in die Hände. „Wunderbar! Ich kenne eine Schneiderin, die sich auf Westen und Jacketts spezialisiert hat. Sie nutzt Einflüsse aus der Herrengarderobe, doch sie sind an die Formen einer Frau angepasst. Das wird dir sehr gut stehen, Willemina, solange du eine Stoffhose trägst und keine Lederhose." Sie richtete den Blick auf Willies Lederhose. „Ich nehme nicht an, dass du über eine Reithose nachdenken möchtest?"

„Nein!"

„Lady Kitty Hargrave trägt blaue Reitkleidung mit weißer Hose von einem Schneider in der Saville Row, und sie ist eine ziemliche Vorreiterin in modischen Dingen."

„Das klingt nach jemandem, den ich mögen würde." Willie lächelte sie hart an. „Stell uns einander vor, und ich gehe zu ihrem Schneider."

Ich war mir nicht sicher, ob Miss Glass anfangs gleich ganz verstand, was Willie meinte, doch dann wurden ihre Wangen allmählich rot.

„Deine übliche Hose wird schon gehen", sagte sie und nahm ihre Brille ab.

Sie setzte sich, als Bristow den Salon betrat. „Mr. Gideon Steele", verkündete er.

Chronos trat um Bristow herum und begrüßte Miss Glass mit einer kleinen Verbeugung. „Einen schönen Nachmittag, Madam. Ist das nicht eine erfreuliche Familienversammlung?"

Sie wirkte verblüfft durch seine Ehrerbietung und Freundlichkeit. Gewöhnlich achtete Chronos kaum auf sie, aber nun wandte er ihr seine volle Aufmerksamkeit mit einem Lächeln zu. „Wie geht es Ihnen, Mr. Steele?", fragte sie.

„Ich bin quietschfidel, vielen Dank." Er wandte sich an Willie. „Und du, Willie? Wie geht es dir?"

„Gut", sagte Willie, genauso verwirrt von Chronos' Aufmerksamkeit wie wir übrigen.

„Treibt India dich mit ihren hochzeitlichen Anforderungen in den Wahnsinn?" Er kicherte.

„Nein."

„Sie hat großes Glück, in eine so vielfältige und interessante Familie einzuheiraten", fuhr er fort. „Es wird niemals langweilig, was, Cyclops?"

Cyclops kniff sein Auge zusammen. „Geht es Ihnen gut, Sir?"

„Tatsächlich äußerst gut." Chronos' Blick fiel auf den freien Sessel, und er hob eine Augenbraue. „Darf ich?"

„Natürlich", sagte Matt. „Sie brauchen nicht eingeladen werden, um sich uns anzuschließen. Sie sind hier immer willkommen."

„Vielen Dank. Sehr freundlich." Chronos setzte sich. „Du hast großes Glück, einen so wunderbaren Gentleman zu heiraten, India." Er hatte irgendetwas vor, doch ich konnte nicht entscheiden, ob ich mir Sorgen machen sollte oder nicht.

„Bis zum Abendessen sind es noch zwei Stunden", sagte ich zu ihm.

Er hob beide Hände. „Nein, nein, nein, darum bin ich nicht hier."

„Weshalb bist du dann hier?"

„Um meine Enkelin zu sehen, bevor sie heiratet."

„Die Hochzeit ist erst in drei Tagen, und du bist eingeladen. Drei Tage, an denen du mich besuchen kannst, darunter der Tag der Hochzeit. Oder gehst du weg? Wirst du sie verpassen?"

„Ich würde sie um nichts in der Welt verpassen. Du bist mein einziges Enkelkind, und eine Hochzeit ist ein besonderer Tag. Natürlich werde ich da sein."

Wenn er sich nur darum bemüht hätte, an anderen wichtigen Tagen meines Lebens bei mir zu sein, hätte ich ihm vielleicht geglaubt. „Jetzt komm schon, Chronos. Heraus damit. Was willst du?"

„India", brummte er. „Ich muss doch kein verstecktes Motiv haben, um dich zu treffen."

Ich zog die Augenbrauen hoch und wartete.

Die Stille wog schwer, bis er schließlich seufzte. „Also gut.

Ich will wissen, ob ihr Gabriel Seaford zur Hochzeit eingeladen habt."

„Natürlich. Es ist doch das Mindeste, was wir tun können, nachdem er Matt das Leben gerettet hat. Außerdem mögen wir ihn. Er ist ein guter Mann."

„Und ihr möchtet mit ihm befreundet bleiben. Gut, gut. Sehr klug. Haltet ihn in der Nähe. Das wird es beim nächsten Mal einfacher machen. Ihr solltet in Betracht ziehen, ihn zu bitten, sich euch auch auf euren Flitterwochen anzuschließen."

Matt stieß ein bellendes Lachen aus, doch ich starrte einfach nur Chronos an. Er meinte es völlig ernst, und je mehr ich darüber nachdachte, desto klarer wurde mir, dass an seiner Aussage etwas dran war. Was, wenn Matts Uhr nicht mehr lief, während wir weit weg waren? Es würde Tage dauern, aus Frankreich zurückzukehren. Tage, die er sich vielleicht nicht leisten konnte.

Miss Glass nahm ihre Brille und ihr Buch und erhob sich. „Wenn Sie etwas so Morbides besprechen, gehe ich."

Chronos wartete, bis sie weg war, ehe er sich wieder an mich richtete. „Ich komme gerade aus dem Krankenhaus, wo Gabe arbeitet; er hat mir gesagt, ihr hättet das Thema der Uhr seit jenem Tag bei ihm nicht einmal zur Sprache gebracht."

„Weshalb hast du Gabe besucht?" Als er meinem Blick auswich, fügte ich an: „Hier geht es um Fabian, oder nicht? Hast du ihn Gabe vorgestellt?"

„Nein." Ich funkelte Chronos an, und schließlich sank er in seinem Sessel zusammen. Er war kein guter Lügner, er machte es nur häufig. „Ja", murmelte er.

„Fabian wollte mehr über Gabes Arzt-Magie herausfinden, oder nicht?"

„Kannst du ihm das übel nehmen? Gabes Magie ist unfassbar selten." Er deutete auf Matt. „Er hat etwas so Fantastisches getan, dass man es kaum glauben kann. Fabian wollte einfach nur mit ihm über die Erfahrung reden, von Magier zu Magier."

„Und ihn nach den Worten fragen, die er eingesetzt hat?", drängte Matt. „Um zu helfen, die Lücken in Charbonneaus Wissen zu füllen?"

Ich schnalzte mit der Zunge. „Ehrlich, Chronos, du hast ja

vielleicht Nerven. Der arme Gabe hat seine Magie noch nicht lange, und er wird vermutlich immer noch erst mit seiner Macht zurechtkommen müssen."

„Ganz zu schweigen davon, dass er bei der Arbeit war", sagte Matt. „Einem Ort, an dem er Magie nicht offen besprechen kann."

„In Krankenhäusern wird es oft ziemlich geschäftig", ließ sich Willie im Kennerton vernehmen.

„Wie es sich erwies, hatte er nicht viel Zeit, mit Fabian zu reden", sagte Chronos mit trotzig erhobenem Kinn.

„Also sind Sie hergekommen", sagte Matt. „Sie hofften zu erfahren, ob Gabe auf die Hochzeit kommt, damit Sie dort mit ihm sprechen können, ihn vielleicht ermutigen, Fabian aufzusuchen."

Ich keuchte. „Chronos! Das ist niederträchtig, sogar für dich. Auf der Hochzeit wird nicht über Magie gesprochen. Ist das klar?"

„Aber ..."

„Ist das klar?"

Er verschränkte die Arme und zog eine Schnute, sah aus wie ein trotziges Kind, das man getadelt hatte.

„Hat Fabian dich hergeschickt?", fragte ich.

„Er hat erwähnt, dass du ihm aus dem Weg gegangen bist." Er richtete sich auf. „Also dachte ich, ich würde versuchen, dich davon zu überzeugen, mit ihm zu reden."

Ich stand auf und spähte aus dem Fenster. Ich entdeckte Fabian, der sich ein paar Türen weiter herumtrieb. Er sah mich und hob eine Hand, um zu winken. Ich winkte ihn heran und setzte Bristow in Kenntnis, damit er ihn einließ.

„Heißt eine Einladung, dass du ihm helfen wirst?", fragte Chronos, seine Augen leuchteten.

„Es heißt, dass ich mich weigere, einen Bekannten an einem warmen Tag draußen stehen zu lassen, wo ich ihm doch hier drinnen Erfrischungen anbieten könnte."

Chronos' Laune verbesserte sich, als Fabian eintrat, obwohl er sich zurückhielt und das Thema Magie nicht wieder ansprach. Peter brachte Tee, und ich schenkte ein. Ich hatte erwartete, dass Duke, Willie und Cyclops sich entschuldigten und gehen würden, doch sie schienen neugierig auf Fabian zu sein. Er wirkte genauso interessiert an ihnen.

„Sie sind aus der Wildwestvorführung, nicht?", fragte er und deutete auf Willies Kleidung.

„Himmel, nein", stieß Willie hervor. „Unsere Kleidung ist originalgetreu, nicht wie das, was diese zweitklassigen Schauspieler tragen."

„Schauspieler? Sind es keine echten Cowboys und Ureinwohner?"

„Sie können reiten und schießen, aber sie sind Schauspieler, hören Sie auf mich. Sie schießen auf Blechbüchsen und Zigarettenkisten." Sie tippte sich auf die Brust. „Wir schießen auf echte Banditen, weil wir doch drüben in der Heimat für das Gesetz arbeiten. Hier auch. Haben Sie über den Mord an dem amerikanischen Scharfschützen gelesen?"

„Ah, ja, India und Mr. Glass haben den Mörder gefangen, nicht?"

„Und ich", sagte Willie. „Ich habe geholfen."

„Dann weißt du vielleicht, dass er bald freigelassen wird", sagte Fabian zu mir.

„Woher weißt du das?", fragte ich.

„Ich weiß es einfach."

„Da möchte ich wetten", murmelte Matt.

„Fabian hat Kontakte, sowohl auf dem Kontinent als auch hier", sagte Chronos. „Er weiß alles, was sich in der Welt der Magie und der Magier abspielt. Es ist wahrscheinlich, dass er schon wusste, dass Lord Coyle Hendry befreien wird, bevor du das wusstest, India."

„Bist du mit Lord Coyle und seiner Gruppe von Sammlern befreundet?", fragte ich Fabian.

„Nicht befreundet, nein", sagte Fabian. „Sie sind talentfrei."

„Man kann trotzdem noch mit ihnen befreundet sein. Die Talentfreien sind nicht unsere Feinde."

Fabians Blick huschte zu den Gesichtern meiner Freunde. Er lächelte mich angespannt an. „Natürlich."

„Hendry wird Coyle sein restliches Leben lang etwas schuldig sein", stieß Chronos hervor. „Das ist bedauerlich."

„Weshalb?", fragte Duke.

„Weil Hendry ein Magier ist. Er sollte einem Talentfreien gar nichts schulden. Man sollte ihn lobpreisen, verehren, unter Coyle und seinesgleichen."

Fabian nickte langsam. „Ich stimme zu, *naturellement*. Und doch bin ich auch mit Coyles Bedingungen einverstanden. Wie kann man das nicht sein, *mon ami?*"

„Welchen Bedingungen?", fragte Cyclops.

„Ehe und Kindern", sagte ich. „Lord Coyle und seine Freunde wollen dafür sorgen, dass die Ahnenreihe der Papiermagie fortgeführt wird. Da Mr. Hendry der einzige Überlebende Papiermagier ist, liegt die Zukunft dieser Ahnenreihe in seinen Händen."

„Das wird ihm nicht gefallen", sagte Willie mit einem Kopfschütteln.

Fabian musterte seine Teetasse. „Dann hätte er nicht den einzigen anderen Papiermagier töten sollen, der Kinder hätte zeugen können."

„Das ist alles, worum es euresgleichen geht, oder nicht?", spuckte Willie aus. „Die Fortführung der Ahnenreihe, die Zukunft der Magie. Euch ist es gleich, was Hendry will."

„Ich habe gesagt, ich wäre dagegen!", rief Chronos.

„Ihr seid genau wie Oscar Barratt, Überfahrt jeden, zwingt sie in eure Art des Denkens. Was ist mit Gerechtigkeit? Fairness? Vielleicht würde India lieber ein ruhiges Leben führen, anstatt ein Gegenstand der Neugier zu sein. Vielleicht wollen manche Magier ihre Magie nicht ausüben, weil sie wissen, dass sie für Schwierigkeiten sorgen wird. Vielleicht wollen manche nicht verändern, wer sie sind, nur um die Zukunft ihrer Ahnenreihe zu sichern."

Ich schätzte, dass die letzte Aussage der Hauptpunkt von Willies Tirade war. Ich wünschte, wir hätten näher beieinander gesessen, damit ich ihre Hand nehmen und ihr versichern konnte, dass niemand von ihr verlangen würde, sich zu ändern. Wir mochten sie genauso, wie sie war.

Sie schoss jedoch hoch und stürmte hinaus, bevor ich etwas sagen konnte. Ich sah ihr nach und fragte mich, ob ich ihr folgen sollte. Duke erhob sich und warf mir ein beruhigendes Lächeln zu, bevor er auch ging.

Fabian entschuldigte sich und wirkte ziemlich verlegen, doch Chronos schien Willie in dem Augenblick zu vergessen, in dem sie nicht mehr zu sehen war.

„Wo wir gerade bei Barratt sind", sagte er. „Er hat uns von den Schwierigkeiten erzählt, die er mit seinem Drucker hatte. Vergeben Sie mir, doch ich muss fragen." Er räusperte sich. „Waren Sie es, der gedroht hat, den unrechtmäßigen Betrieb des Druckers bloßzustellen, Glass?"

Matts Blick wurde eisig. „Nein."

„Das *musstest* du nicht fragen", sagte ich zu Chronos. „Ehrlich, du bist so subtil wie … wie Willie manchmal. Und ich bin gewissermaßen froh, dass Oscars Buch nicht gedruckt werden wird. Es ist zu früh. Die Welt ist nicht bereit."

„Ach, doch sie ist bereit, India. Sieh dir die Art an, wie die Artikel aufgenommen wurden." Chronos wirkte für meinen Geschmack zu selbstgefällig.

„Hat er bereits einen anderen Drucker gefunden?", fragte ich.

„Vielleicht", sagte Fabian. „Wir kennen Mr. Barratts Pläne nicht. Sie betreffen uns nicht. Was uns betrifft, India, ist deine Antwort." Er rückte auf dem Sessel nach vorne und verschränkte die Hände ineinander. „Darf ich so dreist sein, zu fragen, ob du es in Betracht ziehst, Zauber mit mir zu erforschen?"

Ich drückte mir die Finger an die Schläfen. Es war alles ein wenig zu viel, es kam zu früh nach Hendrys Festnahme und Freilassung, insbesondere, da die Hochzeit nur ein paar Tage entfernt war.

„India", sagte Matt sanft. „Du musst noch keine Antwort geben."

„Ich sage", stieß Chronos hervor. „Lassen Sie *sie* reden."

„Matt hat recht", sagte ich. „Ich werde deine Bitte erst nach den Flitterwochen überdenken, Fabian. Außerdem bezweifle ich, dass ich so mächtig bin, wie alle anderen annehmen. Meine neue Uhr läutet nicht einmal, wenn ich in Gefahr bin. Es ist sehr wahrscheinlich, dass die alte das als Ergebnis der Magie getan hat, mit der sie mein Vater angereichert hat, nicht ich."

Chronos schnaubte. „Dein Vater war nicht sonderlich mächtig."

„Woher weißt du das? Du hast selbst gesagt, dass du sehr wenig über ihn wusstest. Vielleicht hat er die Ausmaße seiner Macht vor dir versteckt. Vielleicht hat er dir einen Zauber vorenthalten."

„Und wie hätte er einen Zauber lernen sollen, mit dem eine Uhr jemandem das Leben rettet? Entweder von mir oder deiner Großmutter, nur dort, aber keiner von uns kannte einen solchen Zauber."

„Sie vielleicht schon, aber das hättest du nicht gewusst, da du sie ja verlassen hast. Es ist wahrscheinlich, dass sie dir gewisse Dinge vorenthalten hat, wenn man bedenkt, dass du sie vernachlässigt hast."

„Ich habe sie nicht vernachlässigt." Er klang wieder wie ein trotziges Kind. „Ich habe ihr alles gegeben, was sie wollte, dazu gehörte, sie zu verlassen."

Ich schob mich hoch. „Einen schönen Tag euch beiden. Ich muss mich um Hochzeitsvorbereitungen kümmern."

„Es gibt nur einen Weg, um herauszufinden, ob du mächtig bist oder nicht." Fabians leise, zuversichtliche Worte hielten mich an der Tür auf. Mir gefiel nicht, dass er wusste, dass eine solche Aussage mich faszinieren würde, und doch konnte ich nicht leugnen, dass es so war.

„Fahr fort", sagte ich.

Er erhob sich und näherte sich mir. „Ein mächtiger Magier ist ein Zauberschöpfer. Falls du neue Zauber schaffen kannst, India, dann *bist* du mächtig, und die Magie in der Uhr ist wohl von dir gekommen. Falls du das nicht kannst, dann ..." Er zuckte mit den Schultern. „Wir werden zusammenarbeiten, um es herauszufinden, falls du möchtest. Nach deinen Flitterwochen natürlich."

„Natürlich", murmelte ich.

Er nahm meine Hand und küsste den Handrücken. „Meine herzlichste Gratulation an Sie beide."

Ich sah ihm nach, das Herz schlug mir bis zur Kehle, und mein Kopf fühlte sich an, als wäre er mit Watte vollgestopft. Ich glaubte, dass ich wohl gerade zugestimmt hatte, mit ihm zusammenzuarbeiten.

# KAPITEL 18

„Ich mag ihn nicht", sagte Matt. Ich schob mir eine Haarsträhne unter meine Kappe, richtete mein Halstuch und zog meine Hose nach oben. Eine gründliche Musterung meines Spiegelbilds über dem Ankleidetisch ließ ein zufriedenes Lächeln auf mein Gesicht treten. Wenn ich den Kopf neigte und die Kappe tief in die Stirn zog, konnte ich als Mann durchgehen, was meiner Größe zu verdanken war. Obwohl der Mantel schon groß würde sein müssen, um meine Brüste angemessen zu verstecken.

„Das hast du mir bereits gesagt, Matt. Etliche Male."

Er lehnte an der geschlossenen Tür zu meinem Schlafzimmer und verschränkte die Arme, sah von Kopf bis Fuß aus wie ein brütender byronscher Held. Ich versuchte, nicht zu lächeln. Das würde ihn nur verlegen machen. „Nicht etliche Male", murmelte er. „Nur dreimal."

„Ich kann verstehen, dass Fabian meine Magie mit mir erkunden will. Er hat die Sprache jahrelang studiert, und nun hat er die Gelegenheit, ein paar Lücken in seinem Wissen zu füllen. Theoretisch zumindest. Die Realität könnte schon ganz anders aussehen." Ich lächelte ihn im Spiegelbild an. „Aber darüber machen wir uns nach unseren Flitterwochen Gedanken. Wir haben im Augenblick genug zu tun."

Er antwortete mit einem Brummen.

Ich drehte mich um und führte eine Verbeugung aus. „Wie sehe ich aus?"

Sein Blick wanderte an mir nach unten und richtete sich auf meine Brüste, die sich gegen das Hemd und die Hosenträger wehrten. Er schob sich von der Tür weg und pirschte sich zu mir herüber, ein teuflisches Lächeln spielte um seine Lippen. „Mir gefällt es."

„Es soll dir doch nicht gefallen."

Er legte mir die Hände auf die Hüften und knabberte über dem Kragen an meiner Kehle. „Frag Willie, ob du die Kleider behalten darfst."

Ich schlug seinen Arm weg, fiel aber seinen Küssen und wandernden Händen zum Opfer, nur ein paar Minuten lang, ehe ich mich löste. „Wir müssen los. Es ist Zeit."

Er seufzte und schaute auf die Uhr. „Zieh den Mantel an. Falls die Bediensteten fragen, warum du so angezogen bist, sage ihnen, dass wir im Konvent Reparaturen durchführen."

„Am Abend? Sie werden uns nicht glauben." Ich griff nach dem Mantel, der auf dem Bett lag. „Außerdem sind es nicht die Diener, um die man sich Sorgen machen muss. Sie sind zu diskret, um Fragen zu stellen. Deine Tante ist allerdings eine andere Sache."

„Guter Punkt. Ich gehe voran. Wenn die Luft rein ist, pfeife ich."

* * *

EINE GEHEIMOPERATION VERSPRACH SPANNEND zu sein – bis wir an dem Saal der hochwohlgeborenen Gesellschaft der Uhrmacher an der Warwick Lane ankamen. Meine Besuche im Gildensaal waren in der Vergangenheit nicht gut gelaufen. Kein einziger davon. Hoffentlich würde es dieses Mal anders sein – um unser aller Willen.

Wir waren auf unserem Weg in die Gasse an einem Lampenanzünder vorbeigekommen, der einen langen Stab auf der Schulter trug. Er hatte sich kurz an die Hutkrempe gegriffen, in seinem Pfeifen lange genug innezuhalten, um uns einen guten Abend zu wünschen, und war weitergegangen.

„Ihm ist nicht aufgefallen, dass ich eine Frau bin", flüsterte ich Matt zu. „Er dachte, wir wären beide Männer."

„Ich werde trotzdem das Reden übernehmen", sagte er und schob den Karren schneller, um mir voraus zu sein.

Ein Mann stand auf dem Bürgersteig, reckte den Hals aus dem Kragen, während er hinauf zu den Figuren von Väterchen Zeit und dem Kaiser schaute, die im Wappen der Gilde über dem Haupteingang dargestellt waren.

„Da ist Ronnie", sagte ich. „Er ist nervös."

„Hoffentlich überlegt er es sich noch einmal und geht nach Hause", sagte Matt, der am Personaleingang stehen blieb.

„Das macht er lieber mal nicht. Wir sind jetzt hier." Ronnie nickte uns zu und klopfte an der Tür. Sie öffnete sich, und er wurde eingelassen. Matt wartete ein Weilchen, ehe er am Personaleingang klopfte. Mit gebeugtem Kopf sah ich das Gesicht des Mannes nicht, der öffnete, doch die Stimme war keine, die ich kannte. Es war ganz, wie wir gehofft hatten; der übliche Türsteher, der uns nur zu gut kannte, arbeitete nur bei Tage. Der Nachtportier hatte übernommen, und laut Ronnie war er nicht der Klügste. Als Ronnie darum gebeten hatte, dass seine Prüfung am Abend durchgeführt werden würde, damit er tagsüber für seinen Vater arbeiten konnte, hatte die Gilde zugestimmt.

Vielleicht würde dieser Besuch doch glatt laufen.

„Lieferung von Comton's Metallwaren", verkündete Matt in einem perfekten Cockney-Akzent. „Tut uns leid, dass wir spät dran sind. Eine Maschine in der Fabrik war kaputt."

„Da muss ein Fehler vorliegen", sagte der Türsteher. „Wir haben vorhin erst eine Lieferung von Compton's erhalten."

„Jawohl, aber nur die Hälfte der Bestellung. Das ist der Rest. Haben es die Jungs Ihnen nicht gesagt?"

Willies kürzliche Erkundungsgänge und die Fragen an die Lieferanten hatten sich ausgezahlt. Sie hatte von einer Lieferung von Teilen aus der Metallwarenfabrik Compton's erfahren. Es war Cyclops' Idee gewesen, so zu tun, als wäre die Lieferung unvollständig.

Der Türsteher trat zur Seite. „Bringen Sie die Kisten hinab in den Lagerraum."

„Ich weiß, wo das ist", sagte Matt, der eine Kiste vom dem Karren nahm. Da es zur Tür eine Stufe hinaufging, konnten wir den Karren nicht hineinfahren.

„Trotzdem werde ich Sie hinbringen."

Verflixt. Wir mussten den Türsteher loswerden.

Ich hob auch eine Kiste heraus und tat so, als wäre sie sehr schwer, obwohl sie eigentlich leer war. Wir folgten dem Türsteher durch die Personalgänge des Gebäudes zu einem Lagerraum weit hinten in der Nähe der Küche. Matt und ich stellten unsere Kisten auf die Regale und kehrten zum Personaleingang zurück. Der Türsteher begleitete uns.

Ein dröhnendes Klopfen am Haupteingang hallte durch das Gebäude. „Hier ist heute Abend so viel los wie auf der Oxford Street", murmelte der Türsteher und machte sich auf den Weg.

Sobald wir außer Sicht waren, kamen Cyclops und Willie aus den Schatten in der Nähe der Personaltür. Da Willie genauso gekleidet war wie ich, sollte sie als ich durchgehen, außer der Türsteher war besonders aufmerksam. Da er mir nicht ins Gesicht geschaut hatte, hoffte ich, dass er den Austausch nicht bemerken würde. Nur durch unsere Größe unterschieden wir uns voneinander. Wir verließen uns auf die Tatsache, dass Leute nur selten Bedienstete und Arbeiter wie Lieferanten genauer betrachteten.

Willie nickte mir zu, und Matt gab mir einen raschen Kuss auf die Stirn. Dann kehrten sie wortlos zum Wagen zurück, um die gefälschte Lieferung abzuladen. Ich stieß die Tür, durch die der Türsteher weggegangen war, einen Spalt auf. Cyclops lehnte sich über mich, und wir schauten beide durch den Spalt zum Haupteingang, wo Duke mit dem Türsteher in ein Gespräch vertieft war. Mit dem falschen Bart und einem dick aufgetragenen europäischen Akzent erkannte ich ihn kaum.

„Was ist das?", fragte der Türsteher laut und langsam. „Ich kann Sie nicht verstehen. Sprechen Sie Englisch."

Ich öffnete die Tür weiter und schlich mich in die Halle, Cyclops dicht hinter mir. Das gleichmäßige Ticken der Standuhr half, meine Nerven ein wenig zu beruhigen, obwohl an dieser Stelle alles immer noch schief gehen konnte. Nicht nur könnte sich der Türsteher umdrehen und uns sehen, sondern wir könnten auch auf den Stufen jemandem begegnen und in der Falle sitzen. Obwohl es so spät war und heute Abend keine Treffen angesetzt waren, würde zumindest ein Gildenmitglied anwesend sein, um Ronnies Prüfung zu überwachen. Hoffentlich würde derjenige mit ihm im Prüfungsraum bleiben.

„Nein, nein, Sir." Dukes Stimme wurde lauter, warnte uns, dass der Türsteher durch die unsinnige Unterhaltung immer unruhiger wurde. „Sie verstehen nicht. Hören Sie."

Ich ging schneller und wagte es nicht, einen Blick zurückzuwerfen. Wir erreichten den zweiten Stock, ohne von unten gesehen zu werden oder an jemandem auf den Treppen vorbeizukommen. Hier war es dunkler, das einzige Licht kam von den Spalten rund um die Tür zum Prüfungsraum am Ende des Ganges. Ich hatte die Prüfung niemals selbst abgelegt. Meine Bewerbung war nicht einmal in Betracht gezogen worden. Ich hatte früher geglaubt, das läge daran, dass ich eine Frau war. Inzwischen wusste ich, dass es daran lag, dass ich eine Magierin war, obwohl ich erwartete, dass die Assistentenkammer auch voller Frauenfeinde war. Es würde interessant werden, zu sehen, ob Catherine jemals gestattet werden würde, die Prüfung abzulegen.

Cyclops bezog Stellung im Lagerraum gegenüber des Prüfungszimmers. Er hielt die Tür gerade weit genug geöffnet, um nach allen Ausschau zu halten, die den Gang entlang kommen könnten. In der Dunkelheit war er unsichtbar.

Ich drehte behutsam den Knauf der Tür zum Prüfungsraum und öffnete sie einen winzigen Spalt weit. Ich konnte gerade eben Ronnie erkennen, der am Schreibtisch saß, sein Gesicht leuchtete im Lampenlicht. Hinter ihm stand ein weiterer Mann, den Rücken mir zugewandt. Ich wartete, bis er sich umdrehte, und als ich das tat, ruderte ich zurück.

Abercrombie.

Ich hätte wissen sollen, dass er derjenige sein würde, der Ronnie beaufsichtigte, doch es war trotzdem ein Schock. Er würde argwöhnischer und wachsamer sein als andere Gildenmitglieder.

Ich schaute noch einmal hin, doch Abercrombie hatte sich aus meinem Blickfeld bewegt. Ronnie beugte sich über die Werkbank, eine Uhr im Orient-Stil stand vor ihm, das Gehäuse geöffnet. Ich hatte niemals etwas Derartiges gesehen, mit goldenen Drachenverzierungen, filigranen Halterungen und einer offenen Fries-Vertäfelung. Er nahm mit der Pinzette ein Zahnrad heraus, musterte es und ersetzte es.

„Schwierigkeiten?", fragte Abercrombie irgendwo zu meiner Linken.

„Nein." Ronnie lächelte ihn an. „Ich lege nur erst los."

„Die Zeit läuft. Vielleicht möchten Sie das stehen lassen, wenn Sie Schwierigkeiten haben, und einen Blick auf das Papier werfen."

Ronnie wandte seine Aufmerksamkeit pflichtschuldig dem Blatt Papier auf dem Tisch zu. Er las es und schrieb etwas mit Bleistift auf.

Ich schloss mich Cyclops im Lagerraum an und wartete.

Nichts geschah. Keine Geräusche kamen von weiter hinten im Gang oder dem Treppenhaus. Ich konnte nicht einmal eine einzige Uhr ticken hören, obwohl der Gang voll davon war. Der Prüfungsraum war ziemlich abgeschieden vom Speisesaal der Gilde, den Räumen für Treffen und dem Personalbereich.

Schließlich erschien der Türsteher, seine Schritte lang und schnell. Er murmelte tonlos und klopfte an der Tür zum Prüfungsraum.

Abercrombie öffnete sie und schaute finster drein. „Was ist los?"

„Ein ausländischer Uhrmacher ist unten, Sir, der sagt, dass er mit Ihnen sprechen muss." Der Türsteher beugte sich vor und senkte die Stimme. „Irgendetwas über Magier in seinem Land. Er sagt, er hat gehört, Sie hätten hier ähnliche Probleme, und wollte mit Ihnen über eine Lösung reden. Zumindest glaube ich, dass er das möchte. Sein Akzent ist ziemlich stark."

Abercrombie schaute hinter sich auf Ronnie. Mit einem schnaubenden Atemzug öffnete er die Tür weiter. „Bleiben Sie hier. Sorgen Sie dafür, dass er nicht mogelt."

„Ich werde nicht mogeln", ließ Ronnie sich vernehmen. „Wie könnte ich denn?"

Der Türsteher und Abercrombie tauschten die Plätze. Ich

beobachtete, wie Abercrombie seinen Zwicker einsteckte und durch den Gang davoneilte, eine Laterne in der Hand.

Cyclops wartete, dass er ging, bevor er aus dem Lagerraum schlüpfte. Er nickte mir leicht zu und ging in dieselbe Richtung. Sobald er am Ende des Ganges war, klopfte er mit der Faust an die Wand.

Der Türsteher steckte den Kopf aus der Tür und schaute in Richtung des Geräusches, doch Cyclops war bereits in der dichten Dunkelheit am Ende des Ganges verschwunden. Gerade als der Türsteher ins Innere des Prüfungszimmers zurückkehren wollte, hallte ein weiteres Dröhnen durch den Gang, gefolgt vom Krächzen eines Raben.

Der Türsteher schnalzte mit der Zunge, warf einen Blick zurück in den Raum und sagte: „Bleiben Sie hier." Er kam heraus und eilte den Gang entlang, stürzte sich in die Dunkelheit.

Ich glitt in das Prüfungszimmer.

Ronnies Gesicht hellte sich auf. „Gott sei es gedankt. Diese Uhr überfordert mich. Und diese Fragen ... Ich habe die Hälfte geschafft, aber die übrigen sind unmöglich ohne meine Lernbücher." Noch während er sprach, faltete er das Papier zusammen und reichte es mir, bevor er ein weiteres Blatt aus der Tasche nahm. Er breitete es auf dem Tisch aus, während ich die echte Prüfung in meine Manteltasche schob.

Dann machte ich mich an der Uhr zu schaffen. Es war eine herrliche und ziemlich seltene Stockuhr mit Dreifachspindel mit wunderschönen Details. Im Inneren war es einer der schwierigsten Mechanismen, die ich je gesehen hatte, doch die meisten Uhrmacher könnten sie mit den richtigen Werkzeugen und Ersatzteilen reparieren, falls diese zur Verfügung standen.

„Er hat dir Zahnräder in der falschen Größe gegeben", sagte ich.

„Ich wusste doch, dass etwas nicht stimmt! Dieser verdammte Betrüger!"

„Wenn er zurückkehrt, sage ihm, dass ..." Ich erspähte auf dem Regal einige Kisten, auf denen das Logo von Compton's Metallwaren aufgestempelt war. Ich öffnete eine, dann noch eine und noch eine, bis ich fand, was ich brauchte. Ich reichte Ronnie die Kiste. „Versuch's mit denen."

„Vielen Dank, India. Du gehst jetzt besser, bevor der Türsteher zurückkommt."

Ich klopfte auf die Tasche mit dem Prüfungspapier und wollte gehen, nur um abrupt stehen zu bleiben, als ich Stimmen hörte. Sowohl Abercrombie als auch der Türsteher kehrten zurück, und ich saß im Zimmer fest. Mir drehte sich der Magen um. Es gab keinen Ort, an dem man sich verstecken konnte. Wenn sie eintraten, würde man mich sehen.

Ronnie hatte die Stimmen auch gehört. Er starrte reglos zur Tür. Die Stimmen hielten gleich draußen inne. Der Griff drehte sich.

*Teufel auch.*

„Es ist mir egal, was Sie gehört haben, Sie hätten Ihren Posten nicht verlassen sollen", sagte Abercrombie.

Die Tür öffnete sich weiter, und ich glitt dahinter, presste mich flach an die Wand.

„Es sind wieder diese Raben, Sir", erwiderte der Türsteher. „Die picken immer an die Fensterrahmen. Wenn wir sie nicht vertreiben, machen sie das Holz kaputt."

„Haben Sie sie gesehen?"

„Sie sind wohl fortgeflogen, als ich das Fenster geöffnet habe."

„Ich habe Sie gebeten, hierzubleiben", knurrte Abercrombie.

„Er hat nicht gemogelt. Sehen Sie, er ist noch da."

Lange, dünne Finger packten den Rand der Tür. „Kehren Sie auf Ihren Posten zurück. Wenn dieser Ausländer wiederkommt, sagen Sie ihm, er soll gehen. Falls er überhaupt wirklich ein Ausländer ist."

„Was sollte er denn sonst sein?"

„Ein Freund von Mr. Mason."

Ronnie schaute vom Schreibtisch auf, lächelte breit. „Sie haben mir mit dieser Uhr eine ziemlich schwierige Aufgabe gegeben, Sir. Ist allerdings ein schönes Stück. Wirklich schön. Ich bin mir sicher, ich kann sie reparieren. Ich mag es nicht, wenn ich mit etwas nicht zurechtkomme."

„Ihnen bleiben nur noch fünfzehn Minuten."

Schritte zogen sich durch den Gang zurück, während der Türsteher ging. Bald würde Abercrombie zurück im Inneren sein und die Tür schließen. Ich kniff die Augen zu und wünschte, ich könnte in der Wand in meinem Rücken verschwinden. Das Herz schlug mir bis zum Halse, während ich auf die unvermeidliche Konfrontation wartete.

Eine Reihe von Klopfgeräuschen und Rabenkrächzen erklangen im ganzen Gang. Ich öffnete die Augen, als Abercrombie fluchte.

„Was zum Teufel?" Er stand wohl gleich außerhalb der Tür, zu dicht daran, als dass ich fliehen konnte.

Ronnie schüttelte den Kopf in meine Richtung. Ich hatte recht; Abercrombie hatte sich nicht wegbewegt.

Ich wartete, mein Herz hämmerte laut, machte es mir schwer, zu atmen, schwer, mich zu konzentrieren. Ich blieb, wo ich war, war mir sicher, dass man meinen Herzschlag genauso deutlich hören konnte wie Cyclops' Klopfgeräusche.

„Es ist dieser verdammte Rabe, Sir!", rief der Türsteher. Er klang, als wäre er weit entfernt im Gang. „Ich glaube, er ist hereinbekommen! Himmel, gerade hat er sich auf mich gestürzt. Wo ist er hin?"

„Das ist kein Vogel", sagte Abercrombie.

Ronnie winkte mir vom Tisch aus und formte mit dem Mund: „Geh."

Ich zögerte. Ich hatte nicht gehört, wie sich Abercrombies Schritte zurückzogen. Ich kam hinter der Tür vor und spähte in den Gang.

Abercrombie stand nur einen guten Meter weg, den Rücken mir zugewandt. Er hielt die Lampe hoch, doch der Lichtkreis reichte nicht sonderlich weit. Das Ende des Korridors lag im Dunkeln.

„Was ist hier los?", rief er. Er würde eindeutig nicht weiter weggehen, um es sich selbst anzusehen. Er wollte nicht riskieren, Ronnie allein zu lassen.

Ich musste diese Gelegenheit ergreifen. Falls er sich umdrehte, würde er mich sehen, und ich war sicher, er würde sich jeden Augenblick umdrehen. Das Klopfen, das Cyclops veranstaltete, schien schon in weitere Ferne zu ziehen.

Ich ging auf Zehenspitzen aus dem Prüfungsraum und glitt in den Lagerraum. Ich schloss die Tür, aber nicht ganz, hielt sie gerade auf, als Abercrombie sich umdrehte. Dank des schwachen Lichts fiel ihm nicht auf, dass die Tür einen Spalt weit offenstand, und er betrat wieder das Prüfungszimmer.

Ich atmete erleichtert durch und sank auf den Boden. Meine Knie waren plötzlich zu schwach, um mich noch zu halten. Ich nahm das Blatt mit der Prüfung aus einer Tasche, doch es war zu dunkel, um etwas zu erkennen. Ich hatte in der Nähe der Tür eine Lampe gesehen und griff danach, um sie vom Haken zu nehmen, doch die Tür sprang auf.

Ich fiel zurück, wurde aber davor gerettet, in die Regale zu stürzen, weil ein Arm sich um meine Taille legte. Matts vertrauter Geruch war genauso stark wie sein Arm.

„Du hast mich erschreckt", sagte ich gehaucht. „Wo ist Cyclops?"

„Er gibt seine Raben-Imitation zum Besten. Willie hatte recht. Sie *haben* hier ein Problem mit Raben." Er zündete ein Streichholz an und hielt es an eine Kerze, die er wohl dabei gehabt hatte. „Wir müssen uns beeilen. Die Prüfung wird bald enden."

Ich las mir das Prüfungspapier durch, schloss die Fragen ab, die Ronnie nicht geschafft hatte, und überprüfte seine Antworten bei den anderen. Er hatte eine falsch, doch ich beschloss, das so zu lassen, um es authentischer zu machen.

„Weißt du, wie er sich beim praktischen Teil der Prüfung schlägt?", fragte Matt.

„Den schafft er schon. Wir müssen ihm das zurückbringen."

„Überlass das mir. Bereit?"

Ich küsste ihn auf die Lippen, dann blies ich die Kerze aus. „Bereit."

Matt öffnete die Tür zum Lagerraum ein winziges Stück und klopfte darauf. Abercrombie kam aus dem Prüfungsraum und spähte in die Dunkelheit. Er runzelte die Stirn in unsere Richtung, und ich hatte das ungute Gefühl, dass er uns gesehen hatte.

„Sir", sagte Ronnie aus dem Inneren. „Sir, ich bin mit der Uhr fertig. Ich hatte recht. Sie haben mir die falschen Teile gegeben, aber diese Zahnräder passen. Ich vertrete mir nur mal kurz die

Beine, während ich die restlichen Fragen durchlese. Mr. Abercrombie, Sir, können Sie sich die Uhr anschauen?"

Abercrombie kehrte nach drinnen zurück und schloss die Tür. Genau zehn Sekunden später schob ich die Ecke des Prüfungsblattes darunter hindurch.

Ronnie gähnte auf der anderen Seite laut. Er klang sehr nahe. Gut. Er hatte es perfekt zeitlich abgestimmt und war dem Plan genau gefolgt. Der Rest des Papiers verschwand plötzlich, wurde durch die Lücke zwischen Boden und Tür gezogen.

Matt nahm mich an der Hand, und zusammen rannten wir durch den Gang. Jetzt lag es an Ronnie, dass Blatt mit dem anderen zu vertauschen, ohne dass Abercrombie etwas merkte. Wir konnten nichts mehr tun.

Wir hielten oben an den Stufen inne, um zu lauschen. Der Gildensaal war still, bis auf das Ticken der Standuhr. Matt zerrte an meiner Hand, und wir eilten nach unten, traten nur leise auf.

In der Eingangshalle unter uns erschien plötzlich der Türsteher. „Die verdammten Raben", murmelte er.

Matt und ich blieben stehen. Die Eingangshalle war von zwei Lampen erhellt, doch das Licht erreichte uns nicht. Es war auf den Treppen dunkel genug, dass der Türsteher uns vielleicht nicht sah, wenn wir uns ganz still hielten. Falls er entschied, die Stufen herauf zu steigen, würde unsere List natürlich auffliegen, und die ganzen Pläne und das Abenteuer der heutigen Nacht wären umsonst gewesen. Wir konnten so tun, als hätten wir uns nach unserer Lieferung verirrt, doch wenn der Türsteher den Vorfall vor Abercrombie erwähnte, würde er wissen, dass wir es gewesen waren, und was wir getan hatten.

„Wo kann der nur hin sein?", sagte der Türsteher, der sich am Kopf kratzte. „Ich bin mir sicher, ich habe ihn hier unten gehört."

Ich hielt die Luft an und drückte Matt die Hand. Er erwiderte den Druck, doch es gab nichts, was er sonst tun konnte. Wir saßen auf den Stufen fest, völlig bloßgestellt.

$\mathcal{E}$in Rabe krächzte. Es schien von der Rückseite des Gebäudes zu kommen, aus der Nähe der Küche.

„Verdammt noch mal", murmelte der Türsteher. „Der Teufel soll dich holen, du elendes Biest. Wo bist du nur?" Seine Schritte zogen sich zurück, und der Eingang lag offen vor uns.

Ich wagte es, wieder zu atmen.

Matt zupfte an meiner Hand, und zusammen schlichen wir die übrigen Stufen hinab, gingen auf Zehenspitzen über den Fliesenboden und verließen das Gebäude. Wir liefen. In meiner Kleidung war das sehr viel einfacher als in Frauenkleidung, und ich konnte große Schritte machen. Ich fühlte mich übermütig, und mein Herz schlug wild, nicht nur wegen der Anstrengung. Wir hatten erreicht, was wir uns vorgenommen hatten, und Abercrombie hatte keine Ahnung.

Wir bogen um die Ecke, stießen beinahe mit Willie und Duke zusammen, die mit dem Karren warteten.

„Na?", fragte Willie.

Ich strahlte sie an. „Erfolg!"

„Hier kommt Cyclops", sagte Matt, der zurück in die Warwick Lane schaute.

„Es war so aufregend!", sagte ich. „Duke, du warst wunderbar. Dein Akzent war … einzigartig."

Duke grinste, sodass sich der falsche Bart sich von der linken Seite seines Kinnes löste und herabhing.

Willie schnaubte. „Er war einzigartig, weil er nach überhaupt nichts klang. Was sollte denn das sein? Preußisch? Französisch?"

„Weltmännisch", erwiderte Duke, der den Bart wieder zurückschob.

Cyclops kam zu uns, lächelte breit. „Das war knapp. Der Türsteher wäre beinahe in mich hineingelaufen. Ich musste ihm über die Wange streichen, damit er glaubte, das wären flatternde Flügel. Er hat gejault wie ein Welpe."

Ich warf meine Arme um ihn. „Zum Glück bist du in Sicherheit. Wir sind alle in Sicherheit."

Cyclops kicherte. „Zum Glück hat Gott diesen Türsteher dumm wie Stroh gemacht."

Matt räusperte sich. „Bekomme ich keine Umarmung?"

Ich warf mich in seine Arme. Er fing mich lachend auf.

„Wir gehen jetzt besser", sagte Willie. „In der Nähe eines Tatorts zu bleiben, ist eine sichere Methode, um erwischt zu werden. Das habe ich auf die harte Tour gelernt."

Ich nahm Matt an der Hand. „Und morgen ist der Vorabend unserer Hochzeit. Wir haben eine Menge zu tun."

„Ist das so?", fragte Matt. „Ich dachte, ich müsste am richtigen Tag nur rechtzeitig zur Kirche kommen."

„Mit den Ringen", fügte ich an. „Und dein Anzug muss gebügelt sein, die Schuhe müssen glänzen, und die Haare frisch geschnitten werden. Das sind deine Aufgaben für morgen. Oh, und Packen für deine Übernachtung im Brown's Hotel."

„Keine Sorge, India", sagte Duke. „Cyclops und ich werden dafür sorgen, dass er präsentabel aussieht."

Matt legte einen Arm um meine Schultern und zog mich in eine freundschaftliche Umarmung, wie ich es ihn bei Duke und Cyclops schon öfter hatte machen sehen. „Keine Sorge, teuerste Verlobte. *Ich* komme gut zurecht. *Du* bist diejenige, die den ganzen Tag mit Willie und meiner Tante verbringen wird."

„Genau", sagte Willie mit einem Stöhnen. „Und wir werden Frauendinge tun. Es wird die Hölle."

„Ich freue mich darauf", sagte ich. „Wenn schon sonst nichts, wird es meine Gedanken von der Nervosität ablenken, dass ich dich und Miss Glass davon abhalten muss, einander auf die Nerven zu gehen."

Matt wurde langsamer, gestattete den anderen, vorauszugehen. „Macht dich das Heiraten nervös?"

„Die Hochzeit macht mich nervös. Ich bin nicht daran gewöhnt, im Mittelpunkt der Aufmerksamkeit zu stehen. Aber es macht mich nicht nervös, dich zu heiraten. Nicht im Geringsten."

Er zog mich dicht an seine Seite und gab mir einen atemberaubenden Kuss auf die Lippen, obwohl er ihn viel zu schnell beendete. „Ich gebe zu, dass ich auch nervös bin", sagte er, während wir Arm in Arm weiter gingen.

„Weil du im Mittelpunkt der Aufmerksamkeit stehen sollst?"

„Wegen der Hochzeitsnacht."

Dem Himmel sei gedankt für schwache Straßenbeleuchtung. Ich wollte ihn nicht sehen lassen, wie rot meine Wangen wurden. „Ich bin mir sicher, du wirst dich prächtig anstellen", sagte ich schnippisch.

„Ich mache mir keine Sorgen darüber, wie ich mich anstelle." Seine Stimme war locker und voller Humor. Er nahm diese Unterhaltung überhaupt nicht ernst, was mir auch recht war. Ich war nervös genug wegen der Hochzeitsnacht. Ich wollte nicht, dass er auch nervös wurde. „Es ist deine Reaktion darauf, es zu sehen, die mir Sorgen bereitet. Du wirst schockiert sein."

Ich lachte, schluckte es aber schnell. Männern gefiel es vermutlich nicht, wenn Frauen über ihre Männlichkeit lachten. „Ich verspreche, mich nicht schockiert zu benehmen."

„Das sagst du jetzt, aber vielleicht gelingt es dir nicht, deine Reaktion zu verbergen. Es ist eigentlich ziemlich hässlich. Vielleicht wirst du überwältigt."

„Ich werde versuchen, bei diesem Anblick nicht in Ohnmacht zu fallen. Außerdem bin ich sicher, hässlich ist ein viel zu heftiges Wort. Ich mag ja keine Expertin sein, aber ich habe so was schon mal gesehen. Auf Diagrammen natürlich, nicht im echten Leben."

„Du hast Diagramme gesehen? Wo denn?"

„In Büchern über die Natur und so weiter." Herr im Himmel,

führten wir diese Unterhaltung wirklich? Immerhin konnten sie die anderen nicht hören. Sie hätten sich vor Lachen gebogen.

„Sie drucken Diagramme von Einschusslöchern in Naturbücher? Du hast ganz offensichtlich andere Bücher gelesen als ich."

Einschusslöcher! Oh. Wie teuflisch. Ich schlug ihn auf die Schulter. „Sehr witzig."

„Du liebe Zeit, India Steele, wovon hast du denn gesprochen?"

„Du hörst jetzt lieber auf, oder ich muss vielleicht noch feststellen, dass ich in unserer Hochzeitsnacht Kopfschmerzen habe. Dann wirst du warten müssen, bevor ich dein … Einschussloch sehe."

Er lachte leise. „Du gewinnst."

* * *

Nach der Hochzeitszeremonie stellte ich fest, dass ich mich nicht an alle Einzelheiten erinnern konnte. Ich erinnerte mich an unseren ersten Kuss als Mann und Frau, aber nicht, wie wir uns ins Hochzeitsregister eintrugen. Ich erinnerte mich an Matts Ausdruck, als er mich zum ersten Mal sah, denn ich hatte ihn noch niemals so überwältigt, glücklich und ehrfürchtig zugleich gesehen. Doch die restliche Feier verflog wie in einem Nebel.

Hatte ich das Hochzeitsversprechen deutlich ausgesprochen? Waren alle geladenen Gäste gekommen? Hatten Cyclops und Catherine einander angesehen? Hatte die Sonne geschienen, als ich in die Kirche gegangen war? Es war auf jeden Fall danach sonnig, als wir auf den Stufen stehen blieben, und als Mann und Frau Glückwünsche entgegennahmen.

Mann und Frau. Vor nicht allzu langer Zeit hätte ich gedacht, dass ich diesen Begriff niemals nutzen würde, um von mir zu sprechen. Nun konnte ich mir nicht mehr vorstellen, Matt niemals begegnet zu sein. Wie leer mein Leben doch gewesen wäre, wie langweilig, wie eine Schwarz-weiß-Skizze verglichen mit einem bunten Gemälde. Es gab keinen Vergleich, und es lohnte sich nicht, über ein Leben ohne Matt nachzudenken.

Wir wichen einander nicht von der Seite, während unsere Freunde und Familie uns Glückwünsche überbrachten. Unsere

Finger waren umeinander geschlungen, fest ineinander verschränkt, und niemand von uns wollte sie lösen. Noch nicht.

Selbst vorüberkommende Fremde blieben stehen, um uns zu gratulieren, und als wir gerade in die Kutsche steigen wollten, platzte ein nicht willkommener Teilnehmer ins Geschehen, die breite Nase hoch erhoben.

Cyclops und Duke sahen Abercrombie als erstes und versuchten, ihn aufzuhalten. Sie schafften es, ihn zurückzudrängen, doch seine Stimme trug weit.

„Sie haben gemogelt, Ronald Mason! Das weiß ich, und ich weiß, dass Miss Steele Ihnen geholfen hat."

Ronnie verschränkte die Arme. „Wie hätte ich denn mogeln können?"

„Was ist hier los?", fragte Mr. Mason. Er wollte zu Abercrombie gehen, doch seine Frau packte ihn am Arm.

„Ihr Sohn ist ein Betrüger!", winselte Abercrombie. Ich konnte ihn nicht einmal sehen, da Duke und Cyclops mir den Blick verstellten. „Sie hat ihm geholfen. Diese Hexe hat seine Prüfung für ihn abgelegt!"

Matt spannte sich an und trat vor.

„Warte", flüsterte ich und beobachtete Mr. Mason. Wie alle guten Väter wirkte er empört, als der Ruf seines Sohnes infrage gestellt wurde. Seine Frau klammert sich an seinen Arm und sprach leise auf ihn ein, doch er hielt sich immer noch aufrecht, die Fäuste an den Seiten geballt. Ich hatte den recht farblosen Mann noch niemals so wütend gesehen.

„Haben Sie einen Beweis?", bellte Mr. Mason.

Abercrombie kam in Sicht, richtete seine Krawatte, doch Cyclops und Duke blieben innerhalb einer Armeslänge. „Niemand hätte diese Prüfung bestehen können, außer einem Magier. Mehr Beweise brauche ich nicht."

Mrs. Mason und Miss Glass keuchten auf. Mr. Mason legte den Kopf schief, runzelte die Stirn. „Weshalb sollte sie nur ein Magier bestehen können?", wollte er wissen.

„Ich, äh … Das habe ich nicht gemeint."

„Ich habe dieses Zimmer niemals verlassen, Sir", sagte Ronnie. „Ich frage noch einmal, wie hätte ich betrügen können?"

Abercrombie stieß den Finger in meine Richtung. „Sie hat Ihnen bestimmt die Antworten beschafft."

„Weshalb sollte er denn nicht einfach auf eigene Faust bestehen können?", fragte Catherine, die Abercrombie unschuldig anblinzelte.

„Ja", fügte Mr. Mason an. „Sie wollten uns gerade sagen, weshalb nur ein Magier bestehen konnte. Haben *Sie* gemogelt, Abercrombie? Haben Sie meinem Sohn eine unmögliche Prüfung vorgelegt, damit er durchfallen würde?"

Abercrombie bewegte das Kinn, und Luft kam zischend aus seiner Nase. „Natürlich nicht!", stieß er hervor. „Die Prüfung war schwierig, doch nicht unmöglich. Ich stelle nur die Fähigkeiten Ihres Sohnes infrage. Er ist nicht intelligent genug, um sie zu bestehen."

Ronnie lachte nur, doch die Gesichter seiner Eltern verdüsterten sich. Mr. Masons Knöchel wurden weiß. Aber es war Mrs. Mason, die explodierte. „Wenn es hier jemandem an Verstand fehlt, Sir, sind Sie es", spie sie aus. „Sie sind hier bei einer Feier aufgetaucht, zu der Sie nicht eingeladen sind, und haben zugegeben, dass Sie die Prüfung manipuliert haben."

„Was?", fragte Abercrombie. „Nein!"

„Es sieht aus, als wären *Sie* durchgefallen. Sie haben doch gerade gesagt, dass unser Sohn bestanden hat. Er ist jetzt ein vollwertiges Mitglied der Gilde der Uhrmacher. Morgen werden er und unsere Catherine Steeles Laden neu eröffnen. Und wir könnten gar nicht stolzer sein."

Falls Mr. Mason noch immer Vorbehalte hatte, Ronnie und Catherine zusammen einen Laden eröffnen zu lassen, zeigte er sie nicht, und das würde er jetzt auch nicht mehr tun. Es gab nichts, was Menschen so eng zusammenrücken ließ wie ein gemeinsamer Feind.

„Ich werde dafür sorgen, dass man Ihnen überall Hindernisse in den Weg legt", sagte Abercrombie durch zusammengebissene Zähne. „Einem Freund von Miss Steele kann man keine Zulassung geben."

„Wer sollte sie denn aufhalten?", fragte Mr. Mason. „Sie nicht. Sie haben zugegeben, dass Sie die Prüfung für unseren Ronnie schwieriger als gewöhnlich gemacht haben. Sie haben zugegeben, seine Bewerbung an jeder möglichen Ecke zu erschweren. Sie sind unehrenhaft und haben keine der Eigenschaften, die ich mir von meinem Gildemeister wünsche. Ich werde dafür sorgen, dass nächste Woche ein außerordentliches Treffen abgehalten wird, um einen neuen Anführer zu wählen."

Abercrombie schnaubte, doch er wirkte nicht mehr ganz so selbstsicher. Sein funkelnder Blick richtete sich wieder auf mich, und er schaffte es trotzdem noch, meine Nerven zu strapazieren. „Ich weiß, dass Sie ihm geholfen haben, Miss Steele. Ich weiß es."

„Es ist Zeit, dass sie weitergehen, Sir", sagte Kriminalinspektor Brockwell.

Matt löste sich und stapfte zu Abercrombie vor. Ich konnte sein Gesicht nicht sehen, doch es war wohl wild, denn Abercrombie wurde blass. Er ging rückwärts, stolperte beinahe über die eigenen Füße, ehe er sich umdrehte und wegeilte.

„Ich heiße jetzt Mrs. Glass!", rief ich ihm nach. „Bitte denken Sie in Zukunft daran."

Ich nahm Matts Hand zwischen meine beiden und sah Abercrombie nach, bis er um die Ecke verschwand. Schließlich hörte ich auf zu beben.

Matt nahm mich in die Arme. „Alles in Ordnung, Mrs. Glass?"

„Schon. Gehen wir nach Hause und genießen Mrs. Potters Kochkünste mit unserer Familie und unseren Freunden. Ich glaube, das haben wir verdient, weil wir die Sache gut gemacht haben." Ich nickte Ronnie zu, während sein Vater ihm auf den Rücken klopfte.

Neben ihm ließ Catherine ein zögerliches Lächeln sehen, doch es war nicht an ihren Bruder gerichtet. Es richtete sich an Cyclops. Er tat jedoch so, als würde es ihm nicht auffallen, aber falls seine unruhigen Füße einen Hinweis gaben, spürte er ihre Aufmerksamkeit auf jeden Fall.

* * *

DAS HOCHZEITSMAHL WAR GANZ WUNDERBAR mit einer köstlichen Reihe von Fleischgerichten, Meeresfrüchten, Salat, Gemüse,

Kuchen, Gelee, Eis und Pralinen, die es nötig machten, meine Korsettschnürung zu lockern. Wir schafften es, alle im Speisesaal unterzubekommen, obwohl es eng war, und ich war froh, nur mit den Frauen in den Salon weiterziehen zu können, während die Männer sich alle ins Raucherzimmer begaben.

Willie wirkte unsicher, in welche Richtung sie gehen sollte, und es lag nur daran, dass Miss Glass ihren Arm durch den von Willie schob und sie zum Salon lotste, dass sie bei uns aufschlug. Wir blieben jedoch nicht lange allein. Die Gentlemen kehrten mit einer Ankündigung zurück.

„Der Fotograf ist da", sagte Duke.

„Wir lassen eine Fotografie machen?", fragte ich. „Ich erinnere mich nicht, das arrangiert zu haben."

„Hast du nicht", sagte Willie. „Das waren wir. Es ist unser Geschenk für euch. Kommt schon, versammelt euch."

Wir mussten uns in die Eingangshalle begeben, um für jeden Platz zu haben. Ich setzte mich auf einen Sessel, während Matt an meiner Seite stand. Unsere Gäste stellten sich auf den Stufen hinter uns auf, wobei Miss Grass Matt am nächsten war. Sie wollte jedoch nicht dortbleiben, und während der Fotograf seine Ausrüstung herrichtete, machte sie viel Gewese um mein Kleid, richtete die lange Seidenschleppe so aus, dass man sie sehen konnte.

„Du musst versuchen, nicht alle so sehr zu umarmen, India. Du zerknitterst deinen Rock."

Ich schaute auf den weißen Seidenrock hinab. Er war tatsächlich ein wenig zerknittert. Das Korsett jedoch war immer noch in hervorragendem Zustand, mit den feinen Schnürungen und Glasperlen in einem dichten Muster aus Blättern und Blumen. Ich umarmte sie, während sie schon weggehen wollte.

„Vielen Dank Ihnen, Miss Glass", murmelte ich.

„Es ist nur angemessen, wenn du mich jetzt Tante Letitia nennst", sagte sie und erwiderte die Umarmung.

„Letty, setz dich", sagte Willie. „Der Fotograf ist so weit."

„Aber nicht Tante Letty", fügte Miss Glass an.

Matt und ich ließen eine Fotografie mit allen Gästen machen, dann eine weitere nur mit Tante Letitia und schließlich eine allein. Am Ende des Tages war ich erschöpft und bereit, unsere

Gäste zu verabschieden. Mr. und Mrs. Mason und Gabe gingen in der Mitte des Nachmittags, doch der Rest blieb, darunter alle Mason-Geschwister. Ronnie war guter Dinge, da er seine Gildenmitgliedschaft erhalten hatte, und seine Brüder schienen entschlossen, mit ihm zu feiern. Ihre Schwester wirkte nicht ganz so glücklich. Das einzige Mal, dass ich sah, wie sie versuchte, mit Cyclops ins Gespräch zu kommen, schaute er sie kaum an, noch viel weniger sprach er mit ihr. Sie gab es schließlich auf und ging nach Hause, ließ ihre Brüder zurück.

„Das war nicht fair", sagte ich zu Cyclops. „Du solltest ihr eine Chance geben. Du solltest *dir* eine Chance geben."

„Halt mir heute keine Vorträge, India", sagte er und ging.

Ich fing Matts Blick auf, während er im Salon am Kamin stand. Er zog eine Augenbraue hoch. Ich zuckte mit den Schultern. Er wies mit dem Kopf zur Tür und zwinkerte mir zu. Ich lächelte und stand auf, um mich ihm anzuschließen, nur um von Chronos abgefangen zu werden. Ich setzte mich mit einem Seufzen hin.

„Nun, da die Hochzeit vorbei ist", setzte er an, „hast du dich entschieden ..."

„Ich habe dir gesagt, ich würde es nach den Flitterwochen entscheiden", erwiderte ich.

„Ich wollte doch nur fragen, ob du dich entschieden hast, ob du in London bleibst oder aufs Land ziehst."

„Oh." Ich hatte nicht an einen Umzug gedacht. London war so sehr Teil von mir, dass ich nicht sicher war, ob ich irgendwo sonst leben konnte. Obwohl mir das Land mit der Frischluft und dem Grün, soweit das Auge reichte, gefiel. „Das werden wir auch nach den Flitterwochen entscheiden", sagte ich.

„Es ist Zeit, an die Zukunft zu denken."

„Ein Schritt nach dem anderen, Chronos."

Er warf einen Blick zu Matt. „Da hast du einen Guten gefunden. Ich mag ihn."

„Obwohl er talentfrei ist?"

Er legte seine Hand über meine. „Es ist schade, dass die Macht deiner Kinder verwässert wird, aber nicht einmal ich bin so selbstsüchtig, dass ich möchte, dass du einen reichen Gentleman mit Titel für die Magie aufgibst."

„Danke dir. Aber du weißt, dass ich Matt nicht wegen seines Geldes oder seines Titels heirate, oder?"

„Natürlich." Sein Blick wanderte durch den Raum, wurde mit jedem Augenblick trauriger. „Mein Hochzeitstag war überhaupt nicht so. Das hier ist voller Freude. Meiner war eher wie eine Beerdigung. Ich habe gesehen, wie deine Großmutter in der Küche in die Schürze ihrer Mutter heulte." Sein Griff verfestigte sich. „Wir haben nicht zueinander gepasst, und wenn sie hier wäre, würde sie zustimmen. Wir hatten allerdings keine Wahl. Wir haben geheiratet, weil unsere Familien die magische Ahnenreihe stark halten wollen. Sie haben es geschafft, aber was war der Preis? Deine Großmutter und ich haben einander schließlich gehasst, und dein Vater ... Was hat unser Hass ihm angetan? Vielleicht hat er ihn dazu bewogen, seine Magie vor der Welt zu verbergen. Er hat auf jeden Fall einen Keil zwischen uns getrieben, und keiner von uns wusste, wie man den repariert. Ich bedaure nur, dass ich ihn nicht besser kennenlernte. Aber das kann ich nun wiedergutmachen, mit dir."

Ich umarmte ihn. Es gab zu viele Tränen, als dass ich ihm hätte sagen können, was ich ihm sagen wollte – dass er mich manchmal überraschte, dass ich ihn liebte, trotz allem.

Er tätschelte mir die Schulter. „Du kannst immer noch glücklich mit Glass sein und gleichzeitig mir und Charbonneau helfen. Du kannst beides haben, India."

Und manchmal konnte er einen wunderbaren Augenblick mit ein paar schlecht gewählten Worten vernichten.

„Ich wusste, dass du ihn irgendwie in die Unterhaltung einbringen würdest." Ich gab ihm einen Kuss auf die Stirn und erhob mich. „Wenn es dir jetzt nichts ausmacht, würde ich gerne mit meinem Mann reden. Wir haben uns den ganzen Tag lang kaum gesprochen."

Ich schloss mich Matt am Kamin an. Es dauerte noch eine weitere Stunde, bis unsere Gäste gingen, und noch eine Stunde, bevor Cyclops, Duke, Willie und Miss Glass – Tante Letitia – alle für diesen Abend ins Brown's Hotel umzogen.

Mrs. Bristow hatte eine Schüssel Erdbeeren in Matts Schlafzimmer gelassen – unserem Schlafzimmer – zusammen mit einer Flasche Wein. Sie fiel mir erst am folgenden Morgen auf.

„Hungrig?", fragte ich, bot Matt die Schale zur Frühstückszeit an. Er lag auf unserem Bett, völlig nackt, die Laken zu seinen Füßen zerknittert. Er wirkte schläfrig, zufrieden und köstlicher als die Erdbeeren. Ich stellte die Schüssel ab, bevor ich sie noch fallen ließ. „Ich auch nicht."

Ich schloss mich ihm auf dem Bett an und schmiegte mich an seine Seite. Meine Haare fielen über seine Brust, und meine Haut wurde bei seiner Berührung warm. Seine Hand strich über meinen Oberschenkel, meine Hüfte, ging an der Taille nach innen, legte sich schließlich auf meine Brust. Hitze stand in seinen Augen.

„Ich liebe es, dich so zu sehen", murmelte er. „Ich liebe es, dich zu berühren, mit dir zusammen zu sein. Ich liebe, dass du dich mir offenherzig hingibst. Ich liebe *dich*, India." Er küsste mich mit erneuerter Leidenschaft, was bewies, dass er doch noch nicht ganz gesättigt war.

„Es scheint, als wäre ich durchaus hungrig, nur nicht auf Erdbeeren", sagte er, während seine Küsse sich zu meiner Wange, meinem Kinn, meiner Halsgrube weiter bewegten. Ich stöhnte und schmiegte mich an ihn.

Ich spürte, wie er an der Wölbung meiner Brust lächelte. „Ich hätte ja niemals erraten, dass hinter der sittsamen und angemessenen Fassade eine Tigerin lauert."

„Bestimmt haben Sie meine Absichten missverstanden, Sir." Ich strich über die Konturen seiner muskulösen Brust, fuhr durch die leichte Behaarung auf seinem flachen Bauch und weiter nach unten, nach unten. „Ich möchte lediglich noch einmal diese Narbe inspizieren."

Sein Atem geriet ins Stocken. „Nur zu, inspiziere."

Die gezackte Nabe auf seinem Oberschenkel war das Ergebnis des Pistolenschusses seines eigenen Großvaters. Der hätte Matt beinahe umgebracht. Wenn nicht Dr. Parsons und Chronos gewesen wären, wäre er verblutet. Wenn nicht die Magie gewesen wäre, würde er nicht hier liegen, so gesund wie jeder andere Dreißigjährige. Die Narbe selbst sah hässlich aus, und sie war von einem grausamen Mann verursacht worden, aber ich konnte sie nicht verabscheuen. Zum einen gehörte sie zu Matt, und zum anderen hätte er mich ohne sie niemals getroffen.

Ich strich mit dem Finger über die rauen Ränder der Narbe, nur um innezuhalten, als Wärme sich in meinen Fingerspitzen ausbreitete. Nicht nur gewöhnliche Körperwärme, sondern magische Wärme. Selbst nach all den Jahren war Dr. Parsons' Magie stark genug, dass ich sie spüren konnte.

Matt berührte meine Haare, strich sie mir aus der Stirn. „Was ist denn?", murmelte er. „Worüber denkst du nach?"

„Magie."

Er berührte mein Kinn, und ich schaute auf, um ihn besser zu sehen. Seine umwölkten Augen beobachteten mich so genau wie beim ersten Mal, als wir uns begegnet waren. Mit seinen zerrauften Haaren und dem trägen Lächeln auf den Lippen war er eine berauschende Mischung aus Teufel und Held. Diese Wirkung ließ Hitze durch mich hindurchrauschen, die nichts mit der Magie und alles mit reiner Natur zu tun hatte.

„Du hast eine Menge, worüber du nachdenken musst", sagte er leise. „Charbonneaus Bitte, deine eigenen Kräfte ..."

„Ja." Ich stieg über ihn und beugte mich hinab, um ihn zu küssen. „Aber nicht heute. Heute will ich es genießen, Mrs. Matthew Glass zu sein."

Er packte mich an der Taille und drehte mich auf den Rücken, sodass sich unsere Positionen vertauschten. „Dann lass mich dir einen weiteren Vorteil zeigen, der mit dem Titel einhergeht."

Ich kicherte, während er mich von Kopf bis Fuß küsste. Dann kicherte ich nicht mehr, da er auf Hüfthöhe innehielt und mir tatsächlich einen weiteren Vorteil zeigte, der damit einherging, seine Frau zu sein.

HINWEIS DER AUTORIN: Buffalo Bills Wild West Show war tatsächlich mit Annie Oakley in London zu Gast, doch nicht 1890, wie ich es hier dargestellt habe. Ich hoffe, Sie vergeben mir diese künstlerische Freiheit beim zeitlichen Ablauf.

UM MATTS und Indias Geschichte weiterzulesen, suchen Sie nach:

DER SCHLÜSSEL DES GEFANGENEN
*Buch 8 der Reihe Glass & Steele von C.J. Archer*

Abonnieren Sie den Newsletter von C.J., um über neue ins Deutsche übersetzte Bücher informiert zu werden. Abonnenten erhalten außerdem einen exklusiven Zugang zu einer **KOSTENLOSEN** GLASS UND STEELE-Kurzgeschichte. Abonnieren: WWW.CJARCHER.COM

Haben Sie das Buch **Die letzte Nekromantin (Ministerium der Kuriositäten, Band #1)** von C.J. Archer gelesen? Lesen Sie weiter, um eine Leseprobe zu erhalten.

# AUSZUG: DIE LETZTE NEKROMANTIN

## MINISTERIUM DER KURIOSITÄTEN, BAND #1

### Über Die letzte Nekromantin

Charlotte (Charlie) Holloway hat fünf Jahre lang als Junge in den Slums gelebt. Doch als ein Diebstahl zu viel sie ins Gefängnis bringt, ist ihre einzige Fluchtmöglichkeit ein toter Mann. Charlie hat keinen Geist mehr beschworen, seit sie vor fünf Jahren herausfand, dass sie dazu in der Lage ist. Damals hat ihr Vater sie verbannt. Diesmal handelt sie sich noch mehr Ärger ein.

Die Leute jagen Charlie jetzt in ganz London, doch nur ein Mann schafft es, sie zu fangen.

Lincoln Fitzroy ist der mysteriöse Kopf einer Geheimorganisation auf der Spur eines Wahnsinnigen, der einen Nekromanten benötigt, um seine neu „erschaffenen" Kreaturen zu kontrollieren. Es gab nur eine Nekromantin auf der Welt, von der man wusste – Charlie – doch jetzt scheinen es zwei zu sein. Lincoln schnappt den widerspenstigen Charlie in der Hoffnung, dass der Junge ihn zu Charlotte führen wird. Aber was geschieht, wenn er herausfindet, dass der Junge in Wirklichkeit die junge Frau ist, nach der er die ganze Zeit schon sucht? Und wird sie sich bereit erklären, für einen Mann zu arbeiten, der sie gegen ihren Willen festgehalten hat, und für eine Organisation, der sie nicht traut?

Denn Lincoln und sein Ministerium sind möglicherweise ebenso gefährlich wie der Wahnsinnige, den sie jagen.

## KAPITEL 1
*London, im Sommer 1889*

DIE ANDEREN GEFANGENEN BEÄUGTEN MICH, als wäre ich ein Stück zartes Fleisch. Ich war eine neue Ablenkung in ihrer Langeweile und klein genug, dass ich keinen von ihnen davon abhalten konnte, mit mir zu machen, was er wollte – geschweige denn vier auf einmal. Es war nur die Frage, wer von ihnen mich als Erstes *genießen* würde.

„Er gehört mir." Die Zunge des Gefangenen blitzte durch seinen zotteligen Bart und leckte vermutlich seine Lippen, die hinter all den drahtigen schwarzen Haaren verborgen waren. „Komm her, Junge."

Ich rückte von ihm weg, doch anstatt der Steinmauer der Zelle stieß ich gegen einen weichen Körper.

„Sieht aus, als wollte er *mich*, Dobby. Nicht wahr, Junge?" Große Hände umklammerten meine Arme und dicke Finger gruben sich durch Jacke und Hemd in mein Fleisch. Der Mann drehte mich um und ich starrte hinauf zu dem Schläger, der mich zahnlos angrinste. Mein Herz hob sich und tauchte ab, hob sich und tauchte ab, und kalter Schweiß rann mir den Rücken herab. Er war riesig und trug weder Jacke noch Weste, sondern nur ein Hemd, das mit Blut, Schweiß und Dreck verschmiert war. Der oberste Knopf war aufgesprungen, wahrscheinlich von der Mühe, seinen enormen Brustkorb zu umspannen, und ein Büschel grauer Haare ragte durch die Lücke und kroch die Speckrollen seines Halses hoch. Heißer, fauliger Atem griff meine Nasenlöcher an.

Ich versuchte, meinen Kopf abzuwenden, aber er packte meinen Unterkiefer. Das Zerren ließ meine Haare von Stirn und Augen wegrutschen und legte deutlich mehr von meinem Gesicht frei, als ich seit Langem gezeigt hatte. Eine neue Angst durchfuhr mich, so widerlich wie der Mann vor mir. Nur zwei der Gefangenen schienen an einem Jungen Interesse zu haben, aber wenn ihnen klar wurde, dass ich ein Mädchen war, würden die anderen mich auch wollen.

„Hat dir schon mal jemand gesagt, dass du viel zu hübsch bist für einen Jungen?" Mein Peiniger schmunzelte, wirkte aber nicht so, als hätte er mein Geheimnis durchschaut. „Hübsche Jungs können in Schwierigkeiten geraten."

Mädchen noch viel mehr. Es war einfach Pech gewesen, dass ich dabei geschnappt worden war, wie ich einen Apfel vom Karren des Straßenhändlers vor dem Friedhof gestohlen hatte. Jetzt saß ich in der überfüllten Arrestzelle der Highgate-Polizeistation. Die Ironie entging mir nicht, aber sie war nicht im Mindesten erheiternd. Als achtzehnjähriges Mädchen sollte ich von den Männern getrennt werden, aber da ich mich schon so lange als dreizehnjähriger Junge ausgab, war es mir gar nicht in den Sinn gekommen, dem Polizisten etwas zu sagen. Angesichts meines halb-verhungerten Körpers und des strubbeligen Haars, das den Großteil meines Gesichts verdeckte, hatte niemand mein Geschlecht oder mein Alter infrage gestellt.

Der große Schlägertyp riss mich nach vorn, sodass ich gegen seinen Körper krachte. Meine Nase traf eine besonders besudelte Region seines Hemdes und ich würgte aufgrund des kombinierten Gestanks von Schweiß, Erbrochenem, Exkrementen und Gin. Ich war selbst nicht allzu sauber, aber der Geruch dieses Kerls war überwältigend. Galle brannte in meinem Gaumen, die ich schnell herunterschluckte. Schwäche zu zeigen würde die Sache nur schlimmer machen, das wusste ich aus Erfahrung.

„Komm her und wärme den alten Badger."

Wärmen? Es war Sommer, die für eine Person gedachte Zelle, vollgestopft mit vier erwachsenen Männern und mir, war heißer als ein Schmelzofen.

„Ich bin danach dran", sagte der bärtige Dobby und drängte näher, um mich besser sehen zu können.

„Wenn von ihm noch was übrig ist, nachdem der alte Badger ihn eingeritten hat." Badger kicherte vor sich hin und fummelte vorn an seiner Hose herum.

Ich ballte meine Hände zu Fäusten und unterdrückte meine Furcht. Nach dem Constable zu schreien, würde nichts bringen. Er hatte den anderen Gefangenen „Viel Spaß" gewünscht, als er mich in die Zelle geworfen hatte. Dass er fröhlich pfeifend weggegangen war, war erst wenige Minuten her, die sich wie Stunden anfühlten. Ich musste jetzt kämpfen. Das war der einzige Ausweg. Nicht, dass ich gegen die Männer eine Chance gehabt hätte, aber wenn ich Glück hatte, schlugen sie mich vielleicht bewusstlos. Es war das Beste, nicht wach zu sein, während sie sich ihre Freiheiten nahmen.

Ich schwang meine Faust, aber Badger war schneller, als er aussah. Er fing mein Handgelenk auf und verzog das Gesicht zu einem hässlichen Grinsen. „Das wird dir nichts helfen." Das Grinsen verschwand und er schubste mich gegen die Wand.

Ich riss die Hände hoch und schaffte es, mich abzufangen, bevor ich gegen die gekalkten Ziegel krachte, aber meine Handgelenke und Arme wurden von der Wucht des Aufpralls erschüttert. Ich schnappte vor Schmerz nach Luft, unterdrückte aber den Schrei, der in meiner Kehle aufstieg.

„Lasst den Jungen in Ruhe." Die Stimme hatte ich bisher noch nicht gehört. Sie kam nicht von außerhalb der Zelle, sondern von dem Gefangenen zu meiner Rechten.

„Was hast du gesagt?", knurrte Badger.

„Ich sagte, lasst den Jungen in Ruhe. Er ist doch nur ein Kind."

Ich drehte mich um und presste meinen Rücken gegen die Wand. Mein Retter stand in ähnlicher Pose da, die Arme vor der Brust verschränkt. Er war vielleicht Ende zwanzig, mit hellem Haar und wolkengrauen Augen, die rot umrandet waren. Er war nicht einmal annähernd so groß wie Badger, oder so schwer, und ich bezweifelte, dass er Badger oder Dobby in einem Kampf besiegen konnte. Mir rutschte das Herz in die Hose.

„Willst du uns daran hindern?", fragte Dobby.

Der Mann zuckte mit den Schultern und kniff dann die Augen zusammen, als ob die Bewegung schmerzte. Auf seiner Wange prangte ein blauer Fleck und sein blondes Haar war blutverklebt. „Man muss es versuchen. Es ist nur anständig."

„Man muss es versuchen." Badger äffte den gehobenen Akzent des Anderen perfekt nach. Dobby und der vierte Gefangene, der auf der Pritsche herumlungerte, lachten.

Dann richtete Dobby sich auf, schob die Brust vor und stolzierte wie eine Frau dorthin, wo der Mann stand. Der Gefangene auf der Pritsche lachte angesichts der Vorstellung des haarigen Biests nur noch mehr. „Oh, beschützen Sie mich vor diesen Wilden, Sir", wimmerte Dobby mit hoher Stimme. „Sie sind mein Held."

Der blonde Mann senkte die Hände an seine Seiten und ballte die Fäuste. Ich hielt die Luft an und wartete auf den ersten Schlag. Stattdessen lächelte der Mann. Es lag kein Humor in diesem Lächeln.

Dobby zupfte an den Aufschlägen der Jacke des blonden Mannes und tat so, als würde er sie richten. Dann wandte er sich dem hohen, steifen Hemdkragen zu. Der Gentleman trug keine Krawatte und sein Hut und die Handschuhe fehlten ebenfalls. Der feine Schnitt seiner Kleidung erinnerte mich an meinen Vater, immer so perfekt herausgeputzt. Selbst die aristokratische Haltung des Kerls ähnelte sehr der meines Vaters. Ob er ebenfalls eine solche Affektiertheit entwickelt hatte, war schwer zu sagen. Ich hatte inzwischen deutlich weniger Umgang mit den Mitgliedern der oberen Gesellschaftsschichten als früher.

„Fertig?", sagte der blonde Mann gelangweilt.

Ich fragte mich, warum der Gentleman im Gefängnis gelandet war und warum er sich für mich, eine Fremde, einsetzte. Wenn er nicht still war, würde ihn das noch umbringen.

Die mangelnde Furcht des Gentlemans verdarb Dobby den Spaß und er ließ schnaubend von ihm ab. Stattdessen drehte er sich wieder zu mir und leckte sich über die Lippen. Badger wischte sich mit dem Handrücken über den Mund und beäugte mich mit neuem Interesse. Er griff nach mir, doch der blonde Mann schlug seine Hand weg. Weder Badger noch ich hatten bemerkt, wie er sich genähert hatte.

Badger bleckte die Zähne. „Du darfst Badger nicht den Spaß verderben!" Er rammte seine Faust in das Gesicht des blonden Mannes, der rückwärts auf die Pritsche stolperte.

Der dort liegende Gefangene musste schnellstens die Beine hochziehen, damit er nicht auf seinem Schoß landete. Der blonde Mann erholte sich und stürzte sich mit einem wütenden Knurren auf Badger. Allerdings schwang er seine Fäuste so wild, dass die

Schläge von dem größeren, gemeineren Gefangenen einfach abprallten. Badger reagierte mit einem weiteren Schlag an das Kinn des Gentlemans. Blut spritzte aus dem Mund des blonden Mannes und er taumelte rücklings gegen die Wand. Sein Kopf krachte gegen die Ziegel und das *Knack* seines Schädels drehte mir den Magen um.

Dobby lachte, wobei Spucke aus dem Schlitz in seinem Bart flog. Badger staubte sich die Hände ab und sah zu, wie der Gentleman zusammenklappte und einer Puppe gleich auf den Boden sackte. Mir sank das Herz in der Brust und erst daran merkte ich, dass ich ihm gestattet hatte, sich hoffnungsvoll zu heben.

Mein Retter war tot.

Lähmende Angst überrollte mich zusammen mit der Erinnerung an diese furchtbare Nacht vor fünf Jahren, als meine Mutter gestorben war. Ich konnte die Anschuldigungen meines Vaters noch immer hören, die Wucht seines Gürtels auf meinem Rücken und den eisigen Regen spüren, in den er mich mit dem Befehl gejagt hatte, nie wieder zurückzukehren.

Doch die schrecklichen Erinnerungen konnten mir jetzt helfen. Wenn die Gefangenen so auf meine seltsamen Fähigkeiten reagierten wie mein Vater damals ... Es war meine einzige Hoffnung.

Ich kniete mich neben die leblose Gestalt des Gentlemans und legte meine Hände auf beide Seiten seines Gesichts, wie ich es bei meiner Mutter nach ihrem letzten Atemzug getan hatte. Während ich damals von Tränen überwältigt gewesen war, war ich das jetzt nicht und konnte sehen, wie der graue Schleier des Todes sein jugendliches Gesicht einnahm. Ich strich über sein Kinn. Es war noch warm und sein kurzer Backenbart fühlte sich in meinen Handflächen rau an.

Jemand hinter mir lachte gehässig. „Du kannst jetzt nichts mehr für ihn tun, Junge. Lass den alten Badger dich trösten, hm?"

Ich bewegte mich nicht und er riss mich Gott sei Dank nicht von dem Körper weg. Ich musste ihn berühren. Wenigstens dachte ich das. Ich hatte das erst einmal zuvor getan. Was, wenn ich es nicht wiederholen konnte? Was, wenn meine innere

Bindung an meine Mutter damals der Schlüssel gewesen war, und es bei einem Fremden gar nicht funktionierte?

Ich streichelte sein Gesicht, als wären wir die innigsten Liebenden gewesen, und zwang seinen Geist, sich zu erheben. *Bitte sprich mit mir. Tu das für mich und hilf mir zu leben. Ich will hier nicht so sterben.*

Ich wollte überhaupt nicht sterben. Das war an sich schon eine Offenbarung, aber ich hatte keine Gelegenheit, weiter darüber nachzudenken. Ein fahler Hauch stieg von dem Körper auf, erst wie ein dünnes Band aus Rauch, aber dann wurde er größer und nahm die Form des toten Mannes an. Er war noch immer so dünn wie ein Schleier aus Seidenchiffon, bewegte sich aber, als hätte er Substanz.

Der Geist blickte von seiner schwebenden Position aus finster auf mich herab, dann wanderte sein Blick auf seine eigene leblose Gestalt. Er seufzte. „Und so endet es."

Mir blieb das Herz stehen. „Es tut mir leid", flüsterte ich.

Der Geist blinzelte mich an, als wäre er überrascht, dass wir kommunizierten. „Nicht deine Schuld. Ich habe mir das selbst eingebrockt. Ich hatte genug vom Leben, weißt du?" Er seufzte wieder. „Meine Eltern sagten, aus mir würde nichts werden und sie hatten recht. Ich habe noch nicht einmal einen ordentlichen Schlag zustande gebracht." Er nickte in Richtung Badger, der hinter mir stand.

„Was sagt er?", fragte Dobby.

„Er redet mit dem Toten", sagte Badger. „Der Junge ist verrückt." Er schnaubte und spuckte grünen Schleim neben meinen Füßen auf den Boden. „Steh auf, Junge. Es wird dir übel ergehen, wenn ich dich hier rüber schleifen muss."

Das Gesicht des Geistes verzog sich angewidert. „Wünschte ich hätte etwas tun können, um dir zu helfen, Kind. Ich habe im Leben nicht viel erreicht, aber mein Hass auf Tyrannen ist allgemein bekannt. Frag meinen Vater." Er lachte über einen Witz, der sich mir nicht erschloss. „Das ist doch was, oder? Ein Vermächtnis, das ich hinterlassen kann?"

Ich fand nicht, dass das ein besonderes Vermächtnis war, sagte es aber nicht. Er war mein einziger Freund in dieser Zelle und ich brauchte ihn. „Es gibt etwas, das du für mich tun kannst, ehe du gehst", flüsterte ich.

„Was sagt er?", wiederholte Dobby.

„Ist mir sowas von egal." Badgers Hände umfassten meine Schultern und er zerrte mich von der Leiche weg, wobei er wieder an seinem Hosenlatz herumfuhrwerkte. Ich hatte nur Sekunden.

„Geh zurück in deinen Körper", befahl ich dem Geist. Meine Stimme hielt ich nicht mehr gesenkt. Er musste mich hören und es war jetzt egal, wer es noch hörte. Die Würfel waren bereits gefallen.

Der Geist rührte sich nicht. „Wie?"

Ich war mir nicht ganz sicher. Als meine Mutter es getan hatte, war sie einfach in ihren Körper zurückgeschwebt, als ich sie darum gebeten hatte. „Leg dich auf … dich drauf", wies ich ihn an.

Badgers Finger packten mein Kinn, wobei er die Innenseiten meines Mundes gegen meine Zähne quetschte. „Halt die Klappe", schnappte er. „Ich will kein irres Gerede. Hörst du?"

„Der ist nicht ganz richtig im Kopf." Dobby beugte sich vor, um mich genauer anzusehen. Wenn Badger nicht mein Kinn festgehalten hätte, hätte ich ihm meine Stirn gegen die Nase gestoßen.

„Was zur Hölle!" Der andere Gefangene sprang mit weit aufgerissenen Augen von der Pritsche. „Der lebt noch!"

Badger ließ mich los. Er stolperte zurück und starrte auf den jetzt stehenden Körper. Er lebte nicht, aber der Geist war wieder in ihn eingetreten und bewegte ihn. Obwohl ich wusste, was geschah, ließ mir der Anblick dennoch das Blut in den Adern gefrieren.

Die Leiche drehte sich zu Badger. Die leeren, ausdruckslosen Augen des Toten waren so leblos, wie sie noch vor einem Augenblick gewesen waren, und ich war mir nicht sicher, wie der Geist durch sie sehen konnte.

Der dritte Gefangene bekreuzigte sich. Dobby quäkte. Badger stolperte weiterhin rückwärts, bis er über seine eigenen Füße fiel und schwer auf dem Hosenboden landete.

„Was … ich … tun?" Die brüchige, dünne Stimme, die aus

der Leiche drang, erschreckte mich ebenso wie die Gefangenen. Sie klang überhaupt nicht wie die geschmeidige Stimme des Geistes, sondern so, als ob er sich anstrengen müsste, die toten Stimmbänder zu bedienen.

„Ich weiß nicht", sagte ich.

„Jesus Christus", murmelte Dobby. Er gesellte sich zu den anderen Gefangenen in der Ecke der Zelle, so weit von der Leiche und mir weg wie möglich.

„Du … kontrollierst … mich." Die Leiche beugte sich über den zusammengekauerten schwitzenden Badger. Der Schläger sah aus, als würde er sich in die Hose pinkeln, sollte der Tote noch näherkommen. „Töten?"

„Kannst du das?", fragte ich. Es war keine Aufforderung, sondern eine ehrliche Frage, da der Gentleman zu Lebzeiten noch nicht einmal in der Lage gewesen war, Badger zu boxen. Während jegliche Farbe aus Badgers Gesicht wich, wurde mir klar, wie das geklungen haben musste. Ich korrigierte mich nicht.

„Constable!", schrie Badger. „Constable, holen Sie diesen Wahnsinnigen hier raus!"

Meinte er damit die wiederbelebte Leiche oder mich? Ich lachte. Ich konnte nicht anders. Vielleich *war* ich verrückt, aber den grausamen Badger zu Tode geängstigt zu sehen, war das befriedigendste Erlebnis meines Lebens und ich würde es bis zum Schluss auskosten.

Leider währte es nicht lange. Das Gesicht des Constable erschien in dem Schlitz in der Tür. „Was soll der Lärm?"

„Hol ihn raus! Hol ihn raus!" Badger warf sich einen Arm über das Gesicht wie ein Kind, das sich nachts unter seiner Bettdecke versteckt.

„Ruhe da drin!"

„Er ist verrückt geworden", sagte ich zu dem Wachmann.

Badger schrie den Constable immer weiter an, er solle „den Teufel" wegholen und die anderen Gefangenen stimmten mit ein. Dobby drückte sich gegen die Wand, weg von uns. Weg von der Tür.

Von der Tür, die sich jetzt öffnete. „Verdammt, zwing mich nicht, da reinzukommen, du blöder Idiot", sagte der Constable, als er in die Zelle trat. Er war nicht bewaffnet und Badger und die anderen zogen seine Aufmerksamkeit auf sich. „Welche Laus ist dir denn über die Leber gelaufen?"

„Lass uns verschwinden", sagte ich leise zu der Leiche.

Steif wie ein Automat drehte sich der Körper zur Tür. Der Constable warf nur einen Blick in diese toten Augen und fiel auf die Knie. „Teufel", murmelte er, ehe er ernsthaft anfing zu beten.

Fast hätte ich mich nicht bewegt, so schockiert war ich von der Ähnlichkeit zur Reaktion meines Vaters, als er das erste Mal Mamas Leiche hatte aufstehen sehen. Doch ein Schubs des Toten brachte meine Füße in Bewegung. Ich schlüpfte am Constable vorbei zur Tür hinaus. Der Körper tapste mit ruckartigen, unbeholfenen Schritten hinter mir her, als wären schnelle Bewegungen für die toten, unkoordinierten Gliedmaßen zu schwierig.

„He da! Halt!" Ein weiterer Polizist rannte auf uns zu, den Schlagstock erhoben.

Der Körper zog seine blutleeren Lippen zurück und zischte. Der Constable ließ den Schlagstock fallen und rannten in entgegengesetzter Richtung davon.

„Beeil dich", drängte ich die Leiche.

„Wie du wünschst." Seine Stimme klang kräftiger, nicht mehr so gezwungen, und seine Schritte waren jetzt sicherer. Er schien sich an seinen verstorbenen Zustand gewöhnt zu haben.

Wir rannten einen Gang entlang an zwei weiteren Arrestzellen vorbei. Noch drei Polizisten wichen mit Schreien und verängstigtem Gemurmel vor uns zurück. Nur einer stellte sich uns entgegen und die Leiche unter meinem Befehl schob ihn weg. Problemlos. Es schien, als wäre er jetzt, wo er tot war, stärker als im Leben.

„Du da!", rief der Constable hinter dem Schreibtisch am Empfang. „Was—?" Er stolperte zurück, als die Leiche ihre leeren Augen und das weiße Gesicht auf ihn richtete.

Hinter uns erklang das Schrillen einer Glocke, die vor entflohenen Gefangenen warnte. Normalerweise war das ein Signal für alle verfügbaren Polizisten in der Station, uns zu verfolgen, doch keiner tat es. Ihre Angst vor „dem Teufel" überwog jegliches Pflichtgefühl.

Der Tote schob mich zur Tür. Wir rannten, aber er hielt an, ehe er die Freiheit erreicht hatte. Ich blieb ebenfalls stehen.

„Lass dich nicht erwischen, Kind!"

„Und du?", fragte ich.

„Wenn du in Sicherheit bist, lass meinen Geist frei."

„Wie?"

„Sprich den Befehl. Jetzt geh!"

Der Constable vom Empfang näherte sich uns unsicher, einen Revolver in seiner zitternden Hand. Er schluckte und richtete ihn auf die Leiche.

Ich schlüpfte zur Tür hinaus in die South Grove Street, die überraschend leer war. Doch dann wurde mir klar, dass jegliche Passanten sich beim Klang der Glocke verdrückt haben würden. Als hinter mir ein Schuss fiel, flitzte ich in eine nahe Gasse.

„Ich lasse dich frei", sagte ich leise. „Geh ins Jenseits."

Ob meine von ferne gesprochenen Worte ausreichten, den Geist aus seinem Körper zu entlassen und ihn ins Jenseits zu schicken, fand ich nie heraus. Ich hoffte es. Er war für mich gestorben und ich schuldete ihm so viel Frieden, wie es in meiner Macht stand, ihm zu geben.

Ich rannte weiter und wagte es nicht, anzuhalten oder etwas zu stehlen, trotz meines Hungers. Seit drei Tagen hatte ich nichts gegessen und da waren es nur ein paar Erdbeeren gewesen. Mein letzter Diebstahlversuch hatte mich in den Kerker gebracht. Es war das erste und einzige Mal, dass ich erwischt worden war. Ich war stolz darauf, einer der besten Diebe im Norden Londons zu sein, aber jetzt war ich mir nicht mehr sicher, ob ich meinen Fähigkeiten je wieder vertrauen würde. Im Moment spielte es keine Rolle, denn ich war zu sehr damit beschäftigt, so weit wie nur möglich von den Polizisten wegzukommen, um an Essen zu denken.

Als ich endlich Clerkenwell erreichte, wurde ich langsamer. Meine Kehle und Lungen brannten, mein Herz hämmerte gegen meine Rippen. Aber ich war weit weg von der Highgate-Polizeistation und es gab keine Anzeichen einer Verfolgung. Vorsichtshalber nahm ich den Umweg zu unserem Versteck und blieb vor dem alten, verfallenen Gebäude mit den verrotteten Schiebefenstern und Türen stehen. Ich spähte die Gasse rauf und runter und als ich niemanden sah, schob ich die losen Bretter auf Kniehöhe beiseite, zwängte mich durch das Loch und ließ die Bretter hinter mir zufallen.

„Charlie ist zurück!", rief Mink, der als Wachposten in der Nähe der Falltür stand, die in den Keller führte. Der Junge hob zur Begrüßung das Kinn. Mehr Aufmerksamkeit schenkte er mir nie. Er redete nicht viel.

„Wurde verdammt noch mal Zeit!", ertönte die brummige Stimme von Stringer unten aus der Hölle. So nannten wir den Keller. Es war ein passender Name für unseren überfüllten Wohnbereich, in dem wir aßen, schliefen und unsere Zeit verbrachten. Im Winter war es kalt und feucht, im Sommer heiß und stickig, aber wir waren weg von den Straßen und außer Gefahr.

„Hab schon gedacht, du wärst abgehauen." Stringer steckte seinen Kopf durch die Falltür. Sein Gesicht und die Haare waren verdreckt und ich konnte den von ihm ausgehenden Gestank der Kanalisation schon am Eingang riechen, wo ich stand. Er musste wieder dort unten unterwegs gewesen sein.

„Bin verhaftet worden", sagte ich.

Sowohl Stringer als auch Mink blinzelten mich an. Dann brüllte Stringer vor Lachen und fiel dabei fast von der Leiter. „Du! Der flinke Charlie, vom Abschaum geschnappt! Sowas, sowas, dass ich den Tag noch erlebe. He, Jungs, hört euch das an —Charlie hat sich verhaften lassen!"

„Wie bist du rausgekommen?", fragte Mink mit seiner leisen Stimme. Er war ein ernster Junge im Vergleich zu den anderen, und aufmerksam. An den nervigen Streichen, die die anderen so gern ausheckten, beteiligte er sich nicht, und er konnte auch recht gut lesen. Ich mochte ihn lieber als den Rest der Bande, doch das besagte nicht viel. Beinahe hätte ich ihn mal gefragt, wie er lesen gelernt hatte und wo er gelebt hatte, bevor er Teil von Stringers Bande wurde, hatte mich aber dagegen entschieden.

Über die Vergangenheit der anderen Kinder wusste ich nichts und sie wussten nichts über meine. Ich freundete mich auch nicht mit ihnen an. Dadurch wurde es leichter zu gehen, wenn die Zeit kam. Kein Abschied, keine Trauer, keine Bindungen; das war mein Motto. Ich hätte nicht mehr als fünf Jahre als Dreizehnjähriger durchgehen können, wenn ich die gesamte Zeit in einer Bande geblieben wäre.

„Ein bisschen Glück", war alles, was ich zu Mink sagte. „Mach schon Stringer, lass mich durch." Ich klopfte ihm auf die Schulter.

Er stieg die Leiter herunter und ich folgte. Mink blieb oben und bewachte den Eingang.

„Charlie!", rief ein anderer Junge namens Finley. Mink, Stringer, Finley … das waren keine echten Namen, so wie meiner, aber vermutlich nah genug dran. „Wie haben sie *dich* denn erwischt? Haben sie dir mit einer sauberen Hose vor der Nase herumgewedelt?"

Die acht Jungs, die im Keller herumlungerten, krümmten sich vor Lachen. Seit ich einmal erwähnt hatte, dass ich saubere Klamotten stehlen wollte, um meine stinkenden zu ersetzen, zogen sie mich damit auf. Das war mal etwas anderes als das ständige Sticheln, weil ich mich strikt weigerte, vor ihnen auch nur mein Hemd auszuziehen.

„Die Schweine haben sich beim Karren des Straßenhändlers versteckt", sagte ich und legte mich auf die Lumpen, die ich als Matratze benutzte. Sie waren sauberer als die eigentliche Matratze, die man von oben herunter gezerrt hatte, ehe das Dach eingestürzt war. Sauberer, aber nicht läusefrei. Ich kratzte mich abwesend. „Ich glaube, der Straßenhändler hat die angespitzt, mir aufzulauern."

„Geschieht dir verdammt recht, wenn du nachlässig wirst", sagte Stringer und trat gegen meinen nackten Fuß. Ich rieb die Stelle nicht, trotz des Schmerzes. Es war niemals gut, Schwäche zu zeigen, selbst vor den Jungs meiner eigenen Bande. Vielleicht sogar besonders vor denen. „Und dafür, dass du dahin zurück gegangen bist. Schon wieder."

Einer der anderen Jungs schnaubte. „Warum gehst du da andauernd hin, Charlie? Was ist in Highgate?"

„Idiot. Weißt du gar nichts?" Stringer lehnte sich an die Wand und verschränkte die Arme. In dieser Haltung erinnerte er mich an den Gentleman in der Arrestzelle. Beide blond und schlank mit einer gewissen trotzigen Arroganz am Leib.

Mir zog sich das Herz zusammen. Es tat mir leid, dass der Mann wegen mir sein Leben ausgehaucht hatte. Ich schickte ein stilles Dankgebet in den Himmel, die Hölle oder wo auch immer er gelandet war. Ich würde sein Opfer nicht vergessen, noch würde ich den gleichen Fehler noch einmal machen, mich erwischen zu lassen. Das Leben war gefährlich für obdachlose Kinder. Und Frauen.

Stringer rieb sich grinsend den Daumen über seine Unterlippe. „Er geht zum Friedhof."

Ich wurde ganz still. Er musste mir einmal gefolgt sein. Wie viel wusste er? Hatte er mich Mamas Grab besuchen sehen? Oder zwischen den anderen Grabsteinen herumwandern, während ich mir vorstellte, wie die Verstorbenen einmal ausgesehen und wie sie gelebt hatten? Wusste er, dass ich gern unter den Zedern saß und den ganzen Tag verträumte?

Finley verzog das Gesicht. „Verflucht, Charlie, das ist ziemlich mordide, oder?"

„Morbide", korrigierte ich automatisch.

Stringers Grinsen verzog sich wütend. „Halt die Klappe, Charlie. Es ist sowieso allen egal, was du gemacht hast. Du bist heute geschnappt worden. Du wirst langsam." Er beugte sich herunter und stieß mir gegen die Schulter. „Vergiss das nicht." Er hasste es, wenn ich sie korrigierte. Es schien immer seine übelste Seite zum Vorschein zu bringen. Vermutlich fühlte er sich mir dann unterlegen, obwohl er hier eigentlich der Älteste und der Anführer war. Nun, tatsächlich nicht der Älteste, aber das wusste natürlich keiner.

Die Jungs waren zwischen acht und fünfzehn. Stringer war nicht nur der Älteste, sondern auch der Größte. Er war schon so groß wie ein ausgewachsener Mann und es gab Gerüchte, dass er die Kinderbande bald verlassen und sich einer Gruppe skrupelloser Männer in der Nachbarschaft anschließen würde. Zwei der Jungs waren sogar auf mich zugekommen und hatten gefragt, ob ich übernehmen würde, aber ich hatte abgelehnt. Es würde wahrscheinlich bedeuten, dass ich gegen Stringer kämpfen musste, und ich hatte absolut keine Chance, gegen ihn zu gewinnen. Abgesehen davon war es an der Zeit weiterzuziehen. Besonders Mink sah mich in letzter Zeit an, als wollte er ein

Rätsel lösen. Manchmal fragte ich mich, ob er bereits wusste, dass ich nicht der war, für den ich mich ausgab.

„Gibts Essen?", fragte ich, um Stringer abzulenken.

„Etwas Brot", sagte er und nickte dem Jungen in der Nähe des Brettes zu, das wir als Tisch benutzten.

Der Junge warf mir ein Stück Brot herüber. Ich fing es auf. Nicht ein Krümel fiel von der harten Kruste. Ich legte es seufzend beiseite, denn ich wollte mir keinen Zahn ausbeißen.

Der Nachmittag verstrich. Jungen kamen und gingen, manche brachten Essen und Wasser, das ich nicht anrührte. Ich war zwar hungrig, aber sie waren hungriger. Das war das Problem mit Jungen, sie waren immer hungrig. Wenigstens hatte ich aufgehört zu wachsen. Nicht, dass ich viel vorzuzeigen hätte. Manchmal fragte ich mich, ob ich wohl größer geworden und eine weiblichere Figur bekommen hätte, wenn ich in den letzten fünf Jahren Essen in Hülle und Fülle gehabt hätte. Das würde ich nie herausfinden. Meine geringe Größe half mir, nicht aufzufallen, also war ich nicht sonderlich enttäuscht.

Ich schlief, bis ich mit der Wache am Eingang dran war und schlief dann wieder, als Finley mich ablöste. Es war mitten am Vormittag eines öden Tages, als ich die ersten Anzeichen wahrnahm, dass etwas nicht stimmte. Die Jungs, die von der Futtersuche zurückkamen—so nannten wir unsere diebischen Streifzüge— beäugten mich misstrauisch. Sie flüsterten hinter vorgehaltener Hand und kicherten nervös.

„Was ist los?", sagte ich zu einem Jungen, der sich bekreuzigte, als er an mir vorbeikam. „Warum starren mich alle an, als hätte ich zwei Köpfe?"

Er wollte mir nicht antworten.

„Mink? Sag du es mir."

Aber sogar Mink blieb auf Distanz und wollte nicht mit mir reden. Allerdings hörte ich, wie er einer Gruppe von Jungs sagte, dass das nicht möglich war und der Teufel nicht existierte, ebenso wie Gott. Das brachte ihm nur ein, dass die anderen die Augen verdrehten.

Als Stringer gegen Mittag zurückkam und ebenfalls einen großen Bogen um mich machte und mich seltsam ansah, beschloss ich, dass ein Spaziergang angebracht war. Antworten bekam ich keine. Die brauchte ich sowieso nicht. Ich wusste, was sie gehört hatten. Die Buschtrommeln zwischen den Banden waren wesentlich effizienter als jedes Telegramm.

Ich verzog mich durch das Loch in der Wand und machte mich auf den Weg nördlich aus Clerkenwell heraus. Mich zwischen den Leuten zu bewegen, die kaum besser dran waren als ich, machte mir keine Angst. In dem Elendsviertel war es sicherer als in der Arrestzelle einer Polizeistation. Meine geflickte Kleidung und die bloßen Füße zeigten deutlich, dass bei mir nichts zu holen war, und falls ein Mann jemanden vergewaltigen wollte, würde er bis zur Dunkelheit warten und sich jemand langsameren und vermutlich eine Frau suchen. Es gab leichtere Opfer als einen kleinen flinken Jungen.

Stundenlang wanderte ich ziellos umher. Das dachte ich jedenfalls. Als ich mich in der Mündung einer vertrauten Tufnell Park Straße wiederfand, wurde mir klar, dass tief eingegrabene Gewohnheit mich nach Hause gebracht hatte.

Zu Hause. Das alleinstehende Haus mit den roten Ziegeln und der weißen Verkleidung konnte ich so nicht mehr nennen. Zu Hause war da, wo man nachts schlafen ging und wo die Menschen einen liebten und mit offenen Armen empfingen. Mein Vater wohnte noch dort, aber ich bezweifelte, dass er mich einlassen würde, würde ich an die Tür klopfen. Ich war hin und wieder zu Besuch gekommen, aber nie weiter vorgedrungen als zu den Büschen hinter dem Eingangstor, hinter denen ich mich versteckte und darauf wartete, dass mein Vater auftauchte. Meistens tat er das nicht. Ich hatte ihn in den ganzen fünf Jahren nur zweimal gesehen, als er Gemeindemitglieder hereingebeten hatte, die zu ihm gekommen waren. *Die* hieß er mit einem Lächeln und warmen Händedruck willkommen.

Ich schaute die Straße herauf und herunter und da ich niemanden sah, öffnete ich das Tor. Beim Quietschen der Angeln zuckte ich zusammen und tauchte blitzschnell hinter die Büsche. Dürre Zweige zerrten an meinen Haaren und ein Flicken, den ich über den Ellbogen meiner Jacke genäht hatte, zerriss. Der Busch musste dringend mal gestutzt werden. Mama war die Gärtnerin gewesen, nicht Vater. Überall bemerkte ich Anzeichen von Verwahrlosung, jetzt, wo ich näher hinsah. Unkraut wucherte entlang der Blumenbeete, und zwischen den Pflastersteinen wuchs Moos. Das Tor musste geölt und die Eingangstreppe gefegt werden. Ich fragte mich, ob die Haushälterin innen alles sauber hielt oder ob sie dort auch nachgelassen hatte, jetzt, da Mama nicht mehr da war.

Ich verlagerte das Gewicht, um meine krampfenden Beine zu entlasten. Nach einigen Minuten musste ich mich wieder bewegen. Was tat ich hier? Warum musste ich ihn sehen? Er hatte doch klargemacht, dass er mich nicht wollte. „Die Teufelstochter", hatte er mich genannt, kurz bevor er mich in den Regen hinausgescheucht hatte.

Ich hatte weinend neben genau diesem Busch gestanden und gehofft, er würde seine Meinung ändern, wenn er sich beruhigt hatte, obwohl ich gewusst hatte, dass er das nicht tun würde. Damals wie jetzt war mir klar: Er würde mir nie vergeben, dass ich Mamas Leiche zum Leben erweckt hatte. Laut meinem Vater war ich eine abartige Abscheulichkeit in den Augen Gottes. Als Vikar musste er es ja wissen.

Ich wollte gerade aufstehen, als das Tor quietschte. Durch die Blätter des Busches erspähte ich einen Herrn im grauen Anzug. Er war mittelgroß und schlank mit braunen Haaren, die unter seinem Zylinder hervorragten. Von seinem Gesicht erhaschte ich nur einen flüchtigen Blick, der ausreichte, um ihn auf vierzig zu schätzen und sein kräftiges Kinn und die Nase wahrzunehmen. Ich erkannte ihn nicht. Wenn er ein Gemeindemitglied war, musste er neu in der Gegend sein.

Jetzt konnte ich nicht weg. Vielleicht bekam ich meinen Vater zu Gesicht. Möglicherweise war es dumm, den Mann sehen zu wollen, der mich nicht sehen wollte, trotzdem wollte ich es. Ich hatte nie behauptet, kein Dummkopf zu sein.

Der Fremde klopfte und die Haushälterin öffnete. Er stellte sich vor, aber alles, was ich hörte, war „Doktor". Der Rest wurde vom Wind weggetragen. War Vater krank? Ich überlegte, was ich dabei empfand, als die Haushälterin ihn bat zu warten. Dann verschwand sie und einen Moment später erschien *er* an ihrer Stelle. Vater.

Gefühle flossen wie Flutwellen durch mich hindurch und drohten, mich zu überwältigen. Erst war ich glücklich, dass er gesund und munter war, dann traurig, weil er mich nicht wollte, und schließlich ärgerlich über die Art, wie er mich mit nur dreizehn Jahren verstoßen hatte. Viel später hatte ich gehört, dass er seinen Gemeindemitgliedern erzählt hatte, ich wäre gekidnappt worden. Die Polizei hatte sogar nach mir gesucht. Ich fragte mich, wie lange eine Person vermisst werden musste, ehe man sie für tot erklärte. Existierte ich offiziell überhaupt noch?

Bei den nächsten Worten des Fremden hörten meine Gefühle und Gedanken auf, in alle Richtungen zu purzeln. „Ich suche ein bestimmtes Mädchen von achtzehn Jahren. Ich glaube, hier lebt eines."

Der Gesichtsausdruck meines Vaters musste meinem gleichen. Sein Mund öffnete und schloss sich, wodurch die fahl gewordenen Wangen bebten. Als er endlich seine Stimme wiedergefunden hatte, drang sie klar quer durch den Garten bis zu mir. „Sie irren sich. Hier wohnen keine Mädchen."

Er wollte die Tür schließen, aber der Fremde schob seinen Fuß in den Spalt. Ich lauschte angestrengt. „Sind Sie Mr Anselm Holloway?"

„Verlassen Sie bitte mein Grundstück", sagte mein Vater.

„Erst, wenn ich Antworten habe. Ich glaube, Sie haben eine Tochter, Miss Charlotte Holloway, die achtzehn Jahre alt ist."

„Ich sagte es Ihnen bereits." Die Stimme meines Vaters hatte diesen strengen, bestimmenden Tonfall angenommen, den er in seinen Predigten benutzte. Und wenn er Töchter verbannte. „Hier leben keine Mädchen. Bitte entfernen Sie sich von meinem Grundstück, Doktor."

Einen Moment lang dachte ich, der Fremde würde sich gewaltsam Zutritt zum Haus verschaffen, aber dann tat er, wie geheißen, und zog seinen Fuß zurück. Mein Vater knallte die Tür zu und der Doktor kam den Fußweg zurück. Diesmal würde ich ihn sicher besser erkennen können. Für einen Mann im mittleren Alter sah er recht gut aus mit dem glatten Gesicht eines Menschen, der die meiste Zeit drinnen verbrachte. Er trug nur an den Seiten einen sehr kurzen Backenbart. Die grauen Strähnen darin verliehen ihm eine Autorität, die seine weichen Wangen nicht hergaben.

Sollte ich mich ihm jetzt zu erkennen geben oder warten, bis ich unbemerkt vom Haus wegkam, und ihn dann weiter oben an der Straße einholen? Als ich seine Augen sah, verwarf ich die Idee ganz. Sie waren voller Zorn. Wut ging mit jedem entschlossenen Schritt von ihm aus. Die Muskeln seines Kinns zuckten und seine Lippen zogen sich von seinen Zähnen zurück, während er etwas vor sich hin murmelte, das ich nicht ganz verstehen konnte. Er öffnete eine geballte Faust, um durch das Tor zu gehen, welches er mit Schwung hinter sich zuwarf. Nach ein paar Schritten blieb er auf dem Gehweg stehen und warf einen durchdringenden Blick zurück zum Haus meines Vaters. Dann setzte er seinen Weg fort, umrundete die Straßenecke und war verschwunden.

Nein, ich würde mich ihm noch nicht zu erkennen geben. Nicht, ehe ich wusste, ob er so gefährlich war, wie er aussah.

Während ich nach Clerkenwell zurücklief, überlegte ich, wie ich am besten mehr über ihn herausfinden konnte. Vielleicht würde mir die Haushälterin seinen vollständigen Namen verraten, wenn ich sie fragte. Aber sie machte eventuell meinen Vater auf meinen Besuch aufmerksam. Vielleicht könnte ich morgen zum Haus zurückkehren und erneut warten. Der Doktor kam auf der Suche nach mir möglicherweise auch zurück. Dann konnte ich ihm nach Hause folgen und seine Nachbarn über ihn ausfragen.

Aber was war, wenn er mich erwischte und tatsächlich nichts Gutes im Schilde führte? Ich hatte das entsetzliche Gefühl, dass seine Suche nach mir mit dem Gerede zu tun hatte, das meine Bande morgens gehört hatte, und mit der Sache in der Arrestzelle in Highgate. Möglicherweise war es schlau, ihm aus dem Weg zu gehen und eine Weile unterzutauchen. Oder die Bande ganz zu verlassen.

Ja. Das würde ich am Nachmittag machen, wenn es noch hell genug war. Nachdem ich meine paar Sachen geholt hatte, würde ich mich aufmachen, weg von Clerkenwell und Stringers Bande.

Ich zog die losen Bretter vom Loch in der Wand, aber jemand blockierte den Eingang von der anderen Seite. Stringer kam heraus, gefolgt von Finley und den anderen. Sie quollen auf die Straße wie Ratten, die durch ein Bullauge von einem sinkenden Schiff flohen.

„Hier drüben!", rief Stringer.

Ich blinzelte ihn an. „Mit wem redest du?"

„Du musst mit uns kommen." Jemand packte meinen Ellbogen, aber nicht fest. Es war nicht schwer, sich loszureißen.

Ich fuhr herum und wich vor den beiden stämmigen Kerlen zurück. „Fasst mich nicht an", schnappte ich.

Einer von ihnen hob die Hände. „Entschuldigung, Junge, aber wir müssen mit dir reden."

„Nein, er muss mit uns kommen", entgegnete der andere Mann und verdrehte die Augen. Er war ein bisschen größer als der erste Typ, und wesentlich hässlicher. Seine Gesichtszüge sahen aus wie eine grob behauene Felswand unter dem zerfurchten Grat seiner Brauen. Eine krumme Narbe zerschnitt seine Wange und zog einen Augenwinkel herunter. Sein schmaler Mund und die dünnen Lippen wirkten viel zu klein für den Rest seines Körpers.

„Richtig", sagte der erste Mann. Sein gut aussehendes Gesicht stand im krassen Gegensatz zu dem seines Freundes. Helle Haare ragten unter seinem Hut hervor und fielen über große, graue Augen, die mich ohne List anzwinkerten. Er lächelte betörend. „Komm schon, Bursche. Wir werden dafür sorgen, dass du eine warme Mahlzeit bekommst." Er schnupperte und zog die Nase kraus. „Und ein Bad."

„Ich will kein Essen oder ein Bad", sagte ich und hoffte, dass sie meine Lüge nicht durchschauten. „Ich will wissen, wohin ich gehe und warum."

„Können wir dir nicht sagen", sagte der größere Mann. „Der Befehl lautet, dich mitzubringen."

Sie schienen recht harmlos und das Angebot von Essen und einem Bad klang wundervoll. Zu wundervoll. Ich hatte schon von Straßenkindern gehört, die auf genau diese Art in Sklaverei oder Prostitution gelockt worden waren, und lebte nach der Regel, dass wenn etwas zu gut klang, um wahr zu sein, war es das meistens auch. Diese Regel hatte mich bisher geschützt und ich hatte nicht vor, sie jetzt aufzugeben.

„Warum ich?", fragte ich. Hatten sie gehört, was in der Arrestzelle passiert war? Wenn ja, wie hatten sie mich hier so schnell aufgespürt? Geld musste den Besitzer gewechselt haben und ein paar Schlüsselfragen an die richtigen Leute gestellt worden sein. Die Beziehungen der Polizei waren nicht gut genug, also waren diese Typen keine Beamten. Wer auch immer sie waren, ich bezweifelte, dass sie Gutes im Schilde führten.

„Weiß nich", sagte Mr Hässlich und zuckte seine schweren Schultern. „Wir führen nur Befehle aus."

Praktisch. „Was haben sie dir geboten, um mich zu verpfeifen?", fragte ich Stringer.

„Genug." Stringer schubste mich zurück. „Geh schon. Geh. Wir wollen dich hier nicht mehr. Du bringst Ärger, Charlie, und deine abgedrehten Tricks werden noch mehr Leute zu unserem Bau locken, wenn du dich nicht verpisst. Die Nachricht ist raus, also musst du gehen. Nicht wahr, Jungs?"

„Genau", stimmten die anderen Jungen mit ein, sogar Mink. Ich warf ihnen allen mörderische Blicke zu und wandte mich dann wieder zu den beiden Neuankömmlingen um, die sehr angespannt waren, als wollten sie gleich losspringen. Wenn ich nicht geschnappt werden wollte, musste ich schnell sein.

„Ich gehe nirgendwo mit euch hin, bis ihr mir sagt, warum", sagte ich.

Mr Hässlich stieß genervt die Luft aus. „Verdammt, hör auf, so stur zu sein, und komm einfach mit uns."

Mr Hübsch verdrehte die Augen. „Was mein Freund zu sagen versucht, ist, dass wir dir kein Leid zufügen."

„Es sei denn, du kopperierst nicht."

„Das heißt kooperieren, du Idiot, und vielen Dank auch. Jetzt hat der Junge die Hosen voll."

„Ich habe keine Angst vor euch", sagte ich ihm.

„Das solltest du aber. Der Tod wird nicht so umgänglich sein wie wir."

Der Tod? Wollten die mich etwa umbringen, wenn ich nicht mitging?

Mr Hübsch hielt die Hände hoch. „Ich will dir keine Angst machen, Bursche, aber—"

„Verdammte Scheiße", murmelte Mr Hässlich. „Wir ham keine Zeit für so was. Pack ihn und los. Der Tod wird uns ausnehmen, wenn wir zu lange brauchen."

„Der Tod wird kommen und die Sache selbst in die Hand nehmen, wie er es immer tut, wenn du verkackst."

„Ich?"

Ich drehte mich um und rannte weg.

„Jesus", knurrte Mr Hübsch. „Komm zurück! So wird das nicht gut für dich ausgehen."

Ihre Schritte stampften hinter mir, aber sie waren langsam und ich schaffte es, meinen Vorsprung auszubauen. „*Du* hättest ihn packen sollen", hörte ich Mr Hässlich sagen.

„Du hast hier nicht das Sagen, sondern ich."

„Haste verdammt noch mal gar nicht, sondern er."

„Er ist nicht hier!"

„Ach ja? Wer ist das dann, he?"

Genau als er das sagte, stolperte ich über etwas, das mir in den Weg gestreckt wurde. Ich landete auf Händen und Knien auf dem Bürgersteig und schürfte mir mehrere Schichten Haut ab. Keine Zeit, um sich vor Schmerzen zu winden oder zu schauen, was alles kaputt war. Ich rappelte mich hoch, nur um zwei starke Hände zu spüren, die meine Arme umklammerten und an meine Seiten drückten. Ich wehrte mich, aber es war nutzlos. Der Mann hinter mir war wesentlich stärker. Um ihn einzulullen, hörte ich auf zu zappeln, aber sein Griff lockerte sich nicht. Verdammt und zugenäht. Mr Hässlich und Mr Hübsch kamen heran und ich wusste, dass ich sofort handeln musste, oder es stand drei gegen einen.

Ich trat nach hinten und rammte meinen Fuß so fest ich konnte gegen das Schienbein meines Angreifers. Dann riss ich heftig den Kopf nach hinten. Leider war er durch seine Größe im Vorteil und ich traf nur Rippen anstatt den Hals, das Kinn oder die Nase. Der Tritt brachte mir von meinem Entführer kein anderes Geräusch ein als ein scharf eingesogener Atem. Er ließ auch nicht locker.

Mir fiel nichts mehr ein. Ich war—normalerweise—gut darin, nicht gefangen zu werden, aber nicht so gut darin, mich zu befreien. Die Panik, die sich meiner Atmung bemächtigte und mein Hirn lahmlegte, half auch nicht gerade. Sollte ich schreien? Würde jemand zu meiner Rettung herbeieilen, wenn ich es tat?

Instinktiv wehrte ich mich wieder und versuchte, mich loszureißen. Doch das führte nur dazu, dass seine Finger sich mit zermalmender Kraft tiefer in mein Fleisch bohrten.

„Halt still", knurrte er mit einer Stimme, die aus den Tiefen seines Brustkorbs aufstieg.

„Sonst was?" Erfreut stellte ich fest, dass ich aufsässig klang. Wenn ich schon meine Freiheit nicht haben konnte, dann konnte ich wenigstens einen Teil meiner Würde bewahren.

„Oder ich bin gezwungen, dir wehzutun."

Als ob er das noch nicht tat.

„Soll ich auf ihn schießen, Sir?" Das war die Stimme von Mr Hässlich.

„Idiot", sagte Mr Hübsch. „Was soll das denn bringen?"

„Seine Kopperation."

„Ich bezweifle, dass er mit einer Schusswunde sonderlich *kooperativ* sein wird."

Der Griff des mich haltenden Mannes veränderte sich, aber ehe ich die Gelegenheit nutzen konnte, war ich schon wieder bewegungsunfähig. Er zerrte meine Arme hinter meinen Rücken und hielt sie dort fest.

Ich zuckte zusammen, als der Schmerz in meine Handgelenke schoss und meine Finger taub werden ließ. „Sie tun mir weh!"

Der Mann, den sie Sir genannt hatten, antwortete nicht.

„Sei fair, er hat dich gewarnt", sagte Mr Hübsch.

Mr Hässlich schnaubte vor Lachen.

Sir schubste mich vorwärts, aber ich weigerte mich zu laufen. Ich würde ihm das hier nicht leicht machen.

„Beweg dich", sagte er. Seine Stimme klang überraschend ruhig neben meinem Ohr.

Ich zog die Knie hoch, sodass meine Füße den Bürgersteig nicht mehr berührten. Er stöhnte noch nicht einmal auf, obwohl er plötzlich mein ganzes Gewicht tragen musste. Allerdings schnappte ich nach Luft, denn meine Arme kreischten vor Schmerz und meine linke Schulter wurde ausgekugelt. Ich biss mir auf die Lippe, um nicht aufzuschreien und versuchte es noch einmal mit Treten, aber das erhöhte nur den Druck auf meine bereits brennenden Arme und Schultern.

„Dummkopf", murmelte Mr Hübsch. Er tauchte rückwärts

gehend vor mir auf und wollte mir die Haare aus dem Gesicht streichen.

Ich riss den Kopf von rechts nach links, und als das nichts brachte, spuckte ich ihn an. Mr Hässlich lachte.

„Ungezogener Bengel", sagte Mr Hübsch und hob die Hand, um mich zu schlagen, aber Sirs stahlhartes „Nicht" stoppte ihn.

„Geh voraus", sagte Sir. „Gib Bescheid, wenn jemand kommt."

Mr Hübsch warf mir einen wütenden Blick zu, ehe er und Mr Hässlich um die Ecke davongingen.

„Hör auf, dich zu wehren", sagte Sir zu mir. „Niemand will dir etwas tun."

„Und Ihr Name ist Mr Niemand, was?" Ich lachte über meinen Witz, obwohl ich ihn nicht lustig fand. „Ich gehe nirgends mit Ihnen hin, wenn Sie mir nicht sagen, was Sie mit mir vorhaben."

„Wir können hier nicht reden."

„Dann reden wir gar nicht, Mr Niemand."

Er trug mich weiter, nur um anzuhalten, als Mr Hässlichs Gesicht an der Ecke erschien. „Ein Trupp übel aussehender Typen ist auf dem Weg!"

Ein Trupp? Vielleicht würden die mir helfen, aber es war unwahrscheinlich. Die meisten „übel aussehenden Typen" in Clerkenwell halfen nur, wenn es für sie dabei etwas zu holen gab. Trotzdem musste ich versuchen, sie auf meine Seite zu bringen. Ich konnte behaupten, dass Sir und seine Männer Polizisten waren. „Übel aussehende Typen" hassten die Polizei. Ich öffnete den Mund, um zu schreien, aber bevor auch nur ein Pieps herauskam, legte sich Sirs große Hand über meinen Mund *und* meine Nase. Er zog mich an seinen Körper, hielt mich um die Taille gepackt, meine Arme noch immer fest im Griff, während er mich erstickte.

Ich konnte nicht atmen, konnte mich nicht rühren, um seine Hand zu zerkratzen. Je heftiger ich zu atmen versuchte, desto schneller verbrauchte ich die verbliebene Luft in meinen Lungen. Mein Brustkorb brannte, meine Kehle setzte sich zu und die Ränder meines Gesichtsfeldes wurden schwarz.

Er würde mich umbringen und es gab nichts, was ich

dagegen tun konnte. Meine Gedanken waren benebelt und ich fühlte meine Kraft schwinden. Endlich ließ er mich los, aber ich hätte nicht wegrennen können, selbst wenn ich noch bei Verstand gewesen wäre.

Die Dunkelheit verschluckte mich. Ich spürte, wie mein Körper hochgehoben wurde, war mir aber nicht sicher, ob das menschliche Arme oder der Sensenmann war, der meine Seele ins Jenseits holte. Ich wusste nur, dass alles im Begriff war, sich zu verändern.

Jetzt verfügbar:<br>Die letzte Nekromantin

# HOLEN SIE SICH EINE KOSTENLOSE KURZGESCHICHTE.

Ich habe eine Kurzgeschichte zur Reihe *Glass & Steele* geschrieben, die vor DIE TOCHTER DES UHRMACHERS SPIELT. Sie heißt DAS SPIEL DES VERRÄTERS und folgt Matt und seinen Freunden ins Wildwest-Städtchen Broken Creek. Sie enthält Spoiler für DIE TOCHTER DES UHRMACHERS, das sollte man also vorher gelesen haben. Das Allerbeste ist aber, dass die Geschichte KOSTENLOS ist, exklusiv für Abonnenten meines Newsletters. Tragen Sie sich jetzt auf meiner Webseite ein, falls Sie das nicht bereits getan haben: WWW.CJAR-CHER.COM

Wenn Sie bereits Abonnent sind, finden Sie die Anleitung in meinem Newsletter.

# EINE NACHRICHT DER AUTORIN

Ich hoffe, Ihnen hat **Das Spiel des Betrügers** genauso viel Spaß gemacht wie mir beim Schreiben. Als Indie-Autorin ist es für den Erfolg des Buches entscheidend, es bekannt zu machen. Wenn Ihnen dieses Buch gefallen hat, sagen Sie es doch bitte weiter und schreiben Sie eine Rezension in dem Shop, in dem Sie es gekauft haben.

# AUSSERDEM VON C. J. ARCHER

## REIHEN MIT 2 ODER MEHR BÄNDEN

The Glass Library

Cleopatra Fox Mysteries

After The Rift

Glass and Steele

The Ministry of Curiosities Series

The Emily Chambers Spirit Medium Trilogy

The 1st Freak House Trilogy

The 2nd Freak House Trilogy

The 3rd Freak House Trilogy

The Assassins Guild Series

Lord Hawkesbury's Players Series

Witch Born

## EINZELTITEL

Courting His Countess

Surrender

Redemption

The Mercenary's Price

# ÜBER DIE AUTORIN

C.J. Archer begeistert sich für Geschichte und Bücher, seit sie denken kann, und wähnt sich glücklich, dass sie beides vereinen konnte. Sie verbrachte ihre frühe Kindheit in der dramatischen Schönheit des Outbacks von Queensland, Australien, lebt inzwischen aber mit ihrem Mann, zwei Kindern und einer frechen schwarzweißen Katze namens Coco in Melbourne.

Abonnieren Sie C.J.s Newsletter auf ihrer Webseite, um informiert zu werden, wenn sie ein neues Buch herausbringt: http://cjarcher.com/deutsch/

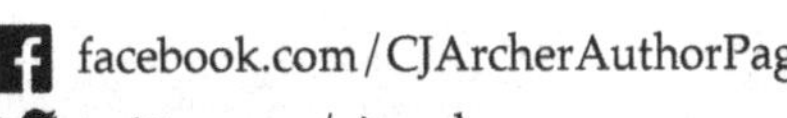

instagram.com/authorcjarcher